LE LIVRE DES JOURS

DU MÊME AUTEUR

La Maison du bout du monde, Presses de la Renaissance,
   1992 ; rééd. Belfond, 1999, et 10/18, 2003
De chair et de sang, Belfond, 1995 ; rééd. 2000,
   et Le Livre de poche (n° 14 156), 2004
Les Heures, Belfond, 1999, Pocket, 2001, et 10/18, 2004

MICHAEL CUNNINGHAM

LE LIVRE DES JOURS

*Traduit de l'américain
par Anne Damour*

belfond
12, avenue d'Italie
75013 Paris

Titre original :
SPECIMEN DAYS
publié par Farrar, Straus and Giroux, New York

Si vous souhaitez recevoir notre catalogue
et être tenu au courant de nos publications,
vous pouvez consulter notre site internet :
www.belfond.fr
ou envoyer vos nom et adresse,
en citant ce livre,
aux Éditions Belfond,
12, avenue d'Italie, 75013 Paris.
Et, pour le Canada,
à Interforum Canada Inc.
1155, bd René-Lévesque-Est,
Bureau 1100,
Montréal, Québec, H2L 4S5.

ISBN 2-7144-4025-8
© Mare Vaporum Corp. 2005. Tous droits réservés.
Et pour la traduction française
© Belfond, un département de place des éditeurs, 2006.

*Ce roman est dédié
à la mémoire de ma mère, Dorothy*

*Ne crains rien ô Muse ! ce sont des jours et us nouveaux
[qui t'accueillent
C'est je le reconnais une race étrange, très étrange,
[d'un genre original,
Et pourtant la vieille race humaine, la même en
[dedans, en dehors,
Visages et cœurs semblables, semblables sentiments,
[semblables désirs,
Le même vieil amour, la même beauté, le même usage.*

Walt WHITMAN
Feuilles d'herbe

Note de l'auteur

Tout auteur qui situe une partie ou la totalité d'un roman dans un temps et un endroit identifiables est aussitôt confronté à la question de la véracité. Le réponse la plus simple est aussi la plus sévère – les événements historiques doivent être rendus avec une précision absolue. Les batailles doivent être menées là et quand elles ont été menées dans la réalité ; les zeppelins ne peuvent apparaître dans le ciel à une époque où ils n'étaient pas encore inventés ; un grand artiste ne peut apparaître à un bal masqué à La Nouvelle-Orléans quand on sait que, ce même soir, il souffrait encore de la goutte à Baton Rouge.

La stricte séquence des événements historiques, toutefois, va à l'encontre des besoins du conteur. On peut exiger des biographes et des historiens qu'ils rendent compte de tous ces trains manqués, engagements annulés, longues périodes de lassitude ; l'auteur de fiction n'est pas soumis à pareilles contraintes. Les romanciers doivent en général décider quel degré de servile exactitude rendra leurs histoires plus vivantes, et en quoi cela les rendra moins vivantes. Il semble que nous adoptions un spectre plus large dans ce domaine. Je connais des romanciers qui n'oseraient pas jouer avec les faits avérés, et j'en connais – et admire – un en particulier qui invente tout, depuis les tenues et les coutumes à l'époque du Christ jusqu'à la botanique et aux rouages du corps humain. Quand on l'interroge à ce sujet, il répond simplement : « C'est de la fiction. »

Le Livre des jours se situe quelque part entre ces deux pôles. Il est à moitié exact. J'ai fait de mon mieux pour être fidèle aux particularités historiques dans les scènes que j'ai situées dans le passé. Mais ce serait une erreur de la part du lecteur de tout accepter à la lettre. J'ai pris une liberté particulière avec la chronologie et ai juxtaposé des événements, des gens, des constructions et des monuments que vingt ans ou davantage peuvent séparer. Ceux qui s'intéressent à l'absolue vérité à propos du New York du milieu à la fin du XIXe siècle seraient bien avisés de consulter *Gotham*, d'Edwin G. Burrows et Mike Wallace, qui fut la première source autour de laquelle j'ai fait tourner mes propres variations.

DANS LA MACHINE

WALT DISAIT QUE LES MORTS DEVIENNENT HERBE, mais l'herbe ne poussait pas à l'endroit où ils avaient enterré Simon. Il était avec l'autre Irlandais sur la rive opposée du fleuve, où il n'y avait rien, à part du gravier, de la terre et des noms sur les tombes.

Catherine croyait que Simon était monté au ciel. Elle avait un médaillon renfermant son portrait et une boucle de ses cheveux.

« Sa place est au ciel, dit-elle. Il était trop bien pour ce monde. » Elle jeta un regard hésitant par la fenêtre du salon et contempla la rue, comme si elle s'attendait à voir apparaître un attelage radieux, mené par un Simon serein dans son insouciante et blanche beauté, saluant, souriant, s'avançant, joyeux, vers l'endroit qu'il avait toujours habité.

« Si tu le penses », répondit Lucas. Catherine effleura le médaillon. Ses doigts étaient fuselés et précis. Elle cousait si finement que ses points étaient invisibles.

« Et pourtant, il est encore parmi nous, dit-elle. Ne le sens-tu pas ? » Elle palpait la chaîne du médaillon comme s'il s'agissait d'un rosaire.

« Sans doute », fit Lucas. Catherine croyait que Simon était tout à la fois dans le médaillon, au ciel et parmi eux. Lucas espéra qu'elle ne s'attendait pas à ce qu'il soit heureux d'avoir affaire à autant de Simon.

Les invités étaient partis, le père et la mère de Lucas étaient allés se coucher. Il n'y avait plus que Lucas et Catherine dans le salon, avec les restes. Les assiettes vides, la couenne d'un jambon. Le jambon avait été prévu pour le mariage de Catherine et de Simon. C'était une chance d'avoir pu en disposer pour la veillée funèbre.

Lucas développa : « J'ai entendu ce que disaient les discoureurs, le discours du commencement et de la fin. Mais moi, je ne parle ni du commencement ni de la fin. »

Il n'avait pas eu l'intention de s'exprimer comme le livre. Il ne le faisait jamais volontairement, mais, sous le coup de l'excitation, il ne pouvait pas s'en empêcher.

« Oh, Lucas. »

Son cœur palpita et tambourina dans sa cage.

« Je m'inquiète pour toi, dit-elle. Tu es si jeune.

— J'ai presque treize ans.

— C'est un endroit effrayant. Un travail si pénible.

— J'ai de la chance. C'est une faveur de leur part, de me donner la place de Simon.

— Et plus d'école.

— Je n'ai pas besoin d'aller à l'école. J'ai le livre de Walt.

— Tu le connais en entier, n'est-ce pas ?

— Oh non, pas tout. Cela me prendra des années.

— À l'usine, tu feras attention. Tu dois... » Elle s'interrompit, sans que son visage montre le moindre changement. Son profil avait la même beauté grave que celui d'une femme sur une pièce de monnaie. Elle continua à regarder la rue en contrebas, attendant de voir défiler le cortège céleste avec Simon à la place d'honneur, l'honneur de la famille, un nouveau prince des morts.

Lucas dit : « Tu dois faire attention, toi aussi.

— À quoi devrais-je faire attention, mon petit ? Pour moi, il n'y a que demain et le jour d'après. »

Elle repassa la chaîne du médaillon par-dessus sa tête. Le portrait de Simon disparut à l'intérieur de sa robe. Lucas aurait voulu lui dire... quoi ? Il aurait voulu lui dire qu'il était plein d'inspiration, attentif, témérairement seul, que son corps contenait son cœur chancelant et aussi quelque chose d'autre, quelque chose qu'il percevait sans pouvoir en faire la description : poreux et acéré, parcouru de pensées éparses, de désirs et de souvenirs ; imprégné de clarté, d'éclats blancs, verts, or pâle, telles des étoiles ; amoureux des étoiles parce que de la même substance. Il aurait voulu lui dire que c'était impossible, intolérable, qu'on le prenne constamment pour un garçon difforme qui louchait d'un œil, avec une tête de citrouille et la manie de s'exprimer en vers.

Il dit : « Je chante ma gloire, et ce que j'assume tu l'assumeras. » Ce n'était pas ce qu'il avait souhaité lui dire. Elle sourit. Au moins n'était-elle pas fâchée contre lui. « Je dois m'en aller, maintenant. Veux-tu me raccompagner ?
— Oui, dit-il. Oui. »

Dehors, dans la rue, Catherine glissa sa main au creux du coude de Lucas. Il s'efforça de garder son aplomb, de marcher à grands pas, bien qu'il eût tout donné pour cesser d'avancer et s'élever comme une fumée, flotter au-dessus de la rue où se pressait la foule du soir, les travailleurs qui rentraient chez eux, les vendeurs de journaux à la criée. L'excentrique M. Cain arpentait son coin, vêtu de son manteau couleur de poussière, ôtant d'un air égaré ce qui grouillait dans sa barbe, criant : « Perfidie, passée et oubliée, qu'as-tu fait aux cœurs brisés ? » La rue exhalait son odeur habituelle, un relent de fumier, de pétrole, de fumée âcre – il y avait toujours quelque chose qui brûlait quelque part. Si Lucas pouvait s'élever hors de son corps, il deviendrait ce qu'il voyait, ce qu'il entendait, ce qu'il sentait. Il s'enroulerait autour de Catherine comme l'air alentour, l'effleurerait tout entière. Il serait aspiré en elle quand elle respirerait.

Lucas dit : « La plus humble pousse est preuve que la mort n'existe pas.
— Puisque tu le dis, mon petit », fit Catherine.

Un vendeur de journaux cria : « Une femme sauvagement assassinée, tout sur le crime ! » Lucas songea qu'il aurait pu être vendeur de journaux, mais c'était trop mal payé, et comment se fier à lui pour annoncer les nouvelles ? Il risquait de divaguer et de marcher dans les rues en s'exclamant : « Chaque atome m'appartient autant qu'il t'appartient. » Il était davantage fait pour l'usine. Si l'envie lui en prenait, il pourrait s'époumoner face à la machine de Simon. La machine ne le saurait ni ne s'en soucierait, pas plus que Simon.

Catherine ne parla pas pendant qu'ils marchaient. Lucas, de son côté, se força à rester silencieux. Sa maison se trouvait trois blocs plus loin au nord, dans la 5e Rue.

Il l'accompagna jusqu'au perron, et ils s'y attardèrent un moment, devant la porte délabrée.

Catherine dit : « C'est là. »

Passa une charrette ornée d'un paysage doré peint sur un côté et représentant deux vaches en train de paître au milieu de quelques arbres rabougris et une troisième la tête levée vers le nom d'une laiterie, qui flottait dans le ciel doré. Était-ce l'image du paradis ? L'endroit où Simon aurait voulu être ? Si jamais Simon était monté au paradis et que ce paradis était un pré rempli de vaches respectueuses, quel Simon y était parvenu ? Celui qui était entier, ou celui qui était broyé ?

Un silence s'établit entre Lucas et Catherine, différent du calme qui les avait accompagnés durant leur marche. C'était le moment de parler, pensa Lucas, et pas comme le livre. Il dit : « Est-ce que tu t'en sortiras ? »

Elle rit, un rire bas comme un murmure qu'il sentit vibrer dans chaque poil de ses bras. « C'est moi qui devrais te poser cette question. Est-ce que ça ira pour toi ?

— Oui, oui. Ça ira. »

Elle jeta un bref regard vers un point situé au-dessus de la tête de Lucas et se figea, un frisson imperceptible parcourant sa robe noire. Comme si la robe, pendant un instant, avec son col montant, le bruissement secret de la soie, avait une vie à part. Comme si Catherine, ayant un court moment hésité à jaillir hors sa robe, avait décidé de rester, de retourner à ses vêtements.

Elle dit : « Si c'était arrivé une semaine plus tard, je serais veuve, n'est-ce pas ? Aujourd'hui, je ne suis rien.

— Non, non. Tu es merveilleuse, tu es belle. »

Elle rit à nouveau. Il contempla le perron, remarqua qu'il était parsemé de paillettes. Du mica ? Pendant quelques secondes, lui-même devint pierre. Froid et étincelant, inaltérable, heureux d'être foulé par des pieds.

« Je suis une vieille femme », dit-elle.

Il hésita. Catherine avait vingt-cinq ans passés. Ce qui avait fait l'objet de discussions à l'annonce du mariage, car Simon en avait à peine vingt. Mais elle n'était pas vieille ainsi qu'elle l'entendait. Elle n'était ni revêche ni vide, elle n'était pas éteinte.

Il dit : « Tu n'es pas coupable à mes yeux, ni desséchée ni bonne à mettre au rebut. »

Elle posa un doigt sur sa joue. « Tu es un gentil garçon.

— Est-ce que je te reverrai ?

— Bien sûr. Je serai ici, à la même place.

— Mais ce ne sera pas pareil.

— Non, ce ne sera pas tout à fait pareil, j'en ai peur.

— Si seulement... »

Elle attendit, prête à écouter ce qu'il allait dire. Il attendit aussi. Si seulement la machine n'avait pas pris Simon. Si seulement lui, Lucas, était plus âgé et en meilleure santé, s'il avait un cœur solide. Si seulement il pouvait épouser Catherine. Si seulement il pouvait quitter son corps et devenir la robe qu'elle portait.

Le temps d'un silence s'écoula, et elle l'embrassa. Elle posa ses lèvres sur les siennes.

Lorsqu'elle s'écarta il dit : « L'air n'est pas un parfum, il n'a aucun arôme, il est sans odeur, il plaît à ma bouche, j'en suis épris. »

Elle répondit : « Il faut rentrer, maintenant, et aller dormir. »

Il était temps de la quitter. Il n'y avait rien de plus à faire ou à dire. Pourtant, il s'attarda. Il ressentait cette impression qu'il avait parfois en rêve, d'être sur une scène devant un public, s'apprêtant à chanter ou à déclamer.

Elle se retourna, prit sa clé dans son réticule, l'introduisit dans la serrure. « Bonne nuit, dit-elle.

— Bonne nuit. »

Il descendit les marches. Sur le trottoir il s'adressa à la silhouette qui se retirait : « Des jeunes et des vieux, des sots comme des sages, je participe.

— Bonne nuit », répéta-t-elle. Et elle disparut.

Lucas ne rentra pas chez lui, bien que c'eût été l'endroit où il aurait dû aller. Il se dirigea plutôt vers Broadway, où se pressaient les vivants.

Broadway était pareil à lui-même, inchangé, un fleuve de lumière et de vie qui coulait à travers les ombres et les petits feux de la ville. Lucas éprouva, comme chaque fois qu'il s'y aventurait, une exaltation trouble, empreinte de dégoût, l'impression d'être un espion envoyé dans un autre pays, un royaume de riches. Il marcha avec une nonchalance affectée, espérant être aussi invisible aux autres que ceux-ci étaient visibles à ses yeux.

Sur le trottoir autour de lui, les derniers acheteurs abandonnaient la rue aux premiers noctambules. Des femmes en robe couleur gorge-de-pigeon, couleur de pluie, passaient dans un froufrou, chargées de paquets, parlant à voix basse sous leur chapeau à plumes. Les hommes en pardessus marchaient d'un pas assuré, répandaient l'odeur âcre de leur cigare, exhibaient leurs dents étincelantes, frappaient le pavé de leurs bottines couleur de réglisse. Les voitures tirées par des chevaux ramenaient leurs maîtresses chez elles, et les vendeurs de journaux criaient : « Une femme assassinée à Five Points, tout sur le crime ! » Des rideaux rouges se gonflaient aux fenêtres des hôtels, sous un ciel que la nuit parait d'un rouge plus profond. Quelqu'un jouait *Lilith* sur un orgue de Barbarie, cependant la musique semblait émaner de la rue entière, comme si en marchant avec une pareille assurance, un tel contentement, les piétons la faisaient jaillir du trottoir.

Le ciel où était Simon, s'il y était, ressemblait peut-être à ça. Lucas imaginait les âmes des disparus en train de marcher sans fin, avec la musique qui s'élevait des pavés et les rideaux qui laissaient filtrer la lumière. Mais ce ciel-là serait-il un paradis pour Simon ? Son frère était (avait été) bruyant et exubérant, satisfait de chanter et de manger. Quoi d'autre l'avait rendu heureux, sinon ? Il ne s'était soucié ni de robes ni de rideaux. Il ne s'était jamais intéressé à Walt ou au livre. Qu'avait-il désiré que ce paradis pouvait procurer ?

Pour Lucas, Broadway était l'image du paradis. Broadway, Catherine et le livre. Dans ce paradis, il serait tout ce qu'il voyait et entendait. Il serait lui-même et Catherine ; il serait l'orgue de Barbarie et les lampadaires ; il serait les chaussures qui frappaient le pavé, et il serait le pavé sous les chaussures. Il monterait avec Catherine le cheval de la vitrine de Niedermeyer, qui aurait la taille d'un cheval véritable mais la perfection des jouets, foulant paisiblement les pavés ronds de ses roues écarlates.

Il dit : « Je suis grand, je contiens des multitudes. » Un homme en pardessus lui lança un regard étrange, comme le faisaient en général les passants. Dans le paradis de Lucas, l'homme aurait fait partie des anges, il aurait été aussi grassouillet et prospère qu'il l'était sur terre, mais dans l'autre monde Lucas n'aurait rien eu d'étrange à ses yeux. Au ciel, Lucas serait beau. Et il parlerait une langue que tous comprendraient.

Les pièces de l'appartement lorsqu'il y retourna étaient sombres et silencieuses. Il retrouva le poêle, les chaises et le tapis, dont le motif prenait une apparence fantomatique dans le noir. Sur la table trônait la boîte à musique qui avait ruiné la famille, un petit coffret avec une rose gravée sur le couvercle. Elle pouvait encore jouer *Blow the Candle Out* et *Oh, Breathe Not His Name* comme le jour où Mère l'avait achetée.

Il y avait les visages, aussi, qui vous regardaient du haut des murs, objets de vénération et d'interrogation, régulièrement époussetés : Matthew au milieu, six ans, l'œil noir, l'air grave et composé annonçant la grippe qui ferait de lui un portrait un an plus tard. Ce rusé d'oncle Ian, qui trouvait amusant de pouvoir être un jour un visage sur un mur ; et là, l'expression de satisfaction de Grand-Mère Aileen, qui estimait que vivre représentait un inconvénient passager et la mort sa seule et véritable maison. Tous étaient au ciel selon Mère, convaincue que le ciel était une Irlande où personne ne mourait de faim.

Elle serait obligée de faire de la place pour la photo de Simon, mais le mur était entièrement recouvert. Lucas se demanda s'il faudrait ôter l'un des morts les plus anciens.

Il s'arrêta devant la chambre de ses parents. Il perçut leur respiration de l'autre côté de la porte – quels étaient leurs rêves ? Il s'attarda un moment, seul dans l'obscurité endormie, avant de regagner la chambre qu'il avait partagée avec Simon.

Là se trouvait leur lit, et au-dessus du lit l'ovale d'où les contemplait sainte Brigid, douloureuse et extatique, couronnée d'une auréole de feu que Lucas prenait pour la représentation de son mal de crâne quand il était plus jeune. Et là les patères auxquelles étaient accrochés leurs vêtements, à Simon et à lui. Sainte Brigid regardait d'un air chagrin les habits vides, comme s'ils étaient les corps désertés des croyants une fois leur âme envolée. Elle semblait s'interroger sous son auréole de lumière : où étaient donc les mécanismes du désir et du besoin qui avaient jadis porté chemise et pantalon ? Ils étaient au ciel. Un ciel qui ressemblait à Broadway ou à l'Irlande ? Ils étaient dans des boîtes enfouies dans la terre. Dans des photos et des médaillons, dans des pièces qui refusaient de livrer les souvenirs de ceux qui s'étaient nourris, s'étaient disputés, avaient rêvé entre leurs murs.

Lucas se dévêtit et se mit au lit du côté de Simon. De l'oreiller émanait son odeur. Lucas la huma. C'était ce qu'exhalait son corps : le pétrole et la sueur. Et cet effluve sous-jacent de suif et d'autre chose, que Lucas ne pouvait attribuer à personne qu'à lui, une odeur qui évoquait le pain sans être une odeur de pain, mais simplement ce que sentait le corps de Simon lorsqu'il bougeait et respirait.

Et là, visibles à travers la fenêtre, il y avait les rideaux éclairés d'Emily Hoefstaedler derrière la gaine d'aération. Emily travaillait avec Catherine à Mannahatta, cousait des manches de corsages. Elle se régalait en cachette de pâtisseries turques, qu'elle gardait dans une boîte en argent dissimulée dans sa chambre. Elle était sans doute en train d'en manger à cet instant même, pensa Lucas, là-bas, derrière le rideau. Que serait le paradis pour Emily, qui aimait les sucreries et avait eu faim de Simon ? Y aurait-il un Simon qu'elle pourrait dévorer ?

Il alluma la lampe et prit le livre à sa place habituelle, sous le matelas. Il commença à lire :

« *"Qu'est-ce que l'herbe ?"* dit l'enfant, m'en offrant de pleines
[poignées.
Comment pourrais-je répondre à l'enfant ? Je ne le sais guère
[plus que lui.
Peut-être est-ce l'étendard de mon humeur, tissé d'un vert espoir.

À moins que ce soit le mouchoir du Seigneur,
Un cadeau parfumé, souvenir tombé à dessein,
Marqué au nom du propriétaire dans un coin, afin que nous
[puissions le voir et le remarquer, et dire : « À qui ? »

Il lut et lut encore. Puis referma le livre et l'éleva devant ses yeux, fixant le portrait de Walt, le petit visage barbu qui, sur le papier, le contemplait. Bien que pareille pensée pût paraître coupable, il ne pouvait s'empêcher d'imaginer que Dieu devait ressembler à Walt, avec ses yeux espiègles et bienveillants, sa barbe floconneuse à l'aspect comestible. Il avait vu Walt à deux reprises, dans la rue, et il croyait avoir aperçu sainte Brigid, un jour, vêtue d'un long manteau et de mélancolie, se glissant à travers l'embrasure d'une porte, coiffée d'un chapeau pour dissimuler son auréole. Il aimait savoir qu'ils étaient là, en ce monde, mais préférait les voir résider ici, sur la page et sur le mur. Lucas remit le livre sous le matelas. Il éteignit la lumière. De l'autre côté de la gaine d'aération, il pouvait voir les rideaux éclairés d'Emily. Il enfouit son visage dans l'oreiller de Simon. Simon était encore parmi eux. L'oreiller conservait son odeur.

Lucas chuchota dans l'oreiller : « Tu devrais partir, maintenant. Je crois qu'il est temps. »

Le matin il prépara le thé pour son père et lui, sortit du pain. Son père était à table avec son respirateur, un tube et un soufflet sur un support métallique, montés sur trois pieds minces de section carrée. Sa mère n'était pas encore levée.

Lorsque Lucas eut mangé son pain et bu son thé, il dit : « Au revoir, Père. »

Son père le regarda, l'air étonné. Les années passées à la tannerie lui avaient donné l'apparence du cuir. Sa peau brunie, au grain fin, épousait parfaitement sa tête à la mâchoire proéminente. Ses yeux sombres étaient enchâssés comme des bijoux. La beauté de Simon, ses traits larges et hautains, venaient en grande partie de leur père. Personne ne savait par quel hasard Lucas était comme il était.

« Au r'voir, donc », dit son père. Il porta le tube à ses lèvres, aspira une bouffée. Le petit soufflet se gonfla et se dégonfla. Depuis qu'il était fait de cuir, avec des pierres précieuses en guise d'yeux, la machine respirait à sa place.

« Iras-tu voir Mère ? demanda Lucas.

— Oui. »

Lucas posa sa main menue sur la main brune de son père. Il se félicitait d'aimer son père. C'était le mieux qu'il pouvait faire.

« Je pars à l'usine, dit-il.

— Oui », répondit son père, et il inspira de nouveau. L'appareil était un cadeau de la tannerie. On le lui avait donné ainsi qu'un peu d'argent. Il n'y avait pas eu un sou pour Simon, il était mort par sa faute.

Lucas embrassa son père sur le front. L'esprit de son père était aussi en cuir à présent, mais sa bonté demeurait. Il avait seulement perdu ce qui était compliqué. Il pouvait encore faire ce qu'il avait besoin de faire. Il pouvait encore aimer la mère de Lucas et s'occuper d'elle. Lucas espérait qu'il en était encore capable.

« À ce soir, donc.

— Oui », répondit son père.

Sur le chemin de l'usine, Lucas s'arrêta devant l'école. Il n'entra pas mais contourna le bâtiment et jeta un regard par la fenêtre. Il voyait M. Mulchady assis à son bureau, l'air renfrogné, les petites flammes des lampes qui dansaient sur ses lunettes, ainsi que les autres élèves, penchés sur leurs devoirs. L'école continuerait sans lui. Il y avait toujours les mêmes bureaux et les mêmes ardoises. Les deux cartes au mur, la Terre et les étoiles. Lucas n'avait compris que récemment (il lui arrivait parfois d'être un peu lent) que ces cartes étaient différentes. Il avait cru, sans songer à demander s'il en était autrement, que les étoiles étaient une version du monde, qu'elles reflétaient les pays et les océans. Pourquoi, sinon, les avoir placées côte à côte ? Quand il était plus jeune, il avait trouvé New York sur une carte du monde et son pendant sur la carte du ciel, les Pléiades.

C'était M. Mulchady qui lui avait donné, ou plutôt prêté, le livre de Walt. M. Mulchady disait que Lucas avait l'âme d'un poète, ce qui était aimable de sa part mais faux. Lucas n'avait pas d'âme du tout. Il était un étranger, un citoyen de nulle part, venu du comté de Kerry mais échoué à New York, où il avait grandi comme une pomme de terre rongée par le mildiou ; où il ne chantait ni ne criait comme les autres Irlandais ; un étranger que n'habitait aucune âme mais un vide rempli ici et là de douloureux élans de tendresse, pour la carte des étoiles et le reflet des flammes sur les lunettes de M. Mulchady ; pour Catherine et sa mère et un cheval à roulettes. Il ne pleurait pas Simon et il n'avait aucune certitude concernant le paradis, aucune soif du sang revivifiant du Christ. Ce qu'il voulait, c'était le tapage de la ville, voir les gens tirer leurs charrettes pleines de blé ou de charbon, danser au son des violons, pleurer ou rire, vendre, mendier, marchander, pas toujours joyeusement mais toujours avec une énergie qui était ce qu'il entendait, en secret, par âme. Une vigueur arrogante, indestructible. Il espérait que le livre pourrait la lui insuffler.

Aujourd'hui, d'un coup, il en avait fini avec l'école. Il aurait aimé dire au revoir à M. Mulchady, mais il serait obligé de rendre le livre, et il en était incapable, pas tout de suite. Il n'était encore qu'un costume inhabité. Il espérait que M. Mulchady ne verrait pas d'inconvénient à attendre.

Lucas dit adieu, en silence, à la classe, aux cartes et à M. Mulchady.

L'usine était une ville en soi, faite de murs et de tours de brique rouge, avec un portail assez grand pour que six chevaux y pénètrent de front. Lucas franchit la grille, au milieu d'une foule d'hommes et de jeunes garçons. Certains marchaient en silence. D'autres parlaient, riaient. L'un dit : « Énorme, tu n'as jamais vu quelqu'un d'aussi gros qu'elle », et un autre répondait : « Je les aime grosses. » Les plus jeunes étaient pâles. Les plus âgés avaient la peau tannée.

Lucas, hésitant, pénétra avec eux dans une cour pavée où des plaques de fer d'un brun presque noir, sombres comme de grandes tablettes de chocolat, étaient empilées contre les murs de brique. Il se dirigea avec d'autres vers une porte à l'extrémité opposée de la cour, une entrée voûtée dont l'intérieur tremblotait dans l'obscurité.

Il s'immobilisa. Les autres continuèrent à avancer. Un homme coiffé d'une casquette bleue le bouscula, jura, puis poursuivit son chemin. Qui sait si l'homme ne serait pas avalé comme Simon l'avait été. Ce que dédaignerait la machine serait mis dans une boîte puis transporté de l'autre côté du fleuve.

Lucas ne savait pas s'il devait entrer ou attendre ici. Il se dit qu'il était peut-être stupide d'attendre. Les autres étaient si assurés, bruyants mais sûrs d'eux, tels des soldats indisciplinés dans un défilé. Lui détestait attirer l'attention. Mais il pensa aussi que s'il s'avançait davantage il risquait d'être amené à faire une erreur, indéfinie mais irrémédiable. Il demeura immobile, torturé par le doute, au milieu du flot ininterrompu.

Bientôt, Lucas se retrouva seul, à l'exception de quelques traînards qui le dépassaient en courant sans paraître le voir. Enfin – comme par une grâce indicible –, un homme sortit du bâtiment et demanda : « Est-ce que tu es Lucas ? »

C'était un gaillard immense au teint gris dont le visage, aussi large qu'une pelle, ne bougeait pas quand il s'exprimait. Seule sa bouche remuait, on aurait dit une créature de fer dotée de la parole par magie.

« Oui », répondit Lucas.

L'homme l'examina d'un air sceptique. « Qu'est-ce que tu veux ? » Lorsqu'il parlait, des lueurs de rose jaillissaient de sa bouche, blafardes dans son visage gris.

« Je suis fort, monsieur. Je peux travailler aussi bien que n'importe qui.

— Et quel âge as-tu ?

— Treize ans, monsieur.

— Tu n'as pas treize ans.

— Je les aurai le mois prochain. »

L'homme secoua sa tête de fer. « Ce n'est pas un travail pour un enfant.

— Je vous en prie, monsieur. Je suis plus fort qu'on ne le croirait. » Lucas redressa ses épaules, s'évertuant à paraître plus robuste qu'il ne l'était.

« Bon, ils t'ont accordé la place. On verra comment tu te débrouilles. »

Malgré lui, Lucas déclara : « Misérable, de tes jurons je ne me moquerai ni de toi ne rirai.

— Quoi ?

— S'il vous plaît, monsieur, dit Lucas. Je travaillerai dur. Je peux tout faire.

— Nous verrons. Mon nom est Jack Walsh. »

Lucas tendit la main. Jack la regarda comme s'il lui offrait un lys. Il la prit dans la sienne, la pressa assez fort pour amener des larmes aux yeux de Lucas. Si Walt était le livre, Jack était l'usine. Un homme de fer, avec une bouche vivante.

« Viens, dit Jack. On va te mettre au travail. »

Lucas franchit la porte d'entrée à sa suite, pénétra dans un hall où des hommes derrière des fenêtres grillagées se penchaient d'un air maussade sur de la paperasse. Plus loin, ils arrivèrent dans une vaste salle occupée par un rang de fourneaux. Au-delà de la lumière des feux régnait la pénombre, un clair-obscur orangé qui s'altérait dans les coins les plus reculés, se transformant en une ombre meurtrie, secrète. La pièce suait la chaleur, le charbon, la créosote. Elle résonnait et sifflait. Des gerbes d'étincelles tourbillonnaient, voletaient comme des mouches. Au milieu, devant les fours, des hommes alimentaient les feux au moyen de longues perches noires.

« C'est la cokéfaction », dit Jack, et il n'ajouta rien. Lucas crut entendre « torréfaction » mais décida qu'il poserait des questions plus tard.

Jack le précéda devant les fourneaux, l'entraînant sous un fouillis de crochets noirs et de poulies de cuir qui pendaient du haut plafond, qu'éclairaient ici ou là les éclats orange des feux. Une grande porte ouverte dans la salle de cokéfaction donnait dans une autre salle, aussi vaste mais plus obscure, bordée de chaque côté par les masses brunâtres de machines aussi grotesques et énormes que des éléphants, des machines faites de courroies, de traverses et de roues qui tournaient en crissant et grinçant. L'endroit ressemblait à une écurie, ou à une étable. Il y grouillait une vie permanente, animale.

« Découpe et emboutissage, déclara Jack. C'est là que tu travailleras. »

L'atmosphère de la pièce n'était qu'un nuage de poussière, mais une poussière brillante, un flot de particules argentées qui clignotaient et scintillaient dans la lumière terne. Les hommes étaient à leurs machines, occupés à de mystérieuses tâches, courbés en avant, peinant de toute la force de leurs épaules et de leurs cuisses. Comme Jack, ils étaient devenus de la couleur de la salle. Étaient-ils mourants ou simplement devenus pareils à l'air environnant ?

Jack le conduisit à une machine située tout au fond. Une autre salle succédait à celle-ci, mais Lucas ne distingua qu'une immobilité sépulcrale et ce qu'il prit pour des caveaux, sortes de catacombes remplies de boîtes argentées. Peut-être y avait-il une autre salle à la suite, puis une autre, et encore une autre. Sans doute l'usine pouvait-elle s'étendre ainsi sur des kilomètres, telle une succession de cavernes. On aurait pu la parcourir pendant des heures pour aboutir enfin à – à quoi ? Lucas ne comprenait pas exactement ce qui s'y fabriquait. Simon n'en avait jamais parlé. Lucas s'était figuré quelque trésor, un joyau vivant, une boule de feu vert, infiniment précieuse, dont la fabrication exigeait un inlassable effort. Pourquoi n'avait-il jamais songé à poser la question ? Le travail de son frère avait toujours paru un mystère, qu'il fallait respecter et vénérer.

« Voilà, dit Jack en s'arrêtant devant une machine, tu travailleras ici.

— C'est ici que travaillait mon frère ?

— C'est ici. »

Lucas se tint sans bouger devant l'engin qui s'était emparé de Simon. Une roue dentée, semblable à un gigantesque rouleau de piano mécanique, placée au-dessus d'une large courroie bordée de crampons.

Jack dit : « Il faudra que tu sois plus prudent que ton frère. »

Lucas comprit à son ton que la machine n'était pas responsable. Il la regarda fixement, comme il avait dévisagé le gorille autrefois au cirque Barnum. Elle était énorme et impassible. Elle portait sa roue comme un escargot sa coquille, avec une fierté endormie et énigmatique. Et, pareille à un escargot dans sa coquille, la machine abritait dans ses entrailles une vie plus pressée, plus liquide. Au-dessous de la roue aux dents carrées tachetées d'éclats orange se trouvaient les rangées de crampons, le cuir pâle et nu de la courroie, les minces tiges des leviers. La roue baignait dans une ombre brun-noir. La machine était à la fois redoutable et tendre. Elle offrait sa courroie telle une promesse hésitante de bonté.

Jack dit : « Tom Clare, là-bas (il fit un signe de tête en direction d'un jeune homme courbé sur la machine suivante), il empile des plaques de tôle dans la caisse que tu vois là. Tom, voici Lucas, le nouveau. »

Tom Clare, le visage étroit, moustachu, leva les yeux. « Désolé pour ton frère. » Il avait probablement vu Simon se faire avaler par la machine. Était-il fautif ? Aurait-il pu réagir plus vite, se montrer plus courageux ?

« Merci », répondit Lucas.

Jack prit dans la caisse une plaque rectangulaire, de la taille d'une porte de four, et la plaça sur la courroie. « Faut bien la fixer », dit-il. Il vissa les crampons sur la plaque, trois de chaque côté. « Tu vois les lignes sur la courroie ? »

La courroie était marquée de lignes blanches, chacune tracée quelques centimètres au-dessus d'un des crampons. « La partie supérieure, expliqua Jack, doit être alignée avec précision. Tu comprends ? Elle doit se trouver exactement sur cette ligne.

— Je vois, dit Lucas.

— Quand elle est à l'aplomb de la ligne et que les crampons sont serrés, tu montes d'abord ce levier. »

Jack actionna un levier placé à droite de la courroie. La roue se réveilla et, avec un soupir, s'ébranla. Ses dents s'approchèrent à deux centimètres de la courroie.

« Dès que le tambour tourne, tu actionnes l'autre levier. »

Il tira un second levier placé à côté du premier. La courroie commença lentement à bouger. Lucas vit la plaque métallique être entraînée jusqu'à ce qu'elle entre en contact avec les dents de la roue. Les dents s'imprimèrent dans le métal avec le bruit que ferait un marteau tapant sur du verre sans parvenir à le briser.

« Maintenant, suis-moi. » Jack emmena Lucas à l'arrière de la machine, d'où la plaque émergeait lentement, marquée d'indentations.

« Une fois qu'elle est sortie, tu regagnes ta place et tu actionnes de nouveau les leviers. D'abord le second, ensuite le premier. Compris ?

— Oui », dit Lucas.

Jack tira les leviers et stoppa la machine, en premier la courroie, puis la roue. Il détacha les crampons de la plaque métallique.

« Maintenant, tu vérifies. Tu t'assures que l'impression est achevée. Quatre en largeur, six en longueur. Les indentations doivent êtres parfaites. Examine chaque carré. C'est important. S'il y a un défaut, tu apportes la plaque là-bas (il désigna le fond de la salle), à Will O'Hara, pour qu'il la refonde. Si tu as un doute, montre-la à Will. Si tu es sûr que les impressions sont parfaites, vraiment sûr, alors, apporte-la à Dan Heaney, là-bas. Des questions ?

— Non, monsieur, je ne crois pas.

— C'est bon. Vas-y. »

Lucas prit une plaque neuve dans la caisse. Elle était plus lourde qu'il ne s'y attendait mais pas trop difficile à manier. Il la hissa sur la courroie, la plaça avec soin à l'aplomb de la ligne blanche, et fixa les crampons. « Ça va comme ça ? demanda-t-il.

— À ton avis ? »

Il vérifia les crampons. « Est-ce que je peux actionner le levier maintenant ?

— Oui, lève-le. »

Lucas tira sur le premier levier, qui mit la roue en marche. Pendant un court instant, il se sentit transporté de joie. Il actionna alors le second levier, et la courroie se mit en branle. À son grand soulagement, les crampons tinrent bon.

« C'est bien », dit Jack.

Lucas regarda les dents mordre le métal. C'était donc ainsi que Simon avait été entraîné sous la machine, en premier le bras, puis le reste. La machine l'avait broyé entre ses dents aussi tranquillement que du métal. Elle avait sans doute dû croire – si les machines pouvaient croire – qu'elle avait façonné une plaque métallique de plus. Après en avoir terminé avec Simon, elle avait attendu patiemment la plaque suivante.

« Maintenant, allons inspecter le résultat. »

Lucas se dirigea avec Jack vers l'arrière de la machine, et vit ce qu'il avait fait. Une plaque de métal marquée d'impressions carrées, quatre en largeur, six en longueur.

Jack dit : « Ça te paraît bien ? »

Lucas regarda avec attention. On y voyait mal, dans la pénombre. Il passa un doigt sur chaque empreinte. « Je crois, oui.

— Tu en es sûr ?

— Je crois.

— C'est bon. Qu'est-ce que tu fais maintenant ?

— Je l'apporte à Dan Heaney.

— Exact. »

Lucas souleva la plaque emboutie puis l'apporta jusqu'à la machine de Dan Heaney. Dan inclina sa crinière de lion. Après un moment d'hésitation, Lucas plaça la plaque avec soin dans un casier et se tint à côté de la machine de Dan.

« C'est bien, dit Jack. »

Jack était content de lui. « Fais-en une autre.

— Monsieur, demanda alors Lucas, c'est quoi, ces choses que je fabrique ?

— Des carters, répondit Jack. Laisse-moi te regarder pendant que tu en fais un autre.

— Oui, monsieur. »

Lucas s'exécuta. Jack estima que c'était bien et partit s'acquitter d'autres tâches.

Les heures passèrent, Lucas n'aurait su dire combien. Il n'y avait pas d'horloge et la lumière du jour ne pénétrait pas. Il chargeait une plaque sur la courroie, l'alignait, la poussait sous la roue, et vérifiait les impressions. Quatre en largeur, six en longueur. Peu à peu, il essaya de faire tomber chaque plaque sur la courroie de telle façon que le bord supérieur touche presque la ligne blanche et qu'il lui suffise d'une imperceptible poussée pour la mettre en place. Au début, il espéra que les marques produites par la roue seraient parfaites, puis, au bout d'un temps qui lui parut une éternité, il espéra voir apparaître des défauts mineurs, un angle irrégulier, un imperceptible biseau, défauts qui seraient invisibles à des yeux moins attentifs que les siens. Il ne découvrit qu'une impression défectueuse, et encore. L'un des carrés semblait moins profond que les autres, quoi qu'il n'en fût pas totalement sûr. Néanmoins, il apporta fièrement la plaque à Will afin qu'elle soit refondue et par la suite il se sentit fort et compétent.

Quand il se lassa d'essayer de tomber pile sur la ligne dès le premier essai et ne se soucia plus de savoir s'il s'intéressait davantage aux défauts ou à la perfection, il s'efforça de penser à autre chose. Il s'efforça de penser à Catherine, à sa mère et à son père. Sa mère était-elle réveillée ? Était-elle redevenue comme avant, prête à cuisiner et à discutailler ? Il pensa à Simon. Mais le travail ne favorisait pas de telles pensées. Le travail exigeait de l'attention. Lucas se réfugia dans un état de sommeil éveillé, habité d'une détermination singulière laissant son esprit s'emplir de ce qui devait le remplir, à l'exclusion de tout le reste. Aligner, fixer, tirer, tirer à nouveau, vérifier.

C'est après l'heure du déjeuner que sa manche se prit dans un crampon. Son attention s'était relâchée. La traction était douce et insistante comme l'étreinte d'un enfant. Il tendait déjà la main vers le crampon suivant quand il s'aperçut qu'un bout de sa manche de chemise était pris dans la mâchoire serrée du premier, coincé dans la plaque de métal. Il se recula instinctivement, mais le crampon retenait le tissu avec fermeté, obstiné comme un rat accroché à un morceau de lard. Lucas songea soudain que la machine était bien faite – les mâchoires des crampons étaient puissantes et sûres. Il tira de nouveau, le crampon ne lâcha pas. C'est seulement lorsqu'il parvint à tourner maladroitement la vis de la main gauche que le crampon se desserra et relâcha sa manche. L'étoffe portait encore l'impression des minuscules dents du crampon.

Lucas contempla avec une stupéfaction muette le bord de sa manche. Voilà comment c'était. Vous laissiez votre attention dériver, vous pensiez à autre chose, et le crampon prenait ce qui lui était offert. C'était dans sa nature. Lucas jeta autour de lui un regard penaud, se demanda si Tom ou Will ou Dan avaient remarqué quelque chose. Non, ils n'avaient rien vu. Dan tapait avec une clé sur sa machine. Il frappait avec fermeté mais sans violence le côté du carter qui protégeait le mécanisme. La clé résonnait sur le métal comme une cloche d'église.

Lucas remonta ses manches jusqu'aux coudes. Il reprit son travail.

Il s'imagina, tandis qu'il chargeait les plaques sur la courroie, que les machines n'étaient pas inanimées ; pas tout à fait inanimées. Elles faisaient partie d'un ensemble : les machines, puis l'herbe et les arbres, puis les chevaux et les chiens, puis les êtres humains. Il se demanda si elle avait aimé Simon, à sa manière sereine et inattentive. Il se demanda si toutes les machines de l'usine, tous les fourneaux, les crampons et les courroies admiraient en silence leurs hommes, comme les chevaux admiraient leurs maîtres. Il se demanda si elles attendaient avec leur infinie patience le moment où leurs hommes s'égareraient, relâcheraient leur attention, laissant les machines s'emparer de leurs mains avec une vigueur amoureuse et les attirer à elles.

Il prit une autre plaque dans la caisse, l'aligna, serra les crampons, et la poussa sous les dents de la roue.

Où était Jack ? N'avait-il pas envie de savoir si Lucas accomplissait correctement son travail ? Au moment où la feuille passait sous la roue, Lucas dit : « L'élan, l'élan, l'éternel élan procréateur de l'Univers. »

Jack ne revint le voir qu'à la fin de la journée. Il le regarda, regarda la machine, hocha la tête et regarda Lucas à nouveau.

« Tu t'en es bien tiré, dit-il.

— Merci, monsieur.

— Tu reviendras demain, alors.

— Oui, monsieur. Merci, monsieur. »

Lucas tendit sa main à Jack et s'étonna en la voyant trembler. Il avait constaté que ses doigts saignaient ; il ne s'était pas aperçu de leur tremblement. Jack lui serra la main néanmoins. Sans paraître se soucier ni du tremblement ni du saignement.

« Prodigue, fit Lucas, tu m'as donné l'amour, à toi je donnerai l'amour ! »

Jack se figea. Son visage de fer se creusa de trois plis sur toute la largeur du front.

« Qu'est-ce que tu racontes ?

— Bonsoir, dit Lucas.

— Bonsoir », lui répondit Jack, perplexe.

Lucas s'éloigna d'un pas pressé, traversa avec les autres la salle de cokéfaction, où les hommes armés de perches noires refermaient les fourneaux. Il ne se souvenait pas d'avoir été ailleurs qu'à l'usine. Ou plutôt, il se rappelait sa vie antérieure à son arrivée à l'usine comme un rêve, fluide et immatériel. Elle pâlissait de la même manière que les rêves pâlissent au réveil. Rien n'était aussi réel que l'usine. Rien n'était aussi vrai. Aligner, visser, tirer, tirer encore, vérifier.

Une femme en robe bleu clair attendait à l'extérieur de l'usine. Lucas ne la reconnut pas sur-le-champ. Il vit d'abord qu'une femme était postée à l'entrée et pensa que l'usine avait convoqué un ange pour dire au revoir aux hommes, leur rappeler que le travail prendrait fin un jour et qu'un rêve plus long commencerait. Puis il comprit : Catherine était venue. Elle l'attendait.

Il la reconnut juste avant qu'elle le reconnaisse. À voir son visage, il devina qu'elle aussi l'avait oublié.

Il appela : « Catherine.

— Lucas ? »

Il courut vers elle. Elle habitait une sphère d'air pur et parfumé. Il était heureux. Il était furieux. Comment osait-elle venir ici ? Pourquoi le plonger ainsi dans l'embarras ?

Elle dit : « Regarde-toi. Tu es dégoûtant. Je ne t'ai pas reconnu au début.

— C'est moi.

— Tu es tout tremblant.

— Je vais bien. Ça va.

— J'ai pensé qu'il ne fallait pas que tu rentres seul chez toi. Pas le premier jour. »

Il dit : « Ce n'est pas un endroit convenable pour une femme.

— Pauvre petit, regarde-toi. »

Il se raidit. Il avait mis la roue en marche et vérifié chaque plaque.

« Je vais bien, répéta-t-il, plus fort qu'il ne l'aurait voulu.

— Bon, rentrons chez toi. Tu dois mourir de faim. »

Ils remontèrent Rivington Street. Elle ne prit pas son bras. Il était trop sale. Une brise irrégulière soufflait de l'East River et s'engouffrait dans la rue, soulevant de minuscules tempêtes de poussière où tournoyaient des bouts de papier. Les sombres façades des maisons de brique se dressaient de part et d'autre de la chaussée, le couvercle du ciel solidement refermé au-dessus d'elles. Le trottoir grouillait de passants qui partageaient le pavé avec les détritus s'amoncelant contre les bâtiments, masses sombres, humides et luisantes dans leurs recoins.

Lucas et Catherine se frayèrent avec difficulté un passage entre les façades et les monceaux d'ordures. Ils se retrouvèrent coincés derrière une femme et un enfant qui marchaient avec une lenteur désespérante. La femme – était-elle vieille ou jeune ? On ne pouvait le savoir en les voyant de dos – ménageait sa jambe gauche, et l'enfant, une petite fille vêtue d'une longue jupe déchirée, n'avait pas l'air de marcher mais d'être tirée par la main comme un meuble qu'on traîne jusqu'à la maison. Devant elles s'avançait un homme de haute taille, chauve, couvert d'un vague manteau de femme usé par endroits jusqu'à la corde, beaucoup trop étroit pour lui, et dont les manches, déchirées aux épaules, révélaient des lambeaux d'une doublure en satin rose. Lucas ne put s'empêcher d'imaginer ce cortège de marcheurs, pauvres et éprouvés, vêtus de vieilles hardes soit trop grandes soit trop petites, tirant derrière eux des enfants qui ne pouvaient ou ne voulaient pas bouger, arpentant Rivington Street, poussés par quelqu'un ou quelque chose à se mouvoir, lentement mais inexorablement, et que l'on aurait crus animés par leur seule volonté ; marchant sans répit, passant devant les maisons et les étables, devant les tavernes et l'usine, avant d'atteindre le fleuve où ils allaient tomber, les uns après les autres, et poursuivre leur marche au fond de l'eau, noyés mais toujours en mouvement, jusqu'à ce que la rue soit enfin déserte et que tous soient immergés dans le fleuve, peinant le long de son lit limoneux, au milieu de ses courants marron et jaune soufre, pénétrant au plus profond de ses ténèbres, jusqu'à atteindre l'océan, cette multitude de marcheurs, jusqu'à se trouver entraîner vers la haute mer, où les poissons argentés nageaient en silence, où l'ocre du fleuve cédait la place au bleu d'encre, où les nuages flottaient à la surface, loin, loin au-dessus, et être libres, tous, de se laisser emporter, leurs manteaux déployés comme des ailes, leurs enfants volant sans effort, une nation tout entière de morts, qui s'égaillaient, flottaient, à peine éclairés, se dispersant comme des constellations dans l'immensité azur.

Catherine et lui atteignirent le Bowery, où les voyous vêtus de couleurs vives se pavanaient devant les tavernes et les bars à huîtres. Ils fanfaronnaient, parlaient fort, mâchaient des cigares gros comme des saucisses. L'un d'eux effleura son haut-de-forme à l'adresse de Catherine, avant d'être entraîné plus loin par ses compagnons hilares. Le Bowery était le jumeau, en moins bien, de Broadway, une étoile mineure dans la constellation, quoique ni moins brillante ni moins bruyante. Pourtant, il y avait davantage de place pour marcher. Et les vrais pauvres y étaient plus nombreux.

Catherine dit : « C'était affreux, non ? »

Lucas répondit : « Le mécanicien remonte ses manches, le policier fait sa ronde, le portier surveille qui passe.

— Je t'en prie, Lucas, parle-moi normalement.

— Le contremaître a dit que je m'en étais bien sorti.

— Peux-tu me promettre une chose ?

— Oui.

— Promets-moi que tant que tu travailleras là-bas tu te montreras très, très prudent. »

Contrit, Lucas se rappela le crampon. Il n'avait pas fait attention. Il s'était laissé aller à rêvasser.

Il dit : « Je sais que je suis immortel, je sais qu'un compas de charpentier ne peut parcourir le trajet de mon orbite.

— Et promets-moi que, dès que tu le pourras, tu quitteras cet endroit et chercheras une autre place.

— Promis.

— Tu es… »

Il attendit. Qu'était-il ?

Elle dit : « Tu es fait pour d'autres choses. »

Il fut heureux d'entendre ces mots, plus ou moins. Il avait espéré davantage. Il aurait voulu qu'elle lui révèle quelque chose, sans savoir quoi. Il aurait voulu un merveilleux mensonge qui serait devenu vrai au moment où elle l'aurait prononcé.

Il dit : « Je le promets. » Pour quoi était-il fait exactement ? Il ne put se décider à lui poser la question.

« C'est trop dur, dit-elle.

— Et toi ? Comment s'est passée ta journée, aujourd'hui ?

— Bien. J'ai cousu et cousu, sans arrêt. C'était un soulagement, en vérité, de travailler.

— Est-ce que... »
Elle attendit. Que voulait-il savoir ?
Il demanda : « Est-ce que tu as fait attention ? »
Elle rit. Son visage s'empourpra. Sa question était-elle à ce point ridicule ? Elle paraissait tellement vulnérable, comme si quelqu'un d'aussi gentil qu'elle, qui sentait si bon, ne pouvait qu'être blessé, un jour ou l'autre.
« J'ai fait attention. Tu t'inquiètes donc pour moi ?
— Oui. » Il espéra que cette affirmation n'était pas absurde de sa part. Il redoutait de la voir rire de nouveau.
« Il ne faut pas, dit-elle. Tu dois penser à toi et à toi seul. Promets-le-moi. »
Il dit : « Chaque atome qui m'appartient t'appartient tout autant.
— Merci, mon chéri », répliqua-t-elle. Et elle n'en dit pas davantage.
Il la raccompagna jusqu'à sa porte, dans la 5e Rue. Ils s'attardèrent sur le perron parsemé d'éclats scintillants.
« Il faut que tu rentres, à présent, dit-elle, tu dois dîner.
— Puis-je te poser une question ?
— Demande-moi ce que tu veux.
— Je voudrais savoir ce que je fabrique à l'usine.
— Eh bien, l'usine produit une quantité de choses, je crois.
— Quelles choses ?
— Des pièces pour des machines plus importantes. Des engrenages et des écrous... d'autres pièces.
— On m'a dit que je fabriquais des carters.
— C'est ça. C'est ce que tu fais.
— Je comprends », dit-il. Il ne comprenait pas, mais il lui sembla préférable de changer de sujet. Il lui semblait préférable d'être quelqu'un qui savait ce qu'était un carter.
Catherine le regarda avec tendresse. Allait-elle l'embrasser à nouveau ?
Elle dit : « Je voudrais te donner quelque chose. »
Il frissonna, garda les mâchoires fermement serrées. Il ne parlerait pas, ni avec les mots du livre, ni avec les siens.
Elle défit le col de sa robe et mit sa main dans l'encolure. Elle en retira le médaillon, passa la chaîne par-dessus sa tête, et les tint tous les deux dans sa paume.

Elle dit : « Je veux que tu le portes.
— Je ne peux pas.
— Il contient une mèche de cheveux de ton frère.
— Je sais. Je le sais.
— Et sais-tu que Simon portait son pendant avec mon portrait ?
— Oui.
— On ne m'a pas permis de le voir, dit-elle.
— Personne ne l'a vu.
— Mais l'entrepreneur des pompes funèbres m'a dit que le médaillon se trouvait encore sur lui. Et que Simon l'avait dans son cercueil. »

Simon avait donc emporté Catherine avec lui. Il y avait quelque chose de Catherine dans la boîte de l'autre côté du fleuve. Était-elle de ce fait un membre de la communauté des morts ?

Catherine dit : « Je serais plus heureuse si tu le portais à l'usine.
— Il est à toi.
— Disons qu'il est à nous. À toi et à moi. Veux-tu accepter, pour me faire plaisir ? »

Lucas ne put protester. Comment refuser de lui faire plaisir ?

Il dit : « Si tu veux. »

Elle lui passa la chaîne autour du cou. Le médaillon pendit contre sa poitrine, un petit globe doré. Elle l'avait porté à même la peau.

« Bonsoir, dit-elle. Rentre dîner et va tout de suite au lit.
— Bonsoir. »

Elle l'embrassa alors, non sur les lèvres, mais sur la joue. Puis elle se détourna, introduisit la clé dans la serrure. Il sentait encore le baiser sur sa peau après qu'elle se fut écartée.

« Bonsoir, dit-il. Bonsoir, bonsoir.
— Va, lui ordonna-t-elle. Fais ce que tu as à faire pour ta mère et ton père, et repose-toi. »

Il dit : « Au-dessus de la lune... au-dessus de la nuit, je m'élève. »

Elle lui lança un bref regard du seuil de la porte. C'était une fille qui avait eu le rire facile, toujours la première à danser. Elle le regardait ce soir avec un tel chagrin. L'avait-il déçue ? Avait-il ajouté à sa tristesse ? Il demeura immobile et impuissant, figé par l'expression de ses yeux. Elle tourna les talons et rentra.

Chez lui, il prépara ce qu'il trouva à manger pour son père et lui. Il restait quelques rogatons de ce qui avait été apporté pour la cérémonie après l'enterrement. Un morceau de jambon gras, de la marmelade, un quignon de pain. Il déposa le tout devant son père, qui cligna des paupières, dit « Merci » et mangea. Entre chaque bouchée, il respirait à travers l'appareil.

La mère de Lucas était encore au lit. Comment parviendraient-ils à se nourrir si elle ne se levait pas bientôt ?

Tandis que son père s'évertuait à manger et respirer, Lucas alla dans la chambre de ses parents. Doucement, avec hésitation, il ouvrit la porte. La pièce était plongée dans l'obscurité, pleine de laine et de meubles vernis. Au-dessus du lit pendait le crucifix, noir dans la nuit sombre.

Il dit : « Mère ? »

Il entendit le froissement des draps. Il entendit le murmure de sa respiration.

Elle dit : « Qui est là ? »

— Ce n'est que moi. Lucas.

— Lucas. Mon p'tit. »

Son cœur frémit. Il crut un instant qu'il pourrait demeurer avec sa mère dans la douce et chaude pénombre. Qu'il pourrait rester auprès d'elle et lui parler du livre.

« Est-ce que je t'ai réveillée ?

— Je suis toujours réveillée. Approche-toi. »

Il s'assit au bord du matelas. Il voyait la masse de ses cheveux répandue sur l'oreiller. Il voyait son nez et son menton, les sombres cavités de ses yeux. Il lui toucha le visage. Il était chaud et poudreux, sec comme de la craie.

« As-tu soif ou faim ? demanda-t-il. Veux-tu que je t'apporte quelque chose ? »

Elle dit : « Que t'est-il donc arrivé ? Qu'est-ce qu'ils ont fait pour que tu sois tout noir ?

— Je suis allé travailler, Mère. Ce n'est rien d'autre que de la poussière.

— Où est Lucas, alors ?

— Je suis ici, Mère.

— Bien sûr, tu es là. Je ne vais pas très bien, hein ?
— Je vais t'apporter de l'eau.
— Faut s'occuper des poules. Est-ce que tu as été voir les poules ?
— Les poules, Mère ?
— Oui, p'tit. Il est tard, hein ? Sûr qu'il est très tard.
— Nous n'avons pas de poules.
— Nous n'en avons pas ?
— Non.
— Pardonne-moi, mais nous avons des poules.
— Ne t'inquiète pas, Mère.
— Oh, ça va bien de dire "ne t'inquiète pas" quand les poules ont disparu et les pommes de terre aussi. »

Lucas lui caressa les cheveux. Il dit : « Divin je suis, dehors comme dedans, je sanctifie ce que je touche, je sanctifie ce qui me touche.

— C'est bien, mon chéri. »

Lucas resta auprès d'elle en silence, à lui caresser les cheveux. Elle avait été nerveuse et vive autrefois, encline à se disputer, vite en colère et lente à rire. (Seul Simon pouvait la faire rire.) Elle s'était peu à peu effacée, pendant une année ou davantage, de plus en plus pressée d'en avoir fini avec son travail et d'aller au lit, mais encore elle-même, encore dévouée et affectueuse, par accès, encore sensible aux offenses et aux affronts secrets. Maintenant que Simon était mort elle était devenue ça : un visage sur un oreiller, qui demandait des nouvelles des poules.

Il dit : « Veux-tu que je t'apporte la boîte à musique ?
— Ce serait gentil. »

Il alla dans le salon, revint avec et l'éleva à la hauteur de ses yeux.

« Ah oui », fit-elle. Sa mère savait-elle que cette boîte les avait ruinés ? Elle n'en parlait jamais. Elle y semblait aussi attachée que s'il n'était rien arrivé à cause d'elle.

Lucas tourna la manivelle. À l'intérieur, le cylindre de cuivre tourna sous les minuscules marteaux. La boîte joua *Forget Not the Field*, à sa modeste façon, ses notes métalliques et cristallines s'égrenant dans l'air confiné de la chambre. Lucas chanta en mesure avec le refrain.

> *N'oublie pas le champ où ils ont péri,*
> *Le plus fidèle, le dernier des braves,*
> *Tous disparus – et le vif espoir que nous avions chéri*
> *Englouti, refroidi dans la tombe avec eux.*

Sa mère posa une main sur la sienne. « Ça suffit, dit-elle.
— Ce n'est que le premier couplet.
— Ça suffit, Lucas. Remporte-la. »

Il lui obéit et alla remettre la boîte à musique à sa place, sur la table du salon, où elle continua de jouer *Forget Not the Field*. Elle s'arrêterait d'elle-même.

Son père avait quitté sa place à la table pour son fauteuil près de la fenêtre. Il hocha la tête d'un air grave, comme s'il approuvait les paroles du morceau.

« Tu aimes cet air ? lui demanda Lucas.

— On peut donc pas l'arrêter, répondit son père avec sa nouvelle voix, presque indiscernable de sa respiration, comme si le soufflet de l'appareil chuchotait les mots en ventilant l'air.

— Elle va bientôt s'arrêter.
— Tant mieux. »

Lucas dit : « Bonsoir, Père », parce qu'il ne trouva rien d'autre à dire.

Son père hocha la tête. Pourrait-il se mettre au lit tout seul ? Lucas estimait que oui. Il l'espérait.

Il alla dans sa chambre, la sienne et celle de Simon. La fenêtre d'Emily était éclairée. Elle consumait sa bougie, aussi scrupuleusement que Lucas lorsqu'il lisait son livre.

Il se dévêtit mais ne retira pas le médaillon. S'il l'ôtait, si jamais il l'ôtait, ce ne serait plus quelque chose que Catherine lui avait passé autour du cou. Cela deviendrait quelque chose qu'il aurait mis tout seul.

Avec précaution il chercha le fermoir du médaillon et l'ouvrit. Elle était là, la mèche brune de Simon, nouée avec un bout de ruban violet. Et, dessous, le visage de Simon était dissimulé par les cheveux. Lucas reconnut la photo : Simon deux ans auparavant, fronçant les sourcils à l'intention du photographe, les yeux plissés et la mâchoire serrée. Le visage dans le médaillon était mat, comme de la crème tournée. Les yeux (l'un n'était qu'en partie visible à travers la mèche de cheveux) étaient noirs. Lucas eut l'impression de regarder Simon dans son cercueil, ce que personne n'avait été autorisé à faire. La machine l'avait rendu trop monstrueux. À présent, dans le silence de la pièce, le Simon qui était encore avec eux rejoignait le Simon du médaillon, et il était là, multiple de lui-même. Il était là, avec son odeur, et sa lourdeur ; sa manie, les soirs où il buvait, de frapper Lucas pour rire. Lucas referma le médaillon, qui produisit un petit claquement métallique.

Il se mit au lit, de son côté à lui. Il lut le passage du soir.

« Peut-être l'herbe est-elle enfant elle aussi, nouveau-née de la [végétation.

Peut-être est-elle notre hiéroglyphe à tous
Qui signifie, je pousse partout, dans les grands et les petits [espaces,
Je grandis parmi les Noirs et parmi les Blancs,
Canadien, Tuckahoe, député, Négro, je leur donne à tous autant, [Je les accueille pareillement. »

Quand il eut fini, il éteignit la lampe. Simon était présent dans le médaillon et à l'intérieur de la boîte dans la terre, tellement changé qu'ils avaient cloué le couvercle. Lucas résolut de ne plus ouvrir le médaillon. Il le porterait toujours mais le garderait à jamais fermé.

Il s'endormit et se réveilla à nouveau. Il se leva puis s'habilla pour préparer le petit déjeuner de son père avant de partir au travail, sentant sur son cou le poids nouveau du médaillon, dont le disque rebondissait doucement contre sa poitrine, souvenir de la mort permanente de Simon qu'il devait porter près de son cœur, parce que Catherine l'y avait mis.

Il donna à son père le reste de marmelade pour son petit déjeuner. Il ne restait rien d'autre.

Laissant son père manger, Lucas hésita devant la porte de la chambre de ses parents. Pas un son ne lui parvenait de l'intérieur. Qu'arriverait-il si sa mère ne sortait plus jamais ? Il prit la boîte à musique sur la table et pénétra dans la pièce, aussi silencieusement que possible. Sa mère était une forme dans le noir, qui ronflait doucement. Il posa la boîte sur la table de chevet. Elle voudrait peut-être l'écouter à son réveil. Sinon, elle saurait au moins que Lucas avait pensé à elle en la mettant là.

Jack n'était pas présent pour l'accueillir lorsqu'il arriva à l'usine. Lucas s'arrêta à l'entrée, parmi les autres, mais ne s'attarda pas. Il était plus probable que Jack l'attendait devant la machine, pour lui dire qu'il s'en était bien tiré la veille et l'encourager à continuer aujourd'hui. Il franchit le hall, dépassant les hommes qui derrière leur grillage compulsaient leurs papiers d'un air morose. Il traversa la salle de cokéfaction et se dirigea vers sa machine. Tom, Will et Dan lui dirent bonjour, comme s'il était parmi eux depuis longtemps, ce qui lui fit plaisir. En revanche, aucune trace de Jack Walsh.

Lucas se mit à la tâche. Jack l'en féliciterait lorsqu'il serait là. Lucas se posta fermement devant la machine. Il prit la première plaque dans la caisse de Tom. Aligner, fixer, tirer, tirer à nouveau, vérifier.

Il vérifia chaque plaque. Une heure s'écoula, ou ce qui lui parut une heure. Puis une autre. Ses doigts se remirent à saigner. Il y avait des taches de son sang sur les feuilles quand elles passaient sous la roue. Il essuya les plaques avec sa manche avant de les porter à Dan.

Peu à peu, il s'aperçut que les journées à l'usine étaient si longues, faites d'un seul geste si souvent répété, qu'à la fin elles devenaient un monde à l'intérieur du monde, et que ceux qui habitaient ce monde, tous les hommes de l'usine, y passaient la plus grande partie de leur vie, rendant de courtes visites à l'autre monde, dans lequel ils mangeaient, dormaient et se préparaient à repartir. Les hommes de l'usine avaient renoncé à leur droit de cité ; ils avaient émigré à l'usine comme les parents de Lucas avaient émigré à New York après avoir quitté le comté de Kerry. Leurs vies antérieures étaient les rêves qu'ils faisaient chaque nuit, dont ils se réveillaient chaque matin à l'usine.

Ce ne fut qu'en fin de journée, quand retentit le sifflet, que Jack apparut. Lucas attendait – quoi ? Des retrouvailles ? Une explication. Il crut que Jack allait prétexter un enfant malade ou un cheval boiteux. Jack allait serrer sa main ensanglantée (ce que Lucas redoutait autant qu'il le désirait). Il dirait à Lucas qu'il avait bien travaillé. Lucas avait aligné chaque plaque à la perfection. Il les avait vérifiées l'une après l'autre.

Au lieu de quoi, Jack se tint à côté de lui et dit : « Bon, ça va. »

Il n'y avait aucune intonation d'approbation dans sa voix. Lucas crut un instant que Jack l'avait confondu avec un autre. (Catherine ne l'avait pas reconnu au début, sa mère ne l'avait pas reconnu non plus.) Il se retint de dire : « C'est moi. C'est Lucas. »

Jack s'éloigna. Il se dirigea vers Dan, lui parla brièvement et passa dans la pièce suivante, la salle des catacombes.

Lucas demeura à sa machine, bien que le moment fût venu de partir. La machine resta telle qu'elle était, avec sa courroie et ses leviers, ses rangées de dents les unes à la suite des autres.

Il dit : « Qui a peur de l'engloutissement ? »

Lui, il avait peur. Il redoutait la pérennité de la machine, sa capacité à être là, toujours, et l'obligation à laquelle il était tenu de revenir vers elle après une courte interruption pour dormir et se nourrir. Il craignait d'en arriver un jour à ne plus prendre garde à lui. Un jour, il ne se méfierait pas et serait attiré dans la machine comme l'avait été Simon. Il serait embouti (quatre en largeur, six en longueur) et expulsé, mis dans une boîte et emporté de l'autre côté du fleuve. Tellement changé que personne ne le reconnaîtrait, ni les vivants ni les morts.

Où irait-il ensuite ? Il ne pensait pas avoir assez d'âme pour le paradis. Il resterait dans une boîte de l'autre côté du fleuve. Son portrait serait-il accroché au mur du salon, bien qu'il n'existe aucune photo de lui, et quand même il y en aurait eu, il ne voyait pas qui enlever pour faire de la place.

Catherine ne l'attendait pas ce soir-là. Lucas demeura un court instant devant la grille, à la chercher, mais elle ne reviendrait pas. Elle l'avait fait une seule fois, quand il était nouveau et qu'elle s'inquiétait pour lui. Il ne lui restait qu'à rentrer chez lui et à préparer le repas de ses parents.

Il s'en alla en même temps que les autres et remonta Rivington, puis le Bowery. Il dépassa la 2e Rue, et se dirigea vers l'immeuble de Catherine, sur la 5e.

Il frappa à l'entrée donnant sur la rue, avec hésitation, puis plus fort. Il attendit sur le perron luisant. Enfin, une très vieille femme entrebâilla la porte. Les cheveux blancs, de la taille d'une naine, aussi large que haute. On aurait pu la prendre pour l'esprit des lieux, vérolée, impassible, mécontente d'avoir été dérangée.

« Qu'est-ce que c'est ? demanda-t-elle. Qu'est-ce que vous voulez ?

— S'il vous plaît, madame, je viens voir Catherine Fitzhugh. Est-ce que je peux entrer ?

— Qui es-tu ?

— Je suis Lucas. Je suis le frère de Simon, avec qui elle allait se marier.

— Qu'est-ce que tu veux ?

— Je voudrais la voir. S'il vous plaît. Je n'ai pas de mauvaises intentions.

— Tu prépares pas un mauvais coup ?

— Non, aucun. Je vous en prie.

— Très bien, dans ce cas, elle est au deuxième étage. Numéro dix-neuf.

— Merci. »

La femme ouvrit lentement la porte, comme si ce geste requérait toute sa force. Lucas s'obligea à garder des manières polies, se retint de passer avec trop de hâte devant elle et de la bousculer.

« Merci », répéta-t-il.

Il la dépassa, monta l'escalier. Il sentait son regard dans son dos tandis qu'il montait, et il se força à ralentir jusqu'à ce qu'il ait atteint le premier étage. Après quoi il gravit précipitamment le deuxième, courut le long du couloir. Il trouva le numéro dix-neuf et frappa.

Alma lui ouvrit la porte. Alma était la plus exubérante de toutes. Son visage était enflammé, parsemé de taches de rousseur.

« Qu'est-ce donc ? dit-elle. Un lutin ou un elfe ?
— Je suis Lucas. Le frère de Simon.
— Ça, je le sais, mon petit. À quoi devons-nous cet honneur ?
— Je suis venu voir Catherine, s'il vous plaît. »
Elle secoua sa grosse tête au teint fiévreux. « Vous voulez tous Catherine, hein ? Avez-vous jamais songé que nous autres nous pouvions avoir une ou deux petites choses à offrir ?
— Je vous en prie, Catherine est-elle là ?
— Allez, entre. » Elle se tourna et cria à travers la chambre. « Catherine, il y a un jeune garçon qui veut te voir. »

Alma fit entrer Lucas dans le salon. L'endroit était identique à l'appartement qu'il habitait avec sa famille, à la différence que Catherine, Alma et Sarah avaient laissé les morts hors de chez elles. À la place, elles avaient accroché au mur des reproductions de fleurs. Elles avaient recouvert la table d'une étoffe violette.

Sarah se tenait devant le fourneau, touillant quelque chose dans une marmite. Du collier de mouton, imagina Lucas, avec du chou. Le visage de Sarah était rond et blanc comme une soucoupe, et presque aussi dénué d'expression.

« Salut », dit-elle. Elle était petite et jolie, avec un aspect enfantin, bien qu'elle eût le même âge que Catherine. Elle portait une robe de chambre couleur mandarine. Elle ressemblait à ces poupées que l'on gagne à la foire.

Catherine sortit de ce qui devait être sa chambre, encore vêtue de la robe bleue qu'elle portait à son travail. « Tiens, bonjour, Lucas », dit-elle. Pendant un instant, elle le regarda avec son ancienne expression, celle qu'elle avait avant que la machine ne s'empare de Simon. Elle avait cet air, habituel chez elle, de comprendre une plaisanterie qui n'était évidente pour personne.

« Bonjour, dit Lucas. J'espère que je ne te dérange pas.
— Je suis contente de te voir. Tu as mangé ? »
Il savait qu'il ne devait pas accepter. « Oui, j'ai dîné, merci, dit-il.
— Quelle drôle de bobine il a, dit Alma. Qu'est-ce qui t'est arrivé ?
— Alma, la reprit Catherine d'un ton sévère.

— C'est une question, rien de plus. Tu crois donc qu'il ne le sait pas ? »

Lucas se força à répondre. Il aimait bien Alma et Sarah, même si elles n'étaient pas gentilles. Elles étaient bruyantes, vêtues de couleurs vives, insouciantes, comme des perruches. Elles possédaient un éclat particulier.

« Je suis né comme ça », dit-il. C'était sans doute insuffisant. Il aurait pu leur dire qu'entre Simon et lui il y avait eu Matthew, mort à sept ans, et Brendan, mort avant de naître. Maintenant, ils avaient perdu Simon, et curieusement, miraculeusement, il ne restait plus que lui, l'enfant substitué à la naissance, l'enfant au visage d'elfe, au cœur fragile et aux yeux vairons. Il aurait dû être le premier à mourir mais étrangement il leur avait survécu à tous. Il en était fier. Voilà ce qu'il aurait aimé dire à Alma et à Sarah.

« Bon, c'est sûr que tu ne l'as pas fait exprès, dit Alma.

— Alma, ça suffit, ordonna Catherine. Lucas, tu mangeras bien quelque chose avec nous. Juste un morceau. »

Lucas vit Sarah se déplacer pour dissimuler la marmite. Il dit tout bas à Catherine : « Est-ce que je peux te parler un moment ?

— Bien sûr. »

Il se tut, horriblement confus. Catherine dit : « Et si nous sortions dans le couloir ? »

Ils n'auraient pas pu aller ailleurs. Il n'y avait que le salon et les deux chambres.

« Oui. Merci. » Il lui emboîta le pas, salua Alma et Sarah.

« Même les elfes préfèrent Catherine », dit Alma.

Sarah répliqua sans se détourner du fourneau. « Tu devrais surveiller ta maudite langue, un elfe te la coupera, un jour. »

Lucas était avec Catherine dans le couloir, qui ressemblait à celui de son immeuble. Une lampe tremblotait à une extrémité, près de la cage d'escalier. Non loin de la lampe, des piles de journaux, des bouteilles vides, et un sac (que pouvait-il contenir ?) se détachaient dans la pénombre. Au fond, les poubelles n'étaient que des ombres. À mi-distance, entre la pénombre et l'obscurité totale, quelque chose gisait sur le dessus d'un bidon d'huile abandonné. Distinguait-il des dents ? Oui. C'était une tête de chèvre, bouillie, nettoyée jusqu'à l'os.

Catherine dit : « Je suis heureuse de te revoir. »

Parle comme Lucas, se rappela-t-il. Ne parle pas comme le livre.

Il dit : « Je suis heureux aussi. Je voulais que tu saches que je vais bien.

— Ça me fait plaisir.

— Et toi, tu vas bien aussi ?

— Oui, très bien, mon chéri.

— Et tu es prudente ?

— Mais oui, Lucas, je suis prudente.

— Est-ce que quelqu'un t'accompagne ? Dans le noir, quand tu rentres chez toi ?

— Mon amie Kate m'accompagne, jusqu'au Bowery. Vraiment, tu ne dois pas t'inquiéter pour moi. Tu as assez de soucis comme ça. »

Lucas dit : « Ma voix poursuit ce que mes yeux ne peuvent atteindre.

— Attends ici. J'ai quelque chose pour toi. »

Elle rentra dans l'appartement. Lucas effleura le médaillon sur sa poitrine. Tant de désirs se bousculaient dans sa tête. Qu'avait-elle pour lui ? Il le voulait, quoi que ce soit. Il le voulait de toutes ses forces. Il regarda la tête de chèvre pendant qu'il attendait Catherine. Il pénétra à l'intérieur du crâne. Il devint un os grimaçant dans le noir.

Catherine revint avec une assiette recouverte d'un linge. « Tiens, de quoi manger pour toi et tes parents. »

Voilà donc ce qu'elle avait pour lui. Elle lui tendit l'assiette. Il l'accepta en silence.

Il était donc un mendiant.

Il dit : « Merci.

— Bonsoir, mon chéri.

— Bonsoir. »

Elle se retira et ferma la porte. Sans l'embrasser.

Il s'attarda une minute sur le seuil, tenant l'assiette comme si c'était lui qui l'avait apportée. Il entendit un murmure de voix féminines, ne put distinguer aucun mot. Puis, parce qu'il n'y avait rien d'autre à faire, il rebroussa chemin dans le couloir, tenant toujours l'assiette avec précaution. Son père et sa mère ne diraient pas non. Lui non plus.

La vieille attendait au rez-de-chaussée pour le voir partir.
« Pas de mauvais coup, hein ? dit-elle.
— Non, m'dame. Pas de mauvais coup. »

Lucas pénétra dans son immeuble, l'assiette dans les mains. Il gravit les marches de l'escalier. Il crut percevoir un infime changement, comme si cet endroit qui lui était familier (la cage d'escalier, avec son odeur de gaz et ses lampes tremblotantes, les rats affairés parmi les restes) n'était plus le même, comme s'il était devenu, en une nuit, une reproduction imparfaite de ce qu'il avait toujours été, au contraire de sa journée à l'usine, qui était parfaite à tous égards.

Mais le salon n'avait pas changé. Son père était assis, comme à son habitude, dans le fauteuil près de la fenêtre, avec l'appareil à son côté. Lucas dit : « Bonsoir, Père.

— B'soir », répondit son père. Sa seule occupation était de respirer et de regarder par la fenêtre. Cela depuis plus d'une année.

Lucas prit trois assiettes dans le placard, répartit la nourriture dans chacune d'elles. Il en plaça une sur la table pour son père et dit : « Voilà ton souper. »

Son père hocha la tête et continua de regarder par la fenêtre. Lucas apporta l'assiette de sa mère dans la chambre.

Elle était au lit, comme ce matin, quand il était parti, comme la veille au soir. Sa respiration emplissait l'obscurité, rauque et voilée. Durant un moment, l'idée lui vint que ces pièces ressemblaient à l'usine et ses parents aux machines – ils étaient toujours pareils, à attendre que Lucas vienne et parte, et revienne.

Debout dans l'embrasure, il dit : « Mère, je t'ai apporté de quoi dîner.

— Merci, mon p'tit. »

Il déposa l'assiette sur la table de chevet. Il s'assit avec précaution au bord du lit, près de la forme que dessinait le corps.

« Veux-tu que je t'aide à couper ? demanda-t-il. Veux-tu que je te donne à manger ?

— Tu es si gentil. Tu es un brave garçon. Regarde un peu ce qu'ils t'ont fait.

— C'est juste de la poussière, Mère. Ça partira à l'eau.

— Non, mon p'tit, je crois pas que ça partira. »

Il trancha un morceau de pomme de terre avec la fourchette, l'approcha de sa bouche. « Mange, maintenant. »

Elle n'eut aucune réaction. Un silence passa. Lucas se sentit gêné et s'en étonna. Il reposa la fourchette. « Nous pourrions écouter de la musique alors ?

— Si tu veux. »

Il prit la boîte sur la table de chevet, tourna la petite manivelle. Il fredonna en même temps.

> Oh ! puissions-nous sauver de la mort
> Ces cœurs qu'ils ont jadis liés
> Pour qu'à la face du ciel ils mènent encore
> Ce combat pour la liberté.

« Sois pas fâché, dit sa mère.

— Je ne suis pas fâché. As-tu dormi aujourd'hui ?

— Comment puis-je dormir, avec ton frère qui fait tout ce tapage ?

— Quel tapage ?

— Quand il chante. Pourrait-on lui dire qu'il a pas une voix d'ange comme il semble le croire ?

— Simon a chanté pour toi ?

— Oui, mais je comprends rien aux paroles.

— Mange un peu, veux-tu ? Tu dois manger.

— Est-ce qu'il a appris une autre langue, tu penses ?

— Tu as rêvé, Mère. »

Lucas reprit la fourchette, pressa le morceau de pomme de terre contre les lèvres de sa mère. Elle détourna la bouche.

« Il a toujours été comme ça, depuis tout petit. Toujours à crier ou à chanter juste quand tu espérais avoir mérité un peu de repos.

— Je t'en prie, Mère. »

Elle ouvrit la bouche, et il y glissa la fourchette aussi délicatement qu'il le put. Elle parla, la bouche pleine de pomme de terre. « Je regrette.

— Mâche. Mâche et avale.

— Si je comprenais ce qu'il veut de moi, je pourrais le lui donner. »

Bientôt, Lucas devina au bruit de sa respiration qu'elle s'était rendormie. Anxieux, il chercha à entendre la voix de Simon, mais la pièce resta silencieuse. Un doute le saisit. Sa mère ne risquait-elle pas de s'étouffer avec le morceau de pomme de terre ? Rassemblant son courage (le geste paraissait inconvenant, mais que pouvait-il faire d'autre ?), il introduisit ses doigts dans la bouche de sa mère. Elle était chaude et humide. Il trouva le morceau de pomme de terre, réduit en bouillie, sur sa langue. Il l'ôta, le porta à ses lèvres, avala le reste de la nourriture avec voracité, puis regagna le salon et mangea la portion qui lui était destinée. Son père n'avait pas bougé de la fenêtre. Lucas engloutit aussi sa portion et alla se coucher.

Peut-être est-elle la belle et longue chevelure des tombes.

Je ferai de toi un tendre usage, herbe bouclée.
Peut-être viens-tu de jeunes poitrines masculines.
Peut-être les aurais-je aimés, ces hommes, si je les avais connus,
Peut-être viens-tu de quelque vieillard ou des enfants tôt arrachés
[au sein de leur mère,
Et tu es alors le sein des mères.

Il n'y avait rien pour le petit déjeuner, bien que son père fût assis à la table, à attendre. Lucas dit : « Père, iras-tu chercher à manger pour Mère et toi pendant que je serai au travail ? »

Son père hocha la tête. Lucas prit les dix derniers pennies dans la boîte en fer-blanc du placard. Il en garda trois pour son déjeuner et déposa les sept autres sur la table. Il pensait que son père pouvait sortir et acheter de quoi manger. Il pensait que son père pouvait le faire.

Il saurait aujourd'hui quand il serait payé. Jack avait sûrement eu l'intention de le lui dire mais il avait été trop occupé à surveiller la bonne marche de l'usine. Il demanderait aussi à Jack de lui expliquer ce que fabriquaient les machines, et ce qu'abritaient les carters. Il se demanda s'il aurait le courage de poser autant de questions à la fois.

La journée passa. Aligner, fixer, tirer, tirer encore, vérifier. Dans l'après-midi, Lucas perçut un faible bruit au moment où les dents de la roue attaquaient le métal, un petit bruit à l'intérieur du grondement de l'ensemble. Était-il nouveau, ce bruit, ou s'agissait-il simplement d'un aspect des sons habituels de la machine, inaudible pour lui tant qu'il ne s'était pas habitué à toutes les complexités de celle-ci ? Il tendit l'oreille. Oui, c'était bien ça – en plus du heurt des dents métalliques dans le métal plus mou de la plaque, presque perdu au milieu du mouvement des rouleaux, du crissement de la courroie –, il y avait un autre bruit, à peine plus fort qu'un chuchotement. Lucas se pencha plus près : le chuchotement semblait provenir du fond de la machine, de l'endroit le plus sombre, sous la roue, à l'arrière du point précis où les dents se plantaient dans le métal.

Lucas se pencha encore plus près. Il l'entendait mais pas tout à fait. Derrière lui, Tom dit : « Y a quelque chose qui va pas avec ta machine ? »

Lucas se redressa. Il n'avait pas imaginé que Tom le surveillait. Il était étonné que quelqu'un ait pu le voir.

« Non, monsieur. » À la hâte, avec un zèle manifeste, il chargea une autre plaque.

Jack resta invisible jusqu'à la fin de la journée. Il vint alors le trouver et dit : « Bon, ça va », parla à Dan puis entra dans la salle des caveaux. Lucas eut un instant d'étrange confusion – il crut qu'il était revenu au jour précédent, qu'il s'était figuré à tort qu'on était jeudi et non mercredi. Dans son trouble, il oublia de demander à Jack à quelle date il serait payé. Il résolut de le faire le lendemain.

Il quitta l'usine et prit le chemin de sa maison. À Rivington, il croisa un fou qui vociférait, parlait d'une vague (ou peut-être d'une langue ?) de feu. Il vit un os abandonné dans le caniveau, renflé aux extrémités, couleur ivoire, s'offrant comme un objet précieux.

Il avait envie d'aller chez Catherine à nouveau, mais se força à rentrer chez lui. Quand il pénétra dans l'appartement, il trouva sa mère au milieu du salon, debout sur le tapis qu'elle avait payé trop cher. Il crut un moment – juste un instant – qu'elle était redevenue elle-même, qu'elle avait préparé le dîner et mis de l'eau à bouillir.

Elle se tenait comme pétrifiée dans sa chemise de nuit. Ses cheveux flottaient sur ses épaules ; des mèches se dressaient en bataille autour de sa tête. Il ne l'avait jamais vue ainsi, dans le salon, les cheveux défaits. Il resta muet sur le seuil, ne sachant que faire ni dire. Il vit son père à la fenêtre avec son appareil respiratoire, le regard tourné non vers la rue mais vers la pièce. Son père était effrayé et troublé.

Il dit : « Mère ? »

Elle fixa son regard sur lui. Ses yeux n'étaient plus les mêmes.

« C'est Lucas, dit-il. C'est seulement Lucas. »

Sa voix, quand elle parla, n'était qu'un murmure. Comme si elle craignait qu'on l'entende. Elle dit : « Il ne faut plus qu'il chante pour moi. »

Lucas jeta un coup d'œil désespéré à son père, qui resta immobile à la fenêtre, contemplant la pièce, scrutant le vide devant lui.

Sa mère hésita, dévisagea Lucas. Elle semblait avoir du mal à se souvenir de lui. Puis, soudain, comme si quelqu'un la poussait, elle tomba en avant. Lucas la rattrapa et la retint du mieux qu'il put, une main maladroitement passée sous son bras gauche et l'autre sur son épaule droite. Il sentait ses seins peser contre lui. Ils ressemblaient à de vieilles prunes pendant mollement.

« Tout va bien, lui dit-il. N'aie pas peur, tout va bien. »

Il parvint à mieux saisir sa forme avachie. Il passa son bras droit autour de sa poitrine.

Elle dit : « Je sais en quelle langue tu chantes maintenant.

— Reviens te coucher. Viens.

— Ce n'est pas bien. Ce n'est pas juste.

— Chut. Chut.

— On a fait ce qu'on pouvait. On ne savait pas ce qui allait arriver.

— Allons, viens. »

Lucas enroula davantage son bras autour d'elle, la soutenant sous l'autre l'aisselle. Se laissant guider, elle entra d'un pas hésitant dans la chambre. Il l'aida à s'asseoir sur le lit, lui souleva les jambes, l'installa du mieux qu'il put, la tête sur l'oreiller. Il tira la courtepointe sur elle.

« Tu iras mieux si tu dors, dit-il.

— Je ne peux pas dormir, je ne veux pas. Pas avec cette voix dans mon oreille.

— Reste couchée tranquillement, alors. Il n'arrivera rien.
— Si, il arrivera quelque chose. Quelque chose va arriver. »

Il caressa son front chaud et sec. Dans la chambre, ainsi qu'à l'usine, le temps semblait ne pas exister. Une fois que sa mère fut apaisée, endormie ou non, mais tranquille, respirant calmement, il sortit de la pièce.

Son père n'avait pas bougé. Lucas alla à la fenêtre et se tint à côté de lui. Son père continua à regarder dans le vide. Lucas vit que les sept pennies étaient encore sur la table, intacts.

Il dit : « Père, est-ce que tu as faim ? »

Son père hocha la tête, respira, hocha à nouveau la tête.

Lucas resta près de lui à la fenêtre. L'éboueur passa dans la rue d'un pas tranquille, traînant sa poubelle. M. Cain cria : « Nulle part, partout, où est le collier de perles ? »

« Je vais te chercher quelque chose à manger », dit Lucas.

Il prit l'argent, sortit, et trouva un homme qui lui vendit du chou pour trois cents et une femme qui, après discussion, lui céda un œuf de poule pour quatre cents. Que sa mère se soit inquiétée des poules et qu'il soit sorti et ait trouvé un œuf était peut-être bon signe.

Lucas fit cuire l'œuf et bouillir le chou, puis déposa une assiette devant son père. L'envie le saisit de prendre la tête de son père à deux mains et de la cogner contre le bord de la table, comme Dan avec sa machine qu'il frappait avec sa clé quand elle menaçait de se gripper. Lucas imagina que, s'il lui tapait la tête contre le bois avec la force nécessaire, il l'ébranlerait assez pour qu'il redevienne lui-même. Ce ne serait pas un geste de violence mais de bonté. Un remède. Il posa une main sur la tête lisse de son père mais se contenta de la caresser. Son père faisait des bruits en mangeant, des bruits d'aspiration combinés avec de faibles gémissements, comme si se nourrir lui était douloureux. Il porta une cuillerée de chou à sa bouche. Un filet verdâtre coula de la cuillère. Il l'aspira, gémit et avala. Il reprit sa respiration, et mangea de nouveau. Lucas pensa : Quatre en largeur, six en longueur.

C'est une herbe trop sombre pour venir des têtes blanchies des
[vieilles,
Plus sombre que la barbe flétrie des vieillards,

Trop sombre pour venir des voûtes des palais à peine rosés.
Oh, j'entends tout autour bruire tant de langues,
Et j'entends qu'elles ne proviennent pas en vain des voûtes des
[palais.

Lucas lut son passage. Il éteignit la lampe mais fut incapable de s'endormir. Il resta éveillé dans la chambre. Il y avait les murs. Il y avait le plafond, avec ses triangles noirs aux endroits où le plâtre s'était détaché, et la tache en forme de chrysanthème. Et aussi les patères où pendaient les vêtements, les siens et ceux de Simon.

Il se leva et alla à la fenêtre. La lumière d'Emily était allumée. Emily était paresseuse et revêche, disait Catherine. Ses travaux de couture avaient parfois besoin d'être repris, mais elle persistait à se montrer maussade, sans manifester de remords.

Pourtant, c'était elle que Simon allait retrouver. Lucas était le seul à le savoir. Une fois, voilà un mois ou plus, il avait regardé par la fenêtre et vu Simon là-bas, avec Emily, qui avait laissé les rideaux ouverts. Il n'y avait pas cru, au début. Simon avait dit qu'il sortait chercher sa pinte. Il était fiancé à Catherine. Comment pouvait-il être dans la chambre d'Emily ? Pendant un instant, Lucas avait pensé qu'un autre Simon, son fantôme vivant, était allé harceler Emily, parce qu'elle était paresseuse et revêche, parce qu'elle bâclait sa couture. Il avait regardé Emily se tenir un peu éloignée de cet autre Simon et ôter son corsage. Il avait regardé ses seins jaillir, gros et mous, avec leurs aréoles lilas qui prenaient une teinte plus foncée avec l'âge. Il avait vu Simon tendre la main vers elle.

Emily s'était alors dirigée vers la fenêtre, pour tirer les rideaux, et elle avait vu Lucas l'observer. Leurs regards s'étaient croisés dans le vide. Elle lui avait adressé un signe de tête et avait eu un sourire lascif. Puis elle avait fermé les rideaux.

Ce soir-là, Lucas avait souhaité voir Simon mort. Non, pas mort. Humilié. Blâmé. Il s'était imaginé consolant Catherine. Il n'avait pas demandé à Simon ce qui s'était passé. Il n'avait pas voulu poser de questions.

Il se tenait aujourd'hui à la même fenêtre. Derrière ses rideaux Emily était encore en vie, toujours grosse et lubrique, dévorant les mêmes loukoums dans leur boîte métallique. Lucas se demanda pourquoi il en avait voulu à Simon et non à Emily, qui était plus fautive, et qui avait sûrement usé de stratagèmes pour séduire Simon. Il s'efforça alors de la considérer avec bienveillance, ou pour le moins de ne pas lui vouloir de mal. Il s'attarda à la fenêtre, lui souhaitant une longue et paisible vie.

Au matin, il n'y avait rien à manger pour son père. Assis à la table, il attendait. Lucas ne lui parla pas de nourriture. Il l'embrassa sur le front et alla dans la chambre voir comment sa mère avait passé la nuit.

Il la trouva assise dans son lit, la boîte à musique sur les genoux.

« Bonjour, Mère.

— Oh, Simon, dit-elle. Nous sommes désolés.

— C'est Lucas, Mère. Seulement Lucas.

— Je parlais à ton frère, chéri. Dans la boîte. »

Pendant un instant, Lucas crut qu'elle parlait de la boîte enfouie en terre sur l'autre rive du fleuve, jusqu'à ce qu'elle jette un regard nostalgique vers ses genoux. Elle parlait de la boîte à musique.

Il dit : « Simon n'est pas là-dedans. »

Elle souleva la boîte à deux mains et la lui tendit. « Écoute, dit-elle. Écoute ce qu'il dit.

— Tu ne l'as pas remontée.

— Écoute », répéta-t-elle.

Lucas tourna la manivelle et la petite musique se mit à jouer à l'intérieur de la boîte. C'était l'air de *Oh, Breathe Not His Name*.

« Il est là, dit sa mère. L'entends-tu maintenant ?

— Ce n'est que la musique, Mère.

— Ô toi, mon doux enfant, tu ne sais pas, bien sûr. »

Lucas fut accablé par une fatigue qui le frappa comme une fièvre. Il voulait dormir, dormir. La boîte à musique, avec son petit air, semblait incroyablement lourde. Il crut qu'il allait s'effondrer sur le plancher et y rester, couché en rond comme un chien, si profondément endormi que rien ni personne ne pourrait le réveiller.

Il était responsable de l'achat de la boîte à musique, parce qu'il avait eu envie du cheval à roulettes. Il était resté en contemplation devant. Le cheval était blanc. Où pouvait-il être à présent ? Il y avait beau temps qu'il avait quitté la vitrine de Niedermeyer. Il regardait fixement devant lui de ses yeux ronds tout noirs. Son expression était d'une gravité solennelle. Ses roues étaient rouges. Jour après jour, Lucas l'avait admiré, jusqu'à cet après-midi où, passant devant Niedermeyer avec sa mère, il s'était laissé submerger par son désir pour le cheval comme il était submergé par le livre, et il avait pleuré comme un amoureux éperdu. Sa mère avait passé tendrement le bras autour de ses épaules ; elle l'avait serré fort contre elle. Ils étaient restés là tous deux comme s'ils se trouvaient sur un quai de gare, à regarder la locomotive emporter ses passagers. Elle était demeurée près de lui, pleine de patience, le tenant contre elle tandis qu'il pleurait le cheval. Le lendemain, elle était sortie et avait acheté la boîte à musique, une folie qui les ruinerait, avait dit son père. Sa mère avait eu un rire amer, l'avait traité de radin et de timoré, et dit qu'ils avaient besoin de musique, qu'ils méritaient un peu de gaieté de temps en temps, et qu'une boîte à musique ne signifiait pas la fin du monde quel que fût son prix. Plus tard, son père avait pris la consistance du cuir, et la machine avait pris Simon, et elle s'était réfugiée dans sa chambre.

Lucas dit : « C'est juste la musique, Mère.

— Je sais ce qu'il dit en ce moment. Je reconnais la langue qu'il parle.

— Tu devrais retourner te coucher, lui dit Lucas. Je vais rapporter la boîte dans le salon.

— Il est seul dans une terre inconnue.

— Je dois partir. Je ne peux pas arriver en retard au travail.

— Nous l'avons amené de Dingle. Ce n'est que justice d'aller le trouver là où il est maintenant.

— Au revoir, Mère. Je m'en vais.

— Adieu.

— Adieu. »

Il sortit de la chambre et posa la boîte à musique sur la table du salon, où son père était encore assis, à attendre son petit déjeuner. « Au revoir, Père », dit-il.

Son père hocha la tête. Il avait acquis une patience infinie. Il allait à table à l'heure dite, mangeait ce qu'on lui donnait, ne mangeait pas s'il n'y avait rien.

À l'usine, Lucas dut lutter pour rester concentré. Son esprit avait tendance à s'égarer. Il alignait une plaque, actionnait le levier, puis se retrouvait à l'arrière de la machine en train de vérifier les impressions, sans se souvenir comment il était arrivé là. C'était dangereux, dangereux d'affronter la machine dans cet état, et pourtant il semblait incapable de faire autrement. Il essayait de penser uniquement à son travail – aligner, ajuster, tirer, tirer à nouveau, vérifier – mais impossible de rester éveillé quand le sommeil vous envahissait. L'inattention s'emparait de lui comme les rêves.

Pour se calmer, il se concentra sur le murmure de la machine. Il écouta avec attention. On aurait pu confondre ce bruit avec le crissement d'un essieu mal huilé, mais cela ressemblait plutôt à une voix, une voix ténue, encore que les mots aient été indistincts. Cela avait la cadence d'une voix, qui s'élevait, tombait, s'élevait à nouveau, suggérant davantage l'intention que le hasard, avec, dans le ton, une certaine insistance plus humaine que mécanique, comme si le son émanait d'une entité impatiente de se faire entendre. Lucas connaissait mieux que personne ce que c'était de parler une langue incomprise de tous.

Il chargea une autre plaque, puis une autre et une autre.

Il dut attendre l'après-midi pour comprendre en quoi consistait le chant de la machine. Ce n'était pas un air chanté dans une langue quelconque, pas dans une langue connue de Lucas, mais peu à peu, les heures passant, sa nature apparut clairement, bien que les mots en soient restés obscurs.

C'était la voix de Simon.

Était-ce possible ? Lucas tendit l'oreille. La voix de Simon était profonde et rauque. Il n'avait jamais chanté juste mais il y mettait de l'enthousiasme, perçant l'air à pleins poumons comme quelqu'un qui serait moins soucieux de mélodie que de produire un son capable d'atteindre le ciel. Oui, il semblait bien que c'était la voix de Simon, devenue mécanique. Elle avait cette audacieuse et indifférente atonalité. L'air était familier. Lucas l'avait entendu ailleurs, à une époque et à un endroit qui flottaient au bord de sa mémoire. C'était un chant de mélancolie et de désir, un chant triste, empli d'un sentiment d'abandon et d'un brin d'espoir. L'une de ces vieilles ballades. Simon en connaissait des centaines.

Simon était emprisonné dans la machine. La sensation était soudaine, terrifiante. Il n'était ni au paradis ni dans l'oreiller ; il n'était ni dans l'herbe ni dans le médaillon. Son fantôme s'était accroché aux entrailles de la machine, laquelle l'avait retenu comme un chien pouvait retenir le manteau d'un homme dans ses crocs après que l'homme s'était échappé. La chair de Simon avait été emboutie et expulsée, mais sa partie invisible était restée coincée parmi les engrenages et les dents.

Lucas resta stupéfait à écouter la roue chanter. Puis, parce qu'il ne devait pas s'interrompre, il chargea une autre plaque. Il aligna, serra, tira, tira encore et vérifia. En esprit, il accompagna Simon, chantant en duo avec lui, une note après l'autre, tandis que les heures s'écoulaient.

À la fin de la journée, Jack vint lui dire : « Bon, ça va. » Lucas mourait d'envie de lui demander s'il savait quelque chose à propos des morts dans les machines, mais il ne se sentait pas capable de formuler une question aussi complexe – pas tout de suite. Il se contenta de dire : « S'il vous plaît, monsieur, quand serons-nous payés ? » Il semblait préférable de dire « nous » au lieu de « je ».

Jack répondit : « Tu seras payé aujourd'hui. Viens à la caisse quand tu auras fini. »

Lucas n'en crut pas ses oreilles. On eût dit que le fait de la demander avait fait sortir sa paye d'un chapeau ; que s'il n'avait rien réclamé il aurait continué à travailler pour rien, sans que personne s'en aperçoive. Il dit : « Merci, monsieur », mais Jack l'avait déjà quitté pour aller dire « Bon, ça va » à Dan. Lucas n'avait pas eu le temps de l'interroger davantage. Cependant, il était content de savoir qu'il y aurait de l'argent ce soir. Demain, il poserait à Jack l'autre question, la plus difficile.

Lucas arrêta sa machine, dit bonsoir à Simon et alla avec les autres se faire payer par les hommes assis derrière leur grillage. L'argent en poche, il regagna sa maison.

Quand il arriva, tout était comme d'habitude. Son père était assis dans son fauteuil, sa mère rêvait, ou ne rêvait pas, derrière la porte close. Lucas dit à son père : « J'ai de l'argent. Je peux nous acheter un vrai souper. Qu'aimerais-tu manger ?

— Demande à ta mère. »

C'était une réponse d'une époque passée, lorsque sa mère était elle-même. Lucas dit : « Je vais voir ce que je peux trouver. »

Son père acquiesça d'un signe de tête. Lucas se pencha pour l'embrasser.

C'est alors qu'il l'entendit. Le même air, régulier, languissant, la petite chanson de l'amour et du désir.

Elle venait de l'appareil respiratoire de son père.

Lucas posa son oreille plus près de l'embouchure du tube. C'était là, très bas, inaudible pour qui n'y aurait pas prêté attention ; la même mélodie, chantée de la même façon, mais d'une voix plus douce et plus voilée, semblable à une voix de femme. D'après lui, elle venait de la petite vessie à la base de l'appareil, montait à travers le tube et jaillissait de l'ouverture, l'étroit ovale de l'embouchure, là où son père appliquait sa bouche.

C'était la chanson que Lucas avait entendue à l'usine. Elle était plus basse et plus sifflante, plus difficile à déceler, mais l'air en était identique, chanté avec cette même voix.

Il comprit alors : Simon n'était pas pris dans la machine à l'usine ; il avait quitté la vie pour aller dans un monde de machines. Elles étaient ses portes, les fenêtres à travers lesquelles il murmurait. Il chantait pour les vivants à travers les bouches des machines. Chaque fois que son père appliquait ses lèvres sur l'appareil respiratoire, il l'emplissait du chant de Simon.

Lucas comprit aussi que sa mère ne rêvait pas, qu'elle n'avait pas l'esprit dérangé ; elle entendait plus clairement que quiconque. Simon voulait ses proches auprès de lui. Il était seul dans une terre inconnue. La machine n'avait-elle pas attrapé la manche de Lucas dans un moment d'inattention ? N'avait-elle pas essayé de l'attirer de ce monde-ci dans l'autre ?

Les morts revenaient sous forme de machines. Ils chantaient pour séduire les vivants comme les sirènes chantaient au fond de la mer pour attirer les marins.

Il songea à Catherine.

Elle serait la première proie. Elle était la fiancée de Simon ; il voudrait l'épouser dans son nouveau monde puisqu'il n'en avait plus la possibilité dans l'ancien. Il chantait pour elle, il était à sa recherche, espérant qu'elle viendrait vers lui de la même façon qu'ils avaient tous quitté l'Irlande pour venir à New York.

Lucas sortit de l'appartement en courant, descendit quatre à quatre l'escalier. Il devait la prévenir, lui expliquer la nature de la menace.

Il ne s'arrêta qu'une fois arrivé sur le perron de l'immeuble. Son cœur battait avec fureur. Il allait devoir taper à la porte, demander à la naine l'autorisation d'entrer et de voir Catherine. Mais il savait – il en était sûr – qu'elle ne croirait pas ce qu'il était venu lui annoncer. Il comprenait l'étrangeté de la nouvelle qu'il apportait, et, plus que tout autre, il comprenait pourquoi il éveillait les soupçons, à cause de son apparence frêle et bizarre, de ces moments où il ne pouvait s'empêcher de parler comme le livre.

Lucas hésita. Il ne supporterait pas, même maintenant, la perspective d'aller trouver Catherine, de lui confier ce qu'il savait, et de la trouver simplement lointaine et gentille. Si elle le traitait en enfant triste aux idées confuses, si elle lui offrait à nouveau de quoi manger pour sa famille, l'humiliation serait si profonde qu'il ne s'en remettrait jamais.

Il se tint sur le perron, plongé dans un abîme d'irrésolution. Il songea que, peut-être, il pourrait lui apporter quelque chose. Il refusait de se présenter à sa porte, désespéré et indigent. Il pourrait arriver avec un cadeau. Il dirait : « J'ai un présent pour toi. » Il lui offrirait quelque chose de rare et de merveilleux. Et ensuite, lorsqu'elle se serait exclamée à sa vue, il pourrait aborder le vrai sujet.

Il ne pouvait lui apporter la boîte à musique, plus depuis qu'elle était devenue une fenêtre dans le monde des morts. Il ne pouvait lui donner le livre, non plus. Ce n'était pas à lui de le faire. En dehors de la boîte à musique et du livre, tout ce qu'ils avaient, lui et sa famille, était usagé et banal.

Il avait de l'argent, toutefois. Il pouvait lui acheter un cadeau.

Mais tous les magasins étaient fermés. Il se dirigea vers la 5e Rue, passa devant les vitrines plongées dans l'obscurité qui n'avaient rien à offrir même lorsque les magasins seraient ouverts. En devanture, on exposait de la viande et du pain, des tissus. Un étal de cordonnier. Il alla d'une boutique à l'autre, remarquant les marchandises inertes, le bœuf, les chaussures. Derrière le vague reflet de son visage dans la vitre, il distinguait les cuisseaux rouge et blanc suspendus contre le carrelage, les rayonnages de chaussures muettes, les bouteilles sur lesquelles un moustachu à lunettes exprimait sa gratitude au remontant qu'elles contenaient, toujours le même homme exprimant le même plaisir.

Lucas prit la direction de Broadway : il y trouverait peut-être une boutique ouverte.

Broadway ressemblait à un jouet pour enfant géant. Un cadeau à déposer aux pieds d'un sultan, d'un envahisseur enturbanné qui aurait refusé tous les autres présents, regardé d'un œil indifférent une forêt de rossignols mécaniques, bâillé devant des pantoufles dorées qui dansaient toutes seules.

Mais les magasins de Broadway étaient fermés eux aussi. À cette heure, seuls étaient ouverts les cafés, les tavernes et les halls d'hôtel. Il descendit Broadway jusqu'à Prince Street et vit à l'angle de la rue un garçon qui proposait quelque chose aux passants. En haillons, plus âgé que Lucas, il était vêtu d'un pantalon moitié trop large pour lui et retenu par une corde. Un chapeau de feutre mou, gris souris, était enfoncé sur sa tête, d'où dépassait une mèche raide de couleur orange, comme un secret qu'il ne pouvait garder.

Il tenait au creux de sa main un petit bol blanc et le montrait aux passants, qui l'ignoraient. Était-ce une sébile de mendiant ? Non, il semblait l'offrir contre une somme d'argent.

Lucas s'arrêta près du gamin en guenilles, qui, à n'en pas douter, avait volé le bol et essayait de le revendre, comme tout un chacun. Lucas savait ce qu'il ressentait. Son bol était à la fois un trésor et un fardeau. Quelque chose de plus ordinaire eût été plus facile à vendre – un navet, par exemple, eût rapporté davantage. Les gens de son quartier ne voudraient pour rien au monde d'un objet pareil, et, si les habitués de Broadway en avaient envie, jamais ils ne l'achèteraient à un individu tel que lui. Il tendait le bol aux passants d'un geste las et implorant, comme un prêtre offre le calice. Lucas en conclut qu'il se trouvait là depuis longtemps, qu'il avait commencé par annoncer un prix et était tombé petit à petit, à mesure que s'écoulaient les heures, dans cet état de muette résignation.

Il s'approcha, étudia le bol. Le garçon l'éloigna hors de portée de Lucas, maintenant son trésor tout contre sa poitrine. Lucas le vit malgré tout assez distinctement. C'était un bol de porcelaine blanche, en bon état, au bord orné d'une guirlande de motifs bleu pâle.

Il demanda : « Combien ? »

L'autre lui jeta un regard inquiet, craignant visiblement un mauvais tour.

Pour le rassurer, Lucas ajouta : « Je voudrais l'offrir à ma sœur. Combien ? »

Les yeux du garçon étaient aussi rusés et avides que ceux d'un chat. Il dit : « Un dollar. »

Un dollar et trois pennies, c'était exactement ce que Lucas avait en poche. Il eut l'impression fugace que le vendeur le savait, qu'il était un lutin hantant Broadway avec son trésor et demandait comme prix tout ce que vous possédiez.

« C'est trop cher », dit Lucas.

Le garçon serra les lèvres. Le bol valait plus de un dollar, et il pourrait en obtenir au moins un dollar s'il restait plus longtemps dans la rue, mais il était fatigué, il avait faim, il voulait rentrer chez lui. Lucas éprouva un élan de compassion à son égard, un voleur roublard et rusé certes, mais qui voulait, comme tout le monde, terminer sa journée, redevenir l'enfant qu'il était, se reposer.

« Vous pouvez l'avoir pour soixante-quinze cents.

— C'est encore trop cher. »

La bouche du garçon prit un pli résolu. Lucas comprit : il n'irait pas plus loin. Si c'était un voleur, ce n'était pas n'importe qui ; il possédait un royaume secret au fond de lui, et il ne se laisserait pas dépouiller davantage.

Il dit : « C'est mon dernier prix. À prendre ou à laisser. »

Lucas était partagé entre la compassion et la fureur. Il savait ce que représentaient soixante-quinze cents pour le garçon. Mais le bol ne lui avait rien coûté. Il aurait pu le donner à Lucas, qui en avait besoin, et ce faisant ne pas être plus pauvre qu'il ne l'était auparavant. Lucas se sentit soudain au tournant d'un monde insondable, dans lequel un bol qui n'avait rien coûté, un bol que lui-même aurait pu voler (même s'il n'avait jamais rien volé ; il était trop nerveux pour ça), allait lui coûter presque ce qu'il gagnait en une semaine de travail.

Il parcourut la rue du regard, comme s'il espérait voir se présenter à lui un autre bol, ou quelque chose de mieux. Il n'y avait rien. Il aurait beau marcher toute la nuit, il ne trouverait sans doute que quelques poireaux ou une demi-bouteille de bière blonde.

Il dit : « Bon, ça va. »

Il sortit l'argent de sa poche et compta soixante-quinze cents. Ils hésitèrent un instant, calculant qui des deux céderait le premier, cherchant comment échanger le bol et les pièces sans que ni l'un ni l'autre ait les mains vides. Puis Lucas sentit des doigts calleux s'emparer de l'argent et sentit en même temps le bol atterrir dans la paume de sa main.

Le garçon déguerpit, de peur que Lucas ne change d'avis. Saisi de panique, Lucas examina le bol. Et s'il était faux ? Allait-il se transformer en bois ? Non, c'était une porcelaine de qualité, qui semblait diffuser une faible lueur blanche dans le creux de ses mains. Les motifs reproduits le long du bord étaient mystérieux. Ils ressemblaient à de minuscules soleils bleus, des disques de glace d'où émanaient des rayons plus fins que des cheveux.

Le bol était donc de bonne qualité. Mais il ne restait à Lucas que vingt-huit cents, ce qui était insuffisant pour nourrir trois personnes pendant une semaine. Néanmoins, il avait un présent à offrir à Catherine. Il penserait à la nourriture et à l'argent plus tard.

Il regagna la 5e Rue et frappa à la porte de l'immeuble jusqu'à ce que la naine lui ouvre. Elle s'étonna de le voir revenir mais montra moins de réticence à le faire entrer – il n'était plus un inconnu pour elle. Elle l'avertit à nouveau qu'elle ne voulait pas d'ennuis. Lucas promit et gravit les marches jusqu'à l'appartement de Catherine.

Catherine apparut à la porte, visiblement ni contente ni mécontente de le voir. Il se demanda s'il avait changé à nouveau, s'il était méconnaissable à ses yeux, bien qu'il ait les mêmes vêtements, qu'il soit tout aussi poussiéreux que la veille.

Il déclama malgré lui : « Seul dans les montagnes et la nature sauvage, je chasse. »

Elle dit : « Bonjour, mon petit. Comment vas-tu ? » Elle avait un visage différent, ce soir, un visage marqué par la fatigue.

Lucas entendit un bruit à l'intérieur de l'appartement, une sorte de rire plaintif semblable à celui d'Alma, suivi par une voix d'homme, grave et pressante, disant quelque chose d'incompréhensible.

Catherine sortit dans le couloir, referma la porte. « Lucas, dit-elle, ce n'est pas un bon moment pour passer me voir, là maintenant.

— Mais je t'ai apporté quelque chose », répondit-il.

Il lui présenta le bol, tendant vers elle ses paumes ouvertes.

Catherine le contempla d'un air indécis, comme si elle en discernait mal la nature. Lucas fut brusquement incapable de parler, pas plus avec ses propres mots qu'avec ceux du livre. Il était le bol contenu dans ses mains. Il n'était rien d'autre.

Elle finit par dire : « Oh ! Lucas. »

Il ne pouvait toujours pas parler. Il était un bol et une paire de mains offrant un bol.

« Il ne fallait pas. »

Il répondit : « Je t'en prie. » C'était tout ce qu'il avait à dire.

« Où l'as-tu trouvé ?

— Je l'ai acheté. Pour toi. J'ai été payé aujourd'hui. »

Ce n'était pas la réaction qu'il avait escomptée. Il avait imaginé qu'elle serait heureuse et reconnaissante.

Elle se pencha vers lui. « C'est gentil de ta part, mais tu dois le rendre.

— Je ne peux pas, dit-il.

— Tu l'as payé ? Vraiment ? »

Ainsi, elle le soupçonnait de l'avoir volé. Il ne trouva rien d'autre à lui dire que la vérité.

« Je l'ai acheté à un homme dans Broadway. Il les vendait sur un éventaire. » Il pensa préférable de l'avoir acheté à un marchand ambulant. Et c'était plus ou moins vrai.

« Mon petit. C'est une folie. »

Il tremblait, plein de rage, d'embarras et d'un espoir aveugle, désespéré. D'une certaine façon, il s'était encore appauvri en lui apportant un cadeau.

« Je t'en prie, répéta-t-il.

— Tu es le plus gentil garçon du monde. Vraiment. Et demain, tu le rendras à cet homme dans Broadway et tu récupéreras ton argent.

— Je ne peux pas.

— Veux-tu que je t'accompagne ?

— Qu'est-ce qu'un homme, de toute façon ? Que suis-je ? Et qu'êtes-vous ?

— Je t'en prie, Lucas. Je suis touchée, crois-moi. Mais je ne peux pas l'accepter.

— L'homme est parti.

— Il reviendra demain.

— Non. C'était son dernier bol. Il a dit qu'il s'en allait.

— Oh, mon pauvre petit. »

Comment lui dire, que dire, ici, dans l'obscurité du couloir (où souriait la même tête de chèvre), tout en lui tendant le seul trésor qu'il avait pu trouver, un trésor dont elle ne voulait pas ?

Il dit : « La fileuse à son rouet se recule et s'avance en cadence.

— Chut, chut, tais-toi maintenant. Tu vas déranger les voisins. »

Il n'avait pas voulu parler si fort. Il n'avait pas l'intention de parler à nouveau, encore plus fort.

« La mariée défroisse sa robe blanche, l'aiguille des minutes parcourt lentement le cadran de l'horloge.

— Arrête, je t'en prie. Entre, tu ne dois pas divaguer ainsi dans le couloir.

— La prostituée traîne son châle derrière elle, son bibi danse sur son cou boutonneux de pocharde. Enceinte de neuf mois, elle est dans la salle de parturition, elle s'évanouira bientôt, les douleurs approchent. »

Catherine se figea et le regarda comme si elle le voyait pour la première fois.

« Qu'est-ce que tu as dit ? »

Il ne savait pas. Elle n'avait jamais paru l'écouter auparavant quand il parlait comme le livre.

« Lucas, s'il te plaît, répète ce que tu viens de dire.

— J'ai oublié.

— Tu as parlé d'une fileuse. Tu as parlé d'une mariée, et... d'une prostituée. Et d'une femme qui allait accoucher.

— C'était dans le livre.

— Mais pourquoi as-tu dit ça ?

— Les mots viennent tout seuls. Je ne sais jamais. »

Elle se pencha plus près, scrutant son visage comme si les mots y étaient inscrits, ténus mais perceptibles à l'œil, difficiles à lire.

Elle dit : « Tu ne sais vraiment pas ? Oh, Lucas, j'ai peur pour toi.

— Non. Je t'en prie. Tu ne dois pas t'inquiéter pour moi. Tu dois seulement t'inquiéter pour toi.

— Tu as un don, dit-elle doucement. Tu possèdes un don effrayant, le sais-tu ? »

Il crut pendant un instant qu'elle parlait du bol. C'était en effet un cadeau effrayant. Il aurait dû ne rien coûter, mais il l'avait payé avec l'argent qui devait assurer leur subsistance. Et quel usage Catherine aurait-elle fait d'un bol pareil ? Lucas resta immobile, le sang en ébullition, les mains tendues, se sentant à la fois le garçon qui avait acheté le bol, et le garçon qui l'avait vendu. Ce garçon-là, est-ce qu'il était en train de rejoindre sa famille avec de quoi manger en ce moment ? Lucas ne pouvait être que le premier, celui qui avait acheté le bol. Tout ce dont il était capable, c'était de faire face à Catherine, avec ce cadeau effrayant au creux de ses paumes.

Doucement (il pensa n'avoir jamais connu pareille douceur), elle lui prit le bol des mains, le tint dans les siennes.

« Qu'allons-nous faire de toi ? dit-elle. Comment vivront ton père et ta mère ? »

Il dit : « À cet instant, je vous livre mes secrets, des choses que je ne dirai jamais à personne, à personne qu'à vous.

— Chut, chut.

— Les morts chantent pour nous dans les machines. Ils demeurent avec nous.
— Tais-toi. Parle avec tes mots.
— Simon veut t'épouser dans la terre des morts. Il veut t'avoir là-bas avec lui. »
L'air abattu, elle secoua la tête. « Écoute-moi, dit-elle. C'est merveilleux de ta part de vouloir m'offrir un cadeau comme celui-là. Tu es un garçon gentil, généreux. Je vais garder le bol cette nuit, et demain j'irai le vendre et je te donnerai l'argent. Je t'en prie, ne sois pas vexé.
— Ne crois pas ta machine à coudre. Ne l'écoute pas si elle chante pour toi.
— Chuuut. Si nous faisons un tel vacarme tous les soirs, on nous jettera dehors.
— Croyez-vous que mon but soit d'étonner ? S'étonne-t-on de la lumière du jour ? S'étonne-t-on du rouge-queue qui pépie dans le bois ?
— Rentre chez toi à présent. Reviens me voir demain, après le travail.
— Je ne peux pas te quitter. Je ne veux pas. »
Elle posa sa main sur sa tête. « Je te verrai demain. Sois prudent d'ici là.
— C'est toi qui dois être prudente. »
Elle sembla ne pas entendre ni comprendre. Avec un sourire attristé elle ouvrit la porte et rentra chez elle.
Lucas traîna un peu devant la porte, comme un chien attendant qu'on le fasse entrer. Puis, parce qu'il ne supportait pas de ressembler à un chien, il s'en alla. Il passa devant la naine qui dit : « Pas de bêtises hein ? » Il répondit que non, pas de bêtises. Mais le mal était fait, n'est-ce pas ? Il y avait le bol et ce qu'il avait coûté. Il y avait d'autres crimes.

Il rentra chez lui ; il avait de l'argent (il lui en restait un peu), et son père et sa mère devaient manger. Il acheta une saucisse chez le boucher et une pomme de terre à une vieille dans la rue.
L'appartement était à l'identique. Sa mère dormait derrière sa porte. Son père était assis à la table, parce que c'était l'heure. Il appliquait ses lèvres sur l'appareil, aspirait le chant du fantôme de Simon.

« Bonsoir », fit Lucas. Sa voix résonna étrangement dans la pièce silencieuse, comme un haricot à l'intérieur d'un bocal.

« Bonsoir », fit son père. Sa voix avait-elle changé imperceptiblement depuis que Simon pénétrait dans sa poitrine ? Possible, Lucas n'en était pas sûr. Son père était-il en train de se transformer en machine, abritant Simon en lui ?

Lucas fit cuire la saucisse et la pomme de terre. Il en donna un peu à son père, en apporta à sa mère, qui dormait d'un sommeil agité. Il préféra ne pas la déranger, laissa le repas sur la table de chevet, pour qu'elle le mange à son réveil, quand elle en aurait envie.

Après que son père eut fini, Lucas lui dit : « Père, il est l'heure de se coucher. »

Son père hocha la tête, respira, hocha la tête à nouveau. Il se leva, prit l'appareil avec lui.

Lucas le laissa sur le seuil de la chambre. Sa mère marmonnait à l'intérieur. Son père dit : « Elle rêve tout le temps.

— Elle dort. C'est ce qu'il y a de mieux pour elle.

— Elle ne dort pas. Elle rêve.

— Chut. Va te coucher maintenant. Bonsoir, Père. »

Son père se fondit dans l'obscurité. Les petits pieds de l'appareil grattèrent le plancher derrière lui.

Je voudrais savoir traduire ce qu'on dit tout bas des hommes et
                      [des femmes morts dans leur jeunesse.
Et ce qu'on dit des vieillards et des mères, des nourrissons arrachés
                      [trop tôt à leur sein ?
Dites-moi, qu'est-il advenu des jeunes et des vieux ?
Et qu'est-il advenu des femmes et des enfants ?

Lucas lut son passage. Il éteignit la lumière et sombra dans le sommeil.

Il rêva qu'il était dans une pièce, une salle immense, pleine de bruits métalliques. Identique à l'usine et pourtant différente. Elle était envahie d'une poussière argentée, comme l'usine, mais déserte, à l'exception du bruit, un bruit assourdissant, différent de celui que produisaient les machines, pas tout à fait pareil bien qu'il lui ressemblât. Lucas en conclut que les machines avaient disparu mais qu'elles réapparaîtraient bientôt, comme le bétail retourne à l'étable. Il devait attendre là. Il devait attendre de les voir revenir. Il leva la tête – obéissant à une impulsion – et vit que le plafond était constellé d'étoiles. Il y avait Pégase, Orion, les Pléiades. Il comprit alors que les étoiles étaient des machines, elles aussi. Il n'existait nulle part où aller hors du monde, hors de la pièce. Les étoiles se déplaçaient mécaniquement, et quelque chose, une forme sombre, descendait du ciel nocturne...

Il se tourna et se trouva face à un visage. Les yeux étaient des flaques noires, la peau était tendue sur le crâne. La forme disait : « Mon petit, mon petit. »

Le visage de sa mère était pressé contre le sien. Il rêvait de sa mère. Il essaya de parler sans y parvenir.

La forme disait : « Mon pauvre petit, que t'ont-ils fait ? »

Il était réveillé. Sa mère était accroupie à côté de son lit, son visage contre le sien. Il sentait sa respiration sur ses lèvres.

« Je vais bien, Mère, dit-il. On ne m'a rien fait. »

Elle tenait la boîte à musique, tout contre elle. Elle dit : « Pauvre enfant.

— Tu es en train de rêver, lui dit Lucas.

— Mes pauvres, pauvres garçons. L'un, puis un autre, et encore un autre.

— Je vais te ramener dans ton lit.

— C'est la cupidité qui a fait ça. La cupidité et la faiblesse.

— Viens. Viens te recoucher. »

Il se releva et lui prit le bras. Elle obéit, ou plutôt ne résista pas. Il la conduisit hors de la chambre et lui fit traverser le salon, où veillaient les portraits. Elle traînait les pieds sur le plancher. Il l'emmena dans l'autre chambre. Son père respirait en sifflant, s'étranglant dans son sommeil.

Lucas aida sa mère à se mettre au lit, remonta la couverture. Ses cheveux se répandirent sur l'oreiller. Dans leur sombre éventail, son visage paraissait incroyablement petit, pas plus gros qu'un poing d'enfant.

Elle dit : « Je devrais être morte avec lui. »

Lucas pensa – il ne put s'en empêcher – au bol qu'il avait acheté. Il restait dix-neuf cents à présent, pour subvenir à leurs besoins jusqu'au vendredi suivant. Il n'y aurait pas de quoi manger pendant le week-end.

Il dit : « Sois tranquille. Je suis là. »

— Oh, tranquille. Comme si on pouvait être tranquille.
— Tu dois dormir maintenant.
— Tu crois qu'on ne risque rien en dormant ?
— Chut. Calme-toi. »
Il s'assit avec elle, et ne savait s'il devait ou non lui caresser la main. Il se balança lentement, cherchant l'apaisement. Il n'y avait rien d'aussi effrayant. Il n'y avait rien, il n'y avait jamais rien eu d'aussi épouvantable que d'être assis sur le lit de ses parents, à se demander s'il devait ou non caresser la main de sa mère.
Il devait emporter la boîte à musique, il le savait. Mais que faire de l'autre accès utilisé par Simon, le respirateur ? Son père avait besoin de cet appareil. En avait-il vraiment besoin ?
Lucas ignorait si l'appareil était vital pour son père ou simplement utile. On ne le lui avait pas dit. Il était possible, en tout cas il n'était pas impossible, que cette machine qui avait été donnée à son père, soit en réalité funeste. Se pourrait-il qu'elle aspire la vie de son père au lieu de l'aider ? Les machines veulent-elles le bien des gens ?
Lucas se leva, se dirigea sur la pointe des pieds vers le côté du lit où reposait son père, et saisit l'appareil. La perche métallique était froide au toucher. Elle avait sa propre musique, un son aussi régulier et caractéristique que le grattement des souris à l'intérieur des murs. Habilement, comme il en aurait pris une par la queue, il emporta l'appareil à travers le salon et l'installa dans le couloir. Était-ce assez loin ? Il espéra que oui. Dans la semi-obscurité du couloir, la machine était aussi floue que la tête de chèvre. La vessie, de la taille et de la forme d'un navet, était grise mais légèrement lumineuse. Le tube et l'embouchure pendaient dans le vide.
Il allait abandonner l'appareil là pour la nuit. Il le rapporterait dans la matinée, quand il aurait vu comment s'en sortait son père.
Il alla dans le salon chercher la boîte à musique, la déposa dans le couloir, à côté du respirateur, puis regagna le salon et ferma la porte à clé. Il vérifia qu'elle était bien fermée.
Lorsque le sommeil s'empara de lui à nouveau, il apporta son lot de rêves, dont Lucas se souvint peu à son réveil,

sinon qu'il y était question d'enfants, d'une aiguille et d'une femme au loin qui appelait de l'autre côté d'un fleuve.

Le lendemain matin, son père ne s'était pas encore levé. Lucas se dirigea vers la chambre de ses parents et ouvrit la porte avec précaution. Ils étaient plus calmes qu'à l'accoutumée. Sa mère marmonnait dans ses rêves, mais son père, enclin aux ronflements et aux accès de toux, était silencieux.

Il a sans doute besoin de l'appareil. Lucas n'avait plus qu'à se dépêcher de le lui rapporter.

Lorsqu'il alla le chercher dans le couloir, il avait disparu. L'appareil respiratoire et la boîte à musique s'étaient volatilisés.

Lucas s'immobilisa, perplexe. Avait-il rêvé qu'il les avait mis là ? Il parcourut le couloir des yeux, se demandant s'ils n'étaient pas simplement plus loin. Peut-être s'était-il levé durant la nuit et les avait-il changés de place, dans un geste de somnambule. Non. Ils n'étaient nulle part. La pensée le traversa que les machines étaient encore plus vivantes qu'il ne l'avait imaginé, qu'elles marchaient. Auraient-elles pu regagner seules la chambre de ses parents ? La boîte à musique se serait-elle installée à côté de sa mère, chantant un de ces airs qu'elle ne supportait pas d'entendre ?

Lucas se raisonna. Il était perturbé, certes, mais pas fou. Quelqu'un avait volé l'appareil respiratoire et la boîte à musique, comme cela arrivait. On ne pouvait laisser sans surveillance quelque chose de valeur. Il avait cru que ces objets ne couraient aucun risque pendant la nuit, mais ils avaient été subtilisés. Le voleur essayerait de les vendre, comme le garçon avait vendu le bol de porcelaine.

Lucas regagna le salon. Que dire à son père qu'il puisse comprendre ? Rien ne lui vint à l'esprit et il ne dit rien. Il laissa son père et sa mère dans leur chambre, espérant qu'à son retour de l'usine, ils se seraient rétablis.

Elle était là, sa machine. Il se tenait devant elle, dans la grande salle. Dan, Will et Tom étaient devant les leurs, les entretenant comme toujours avec le calme et l'obstination méticuleuse d'un paysan.

Lucas chuchota : « Tu as été indigne, reconnais-le. Tu as été infidèle. Je regrette que tu sois mort, mais tu ne peux pas emmener Catherine avec toi. Tu dois cesser de seriner tes chagrins à notre mère. »

La machine continua. Son chant ne variait guère. Lucas ne parvenait toujours pas à en déchiffrer les paroles, mais il savait que toutes parlaient d'amour et de regret. Simon avait toujours désiré plus que ce qu'il méritait. Pourquoi serait-il différent maintenant qu'il était mort ?

Lucas chargea une plaque et la mit en place. La machine s'en empara comme à son habitude. Elle frappa les empreintes, quatre en largeur, six en longueur. Alors que Lucas apportait à Dan la première plaque de la journée, il se demanda si sa machine s'entretenait avec les autres, la nuit, quand les hommes étaient partis et qu'elles se retrouvaient seules à habiter l'usine. Il n'avait aucun mal à les imaginer en train de chuchoter dans l'obscurité, de chanter les louanges de leurs hommes, de rêver d'eux : Il m'appartient, il est mon seul amour, j'ai hâte que vienne le jour où il m'appartiendra tout entier. Lucas pensa qu'il devrait avertir Dan, prévenir Tom et Will. Mais comment le leur dire ?

Dan était penché sur sa machine. Il dit : « Bonjour, Lucas, sans lever la tête.

— Bonjour, monsieur. »

Lucas hésita après avoir déposé la plaque dans le casier de Dan. De tous ceux qui découpaient et emboutissaient, Dan était le plus impressionnant. Massif, voûté, il portait ses énormes épaules rondes comme un faix ; au-dessus, presque enfouie dans leur masse, se dressait sa tête, un visage aux yeux d'un bleu délavé. Lucas ne savait rien de la vie de Dan mais il pouvait l'imaginer. Il avait sans doute une femme et des enfants. Il avait un salon avec une première chambre d'un côté et une seconde de l'autre.

Dan se détourna de sa machine. Il dit : « Un problème ?

— Non, monsieur. »

Dan prit un mouchoir dans sa poche, essuya la sueur de son haut front écarlate.

Il lui manquait l'index et le médium de la main droite. Lucas ne s'en était pas aperçu avant.

Il dit : « Pardon, monsieur, qu'est-il arrivé à vos doigts ? »

Dan abaissa le mouchoir et examina sa main comme s'il s'attendait à y voir quelque chose d'inhabituel.
« Perdus, dit-il.
— Comment les avez-vous perdus ?
— Accident.
— Ici ? À l'usine ? »
Dan parut se demander s'il devait ou non révéler un secret.
« À la scierie.
— Vous travailliez dans une scierie, avant de venir ici ?
— Ouais. »
Dan s'essuya le front à nouveau et reprit son travail. Il n'était pas permis de fainéanter, de parler. Lucas retourna à sa machine et chargea une autre plaque.

Une autre machine avait avalé les doigts de Dan. Cette machine-là, une de celles qui débitaient les planches, contenait un fragment du fantôme de Dan, tandis que le reste de Dan continuait à vivre. La nouvelle machine le savait-elle ? Pouvait-elle entendre la première chanter dans une scierie lointaine, satisfaite d'avoir eu les doigts de Dan mais regrettant le reste, souhaitant plus de chance à la nouvelle machine ?

Catherine était sans doute à sa couture en ce moment. Lucas ne voyait pas comment une machine à coudre pourrait s'emparer d'elle. Il y avait seulement un bras et une aiguille qui cliquetait. Elle pourrait la piquer, éventuellement, mais pas la blesser sérieusement.

Mais il y avait sans doute d'autres machines dans son atelier, des machines capables de mutiler quelqu'un. Il s'efforça de les imaginer. Il se représenta des presses et des rouleaux à travers lesquels passaient les vêtements. S'en approchait-elle pendant la journée ? C'était possible. Comment le savoir ? Elle avait peut-être pour tâche de faire passer des corsages et des chemises dans une machine plus grande. Une machine qu'il imaginait aussi grande qu'une voiture à cheval ; blanche, pas noire ; avec une sorte de bouche où l'on insérait les chemises et les robes récemment fabriquées, pour les défroisser, les plier. D'où jaillissaient des torrents de vapeur.

Enfin, le sifflet retentit. Lucas attendit que Jack Walsh vienne lui dire : « Bon, ça va. » Il arrêta sa machine, partit en courant, remonta Rivington, longeant la chaussée, évitant les charrettes et les voitures à cheval.

Un flot de jeunes filles et de femmes se répandait déjà hors de la Mannahatta Company quand il arriva, et elles ne semblaient en aucune façon avoir assisté à une catastrophe. Il chercha Catherine parmi elles. Il en vit un bon nombre avec lesquelles il aurait pu la confondre. Elles étaient si semblables, dans leur robe bleue. Comme elles passaient de plus en plus nombreuses devant lui, par groupes de deux ou trois, parlant à voix basse, s'étirant, faisant jouer leurs doigts, il s'enhardit enfin à demander à l'une, puis à une autre, si quelqu'un avait vu Catherine Fitzhugh. Aucune ne savait qui était Catherine. Il y avait des centaines de filles à l'atelier de couture ; Catherine n'était sans doute connue que de celles qui travaillaient près d'elle. De loin, Lucas aperçut Emily Hoefstaedler au milieu d'un groupe, bien en chair, l'air paisible, riant sans pudeur avec une autre fille, mais il ne lui parla pas. Il ne lui parlerait jamais de rien, en tout cas pas de Catherine. Il en questionna d'autres. Plusieurs se contentèrent de hausser les épaules, d'autres prirent une mine renfrognée, et l'une d'elles, une jeune brune, dit : « Tu ne veux pas de moi, à la place ? » avant d'être entraînée, au milieu des éclats de rire, par ses amies.

C'est alors qu'il la vit. Elle était presque la dernière et marchait à côté d'une femme plus âgée dont les maigres cheveux gris étaient strictement tirés en arrière et qui marchait le cou tendu, comme si son visage avait plus envie d'avancer que son corps.

Lucas s'approcha. « Catherine, appela-t-il.

— Salut, Lucas », dit-elle. Elle le regarda avec une patience infinie.

« Tu vas bien ?

— Très bien. Et toi ? »

Que lui dire ? Il répondit : « Dois-je prier ? Dois-je adorer et être solennel ?

— Lucas, je te présente mon amie Kate. »

La femme hocha la tête.

« Kate, c'est Lucas. Le frère de Simon. »

Kate dit : « Je suis navrée pour toi.
— Merci, m'dame.
— Tu es venu pour me raccompagner à la maison ? demanda Catherine.
— Oui, s'il te plaît. » Lucas se retint de ne pas lui saisir la main.
« Kate, il semblerait que j'aie quelqu'un pour m'escorter. À demain. »
L'autre femme acquiesça de nouveau. « Au revoir », dit-elle. Sa tête l'entraîna en avant, et le corps suivit.
Catherine posa ses mains sur ses hanches. « Lucas, mon chéri, dit-elle.
— Tu vas bien, alors.
— Comme tu peux le constater.
— Me permets-tu de marcher avec toi ?
— Je dois aller vendre le bol.
— Où est-il ?
— Dans mon réticule.
— Ne le vends pas. Garde-le. Je t'en prie.
— Accompagne-moi, si tu veux. »
Elle ne ralentit pas sa cadence, Lucas à son côté. Comment lui dire ? Comment lui faire comprendre ?
Il dit : « Catherine, les machines sont dangereuses.
— C'est vrai, elles peuvent l'être. C'est pourquoi il faut faire attention.
— Même si on fait attention.
— De toute façon, on n'a pas le choix, n'est-ce pas ?
— Tu ne dois plus aller travailler.
— Où devrais-je aller, alors, mon petit ?
— Tu pourrais coudre chez toi, non ? Et être payée à la pièce.
— Sais-tu combien on gagne ? »
Il ignorait ce qu'on payait pour un travail, excepté le sien, et encore l'avait-il appris seulement le jour de la paye. Il continua à marcher près d'elle. Ils traversèrent Washington Square. Lucas ne venait pas souvent par ici. C'était au-delà des limites de son royaume ; ce n'était pas fait pour un garçon comme lui. Washington Square, comme Broadway, était une partie de la ville au cœur de la ville jalouse de sa verte et lumineuse tranquillité, encerclée de feux plus loin-

tains – un endroit où hommes et femmes se promenaient en robes et manteaux, où un mendiant estropié jouait de la flûte ; où les feuilles des arbres découpaient des silhouettes dans le ciel et où une vieille femme vendait des glaces dans une charrette de bois ; où un enfant agitait un fanion écarlate qui claquait et ondulait en contrepoint du joueur de flûte, dont la petite barbe rousse semblait à son tour répondre au fanion. Lucas s'efforça de ne pas se laisser distraire par la beauté du square. Il s'efforça de rester lui-même.

Il demanda à Catherine : « Où allons-nous ?

— Voir quelqu'un que je connais. »

Il la suivit à travers le square jusqu'à une échoppe dans la 8ᵉ Rue. C'était un endroit modeste, au sous-sol, une boutique qui avait pour nom Gaya's Emporium. La vitrine montrait deux chapeaux en équilibre sur des présentoirs. L'un était en satin rose, l'autre en brocart noir. Sous les chapeaux, quelques bracelets et pendants d'oreilles étaient disposés sur une étoffe de velours bleu passé, scintillant comme de braves petits témoignages d'infortune.

Catherine dit : « Attends ici.

— Je ne peux pas entrer avec toi ?

— Non. Je préfère y aller seule.

— Catherine ?

— Oui ?

— Est-ce que je peux revoir le bol, d'abord ?

— Bien sûr. »

Elle ouvrit son réticule et en sortit le bol, qui brilla dans la lumière du soir d'un éclat presque irréel. On l'eût dit sculpté dans de la nacre. Sa bordure de symboles étranges, spirales et cercles bleus, ressortait avec netteté comme un langage désireux de convaincre dans un monde qui n'était plus apte à déchiffrer son message.

« Tu ne dois pas le vendre. » Lucas fut soudain animé du désir de le lui prendre, de le tenir contre sa poitrine. Il lui semblait que si le bol leur échappait, quelque chose d'autre leur échapperait, quelque chose dont Catherine et lui avaient besoin et qui ne leur serait plus jamais offert.

Elle dit : « Si, je dois le vendre. Je ne serai pas longue. »

Elle pénétra à l'intérieur de la boutique. Lucas attendit. Que pouvait-il faire d'autre ? Il resta devant la vitrine, à regarder chapeaux et bijoux vivre leur existence silencieuse.

Peu après, Catherine réapparut. Elle gravit d'un pas las les marches menant au trottoir. Lucas songea à la lassitude de sa mère et se demanda si elle guérirait, avec la disparition de la boîte à musique.

Catherine dit : « J'ai pu en tirer cinquante cents. Elle ne m'aurait pas donné davantage. »

Elle lui tendit les pièces. Il voulait l'argent, il en avait besoin, mais il ne put se résoudre à le prendre. Il resta figé, les mains ballantes.

Catherine dit : « Ce n'est sans doute pas le prix que tu l'as payé. Je n'ai pas pu faire mieux. »

Il ne pouvait ni bouger ni parler.

« Ne sois pas fâché, dit-elle. Je t'en prie. Prends l'argent. »

Il était incapable de réagir. Ses oreilles bourdonnaient.

« Lucas, tu commences à me faire perdre patience. C'était pénible là-dedans. Je n'aime pas être traitée de voleuse. »

Voilà donc ce qu'il lui avait fait : il l'avait forcée à s'abaisser. Il se figura cette Gaya. Il l'imagina d'une maigreur squelettique, avec un teint cireux. Et la vit prenant le bol, l'examinant d'un air méprisant et avide. Elle avait formulé son prix avec la détermination des gens accoutumés à marchander des objets volés.

Il dit : « La fileuse à son rouet se recule et s'avance en cadence. » Il n'était pas certain d'avoir parlé à voix haute.

Catherine marqua le pas. Elle dit : « Tu ne t'étais jamais répété avant. »

Comment pouvait-elle le savoir ? L'avait-elle écouté, depuis le début, chaque fois qu'il parlait comme le livre ? Si oui, elle n'en avait jamais rien montré.

Il ne put se retenir : « La mariée défroisse sa robe blanche, l'aiguille des minutes parcourt lentement le cadran de l'horloge. »

Catherine battit des paupières. Ses yeux brillaient.

Elle demanda : « Que t'a dit Simon ? »

Ce que Simon lui avait dit ? Rien. Simon fredonnait de vieux airs, se moquait de la petite taille de Lucas, allait dans la chambre d'Emily en secret.

Lucas dit : « Enceinte de neuf mois, elle est dans la salle de parturition. »

Catherine laissa tomber l'argent aux pieds de Lucas. L'une des pièces roula et s'arrêta contre le bout de sa chaussure.

« Ramasse-les et emporte-les chez toi, dit-elle. Tu as épuisé ma patience. »

Il dit : « La prostituée traîne son châle derrière elle, son bibi danse sur son cou boutonneux de pocharde. »

Catherine se mit à pleurer. Cela la prit subitement, comme un spasme. Elle resta un moment toute droite, une seule larme roulant le long de sa joue, et l'instant d'après son visage s'affaissa et elle éclata en sanglots. Elle enfouit la tête dans ses mains.

Il ne savait que faire ou dire. Il posa les doigts sur son épaule. Elle le repoussa d'un geste.

« Laisse-moi seule, Lucas, sanglota-t-elle. Je t'en prie, laisse-moi tranquille. »

Il ne pouvait pas la laisser pleurer dans la 8e Rue, au beau milieu des passants. « Viens avec moi. Viens t'asseoir. »

À sa grande surprise, Catherine obéit. Elle s'abandonnait, ne retenait plus ses larmes. Elle n'était plus qu'une femme éplorée qu'il ramenait vers Washington Square, vers l'endroit où l'enfant faisait claquer son petit drapeau dans le ciel et où le joueur de flûte sautillait d'un pied sur l'autre.

Il trouva un banc et s'y assit. Catherine prit place à côté de lui. Timidement, il passa le bras autour de ses épaules tremblantes. Elle ne sembla pas y prêter attention.

Il dit : « Je regrette. Je ne voulais pas te faire de la peine. Je ne sais pas ce que j'ai dit. »

Les sanglots de Catherine se calmèrent. Elle leva la tête. Son visage était rouge et hagard. Il ne l'avait jamais vue ainsi.

« Veux-tu savoir quelque chose ? demanda-t-elle. Le veux-tu ?

— Oui. Oh, oui.

— Je vais avoir un enfant. »

Il se tut à nouveau, troublé par une vérité qui n'aurait pas dû être vraie. Elle n'était pas mariée.

Il dit : « Je comprends », parce qu'il semblait qu'il n'y avait rien d'autre à dire.

« Ils ne me garderont pas à l'atelier. Dans un ou deux mois, je serai trop grosse pour le cacher.

— Comment pourrais-tu devenir trop grosse pour aller travailler ?

— Tu ne sais donc *rien*, tu n'es qu'un enfant. Je me demande pourquoi je te parle. »

Elle fit mine de se lever, se laissa retomber sur le banc. Lucas insista. « Je veux que tu me parles. J'essayerai de comprendre. »

À nouveau, elle s'abandonna à son chagrin. À nouveau, Lucas étreignit ses épaules secouées de tremblements. Les passants les regardaient puis détournaient poliment la tête, désireux de ne pas accroître leur embarras. Ils étaient mis avec élégance, arboraient des boucles de ceinture dorées et de petites montres de gousset. Lucas et Catherine l'étaient d'une étoffe plus grossière. S'ils s'attardaient sur le banc, un policier viendrait les en chasser.

Catherine parvint enfin à parler : « Je ne l'ai avoué à personne. Ce n'est pas juste de te le dire à toi.

— Si, c'est juste. Tout ce que tu fais est toujours juste. »

Elle se ressaisit. Elle ne sécha pas ses larmes, mais son expression changea. Quelque chose de nouveau s'empara d'elle, une rage mêlée de chagrin.

Elle dit : « Bien, dans ce cas, je vais t'apprendre quelque chose.

— S'il te plaît. »

Sa voix, quand elle parla, était comme un fil d'acier, aiguë mais forte.

« J'avais dit à ton frère qu'il devait m'épouser. J'ignore si l'enfant est de lui. Probablement pas. Mais Simon avait accepté. Veux-tu savoir autre chose ?

— Oui.

— C'est une supposition de ma part. Tout est arrivé parce qu'il était malheureux. Il se peut qu'il ait été tellement troublé à la pensée de notre mariage qu'il a laissé l'accident se produire. Réfléchis. Il travaillait à l'usine depuis des années. Il n'aurait jamais dû laisser sa manche se prendre dans la machine.

— Simon t'aimait.

— Est-ce qu'il te l'a dit ?

— Oui », répondit Lucas, bien que Simon n'eût jamais prononcé ces mots. Comment aurait-il pu ne pas l'aimer ? Il n'était pas toujours nécessaire de tout dire.

« Je suis une putain, Lucas, dit Catherine. J'ai essayé de m'imposer à ton frère.

— Simon t'aimait », répéta-t-il. Il était incapable de penser à rien d'autre.

Catherine dit : « Je vais garder le bébé. C'est tout ce que je peux faire pour le pauvre Simon. »

Lucas ne trouva rien à lui répondre. Comment aurait-elle pu faire autrement que de garder le bébé ?

Elle ajouta : « Je lui ai dit qu'il avait profité de moi. Je lui ai dit qu'il devait se racheter. Je lui ai dit qu'il finirait par m'aimer, à la fin. Et te voilà. Je suis une putain et une menteuse et je vais donner naissance au bâtard de ton frère. Tu ne dois plus venir me voir. Tu ne dois plus rien m'acheter avec l'argent dont vous avez besoin pour vous nourrir. »

Son visage se métamorphosa. Ses traits vieillirent, s'affaissèrent. Elle se transforma en statue, en effigie. Elle n'était plus la femme qu'elle avait été. Elle savait où elle allait.

Lucas dit : « Je peux t'aider. »

Elle se redressa avec une gravité déterminée, soudain solennelle.

« Personne ne peut m'aider », dit-elle.

Elle marcha d'un pas résolu vers l'est, vers l'endroit où elle habitait. Lucas l'accompagna.

« Tu es en danger, dit-il.

— Je cours le même danger que toute femme qui laisse traîner son châle, ni plus ni moins.

— Ne retourne plus à l'atelier. Je t'en prie.

— Bientôt, je ne pourrai plus travailler. C'est ce qui arrivera, inévitablement.

— Non. Demain. N'y va pas demain. Tu es en danger.

— J'ai besoin de chacun des pennies que je gagnerai.

— Les morts nous cherchent à travers les machines. Lorsque nous nous tenons devant l'une d'elles, nous nous livrons à eux.

— Ton cher livre.

— Ce n'est pas le livre. C'est la vérité. »

Lucas se troubla. Le livre disait la vérité. Ce qu'il tentait de dire à Catherine était tout aussi vrai, d'une manière différente.

Elle poursuivit sa marche. Son nouveau visage, rougi et meurtri, fendait l'air. Elle aurait pu trôner à la proue d'un navire.

Elle dit : « Je ne peux plus m'occuper de toi dorénavant. Je suis désolée, mais je ne peux pas. J'ai trop à penser. »

— Tu n'as pas à le faire. Mais laisse-moi m'occuper de toi. Laisse-moi t'aider, prendre soin de toi. »

Elle eut un rire amer. « Quelle bonne idée. Je viendrai vivre avec toi et tes parents. Nous vivrons, tous les quatre, sur ce que tu gagneras à l'usine. Non, nous serons cinq. Cela ne devrait pas poser de problème, n'est-ce pas ? »

Pendant un bref instant, Lucas la vit comme ce qu'elle avait dit être : une prostituée et une menteuse, une femme de la rue, dure et calculatrice, donnant son prix.

Il dit : « Je trouverai un moyen. »

Elle s'immobilisa, si brusquement que Lucas se retrouva quelques pas en avant. Idiot, il n'était qu'un pauvre idiot.

Elle dit. « Oublie-moi. Je suis perdue. »

Il dit : « Lève le voile ! Tu n'es pas coupable à mes yeux, ni indigne ni rebut. »

Elle laissa échapper un petit cri étouffé et se remit à marcher. Immobile, il la regardait de dos – sa robe bleue, la masse de ses cheveux cuivrés – tandis qu'elle sortait du square.

Alors seulement, tout – tout ce qu'elle avait dit – prit un sens plus définitif et angoissant. Simon devait les vouloir, elle et l'enfant. Il cherchait à l'épouser dans le royaume des morts, à vivre là-bas avec elle et son enfant.

Il fallait l'empêcher d'aller à son travail demain.

Lucas ne savait que penser. Il avait tant à faire. Elle ne devait pas s'approcher des machines. Il devait trouver de l'argent pour elle.

Il se rappela les pièces qu'elle avait jetées à ses pieds. Il ne les avait pas ramassées. Il repartit en courant vers la 8e Rue, mais elles n'y étaient plus, bien sûr.

Lucas parcourut la rue en direction de l'est. Peut-être y trouverait-il, à défaut des pièces que Catherine lui avait lancées, une somme équivalente quelque part dans les environs, envoyée par un ciel complice et bienveillant envers les cœurs insouciants. Il s'imagina que s'il fouillait la ville et la parcourait en tous sens, il finirait peut-être par dénicher quelques pièces auxquelles personne n'aurait prêté attention, tombées par mégarde d'une poche sur le trottoir ou égarées, comme l'avaient été les siennes. Il n'avait pas l'intention de voler, pas plus que celui qui avait trouvé son argent ne l'avait volé. Il espérait plutôt prendre sa place dans une chaîne de pertes et de gains, le mystère sans fin des sommes payées et des sommes reçues, de l'argent circulant de main en main, pour satisfaire une ancienne dette qui avait toujours existé et serait enfin remboursée dans un futur imprévisible. Il espérait que la ville lui fournirait l'aide nécessaire par des moyens détournés, de même que ses plaques métalliques embouties produisaient des carters.

Il rechercherait tout ce qu'il pourrait trouver.

Il continua à longer la 8e Rue en direction de Broadway. S'il devait trouver de l'argent, des pièces tombées par hasard, ce serait probablement dans ces alentours.

Comme à son habitude, Broadway était plein de lumières et de musique, de gens qui sortaient des magasins, d'hommes d'humeur joyeuse coiffés de chapeaux, qui riaient, soufflaient de la fumée à pleins poumons. Lucas avançait au milieu, le regard fixé par terre. Il voyait les extrémités des bottines, les revers des pantalons, les ourlets des jupes. Il voyait les infimes débris que la foule piétinait : un mégot de cigare, un bout de ficelle, un tract jaune canari annonçant : *Du terrain au Colorado.*

Il avait parcouru plusieurs pâtés de maisons, encourant par deux fois les grognements de protestation des passants obligés de s'écarter de son passage, quand son regard s'arrêta sur une paire de bottes qui lui semblèrent familières, bien qu'il fût certain de ne les avoir jamais vues. C'étaient des bottes d'ouvrier, d'un brun grisâtre, vigoureusement lacées. Elles s'immobilisèrent devant lui.

Il leva la tête et aperçut le visage de Walt.

Il était là devant lui, avec la cascade blanchâtre de sa barbe, son chapeau à large bord et le mouchoir noué autour de son cou. Il ressemblait en tout point à son portrait. Il sourit à Lucas d'un air étonné, son visage semblable à du papier brun chiffonné et défroissé. Ses yeux brillaient comme des clous d'argent.

« Bonjour, dit-il. Perdu quelque chose ? »

Lucas cherchait de l'argent et avait trouvé Walt. Une vaste promesse tremblait dans l'air.

Il répondit : « Vaillant comme un cheval, affectueux, fier, électrique, me voici avec ce mystère. »

Walt éclata de rire. « Qu'est-ce que c'est ? Tu t'adresses à moi avec mes propres mots ? »

Sa voix était claire et profonde, pénétrante ; elle n'était pas forte, mais elle était partout. Elle aurait ressemblé à la voix d'une averse, si la pluie pouvait parler.

Lucas s'efforça d'utiliser ses mots à lui. « La terre, elle me suffit, je ne veux pas de constellations plus proches, je sais qu'elles sont bien où elles sont, je sais qu'elles suffisent à ceux qui y ont leur place.

— Incroyable ! s'exclama Walt. Qui es-tu donc ? »

Lucas fut incapable de répondre. Il se tenait devant Walt, tremblant et petit. Son cœur tambourinait douloureusement contre ses côtes.

Walt s'agenouilla devant lui. Ses genoux craquèrent un peu, comme des brindilles humides.

« Comment t'appelles-tu ? demanda-t-il.

— Lucas.

— Lucas. Comment se fait-il que tu connaisses aussi bien mes poèmes ?

— De tous je suis l'ami, le compagnon, tous aussi immortels et insondables que moi. Ils ne savent pas qu'ils sont immortels. Je suis seul à le savoir. »

Walt s'esclaffa. Lucas sentit le rire parcourir tout son corps, transpercer ses os, comme un frisson électrique, comme si Walt non seulement riait mais encore appelait le rire à s'élever de terre, à jaillir du trottoir et pénétrer Lucas par la plante des pieds.

« Tu es un garçon surprenant, dit-il. Quelle surprise de tomber sur toi. »

Lucas rassembla son courage. « Pourrais-je vous poser une question, monsieur ?

— Bien sûr. Demande ce que tu veux. Je répondrai si je le peux.

— Monsieur, les morts retournent-ils dans l'herbe ?
— Ils y retournent, mon garçon. Ils sont dans l'herbe et les arbres.
— Seulement là ?
— Non, pas seulement. Ils sont partout autour de nous. Ils sont dans l'air et dans l'eau. Dans le ciel et la terre. Dans nos esprits et nos cœurs.
— Et dans les machines ?
— Oui, bien sûr. Ils sont dans les machines, aussi. Ils sont partout. »

Lucas s'était remis debout. S'il avait nourri des doutes, il tenait la réponse.

« Merci, monsieur.
— Parle-moi de toi, dit Walt. D'où viens-tu ? Vas-tu à l'école ? »

Lucas ne trouva aucune réponse simple à lui donner. Que pouvait-il dire à Walt, que pouvait-il raconter sur lui-même ?

Il finit par dire : « Je cherche quelque chose, monsieur.
— Que cherches-tu, petit ? »

Il ne pouvait pas dire « de l'argent ». L'argent était vital, pourtant, à cet instant, face au visage barbu de Walt, à l'ombre du bord de son chapeau, il semblait insignifiant. Répondre « de l'argent » à Walt eût été de la même nature que de rester dans l'entrée de Catherine, brûlant d'amour, et de recevoir du collier de mouton et une pomme de terre. Il serait obligé d'expliquer ce qu'il voulait en faire, pourquoi il en avait un tel besoin, et cette épreuve, cette longue explication, dépassait ses forces.

Il se contenta d'un : « Quelque chose d'important, monsieur.
— Bon, et quoi encore ? Nous cherchons tous quelque chose d'important je suppose. Peux-tu me dire plus précisément ce que tu cherches ?
— Quelque chose d'essentiel.
— Crois-tu que je pourrais t'être d'une aide quelconque ?
— Vous m'aidez toujours.
— J'en suis heureux. Espères-tu trouver cette chose si précieuse dans Broadway ?

— Je vous ai trouvé, monsieur. » Le rire de Walt jaillit à nouveau de la terre. Lucas le sentit vibrer dans tout son corps. Walt dit : « Je ne suis guère précieux, mon garçon. Je suis un vieux serviteur, c'est tout. Je suis un vagabond et un semeur de discorde. Sais-tu ce que je pense ?

— Quoi, monsieur ?

— Je pense que tu devrais parcourir la terre. Je pense que tu devrais chercher dans Broadway et au-delà. Que tu devrais chercher dans le monde entier.

— J'aurais peine à y parvenir, monsieur.

— Pas en une seule fois, pas en une seule nuit. Je suppose que tu es de la race des poètes. Je suppose que tu passeras ta vie à chercher. »

Le cœur de Lucas se serra. Il avait besoin d'argent tout de suite. « Oh, j'espère que non, monsieur.

— Tu verras, tu verras. La recherche est aussi l'objet. Sais-tu ce que j'entends par-là ?

— Non, monsieur.

— Tu comprendras, tu verras. Quand tu seras plus vieux, tu comprendras.

— J'ai besoin, monsieur...

— De quoi as-tu besoin ?

— J'ai besoin de savoir où aller.

— Va où ton cœur te porte.

— Mon cœur est défaillant, monsieur.

— Il n'est pas le moins du monde défaillant. Fais-moi confiance sur ce point. »

Lucas tressaillit. Il craignit de pleurer, espéra que Walt ne verrait pas les larmes assaillir son visage.

Walt dit d'une voix douce : « Désires-tu que je te donne une direction ?

— Oh, oui, monsieur. Je vous en prie.

— Très bien. Va vers le nord. Marche jusqu'aux confins de la ville, va au-delà. Là où s'espacent les maisons et où commence l'herbe.

— Dois-je vraiment aller par là ?

— C'est une direction comme une autre. Si tu veux des indications, je te les donnerai. Crois-moi, marche vers le nord.

— Merci, monsieur.

— Viendras-tu ici demain ? demanda Walt. Veux-tu me retrouver à la même heure demain soir et me raconter ce que tu auras trouvé ?

— Oui, monsieur. Si vous voulez.

— J'en serai très heureux. Il ne m'arrive pas tous les jours de rencontrer quelqu'un comme toi. »

Lucas commença : « Un enfant a dit... »

Walt joignit sa voix à la sienne et ils continuèrent ensemble : « *Qu'est-ce que l'herbe ?* m'en cueillant de pleines poignées ; comment pourrais-je répondre à l'enfant ? Je ne le sais guère plus que lui.

— Bonsoir, monsieur.

— Bonsoir, Lucas. J'espère que tu reviendras demain. Je serai là, à t'attendre.

— Merci, monsieur. »

Lucas tourna les talons et s'en alla. Il prit la direction du nord, comme le lui avait indiqué Walt. Il remonta Broadway, passa devant les magasins et les hôtels. Bientôt, il se retourna et vit que Walt était resté sur place à le regarder. Lucas leva la main pour le saluer ; Walt lui rendit son geste.

Il était parti chercher de l'argent et avait trouvé Walt à la place. Walt l'avait envoyé vers le nord.

Lucas continua de remonter Broadway. Il dépassa Union Square et poursuivit au-delà, jusqu'à ce que s'espacent les grands immeubles et que diminue la foule, jusqu'à ce qu'il se retrouve entouré de champs éclairés çà et là par les lampes de quelques fermes et, plus brillamment, par les fenêtres de demeures plus importantes, des maisons de brique et de pierre qui se dressaient fièrement sur cette étendue plane et silencieuse. Il avançait tel un fantôme sur la route parfois pavée. Il passa devant une maison particulièrement somptueuse, avec une façade de pierre et un porche blanc. Il vit à l'intérieur (les gens n'avaient pas besoin de tirer les rideaux, à cette distance) une femme au port majestueux, vêtue d'une longue robe blanche, qui levait un verre de vin rouge, plantée devant un portrait la représentant dans la même robe. Un homme s'approcha et se tint à son côté, un homme en gilet. Son menton se terminait en pointe – non, sa barbe était de la couleur de sa peau, et ses cheveux étaient de la même couleur. Lucas crut que l'homme apparaîtrait également sur le portrait, mais il n'y était pas. Il s'adressa à la femme, qui rit et lui offrit son verre. Dans le portrait, elle continuait à guetter d'un air serein.

Lucas les observa. Les morts étaient peut-être de la même façon absents et présents, à la fois dans le monde et à l'extérieur. Qui sait si les morts n'erraient pas comme Lucas, passant devant les fenêtres d'inconnus, contemplant une femme et son portrait.

Il abandonna l'homme, la femme et le portrait, et passa devant d'autres maisons. À travers une fenêtre, il vit le haut d'une chaise et un miroir encadré qui reflétait les gouttes de cristal d'un lustre. Il vit la femme d'un fermier franchir la porte de sa maison et s'arrêter, serrer son châle autour d'elle. Il vit un opossum qui marchait comme lui le long de la route. L'animal trottina à son côté d'un petit pas rapide, le dos rond, sans peur, tel un compagnon, pendant une cinquantaine de mètres, puis s'éloigna furtivement, se figeant pour lui montrer la ligne nette et pâle de sa queue.

Lucas alla jusqu'à la 59e Rue et s'arrêta devant les grilles de Central Park. Il avait entendu parler du parc mais n'y était jamais allé. Derrière le muret de pierre, il y avait les arbres, l'obscurité, et les bruits que faisaient les arbres. Il s'attarda à l'extérieur, puis, hésitant, comme un intrus, il entra.

À proximité des grilles, le parc était faiblement éclairé par les lampadaires de la 59e Rue, mais, plus loin, il s'enfonçait dans une ombre profonde. Près de l'entrée, il y avait de l'herbe et les troncs des arbres les plus proches, petits et fraîchement plantés. On aurait dit des hommes transformés en arbres, élevant leurs bras de bois, déployant les feuilles qui avaient surgi de leur chair alourdie et transformée. Plus loin, l'herbe passait du vert clair au jade sombre, et les troncs plus éloignés étaient couleur d'étain, puis de fer, puis noirs. Au-delà, c'était la nuit, comme si l'entrée du parc était une forêt cernant un lac d'obscurité, empli du frémissement des feuilles et d'un bruit sous-jacent, indéfinissable, tel un bourdonnement d'insectes auquel se mêlait autre chose. Passé la ligne visible des bois se faisait entendre l'écho d'une attention sans limite.

Lucas se demanda si c'était là que résidaient les morts, les morts qui n'étaient pas pris dans les machines. Il y avait l'herbe, il y avait les arbres. Et un silence bruissant, vivant, loin du monde des vivants avec ses lumières et sa musique, ses étals de marchandises. Lucas rassembla son courage et s'avança, comme s'il plongeait dans une eau d'une profondeur et d'une froideur incertaines, une eau où demeuraient peut-être des poissons et d'autres créatures inconnues qui vivaient sous l'eau, des créatures qui pouvaient être des yeux, des dents, un remous furtif. Il n'avait jamais vu pareille obscurité. Il ne faisait jamais aussi noir, pas même dans la chambre, lorsque la lampe était éteinte, pas même quand il fermait les yeux.

Lorsque Lucas y pénétra, le parc n'était toutefois pas aussi sombre qu'il l'avait cru. L'obscurité n'y était pas totale. Si l'herbe sous ses pieds était d'un noir insondable et homogène, celui des arbres semblait moins profond. Leurs silhouettes se détachaient distinctement sur l'étendue obscure. Comme si sa personne, sa vue, son ouïe, sa présence humaine dégageaient une faible lueur, comparable à celle d'une bougie.

Il y avait quelque chose, au milieu des arbres, qui s'intensifiait à mesure qu'il y pénétrait.

Bientôt, il arriva à une balustrade de pierre avec un large escalier incurvé à chaque extrémité. Il descendit les marches. Et là, au milieu d'une clairière sombre, se dressait une silhouette immense. Elle déployait ses ailes, qu'effleurait légèrement le clair de lune. Son visage s'inclinait vers Lucas. Pendant un instant, il crut avoir trouvé la mère vengeresse du parc, l'entité qui attendait, observait, écoutait, elle qui avait conçu le parc en rêve et n'aimait pas voir son rêve interrompu. Lucas frissonna. Il fit mine de rebrousser chemin en vitesse, bien qu'il fût convaincu que la forme agiterait alors ses ailes, prendrait son envol, et l'attraperait aussi facilement qu'un terrier saisit un rat.

L'instant d'après, il comprit qu'il s'agissait d'une statue, seulement une statue. Il s'approcha davantage : un ange de pierre, debout sur un piédestal, se tenait au-dessus d'une grande vasque de pierre. Il vit que l'ange était grave et songeur, avec un regard vide et triste, et qu'il s'était détourné du ciel et regardait vers la terre.

Il leva les yeux. Là-haut, au-dessus du bras de l'ange, il y avait les étoiles.

Lucas avait atteint le cœur du parc, et ce que l'ange surveillait – ce qu'il avait voulu lui montrer, ce que Walt l'avait envoyé voir –, c'était bien les étoiles. C'était ici, à l'écart de la ville, lorsque se dissipaient les fumées, qu'elles étaient visibles. Il faillit perdre l'équilibre à lever ainsi la tête. Les étoiles scintillaient, brillantes et tremblantes dans le ciel d'ébène. Elles étaient des milliers.

Il connaissait certaines d'entre elles. Il y avait Pégase. Il y avait Orion. Là, si ténues qu'il ne pouvait en être sûr, il y avait les Pléiades, un groupe d'étoiles mineures, sept au total, formant un cercle phosphorescent.

Lucas resta longtemps sans bouger, en contemplation. Il n'avait jamais imaginé cette immobilité constellée d'étoiles. La ferme de Dingle ressemblait-elle à ça ? Comment le savoir ? La ferme appartenait au passé ; elle avait existé avant sa naissance. Il savait d'après les souvenirs de ses parents que c'était l'endroit où les poules étaient mortes, où les pommes de terre étaient mortes. Sa mère se représentait ainsi le paradis : Dingle, la faim en moins. Il se demanda si les étoiles y brillaient de la même façon. Dans ce cas, sa mère avait raison de croire que les morts allaient là-bas.

Une sensation monta en lui, un frémissement de son sang. C'était une vague, un souffle qui s'emparait de lui, sans bienveillance ni hostilité. Quelque chose de mouvant qui venait du plus profond de son être, en proie au désir et à la peur, un émoi plus familier que tout ce qu'il pourrait jamais connaître. Il comprit qu'une substance bienveillante l'enveloppait, émanant des arbres et des étoiles.

Lucas s'attarda à observer les constellations. Walt l'avait envoyé ici à leur rencontre, et il comprit. Ou plutôt il crut comprendre. Là se trouvait son paradis. Ce n'était pas Broadway, ni le cheval ni les roues. C'était l'herbe et le silence ; c'était un champ d'étoiles. C'était ce que disait le livre, nuit après nuit. Quand il mourrait, il quitterait son corps imparfait et se transformerait en herbe. Il demeurerait ici, sous cette forme, à jamais. Il n'y avait aucune raison d'avoir peur, car cela faisait partie de lui. Ce qu'il avait pris pour un néant en lui, pour une absence d'âme, n'était que l'expression de ce désir.

Dans l'appartement, ses parents étaient toujours derrière leur porte. Lucas n'entra pas. Il jugea préférable de les laisser se reposer. Peut-être, avec du repos, auraient-ils encore une chance de redevenir eux-mêmes.

Il alla dans sa chambre et lut le livre.

Qu'est-il advenu des hommes, jeunes et vieux ?
Qu'est-il advenu des femmes et des enfants ?

Ils sont bel et bien vivants quelque part,
La plus humble des pousses est preuve que la mort n'existe pas,
Et si elle a jamais existé, c'est pour entraîner la vie, non l'attendre
[au bout du chemin.
Elle s'éclipse dès qu'apparaît la vie.

Tout va et revient, rien ne s'effondre.
Et mourir est différent de ce que l'on croit, c'est un sort plus
[heureux.

Lucas resta dans son lit, avec sainte Brigid accrochée au-dessus de sa tête et Emily de l'autre côté de la rue grignotant à l'abri de son rideau. Il s'endormit. S'il rêva, ses rêves s'étaient effacés à son réveil.

Ses parents n'avaient toujours pas bougé derrière leur porte. Il préféra les laisser là. Il ne pouvait plus les aider. Il pouvait seulement aider Catherine.

Lucas attendait devant son immeuble quand elle en sortit dans sa robe bleue. Elle ne fut pas contente de le voir. Son visage refléta une expression de perplexité peinée, comme celle de l'ange dans le parc. Elle dit : « Bonjour, Lucas. » Puis elle se détourna et s'en alla en direction de la Mannahatta Company. Il se mit à marcher à côté d'elle.

« Catherine, tu ne dois pas aller travailler aujourd'hui.

— Ma patience est à bout, Lucas. Je n'ai plus de temps à te consacrer.

— Viens avec moi. Laisse-moi t'emmener ailleurs. »

Elle continua à marcher. Dans un accès de désespoir, sans réfléchir, il saisit le bord de sa jupe. « Je t'en prie, dit-il. Je t'en prie.

— Laisse-moi, Lucas, répondit-elle d'une voix presque effrayante tant elle paraissait calme. Tu ne peux rien pour moi. Je ne peux rien pour toi. »

Immobile, désarmé, il la regarda s'éloigner vers l'est, vers sa machine. Il attendit qu'elle eût parcouru une certaine distance pour se décider à la suivre. Comme ils approchaient de l'atelier de couture, d'autres femmes vêtues d'une robe bleue identique affluèrent dans la rue. Il regarda Catherine se mêler à elles. Il la regarda franchir la porte. Il resta un moment. D'autres femmes en robe bleue passèrent devant lui et pénétrèrent dans le bâtiment. Il imagina Catherine en train de monter l'escalier, d'aller à sa machine. Il la vit actionner la pédale. Il savait que la machine s'animerait à son contact. Il savait qu'elle avait attendu patiemment la nuit entière, fredonnant, rêvant de la jeune femme.

Catherine ne devait pas rester là. Elle ignorait le danger qu'elle courait. Il se tint, impuissant, devant l'immeuble tandis que les dernières femmes y entraient. Il était trop petit, trop étrange ; il ne pouvait rien faire de plus.

Si. Il pouvait faire une chose. Une seule chose.

L'astuce consisterait à stopper sa machine sans lui laisser le temps de dévorer davantage que sa main. Il devrait élaborer son plan secrètement, tout en travaillant. Les autres ne devraient rien soupçonner. Il savait qu'il ne pourrait pas placer une main sous la roue et actionner le levier de l'autre. La distance était trop grande. Mais s'il s'étirait de tout son long, s'il se couchait à moitié sur la courroie, il pourrait tirer le levier avec le pied et arrêter la roue à temps.

Lucas remit d'heure en heure ce qu'il avait à faire. C'était facile, forcément facile, de continuer à travailler. Déjà, l'hébétude du labeur quotidien s'emparait de lui. Il alignait et fixait. Il tirait, tirait encore, vérifiait. Déjà, il sentait sa résolution faiblir, et pas seulement sa résolution. Il était de moins en moins lui-même. Peu à peu il devenait ce qu'il faisait. Il eut l'impression, tandis qu'une heure s'écoulait, d'avoir rêvé Catherine et sa détresse, rêvé tout ce qui n'était pas ce moment présent, et être à nouveau éveillé, ramené au réel. Pour se stimuler, il l'imagina en train de coudre ses corsages et ses chemises. Il pensa à la machine à repasser, aux rouleaux qui attendaient, en suspens, exhalant leurs jets de vapeur.

Lucas était prêt. S'il ne se décidait pas tout de suite, il ne le ferait peut-être jamais. Il jeta un regard autour de lui : les autres étaient occupés à leur tâche. Il prit une plaque, l'abaissa sur la courroie et la disposa méticuleusement le long de la ligne. Il avait acquis une grande habileté ; il en était fier. Il posa sa main gauche – la gauche c'était préférable – le long du bord supérieur de la plaque. Il aligna ses doigts dessus et ce seul geste l'apaisa. C'était son travail. Il tendit le bras droit et actionna le levier.

La courroie se mit en marche. Il sentit le mouvement des cylindres qui l'entraînaient, leur cadence sûre et régulière. C'était la sensation qu'éprouvait le fer lorsqu'il pénétrait dans la machine. Sa main gauche s'ébranla avec la plaque. Il bougeait avec grâce, comme un danseur. Il traversa un moment de pure beauté, partenaire du fer et de la machine.

La courroie entraîna sa main. Son corps s'étira, de plus en plus. Son orteil laissa échapper le levier. Il s'efforça de retrouver sa prise et perdit alors toute grâce. Il n'était plus qu'un pauvre imbécile aux prises avec sa machine. Il sentit son pied toucher le levier, sans être sûr que ce fût le bon. Il jeta un regard derrière lui. Non, il n'en était pas sûr. Lorsqu'il se retourna, ses doigts passaient sous la roue.

Il observa ce qui arrivait. Il vit sa main posée à plat entre deux dents, il vit ses doigts glisser dans l'espace qui les séparait. Les dents mordirent dans le fer. Ses doigts passèrent par-dessous. Ses articulations passèrent par-dessous. Le tambour de la roue toucha l'extrémité de ses phalanges. Il était chaud, plus chaud qu'il ne s'y était attendu. Il était chaud comme la bouche de sa mère quand il en avait retiré le morceau de pomme de terre. Il le sentit écraser sa main. Rien de douloureux. Seulement un immense néant blanc. La roue, chaude et implacablement patiente, broya ses articulations. Il n'y eut ni douleur ni sang. Aucun bruit hormis celui de la machine.

Soudain, Lucas se ressaisit. Il vit ce qu'il faisait, vit la paume de sa main passer sous la roue. Il essaya d'actionner le levier avec son orteil. Il lâcha prise et hurla. Il ne reconnut pas le son de sa voix. Il tâtonna avec sa chaussure et retrouva le levier. Pendant un moment il ne parvint pas à le faire céder. Puis, enfin, le levier céda. Avec un petit soupir saccadé, la roue cessa de tourner.

Lucas ne put ôter sa main. Il n'y avait toujours pas de sang, toujours aucune douleur, mais il y avait autre chose. Un picotement. Quelque chose de nouveau. Il resta immobile, à regarder son bras et sa main disparue avec une fascination hébétée.

Il entendit le bruit que faisaient les autres. Quelqu'un – sans doute Tom – tira sur le second levier, qui inversa le mouvement de la roue. Quelqu'un d'autre – c'était Dan – posa sa main sur le poignet de Lucas tandis que la machine la relâchait lentement. Lucas vit la grande main de Dan, avec ses deux doigts manquants, prendre la sienne.

Sa main avait été aplatie. Il la crut d'abord indemne, seulement plus large. Mais non. Le sang s'amassait autour de ses ongles. Il éleva sa grosse main sanglante, désireux de la voir et de la faire voir à Dan. Soudain, ses ongles se soulignèrent de rouge. Le sang afflua. Il ruissela le long de ses doigts.

Lucas tomba. Il n'avait pas eu l'intention de tomber. Il se tenait debout à regarder sa main et, l'instant d'après, il était par terre, avec le plafond noir au-dessus de lui. Et les poulies et les crochets. Le sol sentait fort l'huile et le goudron.

Le visage de Dan s'approcha. Le visage de Tom s'approcha. Tom plaça son bras sous la tête de Lucas. Qui l'aurait imaginé capable d'une telle tendresse ?

Le visage de Dan disait : « Reste ici avec lui. » Le visage de Dan s'éloigna.

Le visage de Tom disait : « Mon Dieu. » Sa bouche était large, ses lèvres rugueuses. Ses dents avaient la couleur du vieil ivoire.

Lucas dit à la bouche de Tom : « S'il vous plaît, monsieur, faites chercher Catherine Fitzhugh, à la Mannahatta Company. Dites-lui que j'ai été blessé. »

À l'hôpital, un homme pleurait, debout, en vêtements de travail, avec un tablier de boucher taché de sang animal. Son désarroi était indéfinissable. Il semblait en bonne santé. Il affichait un air cérémonieux et grave, comme un chanteur sur scène. Autour de lui se tenaient les autres. Assis sur les quelques chaises disponibles, assis ou couchés par terre. Il y avait des hommes, certains vieux, d'autres moins, souffrant de blessures apparentes (l'un saignait abondamment d'une entaille au front, un autre caressait doucement sa jambe mutilée), ou moins apparentes. Il y avait des femmes qui restaient sans bouger, paisibles, comme si la maladie qui les avait amenées là était aussi banale qu'une conversation de salon ; l'une d'elles toussotait dans un mouchoir couleur tabac, se raclait la gorge avec un bruit de papier déchiré et se penchait en avant de temps en temps pour cracher par terre entre ses pieds. Un homme, une femme et un enfant tassés sur le sol oscillaient et gémissaient, semblant partager la même blessure. Il flottait une odeur de sueur et des relents d'ammoniaque mêlés à d'autres humeurs, comme si l'humanité elle-même n'était plus que remède et médicament.

Des religieuses vêtues de noir et un médecin en blanc – non, deux médecins – s'affairaient parmi cette foule qui attendait. Parfois on criait un nom, et l'un des patients se levait et s'en allait. Au milieu de la pièce, l'homme continuait de pleurer avec une insistance discrète et obstinée. Il était l'habitué de la salle d'attente comme M. Cain était l'habitué de la rue de Lucas, son ange blessé et inspiré.

Lucas s'assit par terre, le dos appuyé contre le mur. Dan resta debout près de lui. La douleur était une blancheur brûlante, étincelante, qui envahissait son corps et se répandait dans l'air environnant. Il tenait sur ses genoux le paquet qui était sa main, enveloppé de chiffons trempés de sang. La douleur prenait sa source dans sa main mais l'emplissait comme le feu emplit une pièce de chaleur et de lumière. Il ne disait rien. Il était trop loin pour parler ou pleurer. La douleur était en lui comme le livre ou l'usine. Lucas était ici depuis toujours, à attendre dans cette pièce.

Il appuya son épaule contre la jambe de Dan. Dan se baissa et lui caressa les cheveux avec les doigts qui lui restaient.

Lucas n'aurait su dire combien de minutes ou d'heures s'étaient écoulées. Le temps dans la salle d'attente ressemblait au temps dans la chambre de ses parents et au temps à l'usine. Il passait à son rythme ; il ne pouvait être mesuré. Au bout d'un moment, Catherine apparut. Elle entra dans la salle vêtue de sa robe bleue, vivante, indemne. Elle se tint à l'entrée, cherchant autour d'elle.

Le cœur de Lucas tambourina à coups brûlants contre sa poitrine tel un tison, inoffensif tant qu'il restait en suspens dans sa cavité, mais douloureux dès qu'il touchait l'os. Il dit : « Catherine », mais ne fut pas certain d'avoir réellement parlé. Il voulut se lever sans y parvenir.

Elle le vit, le rejoignit et s'agenouilla devant lui.

Elle dit : « Ça va ? »

Lucas hocha la tête. Des larmes jaillirent de ses yeux. Il voulut lui cacher sa main, comme s'il avait accompli quelque chose de honteux ; comme si, en découvrant sa main, elle risquait de découvrir un secret fatal le concernant.

Catherine leva les yeux vers Dan. « Pourquoi est-il encore ici ?

— Ils nous ont dit d'attendre, répondit Dan.

— C'est ce qu'on va voir. »

Catherine se leva. Lucas entendit le bruissement de sa robe. Elle s'avança parmi les autres, passa devant eux. Elle resta près de l'homme qui pleurait jusqu'à l'arrivée d'une religieuse portant quelque chose sur un plateau, quelque chose qui avait taché de rouge le linge placé par-dessus. Catherine parla à la sœur. Lucas n'entendit pas ce qu'elle disait. La sœur répondit et s'éloigna.

Catherine revint. Elle se pencha, approcha son visage de celui de Lucas. Elle dit : « Est-ce que tu souffres beaucoup ? »

Il secoua la tête. C'était vrai, et faux. Il s'était enfoncé dans la douleur. Il était devenu la douleur.

Elle demanda à Dan : « Est-ce qu'il saigne encore ? »

Il hocha la tête. Il eût été stupide de le nier.

« Depuis combien de temps êtes-vous ici ?

— Je ne sais pas », répondit Dan.

Catherine s'assombrit. Pendant un moment, Lucas eut l'impression qu'il était chez lui, qu'il habitait l'hôpital.

Un médecin, l'un des médecins, apparut à la porte par laquelle étaient introduits les gens dont on appelait le nom. Il était maigre (contrairement à l'autre) et affichait un air grave. La pensée traversa Lucas que le médecin était l'un des hommes enfermés derrière le guichet grillagé de l'usine, un de ces hommes qui se penchaient d'un air renfrogné sur des papiers et calculaient les payes. L'un d'eux était un médecin, aussi. Non. Le médecin était quelqu'un d'autre. Catherine se hâta dans sa direction (elle se déplaçait si vite parmi les corps prostrés des malades) et lui parla. Le médecin sourcilla. Il regarda Lucas, la mine sévère. Lucas comprit. Il existe toujours quelqu'un de plus pauvre que vous. Il existe toujours quelqu'un de plus malade, de plus grièvement blessé.

Catherine saisit le médecin par le bras. On eût dit deux amants qui se retrouvaient. Catherine aurait pu être la fiancée du médecin, prenant son bras, comme une femme insistant pour qu'il l'accompagne faire une course qu'elle estimait nécessaire. Lucas se demanda s'ils s'étaient déjà rencontrés.

Le médecin eut un froncement de sourcils différent – il possédait un véritable langage des sourcils – en voyant la main de Catherine sur son coude revêtu de blanc. Cependant, tel un amoureux, il lui céda. Elle le conduisit parmi les corps des malades vers l'endroit où se trouvait Lucas.

Elle dit : « Il a eu la main broyée à l'usine. »

Le médecin la gratifia d'un nouveau froncement de sourcils. Il était champion en la matière. Celui-ci était oblique, désinvolte.

Il dit : « Celui-là, là-bas, a eu la jambe arrachée. Les salles d'opération sont combles. Nous faisons tout ce que nous pouvons.

— C'est un enfant.

— Il y en a d'autres ici avant lui.

— C'est un enfant qui fait vivre ses parents, qui travaille beaucoup trop dur, et il a eu la main écrasée. Son frère est mort il y a moins d'une semaine. Vous devez le soigner.

— Nous allons le soigner bientôt.

— Vous devez le soigner tout de suite. »

Le médecin se rembrunit davantage. Il cessa de la regarder, ses yeux devinrent plus petits et plus brillants dans son visage assombri. « Qu'avez-vous dit, mademoiselle ?

— Je vous demande pardon, monsieur, répondit Catherine. Je ne veux pas être impolie. Mais je vous en prie, s'il vous plaît, soignez ce garçon. Comme vous le voyez, nous sommes désespérés. »

Le médecin prit une décision. C'était plus facile, décidat-il, de céder. Les autres étaient là avant Lucas, mais ils attendraient, comme ils avaient appris à le faire.

« Suivez-moi », dit-il.

Dan aida Lucas à se mettre debout. Il passa son bras autour de sa taille et l'aida à marcher, de la même façon que Lucas avait aidé sa mère à regagner son lit l'autre soir. Il avait oublié quand. Le médecin leur dit de le suivre, bien que ce fût plutôt Catherine qui prît la tête.

Ils franchirent la porte qui donnait sur un couloir où s'entassaient d'autres gens. Comme ceux de la salle d'attente, ils étaient assis ou couchés à même le sol, laissant juste un passage suffisant pour que puissent aller et venir ceux qui n'étaient pas malades. Lucas se demanda si l'hopital était fait sur le modèle de l'usine, si les salles se succédaient, chacune différente et semblable à la fois, sans interruption, comme une suite de cavernes, avant d'arriver à – quoi ? À la guérison. À un bijou vivant, une boule de feu d'or vert.

Dan aida Lucas à franchir le passage que les malheureux avaient laissé à leur intention. Ils eurent à passer par-dessus une jambe et ensuite par-dessus un bras d'une étrange couleur blanc bleuâtre, comme du fromage. Lucas pensait qu'ils se dirigeaient vers la dernière des salles, où résidait la guérison.

La pièce dans laquelle ils pénétrèrent se trouvait à l'extrémité du couloir. C'était une pièce ordinaire, bien que rien n'y fût ordinaire. Elle était petite et plus grise que blanche et renfermait des armoires munies de portes vitrées, une chaise et un petit lit. Assise sur la chaise, une nonne se penchait sur un homme allongé sur le lit. L'homme, à peu près de l'âge du père de Lucas, mais plus petit, lui parlait à voix basse.

Le médecin dit : « Bon, voyons ça. »

Lucas ne comprit pas tout de suite que le docteur voulait voir sa main. Il avait cru qu'il parlait de quelque chose de plus général, d'un sujet plus vaste, sans savoir quoi. Il tendit sa main. Du sang dégoulina des chiffons trempés. Lucas regarda les gouttes écarlates. Il pensa : Je suis blessé.

Le docteur défit le bandage, et il semblait ne pas se soucier du sang. Alors qu'il déroulait les lambeaux de tissu, la douleur changea. Elle se concentra dans la main de Lucas. Elle ne se répandait plus en lui à la manière d'un mal confus, elle affluait en un point précis, suivait le cours des bandages au fur et à mesure qu'ils étaient ôtés, comme des étincelles fusant dans sa propre chair, une douleur intense, atroce. Lucas gémit, malgré lui. C'était comme si le bandage faisait partie de lui et que le médecin, inconscient de son erreur, lui arrachât la peau.

Puis il n'y eut plus de bandage. Et sa main apparut, nue. Elle n'était plus enflée comme à l'usine. Elle était petite et recroquevillée sur elle-même, pareille à une patte de poulet, d'un rouge épais, faite de sang. On aurait dit une créature affreuse qui venait de naître.

Il jeta un regard inquiet vers Catherine. Éprouvait-elle de la répulsion ?

Elle lui dit simplement : « Ça va. Tout ira bien. »

Le médecin mit le bandage dans une boîte posée par terre. La boîte contenait aussi d'autres choses. Il prit la main déchiquetée de Lucas dans sa paume, la tint avec une attention ennuyée. Cette fois, son froncement de sourcils fut plus prononcé, empreint d'une sévère satisfaction.

Catherine demanda : « Que pouvez-vous faire pour lui ? »

Il répondit : « Amputer la main. Sans attendre. »

— Non », déclara-t-elle.

Elle paraissait posséder un pouvoir de refus, non scientifique mais divin. Il semblait possible – du moins pas impossible – que Catherine puisse guérir sa main en voulant à tout prix qu'elle le soit.

« Préférez-vous attendre et amputer le bras entier ? dit le médecin.

— Cela ne peut pas être aussi grave.

— Où avez-vous fait vos études de médecine, mademoiselle ?
— Elle est abîmée, dit-elle. Elle est sévèrement abîmée, mais pas plus. Pouvez-vous la guérir ?
— Pas ici.
— Ailleurs, alors.
— Ailleurs n'existe pas. Pas pour lui. »
Lucas n'avait jamais entendu parler de lui ainsi, comme s'il était en même temps présent et absent. Il avait l'impression d'être à l'usine. C'était plutôt agréable – disons, pas désagréable – de s'abandonner complètement.
« Nous trouverons un endroit où l'emmener, dit Catherine.
— Avec quel argent ? Avez-vous de l'argent ?
— Bien sûr que non.
— Dans ce cas, laissez-moi vous expliquer ce qui va arriver. Vous l'emmènerez au New York Hospital ou à St Vincent. Vous attendrez longtemps, très longtemps peut-être, avant de voir quelqu'un, et cette personne vous renverra à coup sûr ici. Le temps que vous soyez de retour, il sera gangrené et nous devrons lui amputer le bras, jusqu'au coude avec de la chance, sinon jusqu'à l'épaule. Est-ce que vous comprenez ? »
Catherine hésita. Elle regarda Dan.
Lucas cessa alors d'être invisible. Catherine s'adressa à lui.
« Lucas, je crois qu'il vaut mieux les laisser faire. »
Il hocha la tête. Il planait au-delà de toute sensation, hormis la douleur et la présence de Catherine. Il était dans un état d'étrange excitation. Elle le regardait avec une telle inquiétude, un amour si profond, si constant.
« Tu seras courageux ? »
Il hocha la tête à nouveau. Oui, il serait courageux.
« Bon, d'accord, dit-elle au médecin.
— Voilà qui est sage, ma fille, répondit-il.
— Pouvez-vous lui trouver un lit maintenant ? Pouvez-vous lui donner quelque chose contre la douleur ?
— Nous n'avons aucun lit disponible.
— On peut sûrement en trouver un.
— Dois-je chasser la femme qui est en train de mourir dans la chambre voisine ? Renvoyer l'homme au cœur défaillant ?

— C'est monstrueux.
— Une salle d'opération se libérera dans une heure ou deux. Qu'il patiente jusque-là.
— Un calmant, alors. Il ne montre pas qu'il a mal. Ce n'est pas son genre.
— Nous avons très peu de médicaments.
— Comment est-ce possible ?
— Le peu que nous avons, nous devons le mettre de côté pour des cas plus graves.
— Mais c'est un cas grave.
— C'est un garçon qui va perdre sa main. Quand vous m'avez forcé à l'examiner, je venais de quitter un homme avec un morceau de tuyau en travers du crâne qui était entré par ici – il désigna un endroit au-dessus de son oreille gauche – et sorti par là. » Il montra un point juste derrière son oreille droite. « Il est encore en vie, je ne sais par quel miracle. Nous avons de la morphine pour lui. »

Catherine hésita. Elle parcourut la salle du regard (l'homme qui marmonnait dans le lit pendant que la sœur le soignait, les bocaux qui s'alignaient derrière la vitre) comme si elle attendait une réponse. N'en trouvant pas, elle dit d'une voix assourdie : « On peut sûrement s'en procurer. Vous voyez bien qu'il va mal.

— Mademoiselle, vous êtes dans un hospice, la moitié des gens qui viennent ici ne vont pas bien. »

Catherine se tut. Lucas la vit prendre une décision.
Elle dit au médecin : « Puis-je vous parler seul à seule ? »
Il répliqua : « Ne sommes-nous pas assez isolés ? »
Elle se déplaça vers l'entrée et il la suivit. Elle lui parla à voix basse tandis qu'il hochait la tête d'un air sévère.
Dan se taisait. Son silence était palpable. Le médecin écoutait Catherine, et il fronça de nouveau les sourcils.

Lucas dit : « Enceinte de neuf mois elle est dans la salle de parturition. Elle s'évanouira bientôt, les douleurs approchent. »

Catherine dit sèchement : « Lucas, tais-toi. »
Il s'efforça de rester silencieux, serra les dents.
Le médecin et Catherine revinrent. Le docteur dit : « Je vais lui prescrire de la morphine. Puisque vous insistez tellement.

— Merci, répondit Catherine.
— Je termine à cinq heures.
— Je vous verrai alors.
— J'enverrai une des sœurs avec la morphine et de nouveaux bandages. Je reviendrai lorsque la salle d'opération sera libre.
— Très bien », dit Catherine.
Le docteur les quitta. Ils demeurèrent plantés là, tous les trois, dans la salle avec la sœur et l'homme qui marmonnait.
« Eh bien, voilà », dit Catherine à Dan.
Elle semblait attendre une réaction de sa part, mais il demeura muet. Il finit par dire : « Je dois retourner à l'usine.
— Oui », répondit Catherine.
Lucas n'avait pas pensé que les autres devaient retourner travailler. Il avait oublié. Il n'y avait eu que sa main, la douleur, Catherine. Il se tourna vers elle : « Est-ce que tu vas rester avec moi ?
— Bien sûr.
— Tout ira bien », dit Dan à Lucas.
Lucas fut incapable de parler. La réalité lui apparaissait peu à peu. Il avait créé une interruption, rien de plus. Si Dan devait reprendre son travail maintenant, Catherine reprendrait le sien demain.
« Tout ira bien », répéta Dan d'une voix plus lente et plus distincte, comme s'il doutait que Lucas l'ait entendu la première fois.
Lucas dit : « Lequel parmi ces jeunes gens préfère-t-elle ? Ah, le plus simple d'entre eux est beau à ses yeux.
— Au revoir, donc.
— Au revoir », dit Catherine.
Dan lui jeta un regard étrange. Il avait l'expression de Catherine quand Lucas lui avait offert le bol. Il s'était produit quelque chose entre Dan et elle. Catherine lui avait montré le bol qu'elle avait payé trop cher. Elle lui avait montré sa main mutilée. Elle se tenait devant lui avec un air de défi, blessée et fière.
Parce qu'il n'y avait plus rien à faire ni à dire, Dan s'en alla. Après son départ, Catherine se tourna vers Lucas : « Il faut t'allonger à présent. Je crains que ce soit par terre. »

Il répondit : « Sur le talus près du bois, j'irai et me mettrai nu et sans fard, brûlant de le sentir contre ma peau.
— Chut. Tais-toi maintenant. Tu dois te reposer. Tu dois te reposer et rester calme.
— Je suis heureux – je vois, je danse, je ris, je chante.
— Allons, fit Catherine. Tu te fais encore plus mal en divaguant. »
Elle l'aida à s'étendre et s'assit à même le sol afin qu'il puisse poser sa tête sur ses genoux. Et là, plus rien n'exista que les plis amidonnés de sa robe bleue.
Il dit : « Tu vas rester avec moi ?
— Je t'ai dit que je resterais.
— Pas seulement aujourd'hui.
— Aussi longtemps qu'il le faudra. »
Plus rien n'existait mis à part la douleur et les genoux de Catherine. La douleur était un cocon qui l'enveloppait comme des bandages brûlants. Là, au creux des genoux de Catherine, il était difficile de penser à autre chose. Il s'y efforça cependant. Se cramponna. Il l'avait attirée ici, mais ne l'avait sauvée que pour un jour. Il devait faire davantage. Il ne savait pas quoi.
« Catherine ? dit-il.
— Chut. Ne parle pas.
— Il faut que tu partes avec moi.
— Ne pense pas à ça. Oublie tout. »
Il ne voulait pas oublier. Il dit : « Tu avais tort, hier.
— Pas un mot de plus.
— Tu dois garder le bébé et partir.
— Chut. Chut. »
Tout lui apparut clairement, à travers le cocon brûlant de la douleur. Catherine devait emporter le bébé et aller dans un endroit semblable au parc la nuit, un monde d'herbe et de silence. Elle devait partir à sa recherche, comme Walt l'avait conseillé à Lucas. Il y avait d'autres endroits, pas seulement le parc, que Lucas avait vus en photo. Il y avait des champs et des montagnes. Il y avait des bois et des lacs. C'est là qu'il la conduirait, pensa-t-il. Il trouverait un moyen.
Sur son lit, l'homme continuait de marmonner.
Une religieuse entra dans la salle. Son habit noir vivait autour d'elle ; ses plis semblaient avoir engendré son

visage, sculpté dans du bois. Elle enveloppa la main de Lucas dans de nouveaux bandages, sortit (de son habit ?) une seringue remplie d'un liquide clair. Elle saisit son autre bras, celui qui était intact, avec le calme expérimenté d'un cordonnier s'apprêtant à clouer une semelle. Elle enfonça l'aiguille, qui piqua comme une abeille, une petite douleur, surprenante, étonnamment vivante, minuscule flamme. Elle retira l'aiguille et s'en alla. Elle n'avait pas prononcé un mot. Parce que son visage était sculpté dans du bois, elle était incapable de parler.

Peu après, une fleur s'épanouit dans l'esprit de Lucas. Il la sentit éclore, déployer ses pétales, s'évaser en corolle. La douleur était toujours présente, mais elle n'était plus en lui. Elle l'avait quitté comme l'âme quitte le corps du défunt. Elle s'était muée en voile, tel un rideau de verre veiné de couleurs et de délicats effets de lumière. Ce rideau flottait, fragile, autour de Lucas et de Catherine. Il les enveloppait. La douleur se propageait dans ses plis, le marbrait de bleu, de vert, d'un rose très pâle. S'intensifiant, elle émettait des ondes étincelantes, liquides, pareille à une nappe de lumière sur une rivière. La douleur les assiégeait, et ils étaient là, enfermés en elle.

Lucas ne pensait pas qu'il dormait. Il ne pensait pas qu'il rêvait. Pourtant il voyait des choses qu'il voyait en général en rêve. Il voyait qu'au-delà du voile douloureux, au-delà des murs de la pièce, il y avait l'hôpital, avec ses mutilés qui imploraient patiemment, l'homme qui pleurait. Hors de l'hôpital il y avait la ville, avec ses maisons et ses usines, ses rues où marchait Walt, s'émerveillant de tout, des forgerons transpirant à leur forge, des femmes que l'on voyait passer sous leurs chapeaux de plume, des mouettes qui tournoyaient dans le ciel comme des rêves de chapeaux. Hors de la ville il y avait le livre qui inventait ce que Walt voyait et aimait, parce que le livre aimait Walt et désirait lui plaire. Hors du livre... existait-il quelque chose hors du livre ? Lucas ne pouvait pas l'affirmer : il croyait voir une immensité lointaine dans le livre et hors du livre. Il croyait voir des champs et des montagnes, des forêts et des lacs, bien que leur aspect fût différent de celui qu'ils présentaient sur les illustrations. Il les avait imaginés uniformes et mornes, glauques ou d'un bleu transparent sans profondeur. Il voyait à présent vivants et brillamment colorés, des océans d'herbe, ondulant comme une houle, des montagnes d'un blanc éblouissant.

Une caresse effleurait le front de Lucas. Catherine murmurait à son oreille. Il ne savait quoi.

Quelque chose disait : Lucas, il est temps.

Temps de quoi ?

Tout changea. Il se trouvait dans la pièce à nouveau, mais telle qu'elle était en réalité, un voile en forme de pièce, avec une ville tout autour et un océan d'herbe au-delà. Il se demanda si les autres savaient. Il se demanda si la nonne de bois savait, car c'était elle qui se trouvait là, c'était son dos, et c'était le bras de Catherine qui le soutenait. Il marchait, il paraissait marcher. Le voile de douleur le suivait, brillant par intermittence, brouillé.

Il était dans le couloir où attendaient les patients. Ils irradiaient sous l'effet de la douleur, qui les envahissait les rendant étrangement beaux, phosphorescents. Comme il marchait parmi eux, il comprit qu'ils étaient ses amis. Il comprit que les souffrants, tous, étaient sa famille, des parents jusqu'alors inconnus mais du même sang que lui.

C'est alors qu'il vit Simon. Il franchissait une porte et se tenait debout dans le couloir face à lui.

Lucas s'immobilisa. Son frère était atroce à voir. Son visage était en bouillie, l'un de ses yeux était sombre, fixe et aveugle, l'autre avait disparu. Ce qui restait de ses cheveux était emmêlé, plaqué sur ce qui restait de son crâne. Son bras droit, celui qui avait été pris par le crampon et attiré sous la roue, n'était que lambeaux accrochés à l'os. Le tissu de sa chemise se confondait avec sa poitrine, étoffe et chair mêlées. Son cœur, intact, plus gros que Lucas ne l'aurait imaginé, brillait entre les lignes claires de ses côtes d'un blanc jaunâtre.

C'était Simon, libéré, enfin, de la machine et de sa boîte en bois. C'était le Simon qu'ils n'avaient pas eu la permission de voir. Comment s'était-il échappé ?

Simon dit : Tu me l'as donc amenée.

« Lucas, qui est-ce ? » demanda Catherine.

Simon dit : Merci. Je suis heureux qu'elle soit ici.

Une sœur s'approcha et prit le bras de Simon, l'autre bras, celui qui n'était pas abîmé. Elle l'entraîna à la hâte.

« Bon, fit Catherine. Cet homme a été horriblement blessé. On ne peut rien pour lui. Viens. »

Lucas dit : Non. Il n'était pas certain d'avoir parlé à voix haute.

Il dit : Nous devons partir.

Parce qu'il n'était pas sûr d'avoir parlé, il se tourna et partit de l'autre côté, vers la salle d'attente, se hâtant au milieu des corps allongés. Il avait de bonnes jambes, guidées par leur instinct. Il savait que Catherine le suivrait. Il l'espérait.

Il se vit en train d'ouvrir la porte de sa bonne main. Il se vit traverser la salle d'attente, passer devant l'homme qui pleurait, devant la mère et le père qui se balançaient et gémissaient avec leur enfant. (Les appellerait-on jamais ?) Il se vit franchir la porte extérieure, déboucher dans la rue. Il faisait jour. Les gens marchaient, chargés de paquets.

Catherine était là, derrière lui. Elle ne l'avait pas abandonné. Elle dit : « Reviens. Je t'en prie. »

Il s'avança sur le trottoir. Allait-elle le suivre ? Oui, elle le fit.

Il vit la bouillie rouge de sa main qu'il pressait contre sa poitrine, près de son cœur, comme s'il arborait un second cœur extérieur.

Catherine dit : « Arrête, Lucas. Tu vas perdre ta place. »

C'était drôle de l'entendre dire ça. Elle croyait donc qu'il attendait un cadeau, quelque chose de merveilleux qu'il tenait à garder, alors qu'il ne désirait qu'une chose, par-dessus tout, l'entraîner hors d'ici.

Il se mit à courir. Il était certain de l'endroit où il allait, de l'endroit où il l'emmenait, sans pouvoir le nommer. Il savait seulement qu'il allait dans cette direction. C'était un endroit sûr, un monde d'arbres et de montagnes, là-bas, devant lui, devant Catherine, à une distance qu'il ne pouvait connaître, mais dont chacune de ses foulées le rapprochait, entraînant Catherine plus près d'eux, loin des morts. Il savait seulement, mais avec une totale certitude, qu'il lui fallait continuer à marcher. Il savait qu'il devait l'emmener avec lui, et que ni ses mots ni ses explications ne parviendraient à la persuader.

Il ne possédait pas le langage approprié. Il n'avait que son corps pour parler, il n'avait que ses jambes.

Catherine marchait à grands pas à sa suite car il se déplaçait trop vite pour elle. Il ralentit un peu, afin de ne pas la laisser trop loin en arrière. Elle dit : « Si tu ne reviens pas, ils ne te soigneront pas.

— De mon pied pressé sur le sol jaillissent mille tendres sentiments. »

Elle cria : « Arrêtez-le. Je vous en supplie. Il est malade, il ne sait pas ce qu'il fait. »

Lucas vit un homme, puis un autre, hésiter à intervenir et y renoncer. Il y avait la masse de chair sanguinolente pressée contre la poitrine de Lucas. Il y avait les ennuis des autres, abîmes insondables, et ces hommes en avaient assez comme ça.

Il approchait de Washington Square, Catherine derrière lui, quand il entendit les sirènes. Il crut d'abord qu'il s'agissait de trompettes, stridentes, dissonantes. (Pour quelle raison penserait-il – penserait-on – que les anges produisaient un beau son ?) Il crut que Catherine et lui pénétraient dans un royaume promis, qu'ils y étaient accueillis par une multitude de... non, pas par une multitude d'anges. Par des esprits semblables à des animaux, à des fantômes, à M. Cain et à l'homme en pleurs, des esprits énigmatiques, maîtres d'un langage que les vivants ne connaissaient pas mais viendraient un jour à comprendre. Ils n'étaient ni bons ni cruels. Lucas savait qu'il devait aller à leur rencontre et qu'il devait emmener Catherine. Il savait que les joueurs de trompette étaient le livre et que le livre était le monde.

Il sentit la fumée avant de la voir. Pendant un moment il la confondit avec l'odeur habituelle de l'air, que le vent charriait avec plus d'intensité. Mais cette odeur-là était plus forte, plus âcre. Les gens dans la rue semblèrent s'en apercevoir aussi. Une flammèche traversa l'air, une lueur orange, identique aux minuscules éclats de son voile de douleur, mais beaucoup plus vive. Il s'arrêta, malgré lui, regarda le vent l'emporter.

Catherine le rattrapa, essoufflée. Elle s'exclama : « Mon Dieu ! »

Elle continua à marcher d'un pas pressé, suivie de Lucas. Il était heureux de ne plus la précéder. Il était heureux qu'elle parût enfin comprendre.

La Mannahatta Company brûlait. Des langues de feu claquaient comme des oriflammes aux fenêtres du haut, dont certaines étaient de grands rectangles orange. Des gerbes de fumée noire montaient, grasses et veloutées.

« Oh, mon Dieu », répéta Catherine. Lucas se tint à côté d'elle. Les camions de pompiers étincelaient dans la rue. Vêtus de longs manteaux noirs, les pompiers dirigeaient des jets d'eau argentée en direction des fenêtres sans parvenir à les atteindre. Lucas songea aux bijoux dans la vitrine du Gaya's Emporium, scintillant parmi les plis d'une étoffe décolorée.

Il marcha avec Catherine jusqu'à ce qu'un policier les empêche d'aller plus loin. Catherine se planta devant lui de la même façon qu'elle s'était plantée devant le médecin dans la salle d'attente. Elle sembla faire appel à tout son pouvoir de conviction, comme si elle s'apprêtait à lui dire que non, ce n'était pas un incendie, ça ne pouvait en être un.

Elle dit : « Je travaille ici.

— Une chance que vous n'y soyez pas en ce moment », répondit-il.

Catherine tendit la main vers Lucas, le retint près d'elle. Ils regardèrent ensemble les flammes se déployer dans toute leur beauté, qui n'était ni cruelle ni bienveillante. Ils regardèrent l'eau s'élever en gerbes scintillantes puis retomber en pluie sur le pavé. Ils écoutèrent les sirènes hurler.

Et soudain, enfin, Lucas comprit. Tout avait eu lieu dans ce seul but. Pour que Catherine ne soit pas à la Mannahatta au moment de l'incendie. Simon l'avait aimée ; elle se trompait à ce sujet. Il n'avait pas épousé la machine, il s'était donné à elle en sacrifice, comme les saints s'étaient donnés à la gloire, comme sainte Brigid s'était abandonnée au cercle ardent qui l'auréolait. Simon savait - car il connaissait en détail les machines, Lucas pouvait en témoigner - que les machines à coudre de la Mannahatta adoraient et désiraient leurs femmes mais qu'elles étaient trop chétives pour s'emparer d'elles comme les machines plus grandes prenaient leurs hommes. Simon savait, il avait deviné (la machine le lui avait-elle confié ?) que les machines à coudre attendaient de prendre leurs femmes de la seule façon possible pour elles. Et seule Catherine avait été épargnée.

Elle serra Lucas contre elle. Il sentait le battement de son cœur auquel répondait le sien, imperceptible, aussi léger qu'un oiseau, mais résolu.

Une femme apparut à une fenêtre, six étages plus haut. Elle se tenait dans l'embrasure, agrippée au chambranle, sa jupe bleue bouffant. Silhouette bleue, elle se détachait sur le rectangle orange vif, frêle et distincte. Elle ressemblait à une déesse du feu s'avançant sur son estrade pour révéler à la foule rassemblée en bas sa signification, ce qu'il voulait d'eux. Son visage, à cette distance, était flou. Elle tourna la tête pour regarder à l'intérieur de la pièce, comme si quelqu'un l'avait appelée. Elle était rayonnante et terrifiante. Elle écoutait ce que lui disait le feu.

Elle sauta.

Catherine hurla. Lucas s'accrocha à elle. Il entendit son cœur tambouriner.

La jupe de la femme s'enfla autour d'elle tandis qu'elle tombait. Elle leva les bras, prête à saisir des mains invisibles tendues vers elle.

Quand elle heurta le sol, elle cessa d'exister. Elle avait été une femme flottant dans l'air, une jupe déployée comme une corolle, et une seconde après elle n'était plus que le vêtement étalé sur les pavés, l'ourlet encore parcouru d'un léger frisson, comme s'il était vivant. Les policiers s'élancèrent vers elle.

« Oh, mon Dieu », dit Catherine. Elle n'avait pas élevé la voix.

Lucas la tint contre lui. Il était désolé pour la femme, mais ce n'était pas Catherine.

Il murmura à son oreille : « Craignais-tu de voir naître un scrofule de l'infatigable fécondité ? Croyais-tu que les lois célestes étaient bonnes à revoir et corriger ? »

De sa main ensanglantée, il toucha le médaillon sur sa poitrine.

L'air s'épaississait. Il en percevait le goût. Il le sentait dans ses poumons. Des pluies de flammèches s'abattaient, dansaient sur le pavé autour des policiers et des pompiers, autour de la femme inanimée et de sa jupe.

Catherine se mit à pleurer, Lucas la consola. Quelque chose de terrifiant avait lieu, mais Catherine et lui étaient enveloppés d'un voile. À l'abri. À l'intérieur d'un cercle d'où Lucas voyait, aussi clairement que si tout était déjà arrivé, une maison dans l'océan d'herbe. Il voyait la lumière qui en émanerait la nuit, sous le ciel.

Une foule s'était formée. Lucas et Catherine se trouvaient au premier rang, aussi près de l'immeuble que la police l'autorisait. Les gens étaient horrifiés et excités. Le feu illuminait leurs visages.

Était-ce Walt, au loin, parmi les autres, Walt, avec sa soif émerveillée de tout ce qui arrivait ? Lucas aperçut un homme barbu qui aurait pu ou non être Walt. Une femme se tenait à son côté. Était-ce sainte Brigid, les yeux, dans son visage livide et compatissant, tournés vers le ciel, son auréole discrètement dissimulée sous un chapeau de feutre brun ? Peut-être.

Lucas fit un salut de la main. Il n'aurait su dire s'il s'agissait vraiment de Walt ou de sainte Brigid, mais il salua néanmoins. Sa bonne main tenait Catherine, si bien qu'il dut lever l'autre, le paquet de chiffons ensanglanté. Il se sentit soudain fier. C'est ce qu'on attendait de moi. Je l'ai fait.

Ni Walt ni sainte Brigid ne le virent. Walt le trouverait le moment voulu. Il l'avait trouvé à Broadway lorsqu'il en avait eu besoin ; il le trouverait de nouveau. Lucas et Catherine entreraient dans le livre, car le livre n'était jamais achevé. Lucas le réciterait à Walt et à tous les hommes. Il réciterait ce que Walt n'avait pas encore écrit, car sa vie et le livre étaient une seule et même chose, et tout ce qu'il faisait ou disait faisait partie du livre.

Une fumée qui n'était pas de la fumée mais ce qui en émanait, tourbillonnait autour d'eux, donnant à l'air une densité accrue, une coloration aiguë et douloureuse. Lucas la voyait aussi nettement qu'il voyait le voile de douleur. L'air s'était épaissi ; il aurait presque pu le saisir de sa bonne main et le transformer en boules, comme la neige. Il s'embrasait, manifestant sa ressemblance avec le ciel nocturne.

L'air avait un goût. Lucas le tourna dans sa bouche ; il le reconnut.

Les morts avaient pénétré l'atmosphère. Il le comprit aussi sûrement qu'il avait senti la présence de Simon dans l'oreiller. À chaque inspiration, il faisait pénétrer les morts en lui. Il sentait leur goût amer ; c'était ainsi qu'ils étaient – terreux et chauds – sur la langue. Lucas continua à saluer l'homme dans la foule. Il lui sembla soudain que Walt devait le voir, devait venir vers lui, bientôt. Walt devait l'emmener vers la berge du fleuve, lui montrer le chemin vers l'herbe.

Walt ne le regarda pas, la sainte éplorée non plus. Il y avait trop à voir. Il y avait une multitude de gens et un immeuble en feu, un ensemble immense et fascinant au milieu duquel un garçon saluait du moignon.

Les morts emplissaient la bouche et les poumons de Lucas. Catherine pleurait entre ses bras. Comme la veille dans le parc, il eut l'impression d'être épié par une présence qui le connaissait en dehors de son nom ou de sa personne, en dehors de la créature de chair et d'os qui dormait dans une chambre, qui avait désiré un cheval à roulettes. Il était fatigué ; en proie à une brusque et profonde fatigue. Il crut que ses jambes allaient céder sous lui. Il crut qu'il allait tomber comme la femme était tombée. Il disparaîtrait, emporté par la fumée et le vent, ne laissant que ses vêtements derrière lui.

Il lutta pour rester. Il dit : « Chaque atome m'appartient autant qu'il t'appartient. »

La foule hurla, ne formant qu'un seul corps. Au-dessus d'eux, une autre femme apparaissait dans l'embrasure d'une fenêtre. Sa robe avait pris feu. Elle se dressait devant leurs yeux tel le feu lui-même, incarné en femme. Lucas regarda comme les autres. La robe s'embrasait, mais la tête était encore une tête de femme. Elle aurait pu être Emily ou Kate ou la fille aux cheveux noirs qui avait dit : « Tu ne veux pas de moi à la place ? »

Elle regardait vers le bas. Elle regardait Lucas.

Il comprit, bien qu'il ne pût voir ses yeux de si loin. Il comprit. En agitant la main, il avait salué non pas Walt ou sainte Brigid, mais la femme en flammes, le membre le plus récent de la communauté des morts. Il avait voulu être vu, et l'avait été.

Il lui rendit son regard. Il ne pouvait rien faire d'autre. Son cœur battait avec fureur, brûlait de son propre feu. Il s'embrasait tandis qu'Emily ou une autre, tandis que Kate ou la fille aux cheveux noirs prenait feu dans l'embrasure de la fenêtre. Elle dit (sans prononcer les mots) : Voilà ce que nous sommes désormais. Nous étions épuisés et exploités, nous vivions dans des réduits, nous mangions des friandises en cachette, mais aujourd'hui nous sommes radieux et glorieux. Nous ne sommes plus insignifiants. Nous faisons partie de quelque chose de plus vaste et de plus merveilleux que ne l'imaginent les vivants.

Elle dit : Dieu est une machine sainte dont l'amour est si fort, si parfait, qu'il nous dévore, tous tant que nous sommes. C'est pourquoi nous sommes ici-bas, pour être aimés et dévorés.

Lucas entendait les mots de la femme, et il entendait le cœur de Catherine battre à son oreille. Il comprit. Simon et lui avaient accompli leur tâche. Ils avaient déjoué les intentions du Dieu machine. Ils avaient donné à Catherine plus que la vie ; ils lui avaient donné un avenir. Il la vit chatouiller son bébé avec une feuille d'herbe. Il les vit, elle et l'enfant, poursuivre leur chemin, citoyens du monde des vivants. Lui-même était appelé à d'autres choses. Il était appelé, avait toujours été appelé, à d'autres choses.

La femme en feu déploya ses ailes et s'envola.

Catherine hurla. La foule et elle émirent un unique son. La femme en feu lança vers la terre un cri perçant, traînant derrière elle des rubans de flammes. Lucas se pressa plus près de Catherine. Se joignant au sien, son cœur gonfla dans sa poitrine, devint de plus en plus gros. Il sut alors qu'il faisait partie des morts, qu'il en avait toujours fait partie. Il sentit son cœur éclater, comme une pêche perce sa peau. Il vacilla malgré lui, le trottoir s'élargissait. Catherine le rattrapa. Elle le retint contre son genou. À moitié allongé, retenu par Catherine, il leva la tête. Il vit la femme dans le ciel. Et au-dessus d'elle, au-dessus de la fumée et du ciel, brillait un cheval, un cheval constellé d'étoiles. Il vit le visage de Catherine, douloureux et inspiré. Elle prononça son nom et il sut que son cœur avait cessé de battre. Il voulut dire : Je suis grand, je contiens des multitudes. Je suis l'herbe sous tes pieds. Il s'apprêta à parler mais resta muet. Dans le ciel, le grand cheval céleste tourna son énorme tête. Une indicible beauté s'annonçait.

LA CROISADE DES ENFANTS

ELLE L'AVAIT LOUPÉ. Personne ne le lui avait reproché, mais elle n'aurait pas dû le rater. En principe elle faisait partie des quelques surdoués capables d'entendre le *ping* d'avertissement, le coup de marteau lointain enfonçant un clou, signe d'une vraie détermination, si prolixe que soit l'interlocuteur, si improbable que soit la menace. Mais elle n'avait rien capté. Quand on lui avait transmis l'appel, elle avait pensé : Un gosse de race blanche, entre douze et quinze ans, l'habituel fana de cyberespace planqué au fond d'une chambre malodorante qu'aucune force au monde ne lui ferait nettoyer, entouré de gobelets de Big Gulp et de télécommandes ; pâle exécutant au visage de furet, au corps crispé et à la voix sans inflexion, l'air crasseux même quand il s'était lavé, flanqué d'un ou deux copains du même genre ; un garçon qui ne parlait à personne, hormis à sa famille – bien obligé – et à sa petite bande de fêlés d'informatique dont il partageait le langage, les passions douteuses, l'inclination à passer un maximum de temps dans des chambres de banlieue mal éclairées où clignotaient furtivement des écrans d'ordinateurs et qui sentaient les pieds, la laine mouillée de sueur et le vieux sperme.

Ce gosse, dans diverses incarnations, était une figure récurrente au sein de l'unité de dissuasion. Ils formaient une famille – de tristes petits desperados au visage grêlé, à l'esprit dérangé par les hormones et la solitude, assis dans la rue, tenant leur bite dans une main sale, leur téléphone mobile dans l'autre. Rien dans l'appel n'avait été explicitement différent, elle n'avait décelé aucun signe de danger.

C'était du moins ce qu'elle avait cru. Elle ne s'en souvenait qu'en partie. Pas de détails quant à la cible ou à l'arme, juste cette voix d'ado qui jurait de liquider un citoyen ordinaire, parce que les gens étaient, euh... — *qu'est-ce que tu reproches aux gens, dis-moi ?* — ... eh bien, ils foutent le monde en l'air, ils le détruisent — *penses-tu à quelqu'un en particulier, quelqu'un que tu veux liquider ?* — c'est sans importance, on est tous pareils, pas vrai — *non, absolument pas, pas tous* — je voulais dire, c'est sans importance pour le monde, sans importance en termes de durée géologique — *à qui en veux-tu, car je suppose que tu en veux à quelqu'un, n'est-ce pas ?* — non vous n'y comprenez rien, je n'en veux à personne, je vais simplement faire sauter quelqu'un, et j'ai pensé que je devais le dire.

Clic.

Cat l'avait marqué d'un signal bleu et classé. Puis, trois jours plus tard, elle avait entendu ce même *ping* au fond de sa mémoire lorsque le rapport était arrivé : une explosion à l'angle de Broadway et de Cortlandt, à quelques mètres de Ground Zero. Une victime réduite en bouillie, probablement deux, voire davantage. Depuis, elle avait parlé à des dizaines de coupables potentiels, parmi lesquels un type qui se faisait passer pour un homo et se glissait dans les bars gays afin de verser du poison dans les verres, contribuant à éliminer quelques-uns de ceux qui suçaient la sève de l'Arbre de Vie. Elle avait parlé à un vieil Hispanique qui projetait de découper à la machette le personnel de la bibliothèque municipale s'ils ne retrouvaient pas celui qui l'insultait sur les pages des livres.

Elle s'était remise à dresser des listes. Une manie dont elle avait en vain tenté de se débarrasser. Mais après que l'homme qui promettait de découper en rondelles les bibliothécaires eut raccroché, là, juste devant elle, elle l'avait vu, écrit au marker sur un Post-it.

Le mal est dans les livres
Tuez les innocents
Du sang neuf ?

Rien d'insensé en soi. C'étaient ses notes personnelles, celles d'une psychologue. Certes, elles pouvaient paraître quelque peu incohérentes. Elle froissa le Post-it et le jeta. Dans le climat actuel, elle préférait que personne ne trouve ces mots, surtout écrits de sa main. Et, d'accord, le fait qu'elle ait agi sans y penser ne lui plaisait pas trop.

Peut-être serait-il bon que Simon l'emmène loin d'ici pendant quelques jours. Quelques jours à la plage, à l'hôtel, et Simon pour elle toute seule, ça lui permettrait de recouvrer son calme. Elle jetterait le Palm de Simon dans les vagues, si nécessaire. Elle le noierait dans son verre de piña colada.

Lorsque la nouvelle tomba, Cat entendit le *ping* mais ne se rappela pas tout de suite l'appel. Il lui revint en mémoire en même temps que les détails qui furent communiqués plus d'une heure après l'événement. Ils étaient deux à avoir sauté, et, à moins de découvertes supplémentaires, il semblait que celui qui avait été pulvérisé portait une charge d'explosifs. On avait identifié l'autre, un certain Dick Harte, promoteur immobilier, qui participait à la reconstruction du World Trade Center. L'annulaire de sa main gauche avec son alliance avait été retrouvé à un croisement, sur le signal lumineux indiquant le passage piéton.

Bon. Je vais simplement faire sauter quelqu'un et j'ai pensé que je devais le dire. Bon Dieu.

Cat rassembla ses notes, prévint Pete Ashberry. Si c'était bien ce gosse, elle avait loupé le coche.

Elle refusa de rentrer chez elle plus tôt, comme le lui proposait Pete, et s'attarda pendant le reste de la journée, à attendre de savoir quels autres indices avaient été retrouvés sur le site. Elle parla à un homme qui voulait lancer une bombe incendiaire sur un Starbucks (pas de détails concernant l'adresse) parce qu'ils continuaient à employer des putes nègres. (Elle s'abstint scrupuleusement de mentionner la couleur de sa propre peau mais n'oublia pas de jeter un sort télépathique à ce fumier.) Elle parla à un autre individu, à l'accent slave, qui allait tuer l'adjoint au maire (pourquoi *l'adjoint* ?) car, d'après ce qu'elle avait compris avant qu'il ait raccroché, c'était un truc intéressant à faire.

Elle conservait tous ses stylos dans son tiroir, pas sur son bureau. Un peu comme quelqu'un qui essaye d'arrêter de fumer.

Pete passa la voir à cinq heures moins cinq. Il était aussi massif qu'une armoire métallique et à peu près aussi excitant. Mais c'était un brave type, qui endurait ses malheurs avec stoïcisme. Sa femme devenait aveugle. Sa fille avait épousé un écolo qui l'avait embarquée au Costa Rica et vivait dans un arbre.

« Qu'est-ce qu'il y a encore ? » demanda Cat. Elle était à cran. Elle aurait dû arrondir les angles – après tout, elle avait à l'évidence loupé le coche – mais si elle faisait profil bas maintenant, si elle se comportait comme quelqu'un qui a besoin de se faire pardonner, elle risquait de ne plus retomber sur ses pieds. Qu'ils aillent se faire foutre, pas question qu'elle s'écrase.

Pete se tenait à l'entrée de son box (ce n'était même pas une entrée, seulement l'endroit où les trois mètres carrés de Cat étaient le mieux éclairés par la lumière fluorescente), les lèvres serrées. Pete était son seul frère dans l'unité de dissuasion. Sa peau était couleur d'acajou verni, ses cheveux d'un superbe gris argenté. Quand il prenait l'air sévère et concentré, on aurait pu placer une boîte de conserve sous sa lèvre supérieure et presser sur son nez pour mettre l'ouvre-boîte en marche.

« Ils ont trouvé un avant-bras gauche, dit-il. Plus la moitié d'une chaussure de basket, avec la moitié d'un pied à l'intérieur. C'est un môme.

— Bon Dieu.

— Tu veux entendre la suite ? Le gosse s'est approché de ce type, l'a serré dans ses bras, et s'est fait sauter.

— *Il l'a serré dans ses bras ?*

— D'après le témoignage. Un jeune Blanc, portant un blouson de baseball, l'air tout ce qu'il y a de plus ordinaire. *Dixit* les deux hommes qu'on a envoyés sur place. Un seul affirme avoir vu l'embrassade.

— Putain.

— Putain de merde.

— Que sait-on du dénommé Dick Harte ? demanda-t-elle.

— Un spéculateur. Pas Donald Trump, mais important. Un de ces mecs qui font grimper les prix des gratte-ciel.

— Des coups tordus ?

— Pas qu'on sache. Il vivait à Great Neck avec sa femme numéro deux. Des gosses, des animaux de compagnie. Tu vois le genre.
— Tu crois qu'il connaissait le gamin ?
— J'espère. »
Tout le monde l'espérait. En ce moment même, tout le monde priait en silence pour que ce gamin ait été le fils illégitime de Dick Harte, ou qu'ils aient eu des rapports sexuels dans un parc de Great Neck, ou un truc du même genre. Tout, pourvu que ce ne soit pas le fruit du hasard.
« Merde. »
Pete dit : « On ne sait pas si c'est lui qui t'a appelée.
— J'ai pourtant un pressentiment.
— Ouais, moi aussi. Tu veux écouter l'enregistrement avec moi ?
— Absolument ! »
Elle suivit Pete dans le couloir qui menait à la salle audio. En chemin, Pete fit un arrêt à la cafétéria pour prendre une tasse d'un vieux fond de cafetière, avec quatre sucrettes. Cat refusa poliment. Ils pénétrèrent dans la salle audio, qui, de l'avis de Cat, était l'endroit le moins déplaisant de tout le bâtiment. La chaleur y était supportable et l'éclairage moins agressif. Ils s'assirent dans les fauteuils en velours synthétique gris. Aaron avait préparé la bande à leur intention. Pete appuya sur le bouton.
Allô. Ici Cat Martin. Comme tout le monde, elle avait horreur d'entendre sa propre voix enregistrée. Elle ne l'imaginait pas aussi monocorde, aussi rugueuse. Elle l'imaginait énergique et mélodieuse, assourdie, un peu comme celle de Nina Simone jeune.
Allô ? Elle l'entendait à nouveau, cette voix rauque de jeune garçon, extrêmement banale. Nerveux, un brin hargneux, environ treize ans. *Vous êtes de la police ?*
Et toi, qui es-tu ?
J'ai appelé la police, et ils m'ont transféré vers vous.
Que puis-je faire pour toi ?
Rien. Vous ne pouvez rien faire pour moi.
Sa pauvre mère avait dû entendre ces mots depuis que la puberté avait changé son gentil petit garçon en ado

maussade, étrange et repoussant. Est-ce qu'une mère, quelque part, avait commencé à se poser des questions ?

Pourquoi téléphones-tu, alors ?

Je veux vous dire quelque chose.

Quoi donc ?

Silence. Elle se le représentait à nouveau, un petit branleur désespéré dans une chambre pleine d'affiches de films d'horreur, rassemblant tout son courage. Rien qui sorte de l'ordinaire, rien de spécial.

Je vais faire sauter quelqu'un.

Qui ?

Peux pas vous le dire.

Pourquoi penses-tu que tu ne peux pas me le dire ?

Il faut empêcher les gens de continuer.

Qu'est-ce qui te fait penser ça ?

Il faut tout recommencer à zéro.

Tu penses t'en prendre à quelqu'un en particulier ?

Peu importe qui.

C'est important. Pourquoi crois-tu que ça ne l'est pas ?

Je veux dire, c'est pas important pour la compagnie.

Quelle compagnie ?

Celle pour laquelle nous travaillons tous.

Pour qui travailles-tu ?

Vous aussi vous travaillez pour elle.

C'est la compagnie qui te dit d'attaquer quelqu'un ?

Vous me croyez fou, hein ?

Je pense que tu es en colère.

Ne me parlez pas comme à un cinglé. Ce que je veux dire, c'est qu'une seule personne, ça compte pas. Les chiffres ne veulent rien dire quand ce sont juste des chiffres.

Tu veux faire du mal à quelqu'un qui te fait du mal. C'est ça ?

Je peux pas vous parler.

Si, tu peux. Dis-moi comment tu t'appelles.

Je fais partie de la famille. On n'a plus de nom.

Tout le monde a un nom.

Je voulais seulement prévenir quelqu'un. J'ai pensé que ce serait mieux.

Mieux pour qui ?

Je n'étais pas censé téléphoner.

Merde. On y était.

Tu peux régler cette affaire sans faire de mal à personne. Dis-moi ton nom.
Je ne suis personne. Je suis déjà mort.
CLIC.
Elle avait foiré, vraiment foiré. Dès l'instant où l'interlocuteur faisait allusion à un tiers, c'était automatiquement un signal rouge. En prétendant recevoir des instructions d'un ami, de Jésus, du clebs du voisin ou d'ondes radio émises par ses plombages, il gagnait un point sur l'échelle du sérieux. Celui-ci avait été suffisamment vague – il n'était pas *censé* téléphoner – mais quand même, elle aurait dû continuer à le faire parler, ne pas tant insister pour connaître son nom. Avait-elle dressé une liste ? Sans doute. Avait-elle accordé plus d'attention à sa liste qu'à son interlocuteur ? Elle espérait que non.
« "Je fais partie de la famille, dit-elle. On n'a plus de nom." Ça veut dire quoi ?
— Tu en sais autant que moi.
— Est-ce qu'il existe un groupe de rock qui chante un truc pareil ?
— On est en train de vérifier.
— Bon.
— La famille. Quelle famille ?
— Les Brady Bunch du feuilleton télé. La Mafia. IBM. Tu vois le genre. »
En effet, elle en avait eu un, l'autre jour. Un citoyen qui annonçait d'une voix douce qu'il allait partir sur les routes et écrabouiller les immigrants en situation irrégulière, obéissant aux ordres de la célèbre journaliste Katie Couric. Ils prétendaient souvent travailler pour des célébrités ou des multinationales.
« Oui, fit Cat. Je vois très bien.
— Tu aurais dû le signaler en rouge. » Pete ne cherchait pas à être désagréable. C'était une simple constatation. Tout le monde peut se tromper.
« Tu as vérifié l'origine de l'appel ? demanda Cat.
— Une cabine publique. Au coin de Bowery et de la 2e Rue.
— Berk.

— Ça devait arriver, tôt ou tard. » Il avala son café d'un trait.

« Je ne pensais pas que cela m'arriverait à moi.

— Rentre chez toi. Demande à ton mec de te préparer un verre et de t'emmener dîner dans un bon restaurant.

— Tu crois qu'il était aussi jeune qu'il en avait l'air au téléphone ?

— Impossible à dire. Attends les conclusions du médecin légiste.

— Où un môme peut-il se procurer une bombe ?

— Je répondrais : là où ils se procurent tous des armes mortelles. Auprès de ses parents.

— Pete.

— Ouais ?

— Rien. À demain.

— Bon. Va boire un verre ou deux. Dors. Tu te sentiras mieux. »

Cat regagna son bureau, récupéra son sac. Ed Short, qui prenait la relève, n'arriverait pas avant une demi-heure, mais les lignes étaient transférées ; elle pouvait s'en aller un peu plus tôt. Elle avait du mal à l'admettre, mais maintenant, après avoir écouté l'enregistrement, elle avait envie de se tirer le plus vite possible.

Elle salua rapidement quelques collègues, pendus à leur téléphone. Ils ne parurent pas remarquer qu'elle partait plus tôt. Elle traversa le hall à la hâte. Même si on n'y prêtait pas attention, les locaux de la division semblaient avoir été conçus pour engendrer une sinistrose maximale. Les cloisons entre les cellules avaient la couleur d'un cadavre de trois jours. Une lumière verdâtre se répandait en clignotant du faux plafond en plastique laiteux. La climatisation charriait une odeur de café brûlé.

Elle descendit dans le hall d'entrée et franchit la sécurité. Le ciel au-dessus de Broadway en cette fin d'après-midi était d'une beauté insolente, des vents astraux chassaient un troupeau de nuées roses à travers un champ d'un mauve intense. C'était une chance que l'unité de dissuasion ait dû s'installer là. Une chance qu'il n'y ait pas eu de place dans Center Street, là où s'entassaient flics, avocats et secrétaires ; où on s'approvisionnait en bouffe chez des marchands ambulants ou un traiteur chinois ; où les magasins vendaient des fringues tape-à-l'œil à des clientes tellement déprimées qu'elles étaient prêtes à claquer un dixième de leur salaire mensuel pour un pull à paillettes ou un paire de pompes en faux croco juste pour avoir quelque chose à montrer. L'angle de Broadway et de Prince était différent. Là, ce que l'on vendait était destiné à de vrais enfants, des chaussures de tennis fantaisie, des jeans avec plus de poches et de fermetures Éclair que nécessaire, des tee-shirts décorés de messages anarchistes ou de visages de héros disparus, le Che, Jimi, le Grateful Dead.

Elle jeta un coup d'œil vers le bas de la ville, en direction du lieu de l'explosion. L'accès en était certainement interdit ; on devait être en train de passer la chaussée au peigne fin. Aujourd'hui encore, comment ne pas être frappé par le vide, là où se dressaient jadis les deux tours ? Des petits nuages laineux dérivaient lentement, et un pâle croissant de lune était apparu, bien visible maintenant qu'elles n'existaient plus.

Cette même lune se lèverait au-dessus d'innombrables petites villes lointaines avec leurs étendues de pelouses plantées d'arbres, ces lieux où les citoyens conservaient au plus profond d'eux-mêmes leurs secrets meurtriers ; où la police ouvrait à peine un œil pour le meurtre d'un adolescent ou un occasionnel incident domestique ; où il n'y avait pas besoin de spécialistes pour deviner les intentions des poseurs de bombes, empoisonneurs, défenseurs armés de la pureté raciale, grands-pères brandissant des machettes.

Là-bas, naturellement, il n'y avait pas de place pour quelqu'un comme Cat. Elle aurait dépéri discrètement, seule et trop singulière, serait sans doute devenue un de ces piliers de bar, perchée sur un tabouret du *steakhouse* local, s'efforçant de ne pas élever la voix, disposant ses fouets à cocktail en rang devant elle, s'efforçant de ne pas écrire de listes sur les serviettes en papier.

Elle remonta jusqu'à Bond Street, tourna en direction de l'est. Les passants vaquaient à leurs occupations habituelles, mais l'atmosphère était tendue. Tout le monde semblait abasourdi par la nouvelle. Le type devant Cat, un attaché-case à la main, marchait les épaules courbées, comme s'il s'attendait à recevoir un coup sur la tête. Les trois jeunes Asiatiques qui s'étaient arrêtées devant une vitrine contemplèrent les chaussures, se regardèrent, et repartirent d'un pas précipité – craignaient-elles de se retrouver sous une pluie d'éclats de verre ? Le danger qui avait empoisonné l'air quelques années plus tôt refaisait surface ; les gens en respiraient l'odeur. Aujourd'hui, on leur avait rappelé – on *nous* avait rappelé – une vérité que le reste du monde connaissait depuis des siècles : nous pouvions facilement, à n'importe quel moment, commettre une erreur fatale. Nous marchions tous sains et saufs dans la rue parce que personne n'avait décidé de nous tuer ce jour-là. Il nous était impossible de savoir, tandis que nous nous affairions, si nous tournions le dos à la déflagration ou si nous nous précipitions vers elle.

Cat descendit Bond Street, passa devant le restaurant japonais aux prix astronomiques, devant le magasin maudit où un énième optimiste avait placé des panneaux annonçant l'ouverture imminente d'un nouveau commerce qui aurait disparu dans six mois. Elle traversa Lafayette et remonta jusqu'à la 5e Rue, vers son bloc, son immeuble, l'endroit où elle avait fini par se sentir chez elle, bien qu'elle s'y soit installée sept ans plus tôt en déclarant que ce serait temporaire – un trois pièces sombre, bon marché, une solution provisoire d'après-divorce, en attendant de recommencer une vraie vie dans un vrai appartement. Curieusement, en sept ans, la solution de fortune s'était changée en trésor, et personne ne pouvait croire qu'elle s'était peu à peu habituée à ce deuxième étage de HLM sans ascenseur, sans lumière, dans une rue où les drogués venaient pisser dans le couloir chaque soir que Dieu fait. Tout n'était que perpétuel changement, à vrai dire. Les générations futures rechercheraient peut-être ces pulls en orlon pailletés de Nassau Street. Peut-être que les critères tomberaient si bas qu'une paire de chaussures en carton imitation croco fabriquées à Taiwan seraient considérées comme des objets de valeur représentatifs d'une autre époque.

Elle croisa en chemin les résidents de la 5e Rue, tous plus ou moins à cran. Les deux Lituaniennes étaient dehors, assises sur leurs pliants en aluminium, comme à l'accoutumée, mais au lieu de surveiller les passants avec leur habituelle moue dédaigneuse, penchées l'une vers l'autre elles parlaient avec animation en secouant la tête. Les deux punks coiffés à l'iroquoise marchaient d'un pas lourd avec une rage particulière – *alors, les mecs, salement surpris que toute cette saloperie explose à vos putain de sales gueules, hein* ? Le vieux SDF, à son poste devant la boutique du fleuriste, ne semblait pas affecté ; il dévidait ses psalmodies inaudibles, pleureur appointé par les habitants du quartier, seul à célébrer leur mort.

Cat poussa la porte de son appartement. Un instant elle l'imagina tel que l'auraient trouvé les gars de la brigade anti-bombes si elle avait été déchiquetée par l'engin placé à l'angle de Broadway et de Cortland. Pas terrible. Il fallait l'admettre : c'était plutôt le royaume du laisser-aller. Vêtements et chaussures étaient éparpillés dans toutes les pièces ; la vaisselle traînait dans l'évier. Les livres qui débordaient de la bibliothèque (planches et parpaings ; elle avait l'intention de les remplacer) étaient empilés au hasard. Il y avait même des taches de moisissure à la surface du café qu'elle avait abandonné sur la pile, à côté du divan. Et si on passait un doigt le long de l'appui de la fenêtre, aucun doute, on le retirait enduit d'une sorte de poussière veloutée, vaguement huileuse. Bref, on se serait cru dans l'appartement d'un étudiant un peu plus bordélique que la moyenne. Le divan beigeasse avec son ressort déglingué lui avait été donné par Lucy en attendant qu'elle trouve mieux. Sept ans s'étaient écoulés depuis.

Et merde. Elle travaillait comme une dingue. Tout le temps vannée. La propreté était une vertu mais n'avait rien de sexy.

Elle consulta son répondeur. Le premier message provenait de Simon.

Salut, est-ce que tu as des informations à propos de cette explosion ? Appelle-moi.

Amelia, la secrétaire, transféra aussitôt l'appel.

« Cat ?

— Salut.

— Qu'est-ce qu'il se passe ? Tu sais quelque chose ?

— Je crois que je lui ai parlé. Au kamikaze.
— Tu plaisantes ?
— Il y a trois jours. Nous n'en sommes pas encore certains, mais je crois lui avoir parlé.
— Tu lui as parlé ! Il t'a appelée !
— C'est mon boulot, mon chéri. C'est moi qu'ils appellent.
— Où es-tu ?
— Chez moi.
— Veux-tu manger dehors ?
— Peut-être. Franchement, je n'en sais rien.
— Je vais t'emmener prendre un verre et dîner au restaurant.
— C'est gentil.
— Où veux-tu aller ?
— Dans un endroit sans façon. Choisis.
— D'accord. Que penses-tu de Le Blanc ?
— Super. Parfait.
— Dans une demi-heure ?
— Dans une demi-heure. »

Il raccrocha. Pendant leur conversation, Cat avait retrouvé sa vieille habitude, pris un stylo et écrit dans son cahier à spirale :

Forteresse de solitude ?

Poussière = saleté ?

Où est la petite maison ?

Elle déchira la page, la froissa et la jeta. Quand cette manie de prendre des notes était-elle devenue... quoi, d'ailleurs ? Une méthode d'association d'idées. Cela avait-il commencé après le 11 Septembre ? Elle l'espérait. Les relations de cause à effet avaient toujours quelque chose de réconfortant.

Elle poussa la porte de Le Blanc une demi-heure plus tard. Comme elle s'y attendait, elle était la première. Simon était incapable de raccrocher et de s'en aller aussitôt, même en cas d'urgence. De toute façon, il vivait dans un état d'urgence permanent. Il était broker. (Oui, il lui avait tout expliqué, et non, elle ne comprenait toujours pas exactement en quoi ça consistait.) Des fortunes scintillaient sur l'écran de son ordinateur, enflaient, diminuaient, enflaient à nouveau. L'homme derrière le paravent, c'était lui. S'il négligeait ses opérations, Oz risquait de se dissiper dans un brouillard émeraude[1]. Il arriverait dès qu'il le pourrait.

Cat, pour sa part, était toujours à l'heure. Elle avait tenté de ne plus être ponctuelle. En vain. Ce n'était pas dans son tempérament d'être en retard.

Le Blanc était pour Simon le type même de l'endroit sans façon pour l'unique raison qu'il n'était plus à la mode. Trois ans plus tôt, une laverie automatique avait occupé les lieux, un coin minable dans Mott Street, puis quelqu'un avait nettoyé les murs de faïences centenaires, accroché des miroirs vieillis, installé un bar recouvert d'un zinc et, d'un seul coup, il s'était transformé en un parfait bistrot parisien. Pendant quelque temps, Le Blanc avait devenu un des hauts lieux du genre, puis la mode avait passé. Le commun des mortels pouvait désormais y avoir une table. Non loin de la porte était installé un couple qui n'habitait visiblement pas le quartier. Lui arborait chaînes et gourmettes en or ; elle avait drapé son faux Versace sur le dossier de sa chaise. De riches oligarches russes. Un an plus tôt, ils auraient été refoulés à l'entrée. L'idée que se faisait Cat d'un restaurant sans façon était plutôt... bon, d'accord, aucun nom ne lui venait immédiatement à l'esprit.

Elle s'attarda quelques instants avec l'hôtesse, une nouvelle, tout sourire pour cacher son embarras devant une femme noire non accompagnée. Avant qu'elle ait pu dire un mot, Cat précisa : « J'ai rendez-vous avec Simon Dryden. Je crois qu'il a réservé. »

La fille consulta sa liste. « En effet, oui, fit-elle. M. Dryden n'est pas encore arrivé.

— Puis-je m'installer en l'attendant ? »

Un port de reine, une diction de maîtresse d'école, le sourire composé. Elle savait comment se comporter.

« Absolument, répondit l'hôtesse en conduisant Cat au deuxième box.

Au moment de s'asseoir, Cat aperçut Fred. Fred faisait partie de la cohorte d'acteurs new-yorkais qui jouaient les

---

1. Allusion au Magicien d'Oz qui apparaît derrière le paravent et s'envole à la fin en mongolfière au-dessus de la cité Émeraude. (*N.d.T.*)

serveurs en espérant voir la chance tourner rapidement en leur faveur. Il n'était plus si jeune, cependant. Il devenait peu à peu le personnage qu'il avait joué au début : celui du serveur ironique, bourru, à la fois charmeur et irrespectueux, fin connaisseur de vins.

« Bonsoir, Fred, dit Cat.

— Salut. » Aimable sans plus. Pris de court. Devant Cat, en l'absence de Simon, il perdait ses moyens. « Comment va ?

— Bien. Très bien. Puis-je avoir un verre ? »

C'était curieux d'être aussi mal à l'aise dans un restaurant. Curieux d'être capable de parler calmement à des psychopathes et pas à un serveur, gêné face à une femme seule.

Elle commanda une Ketel One avec de la glace. Elle consulta le menu.

Bœuf nourri à la farine animale ?

Massacre des innocents ?

Poison dans les murs ?

Bon. Apparemment, elle n'avait plus besoin de faire des listes pour se calmer dans les moments de stress.

Elle en était à sa deuxième vodka quand Simon poussa à son tour la porte du restaurant. Il lui arrivait encore d'éprouver un choc en le voyant dans un lieu public. Il était si jeune, invulnérable, énergique. Superbe, une vraie voiture de luxe, un char de fête paradant dans une rue, démontrant au commun des mortels qu'un monde coloré, fastueux – un monde de beauté et de sérénité –, pouvait parfois surgir au milieu de la misère sordide de la vie courante ; que derrière la façade grise et nue des choses existait un royaume intérieur de richesse et de confort, un hymne à la ville. Elle regarda l'hôtesse l'accueillir. Elle regarda Simon s'avancer jusqu'à sa table avec une assurance de chef d'armée, éblouissant dans son costume bleu marine, comme s'il était constellé d'étoiles.

Il l'embrassa sur les lèvres. Oyez, bonnes gens, je suis sa fiancée, sa petite amie.

« Désolé d'être en retard, dit-il.

— Ne t'excuse pas. Toujours aussi débordé ?

— C'est toi qui me poses la question ? » Simon fronça les sourcils d'un air consterné. Ils étaient ébouriffés, comme deux chenilles couleur chocolat. Cat se retint de les caresser.

« "Débordé" est un terme relatif, dit-elle.

— Hum... donc, tu crois avoir parlé à ce type. »

Il fallait s'attendre à ce que Simon se montre sévère et impassible, voire un peu détaché, dans cette histoire, sa première crise par procuration. Il allait jouer au type capable d'accueillir la nouvelle d'un attentat aveugle à la bombe avec la même gravité suave qu'il apportait à ses négociations.

« Commande d'abord un verre, et je te raconterai tout. »

Il s'assit en face d'elle. Fred arriva sur-le-champ.

« Salut, Fred », dit Simon. Habitué du restaurant depuis ses premiers jours de gloire, il y était apprécié pour sa fidélité.

« Salut, l'ami, répliqua Fred, plus à l'aise dans l'idiome masculin.

— Tu as appris la nouvelle ?

— Terrifiant.

— Tu connais Cat, bien sûr ?

— Bien sûr. Bonsoir, Cat.

— Cat est dans la police. Elle travaille sur cette affaire. »

Je vis dans un monde dangereux, Fred. Je suis bien plus au cœur des choses que vous ne l'imaginez.

« Sans blague », fit Fred. Cat le vit procéder à une réévaluation compliquée la concernant. Très bien, elle avait un vrai job et peut-être même un job intéressant. Mais, au final, est-ce que ça n'en faisait pas une de ces Blacks à l'air renfrogné, à cheval sur le règlement, qui torturent la population derrière les guichets de la poste et les comptoirs de l'administration ?

« Je n'ai pas le droit d'en parler, prévint Cat.

— Naturellement. » Fred acquiesça d'un air pénétré. Il était prêt à jouer au serveur à qui l'on peut glisser une information confidentielle. Il n'attendait que ça.

Cat dit : « Simon, tu ne veux rien boire ? »

Simon réfléchit. « Si, dit-il enfin. Un verre de syrah, peut-être.
— Chili ou Sonoma ?
— Tu choisis, Fred.
— Chili.
— D'accord. »
Fred hocha de nouveau la tête à l'adresse de Cat. *Serveur en mission secrète. Utile en cas de crise.* Il partit chercher le vin.
Qu'avaient-ils donc les hommes ? Pourquoi étaient-ils si désireux de jouer les héros ?
« Simon, chéri, dit Cat, tu ne dois pas parler de ces choses. Pas à des serveurs.
— Compris. Désolé.
— Tu ne dois pas attirer l'attention sur moi. En outre, je ne suis pas Foxy Brown, je ne suis pas la plus célèbre policière noire de la télé. Je ne suis qu'un sous-fifre, en fait.
— C'est parce que je suis fier de toi.
— Je sais.
— Bon. Que s'est-il passé ?
— Un gosse a appelé, il menaçait de faire exploser une bombe. C'est tout.
— Et tu penses que c'est lui qui a fait sauter le type.
— C'est possible.
— Il devait le connaître, non ? »
Elle hésita. Elle devait lui lâcher quelque chose. C'était son mec, après tout. Et – elle devait l'admettre – cela faisait partie de ce qu'elle avait à lui offrir.
« C'est vraisemblable. Si tu veux mon avis, c'est une affaire de sexe. Il est probable que nous allons recevoir un avis de disparition émanant du quartier de Dick Harte, et nous découvrirons qu'il suçait le tueur sur le siège arrière de sa BMW. »
Cat savait que le mot « tueur » exciterait Simon. Elle se promit de ne plus l'allumer en faisant son numéro de flic.
« Bon », fit Simon, les sourcils hérissés. Elle aurait aimé les décoller doucement de son front, les garder un peu dans la paume de sa main, puis les remettre soigneusement à leur place.
« Que veux-tu manger ? demanda-t-elle.

— Je ne sais pas. Le thon, peut-être. »
Simon suivait le régime Atkins. Beaucoup de protéines, pas d'hydrates de carbone. Et franchement, ça lui réussissait.
« Pour moi, ce sera le steak au poivre, dit-elle. Avec de la purée. »
Elle avait eu une journée difficile, pas vrai ?

Ils allèrent chez elle ce soir-là, peu importait le désordre. Elle était à bout de nerfs – en réalité, elle avait envie d'avoir son lit à elle seule. Simon se fichait que son appartement soit parfois une poubelle. Il prétendait même le trouver à son goût. Bien qu'elle ne lui ait pas posé la question, il était à parier qu'il n'avait jamais mis les pieds dans la 5e Rue Est avant de la rencontrer.

Elle se réveilla à trois heures et demie. Elle n'eut pas besoin de consulter le réveil. Elle connaissait ce brusque et difficile retour à la conscience, le passage brutal du rêve profond à l'éveil, qui était moins dû au fait d'avoir assez dormi que d'avoir soudain perdu la faculté de dormir. Ça lui arrivait en général entre trois heures et demie et quatre heures. Elle avait un petit truc pour y remédier dans son armoire à pharmacie, mais n'ouvrait jamais le flacon. Elle préférait l'insomnie au sommeil artificiel. Question de contrôle. C'était foutu de toute façon, elle n'y pouvait rien.

Simon respirait paisiblement à côté d'elle. Elle céda à l'envie de le contempler pendant qu'il grimaçait dans son rêve. Simon... Le genre classique par excellence. Un visage large et fort de présentateur du journal télévisé, une crinière brune que striaient quelques fils d'argent. Il aurait pu sortir d'une de ces usines qui fabriquaient à la chaîne l'Idéal américain. La société serait installée quelque part dans le Midwest. D'ailleurs, n'était-il pas originaire de l'Iowa ? Arrière-arrière-petit-fils d'immigrants qui avaient fui New York pour la prairie, il était revenu triomphant une centaine d'années plus tard, prince exilé ayant retrouvé sa véritable appartenance grâce aux meilleures universités. Riche et éclatant de santé, trente-trois ans. Encore l'adolescence, pour un homme.

Peut-être était-il temps pour elle de quitter l'unité, au risque de paraître prendre la fuite. À la vérité, cela faisait déjà quelques jours qu'elle songeait à démissionner. On devenait timbré à travailler avec des désaxés. Il fallait écouter chaque malade mental avec la même patience ; ne jamais oublier que l'un d'eux s'apprêtait peut-être pour de vrai à foutre le feu à une maternelle, à faire sauter un magasin ou à tuer quelqu'un pour l'unique raison qu'il était connu. Les barmen voyaient le monde peuplé d'ivrognes ; les avocats, peuplé de victimes avides de vengeance. Les psys de la police succombaient à la paranoïa, sachant, mieux que le citoyen ordinaire, que le monde contient un sous-monde, dont les habitants se comportent comme la plupart des gens, paient leur loyer et font leurs courses, mais ont un petit quelque chose en plus qui les distingue des autres. Leur poste de télévision leur envoie des messages personnels, une star de feuilleton les viole la nuit et ils ont découvert que les fissures du trottoir entre Broadway et Lafayette sont les lettres qui composent les noms des extraterrestres cachés sous l'apparence des grands de ce monde.

Le plus surprenant concernant ces individus, comme elle l'avait appris, était leur banalité. Toute leur énergie était tendue dans une seule direction ; ils ne s'intéressaient à rien, en réalité, en dehors de leurs fixations. N'importe quelle gentille vieille tante de Baltimore était plus dynamique et originale, même si son existence se bornait à regarder la télévision et à découper les coupons-réponse dans les magazines. Vous restiez assis dans votre minable bureau de la police – assez peu différent de celui d'une société de vente par correspondance proche de la faillite – et les écoutiez. Vous les enregistriez sur votre ordinateur vieux de cinq ans. Vous espériez qu'aucun d'entre eux ne passerait à l'acte. Les jours où vous étiez au plus bas (personne n'aimait en parler), vous espériez que l'un d'eux le ferait.

Elle sortit du lit, attentive à ne pas réveiller Simon, et alla à la fenêtre. Le spectacle n'avait rien de particulier, seulement la 5e Rue vue depuis le deuxième étage, mais tout de même. C'était un échantillon de la ville ; il y avait le vieux

SDF, toujours en train de psalmodier devant la boutique du fleuriste (il était resté dehors plus tard que d'habitude) ; il y avait les réverbères orange et les façades brunes, les piétons vêtus de sombre, toute la demi-réalité enfumée, couleur sépia, de cette ville la nuit, le décor de théâtre le plus convaincant jamais réalisé, sans mer ni montagne, à peine quelques arbres (du moins, dans ce quartier), une suite de rues, brillantes et bruyantes sous un ciel gris teinté de rose, troué par les antennes et les réservoirs d'eau, alors qu'en bas, de l'autre côté de la rue, clignotait l'enseigne bleue : TEINTURIER.

Au matin, elle prépara du café, en apporta une tasse pour Simon qui était encore sous la douche, prit le temps de l'observer à travers le verre dépoli ; le rose flou de son dos et de ses jambes, le rose plus pâle de son cul. Un homme n'était jamais aussi sexy que lorsqu'il prenait une douche, pensa-t-elle. Mais cette tendance à regarder Simon à la dérobée dans son sommeil ou sous la douche n'était pas bon signe. En faisait-il autant avec elle ? Difficile à imaginer. Elle posa la tasse sur le réservoir des toilettes, essuya la buée sur la glace au-dessus du lavabo, jeta un regard à son reflet. Pas mal pour trente-huit ans. Menton ferme, jolie peau.
Les robes dos nu, quelle longueur ?
La calotte glacière du sommeil à moitié fondue
C'est un cœur de porc que vous tenez dans la main.
Simon sortit, resplendissant et constellé de gouttes d'eau, l'embrassa, prit sa tasse et dit : « Tu ne vas pas beaucoup t'amuser aujourd'hui, hein ?
— Sans doute pas. »
Il saisit une serviette, se sécha. Les serviettes n'avaient pas été lavées depuis deux semaines, voire plus. Le temps filait trop vite.
« Téléphone-moi. Raconte-moi la suite des événements.
— Entendu.
— J'ai ce foutu rendez-vous avec un client, ce soir. J'aurai probablement terminé vers dix heures.
— Très bien. »

Elle s'attarda encore un moment, buvant son café à petites gorgées, bien qu'il fût temps de laisser à Simon la minuscule salle de bains. Il montrait une telle insouciance, un tel bonheur de vivre. Il était trader sur les marchés à terme. Il avait été président de sa classe à l'université. Il remplissait la pièce de sa chaleur et de son odeur de savon.

Lorsque Cat avait perdu son fils, elle avait cru mourir ; elle avait pensé que la vie allait s'éteindre d'elle-même, pourtant elle était toujours là, neuf ans plus tard, non seulement vivante mais apparemment en forme, bardée de diplômes – dommage que sa tentative de s'établir à son compte ait échoué –, libérée de son malheureux ex-mari (encore qu'il apparaisse parfois dans ses fantasmes), et capable de séduire quelqu'un comme Simon.

Elle aurait dû se détester d'avoir voulu continuer à vivre.

Cat respira une dernière fois l'odeur de Simon sous la douche, alla dans sa chambre chercher quelque chose à se mettre sur le dos.

Elle aimait le matin. (*C'est le matin, réjouissez-vous !*) Elle aimait savoir que partout en ville les gens prenaient leur café et leur douche, décidaient d'enfiler tel ou tel vêtement. Cette transition en masse de l'état de sommeil (si troublé qu'il ait été) à celui d'éveil (si tourmenté qu'il fût) était l'image la plus proche de l'innocence collective. Les gens en général devaient se lever et s'habiller. Même ceux qui allaient l'appeler et lui faire part de leur intention de flinguer, de poignarder ou de faire cramer le premier venu. Même ceux qui se préparaient à fixer une ceinture d'explosifs autour de leur poitrine et à faire sauter un P-DG dans la rue. Nous sommes tous engagés dans cette minirenaissance quotidienne, nous la vivons ensemble.

Elle renonça à la robe imprimée de motifs hawaïens au profit d'un jean de couleur sombre. Jean, pull-over noir ras du cou et boots à talons plats. Elle n'avait pas envie de jouer les dures ni les séductrices. Pas par son habillement, en tout cas.

Elle n'attendit pas Simon. C'était un jour où il était préférable d'arriver tôt au bureau. Elle l'embrassa alors qu'il était encore en caleçon et chaussettes (quoi de plus attendrissant et de moins sexy qu'un homme en chaussettes noires sans pantalon ?), l'écouta avec reconnaissance lui assurer qu'il se libérerait à dix heures et qu'ils décideraient alors de l'endroit où dîner, et s'ils dormiraient chez lui ou chez elle.

Elle descendit par l'escalier de service, émergea dans la fraîcheur du matin, un de ces matins de juin étincelants qui pailletaient les escaliers de secours métalliques. Elle s'immobilisa sur les marches du perron, resta un instant en contemplation. Par une telle journée, le monde paraissait si sûr, si prometteur. Il semblait que rien de nocif, ni rien de toxique ne pouvait se produire. Pas lorsque les premiers rais de lumière perçaient un azur aussi pur. Pas lorsque les jardinières de géraniums aux fenêtres du rez-de-chaussée étaient d'un rouge incandescent et qu'un camion passait dans la rue, clamant : NOUS ORGANISONS VOS FÊTES en lettres dorées.

Quelqu'un l'observait. En cet instant. Elle le sentait, comme n'importe quelle autre femme l'aurait senti – question de survie. Elle regarda autour d'elle. Dans ce quartier, une femme seule dans la rue, même à cette heure, s'offrait aux regards du public. Elle devait l'admettre : depuis peu, la rage qui l'habitait s'était adoucie. On ne l'ennuierait pas éternellement. Un jour les murmures et les sifflements, les *sexy chocolat* finiraient par cesser. Elle ne serait plus qu'une femme noire d'âge moyen, qui vaquerait sans qu'on la remarque à ses occupations peu remarquables. Mais bon, en ce moment même, ce matin, sur le seuil de son immeuble, alors qu'elle venait de quitter son amant plus jeune qu'elle, elle se sentait épiée et cherchait avec une anxiété rageuse à repérer qui la menaçait, comme une princesse ayant trouvé son prince charmant mais toujours poursuivie par la grenouille enchantée et sa balle d'or[1]. *Hé, grenouille, j'suis plus dans la course, va coasser sous les fenêtres de quelqu'un d'autre.* Ça ne l'intéressait pas, mais malgré tout, dans un recoin de son esprit, un repli caché et honteux, elle redoutait

---

1. Allusion à *La Fille du roi et la Grenouille*, de Grimm. (*N.d.T.*)

le jour où la grenouille renoncerait et s'en irait rêver à une autre.

Il n'y avait personne alentour. Non, il y avait toujours du monde dans le coin. Mais personne ne la regardait. Il y avait les cadres dynamiques en costumes trois-pièces pressés d'arriver à leur bureau, quelques étudiants de l'université de New York qui se rendaient aux premiers cours de la matinée, un vieillard au pas lourd tenant dans chacune de ses mains déformées des sacs où s'entrechoquaient des bouteilles vides.

Pourtant, la sensation était palpable. Quelqu'un l'observait, en ce moment précis.

Elle descendit sur le trottoir, prit la direction de l'ouest. Allons, reprends-toi. C'est la nervosité ambiante qui déteint sur toi ce matin, alors que la haine vient de démontrer une fois de plus qu'elle peut nous atteindre n'importe où et nous aspirer dans l'au-delà.

Elle pénétra dans son box avec une demi-heure d'avance. Ed Short était encore là, il terminait la permanence des macchabées.

« Bonjour, dit-elle.

— Salut. Tu es en avance.

— Exact. »

Ed buvait lentement sa énième tasse de café. Ses yeux étaient brillants et humides. Ses cheveux clairsemés couleur aile de moineau se hérissaient sur son crâne avec une sorte de fatalité désespérée, comme ces feux qui jettent une dernière et brève lueur avant de s'éteindre. Ed avait trente-deux ou trente-trois ans. Il était taillé sur mesure pour ce boulot, jeune et plutôt vachard, peu enclin à l'imagination, ignorant l'ennui, acharné à traquer les délinquants et à les précipiter dans l'abîme. Il aurait signalé le gosse en rouge s'il l'avait pris au téléphone. Ed soulignait presque tout en rouge. Tout le monde s'en plaignait – les alertes rouges impliquaient davantage de travail, coûtaient cher, et la politique du « mieux vaut être trop prudent que pas assez » avait ses limites. Mais Ed était le genre d'emmerdeur assuré de devenir chef du service. Quand tous les Ed du monde avaient raison, quand ils avaient procédé à une interpellation avec succès parce qu'ils interpellaient pratiquement tout ce qui se présentait, on oubliait que, pendant des années, ils avaient exaspéré la terre entière. Ils étaient des héros. Ils avaient sauvé la situation. On n'imaginait pas combien de personnages historiques, combien de grands hommes (et de grandes femmes – il y avait une femme à l'occasion) ressemblaient à Ed. Leur concentration ne fléchissait jamais, leurs convictions ne vacillaient jamais, ils restaient scotchés à leur téléphone, ne sortaient pas de leur laboratoire, ne quittaient pas leur chevalet avant de voir une ligne se dessiner, alors que le reste de la population avait tendance, au bout d'un moment, à laisser ses pensées divaguer, à se demander à quoi ressemblerait la vie à la campagne, si un travail modeste et deux enfants suffiraient à son bonheur.

Qui vit dans des pièces vides ?
Jusqu'où porte la lumière ?
Y a-t-il des dents dans la forêt ?

Cat demanda : « Qu'est-ce qu'on a trouvé sur le site ?
— Le gosse portait une bombe artisanale contenue dans un tuyau. Pas de clous, rien de tel, elle n'était pas destinée à se fragmenter. Seulement à tout désintégrer dans un rayon d'environ deux mètres.
— On peut apprendre à fabriquer ce genre de trucs sur Internet.
— Ouais. La moitié du cuir chevelu de Dick Harte s'est retrouvé sur un rebord de fenêtre deux étages plus haut. Sinon, on n'a retrouvé que des fragments d'os et une dent.
— Tu peux rentrer chez toi plus tôt. Je prendrai la suite.
— Merci. Ça va. Profites-en pour te détendre un peu. »
Bon. Aujourd'hui, c'était son tour de se détendre.
Elle alla dans le vestibule, se versa un café – buvable jusqu'à dix heures du matin – et sortit les journaux de son sac.

En corps 36 dans le *Times*, au-dessus du pli, mais à peine plus gros qu'un titre qui parlerait d'une arme expérimentale capable de rendre un pays inhabitable sans en exterminer les habitants ni en détruire les infrastructures ; EXPLOSION EN BAS DE MANHATTAN. Sous-titre : *Deux morts, cinq blessés dans une attaque probablement terroriste*. Bénissons les gars du *Times*, ces bons pères qui essayent de nous dire ce que (d'après eux) nous devons savoir, sans trop exploiter notre désir collectif d'être titillés, rassurés, salement paniqués. Facile de se représenter ces hommes (et ces femmes, il y en avait peut-être une ou deux), dans leur immeuble de Midtown, partagés sur le degré de panique qu'ils devaient ou non susciter, en attendant de nouveaux détails. Le *Post* et le *News*, naturellement, n'avaient pas le même souci. UN FOU FAIT EXPLOSER UNE BOMBE À GROUND ZERO dans le *News*, LA TERREUR ÉCLATE À NOUVEAU, titrait le *Post*.

Le fond des trois articles était essentiellement le même ; seul le ton variait. Un kamikaze non identifié se fait sauter en même temps que Dick Harte, un magnat de l'immobilier. Rien pour l'instant ne révélait que l'auteur de l'attentat était un gosse – les mecs sur place s'étaient débrouillés pour maintenir les témoins en isolement. Comparaisons d'usage avec l'action du Hamas et des autres en Israël. Le journaliste du *Post* avançait que le garçon se serait écrié « Allah est grand ! » – soit il avait dégoté un cinglé prétendant avoir assisté à la scène, soit il avait tout inventé – mais, à part ça, rien d'affolant, hormis l'événement lui-même. Les trois journaux avaient rassemblé ce qu'ils avaient pu trouver sur Dick Harte, bien que sa femme et ses enfants aient refusé de parler. Les photos montraient un homme de cinquante-trois ans d'apparence normale, au regard doté de cette étrange vacuité infantile et aux traits comme rétrécis et candides lorsque la calvitie dégage démesurément le front. Directeur général de Calamus Development Corporation. Sa femme Lucretia (*Lucretia* ?) était décoratrice à Great Neck, où ils résidaient. Leur fille Cynthia était en terminale au lycée, le fils Carl en deuxième année dans une école dont Cat n'avait jamais entendu parler. Le *Times* et le *Post* reproduisaient la même illustration, une photo standard qui serait utilisée pour l'avis de décès ; le *News* avait déniché un cliché de Harte au milieu d'un groupe d'hommes qui se ressemblaient tous, à l'inauguration d'une nouvelle tour de bureaux de la 3e Avenue.

Elle pénétra dans son box à neuf heures, s'installa dans le fauteuil qui avait conservé la chaleur du cul dévoué d'Ed et jeta un coup d'œil aux entrées inscrites de sa main dans le livre de bord. Trois appels d'interlocuteurs qui se prétendaient auteurs de l'attentat, tous scrupuleusement signalés en rouge. Deux étaient des variations sur le même thème : maintenant vous allez tous vous en repentir (pas d'indication sur ce dont on allait se repentir), et ce n'est qu'un début ; tous deux restaient plutôt vagues sur la manière dont ils avaient survécu à l'explosion et pu téléphoner. Le troisième se disait membre d'une certaine brigade des Lumières et annonçait que la terreur se poursuivrait tant que les États-Unis ne cesseraient pas d'autoriser les femmes à assassiner leurs enfants avant la naissance.

Pete fit une apparition peu après neuf heures, tenant avec précaution sa première tasse d'un breuvage sirupeux au goût de café. « Comment ça va ?
— Bien.
— Tu as dormi ?
— Un peu. »
Il entra dans le box, s'enhardit au point de poser sa main sur son épaule. Pete et elle avaient tacitement décidé d'éviter tout contact depuis cette nuit, trois mois plus tôt, où ils avaient travaillé tard et s'étaient sentis épuisés et déprimés au point de chercher refuge dans les toilettes des femmes. Cat ne s'expliquait toujours pas pourquoi elle avait agi ainsi, elle n'éprouvait pas la moindre attirance pour lui. Mystérieusement, elle s'était dirigée vers les toilettes et lui avait fait signe ; et avant d'avoir dit ouf, elle s'était retrouvée perchée sur le lavabo, les jambes enroulées autour de ses fesses plutôt moches d'homme mûr. Chacun avait de bonnes raisons pour expliquer ça : lui parce qu'elle l'avait permis, parce qu'ils avaient eu l'impression alors d'être seuls au monde, parce que sa femme était en train de perdre la vue, que sa fille unique était devenue une cinglée d'écolo en Amérique latine, et elle parce que... parce qu'elle avait laissé son fils mourir et qu'elle avait reçu des appels pendant douze heures d'affilée, parce que le cou de Pete lui rappelait le cou de son ex-mari, parce que cet endroit était sinistre, silencieux, loin de tout, parce qu'elle avait eu envie, à cet instant, de tout

bousiller, de se rabaisser, d'être aussi parano, destructrice et irresponsable que les dingos qui téléphonaient. Elle et Pete n'en avaient jamais parlé. Chacun d'eux savait que cela ne se reproduirait jamais.

« Tu es sûre d'avoir envie de travailler aujourd'hui ?

— Absolument sûre. Tu as découvert quelque chose de nouveau ?

— D'après les gars du service médico-légal, le gosse avait treize ans, peut-être quatorze. Petit pour son âge. Apparemment en bonne santé, d'après ce qu'ils ont trouvé jusqu'à présent.

— Ce genre de truc me fait horreur.

— Qui n'en aurait pas horreur ?

— Je ne parle pas uniquement de ça. Je veux dire *tout*. »

Pete hocha la tête d'un air las. Cat hésita. Il existait une règle tacite dans le département. Personne ne faisait de suppositions, jamais. Personne ne faisait de philosophie ; ça ne marchait pas comme ça. Personne ne se perdait en conjectures sur le nombre croissant d'appels d'ados visiblement instruits, ou sur l'augmentation notable des passages à l'acte, de un pour mille à un pour six cent cinquante durant les cinq années écoulées. Personne ne glosait sur l'effondrement des valeurs familiales ou de la civilisation au sens large ; les interrogations sur les gaz présents dans l'atmosphère, l'irradiation des aliments ou les rayons dirigés vers la Terre par des extraterrestres hostiles, c'était le domaine de leurs interlocuteurs.

Cat dit : « Désolée. Je suis un peu fatiguée en ce moment.

— Normal. »

Elle se redressa dans son fauteuil. « Qu'ont-ils tiré de l'épouse et des enfants ?

— Sa femme est hystérique. Sa fille aussi. Le fils a débarqué du Vermont, prêt à coopérer, il veut se rendre utile, aller au fond des choses, etc. mais n'a strictement rien à nous dire. Papa était un type épatant, entraînait sa petite équipe de baseball, payait ses factures en temps voulu. Mon opinion ? Je pense que le fils vit le plus grand moment de son existence.

— Qu'est-ce qu'il fabrique dans le Vermont ?

— Il est dans une école spéciale pour enfants en difficulté, les gosses qui se droguent plus que la moyenne. Ce genre de trucs.
— Intéressant.
— Nous nous en occupons.
— Ils ont les bandes enregistrées, à Washington ? demanda-t-elle.
— Oui.
— Et ils vont nous contacter ?
— Personne ne va t'épingler pour avoir laissé passer un indice aussi mince. »
Je n'étais pas censée appeler qui que ce soit. Mon Dieu.
« À moins, naturellement, qu'ils aient besoin de faire porter le chapeau à quelqu'un, et il me semble que je suis la mieux placée.
— C'est peu probable. Inutile de t'inquiéter.
— Merci.
— Je passerai te voir plus tard.
— Sympa de ta part. »
Elle se mit au travail. La matinée était chargée, ce qui n'était pas surprenant. Il fallait toujours à peu près vingt-quatre heures pour que leurs interlocuteurs reprennent leur poste. Quand une grosse affaire éclatait, seuls les plus instables se saisissaient immédiatement du téléphone. Les détraqués ordinaires, la majorité, devaient retourner la question dans leur tête, examiner jusqu'à quel point cette histoire les concernait, et décider s'il fallait informer une autorité. Maintenant, c'était la ruée. Elle eut cinq appels dans les vingt premières minutes, trois d'entre eux étaient tellement fumeux que même Ed ne les aurait pas relevés, un trio d'hystériques qui voulaient faire savoir qu'on n'avait encore rien vu, que le pire était à venir, que le Jugement dernier approchait. Le quatrième était un Anglais désireux de la prévenir qu'il avait surpris une conversation dans l'entrée de son immeuble et que cet attentat faisait partie d'un plan concocté par son voisin pour mettre en faillite certaines petites entreprises du quartier des affaires, mais, désolé, il ne pouvait citer ni le nom de son voisin ni le sien par peur des représailles, néanmoins, grâce à cette information, il espérait que la police saurait comment procéder. Le cinquième considérait de son

devoir de lui annoncer que des indices compromettants avaient été déposés sur le lieu du crime par des tenants de la suprématie blanche pour impliquer les musulmans. Il laissa son nom : Jésus Mohamed, ministre de l'Église de la Lumière et de l'Amour. Il était prêt à collaborer avec la police si cela pouvait être utile.

Elle signala en rouge l'Anglais et Jésus Mohamed, déclenchant sur leur vie et leur comportement des enquêtes qui coûteraient environ quinze mille dollars aux contribuables. Elle se demanda si ces gens savaient, s'ils avaient la moindre idée des sommes d'argent et d'efforts qu'ils mobilisaient. Mieux valait qu'ils l'ignorent.

Entre les appels, elle classa ce qui avait besoin de l'être, nota ce qu'elle devait faire, consulta le courrier, en grande partie dénué d'intérêt : une demi-douzaine de menaces et une malédiction, diversement rédigées à la main, à l'ordinateur, ou peut-être à la machine à écrire. Les lettres concernant l'explosion n'arriveraient que le lendemain. La journée commençait à prendre son rythme, à suivre son cours ordinaire. Cela ne durerait pas. On allait découvrir que le gosse avait été le jouet sexuel de Dick Harte, ou un dingue ordinaire (selon les nouveaux critères), un détraqué solitaire et persécuté, obsédé par les jeux vidéo avant même d'avoir su marcher. C'était – comment en aurait-il été autrement ? – un désastre de plus dans un monde enclin au désastre, tragique mais inévitable. La vie continuerait.

L'appel lui parvint un peu avant dix heures et demie. Il lui fut directement transmis – sans doute un de ses habitués. Elle en avait un petit nombre qui l'appelaient au moins une fois par semaine, et deux fois plus qui téléphonaient de temps à autre, quand ils s'arrêtaient de prendre leurs médicaments, que c'était la pleine lune, ou que la presse (ils la lisaient tous) avait rendu compte d'un truc dément pour lequel il existait sûrement un coupable. Les appels d'Antoine portaient toujours sur les problèmes de déplacement des banlieusards (la conspiration de l'industrie automobile pour éliminer les transports en commun) ; vous pouviez compter sur Billy chaque fois qu'était publiée une information sur les conditions hostiles régnant sur d'autres planètes (tentatives permanentes pour dissimuler que des extraterrestres résident parmi nous depuis des décennies et sont torturés dans les camps d'internement gouvernementaux). Antoine, Billy et les autres avaient jadis fait l'objet d'enquêtes. Antoine vivait avec une pension d'invalidité dans un trou à rat de Hell's Kitchen ; Billy travaillait aux toilettes publiques de Staten Island. Les habitués aimaient trouver des lignes directrices. Ils épluchaient les journaux tous les jours pour y découvrir des preuves nouvelles. Cat ne pouvait pas vraiment les en blâmer. Qui pouvait se passer de lignes directrices ?

Elle décrocha : « Cat Martin à l'appareil.

— Allô ? »

Adolescent, de race blanche. Les neurones de Cat se mirent en branle.

« Allô ? Puis-je vous aider ?

— Avez-vous parlé à mon frère ? »

Cat pressa le bouton vert. L'appel venait du 212, la zone de Manhattan.

« Qui est ton frère ?

— Il m'a dit qu'il vous avait appelé. »

Non, ce n'était pas un adolescent. Ce gosse semblait plus jeune. Neuf ou dix ans. Sa voix était paisible, légèrement aphasique. La drogue, sans doute. Des tranquillisants piqués à sa mère.

« Comment t'appelles-tu ?

— Est-ce que vous lui avez parlé ? Désolé, mais il faut que je le sache.

— Quand aurait-il téléphoné ?

— La semaine dernière. Mardi. »

Merde. Voilà autre chose.

« Il faut que je vérifie les enregistrements. Puis-je savoir ton nom ?

— Nous faisons partie de la famille. Nous n'avons plus de noms. »

Continue à le faire parler. Donne aux autres le maximum de temps.

« De quelle famille s'agit-il ? demanda-t-elle.

— Il m'a dit qu'il vous avait parlé. Je veux seulement en être sûr.

— Est-ce que tu as des ennuis ? Puis-je t'aider ?

— Peut-être. Pouvez-vous me répéter ce qu'il vous a dit ?

— Si quelqu'un te veut du mal, je peux l'en empêcher. »

Non, pas de déclarations. Uniquement des questions. Et le forcer à répondre.

« Je ne savais pas.

— Qu'est-ce que tu ne savais pas ?

— Je croyais qu'il allait seulement déposer la bombe quelque part et s'enfuir.

— Peux-tu m'en dire plus à propos de la bombe ?

— Est-ce que vous lui avez dit de ne pas le faire ?

— Qui est ton frère ? Qu'a-t-il fait ?

— Je n'aurais pas dû appeler. J'ai peur, c'est tout. Désolé.

— Tu ne veux pas me dire de quoi tu as peur ? Me permettre de t'aider ?

— Vous êtes gentille. Mais vous ne pouvez pas.

— Si, je peux.

— Est-ce que vous êtes heureuse ? »

Qu'est-ce que ça venait foutre là ? Personne ne lui avait jamais posé une telle question.

Cat dit : « Je pense que tu es *malheureux*. Quelqu'un t'oblige-t-il à faire quelque chose contre ton gré ?

— Vous feriez pareil, non ?

— Qu'est-ce que nous ferions, toi et moi ?

— Nous sommes tous une même personne. Nous voulons tous les mêmes choses.

— Me permets-tu de venir te voir ? Tu ne crois pas que nous devrions parler, tous les deux ?

— Personne ne meurt vraiment. Nous nous perpétuons dans l'herbe. Nous nous perpétuons dans les arbres. »

Il débloquait. Cat garda son calme.

« Qu'est-ce qui te fait penser ça ?

— Chaque atome qui m'appartient t'appartient tout autant. »

Clic.

Elle attendit un moment, pour s'assurer qu'il n'était plus en ligne. À peine s'était-elle levée de sa chaise que Pete l'avait rejointe.

« Putain ! fit-il.

— C'est quoi cette histoire de frères ?
— Il téléphonait d'une cabine publique. Au diable, du côté de Washington Heights.
— Nos types sont déjà sur place ?
— Ils sont en route.
— Hum.
— Il y a encore cette phrase : "Nous faisons partie de la famille."
— A-t-elle un rapport avec un groupe de rock ?
— Rien trouvé à ma connaissance... On continue de chercher.
— Est-ce qu'ils vérifient les films, les séries TV ?
— C'est leur boulot, Cat. Ils savent faire ça.
— C'est vrai.
— Qu'est-ce qu'il a dit à la fin ?
— Je ne sais pas très bien. Je crois que c'est tiré de Whitman.
— C'est-à-dire ?
— Il me semble que c'est un vers de *Feuilles d'herbe*, de Walt Whitman.
— De la poésie ?
— Cela pourrait être de la poésie, oui.
— Sans blague ! Bon, je reviendrai plus tard.
— D'accord. »

Pete sortit rapidement du bureau. Cat devait rester sur place au cas où l'enfant rappellerait. Elle ne prendrait aucune nouvelle communication sauf si on la demandait en personne. Trente minutes s'écoulèrent. C'était une des choses qu'elle n'avait pas imaginées – ces temps morts, ces moments d'attente. Quand elle était entrée dans la police, elle s'était figurée prenant des virages sur les chapeaux de roues dans des voitures banalisées, ou débarquant en hélicoptère. Elle n'avait pas pensé qu'elle passerait autant de temps à patienter à côté d'un téléphone. Elle n'avait pas envisagé une existence qui ressemblerait autant à celle qu'on mène dans n'importe quelle boîte, accomplissant conciencieusement sa petite tâche.

Chaque atome qui m'appartient t'appartient tout autant. Ce n'était pas tout à fait ça, mais assez proche. Un gamin qui citait Whitman ? Cat était probablement la seule dans le service à pouvoir le reconnaître ; elle était certainement la seule dans tout le bureau à avoir lu Winnicott, Klein, Whitman et Dostoïevski. Ça lui faisait une belle jambe.

Avez-vous parlé à mon frère ? Nom de Dieu ! Un gosse se fait exploser et son petit frère appelle pour se renseigner sur lui. Une image commençait à émerger – c'était déjà ça. Le gosse disparu avait un petit frère – en admettant que ce soit vrai, et ça, personne ne le savait –, ce serait donc beaucoup plus facile de retrouver sa trace. Des enfants dont les parents étaient adeptes d'une secte ? On les trouvait plutôt à la campagne, des ultrareligieux qui élevaient leurs enfants au fond des bois, leur enseignant à haïr un monde dépravé et se glorifiant d'accomplir les desseins de Dieu. L'Idaho ou le Montana regorgeaient de ces familles de meurtriers vertueux qui avaient pété les plombs. Mais les cinq districts voisins n'étaient pas en reste. Ne venait-on pas d'arrêter un type qui élevait un tigre adulte et un alligator dans son studio de Brooklyn ? Ils étaient partout.

Elle aurait volontiers embrassé Pete lorsqu'il réapparut.

« Alors ? demanda-t-elle.

— La cabine se trouve à l'angle de St Nicholas et de la 176e Rue. Loin de tout. Pas de môme dans les parages, pas de témoin pour l'instant.

— Merde.

— Ça va ?

— Ouais.

— Je repasserai tout à l'heure.

— Merci. »

Et maintenant elle était cloîtrée ici, confinée dans son box, espérant sans y croire un coup de téléphone. Je t'attends mon p'tit. Appelle-moi. Je ne te laisserai pas tomber.

La matinée passa. Cat fit du rangement, consulta ses e-mails. Quelqu'un appela à midi moins le quart, qui demandait Cat Martin, et elle sentit ses cheveux se hérisser, mais ce n'était que Greta, la seule femme parmi ses interlocuteurs réguliers, qui la prévenait que l'explosion avait été provoquée par l'esprit tourmenté d'une jeune esclave assassinée à cet endroit précis en 1803, et que le seul moyen de l'apaiser était de se rendre sur place aussitôt et de lui donner l'extrême-onction. Greta habitait Orchard Street, elle avait été couturière pen-

dant plus de cinquante ans, avait huit petits-enfants, et c'était probablement une brave femme.
Nous voulons tous les mêmes choses. Elle entendait encore la voix haut perchée du garçon, son ton hésitant, son étrange politesse. Il y avait – comment dire – une sorte d'innocence chez lui. Tout bien considéré, il lui avait paru plutôt sympathique, un gosse comme les autres. C'était probablement l'effet des drogues. Ou un cas de dissociation mentale.

Pete vint la voir à intervalles réguliers – merci, Pete – pour lui annoncer qu'ils n'avaient rien trouvé, et à midi trente pour lui apporter une pizza de chez Two Boots.

« C'est un bon jour pour envoyer paître ton régime », dit-il. Poivrons et champignons. Il connaissait ses goûts. Elle lui en offrit un morceau, qu'il accepta.

« C'est sérieux à ton avis ? demanda-t-il.

— Pas sûr. Et toi, qu'est-ce que tu en penses ?

— Ça pourrait être important, même si ça n'en a pas l'air. »

Cat replia le bout de son morceau de pizza et mordit dedans avec volupté. Franchement, existait-il quelque chose d'aussi savoureux que de la pizza aux poivrons et aux champignons ?

« Crois-tu qu'il n'y ait que ces deux gosses ?

— Ouais. Rappelle-toi les frères Menendez. Ils ont bel et bien assassiné leurs parents.

— Un gamin de quatorze ans, un détraqué qui s'est envoyé ad patres, et son émotif de petit frère.

— Notre premier imitateur. »

Elle hocha la tête. Depuis le 11 Septembre, ils s'étaient tous étonnés de l'absence de nouveaux attentats. Pas de la part d'al-Qaida – c'était le souci d'autres services. Cat, Pete et le reste de l'unité de dissuasion s'étaient demandé pourquoi des Américains plus ordinaires ne s'en étaient pas inspirés. Les terroristes avaient fait un vrai cadeau aux désaxés. Vous pouviez faire sauter une poubelle à présent – vous pouviez crier « au feu ! » dans un théâtre – et faire perdre à New York un milliard de dollars supplémentaires de revenus touristiques.

Elle dit : « Qui reçoit ses instructions de… ?

— D'une autorité supérieure. Tu connais la chanson. »

Elle connaissait. Neuf fois sur dix, les exécutants obéissaient à quelqu'un ou à quelque chose. Ils étaient au service d'une cause.

« Le premier a dit qu'il fallait empêcher les gens de continuer.

— Tu veux mon avis ? Dick Harte les sautait tous les deux.

— On n'a signalé aucune disparition d'enfant dans le secteur de Great Neck.

— Il a une bagnole. On trouve des mômes partout. »

Cat dit : « Je n'imagine pas Dick Harte prenant sa voiture et partant à la recherche de petits garçons pour les sauter.

— Ça arrive tout le temps.

— Je sais. Je te donne mon impression, c'est tout.

— D'accord, dit Pete. Dick Harte est un père de famille respectueux de la religion qui n'a jamais touché personne hormis ses deux épouses. Pourquoi le gosse l'a-t-il choisi, alors ?

— Je n'écarte pas cette idée. Je subodore que tôt ou tard nous allons suivre la trace d'un individu porté disparu et trouver un père qui a torturé ses fils toute leur vie. L'aîné arrive à un âge où il décide que ça doit cesser, que quelqu'un doit payer. Mais il ne peut se résoudre à tuer son père. Il choisit un type qui lui ressemble. Même âge et même stature.

— C'est possible.

— Si ces garçons n'étaient pas du coin, s'ils n'étaient pas des enfants dont Harte et sa femme connaissaient les parents, on peut supposer qu'ils étaient le genre de gamins à se faire racoler en voiture par un inconnu.

— Ce qui arrive tous les jours.

— Exact. Mais quelque chose dans la voix de ces gosses, particulièrement le second... Je ne les imagine pas traînant dans un parc, à attendre qu'un type au volant d'une voiture de luxe s'arrête et les suce pour dix dollars. Ça n'a pas de sens pour moi.

— Dis donc, c'est toi la superdiplômée.

— Pour ce que ça m'a servi.

— Tu penses donc que le type qu'ils veulent réellement tuer, c'est leur père.

— Ne me fais pas dire ça.

— Ce n'est pas mon intention.
— Je te parie que nous allons découvrir un bon citoyen tellement stressé de savoir que son fils aîné s'est tiré qu'il torture encore davantage le plus jeune. On verra que le gosse était au courant du plan de son frère, on le sortira de sa famille de merde pour le mettre dans une autre famille de merde, où il vivra toujours maltraité jusqu'à ce qu'il soit assez vieux pour la quitter, avoir un job, fonder une famille et se mettre à son tour à torturer ses propres fils.
— Tu ne vois pas la vie en rose.
— Et toi ?
— Pourquoi un gosse pareil citerait-il de la poésie ?
— Bonne question. Ils ont vérifié dans Whitman s'il y a cette phrase : "Nous faisons partie de la famille" ?
— Ouais. Ce n'est pas dans Whitman.
— Dommage.
— Ouais. »

Elle passa la journée à attendre un appel qui ne vint jamais. C'était inhabituel – en général, elle avait l'impression d'être exagérément populaire ici, à son travail. On la recherchait. Aujourd'hui, elle était assise seule à côté du téléphone, l'implorant de sonner, comme une lycéenne amoureuse.

Elle trouva les coordonnées d'une spécialiste de Whitman à l'université de New York, une certaine Rita Dunn, et prit rendez-vous pour le lendemain matin. En attendant, elle tua le temps. Classa de la paperasse. Sortit de vieux rapports en plan dans un tiroir.

Elle resta une heure de plus, puis rassembla ses affaires. Elle emporta son téléphone mobile, bien sûr – si le garçon rappelait, ils pourraient transférer la ligne à tout moment. Elle rentra chez elle à pied, dans le crépuscule d'une autre parfaite journée de juin, parmi les habitants de son quartier dont les habitudes ne manquaient jamais d'éveiller sa suspicion. L'homme qui déchargeait nerveusement les caisses d'un camion de boulanger, le joggeur en training de Princeton, même l'aveugle qui déambulait en frappant le sol de sa canne – tous lui paraissaient des criminels en puissance. En réalité, ils étaient tous des criminels en puissance. Tout le monde l'était. L'astuce était de continuer à vivre en se convainquant que presque tout le monde était inoffensif. C'était là l'aspect ironique du boulot. Si on ne faisait pas gaffe, il était possible de devenir aussi parano que les gens auxquels on avait affaire.

Nous sommes tous une même personne. Nous voulons tous les mêmes choses.

Son appartement lui parut minuscule. Il avait une façon particulière de rétrécir ou de s'agrandir selon les jours. Aujourd'hui, elles lui paraissaient ridicules, ces petites pièces où elle logeait, elle, une femme de trente-huit ans surdiplômée. Pourtant, elle pouvait s'estimer heureuse. Au prix du marché actuel, un studio minable dans la 5e Rue coûtait au moins mille cinq cents dollars par mois. Ce loyer contrôlé était une aubaine. Réjouis-toi de vivre au-dessus du seuil de pauvreté, marmonna-t-elle.

Elle s'apprêta à se servir une vodka, préféra y renoncer. Mieux valait rester sobre, au cas où le garçon rappellerait. À la place, elle se prépara un thé, prit son volume de Whitman sur l'étagère et se pelotonna sur le canapé à deux places.

Je chante ma gloire
Et ce que j'assume tu l'assumeras
Car chaque atome m'appartient autant qu'il t'appartient.

Whitman, Walt. À la vérité, il lui était sorti de l'esprit depuis qu'elle avait quitté l'université. Certes, elle était une lectrice assidue, mais pas du genre à rester chez elle le soir à lire de la poésie par plaisir. Elle connaissait son œuvre dans ses grandes lignes : le poète visionnaire de l'Amérique du XIXe siècle, qui avait écrit cet unique et énorme livre durant toute son existence, s'acharnant à le corriger et à le compléter comme un autre passerait sa vie à redécorer et à agrandir sa maison. Une longue barbe blanche de Père Noël, un chapeau à large bord. Il aimait les garçons.

Il aimait les garçons ? Vraiment ? Elle feuilleta le livre.

Vingt-huit garçons se baignent près de la berge,
Vingt-huit garçons tous si charmants,
Vingt-huit ans d'une existence féminine, tous solitaires.

Bon. Quoi d'autre ?

L'eau brillait sur leurs barbes, elle coulait de leurs longs cheveux,
Des ruisselets glissaient sur leurs corps.
Une main invisible glissait sur leurs corps,
Tremblante, elle caressait leurs tempes et leurs flancs.

L'enfant aurait-il pu lire ça ? Qui sait ? Il aurait cité un fragment de la première strophe, pas davantage. Un enfant intelligent captait toutes sortes de détails.

Il y avait pourtant quelque chose de sexuel dans cette affaire. Un jeune garçon étreint un homme d'âge mûr et se fait sauter avec lui.

Nous sommes tous une même personne. Nous voulons tous les mêmes choses.

Elle entendait sans cesse la voix dans sa tête. Il jouait le rôle d'un enfant, pensa-t-elle. Un enfant qui s'efforçait d'agir comme un enfant.

Néanmoins, elle n'avait pas décelé d'intention meurtrière en lui. D'accord, c'était un cinglé, par définition. Mais elle avait la prétention de savoir détecter les individus vraiment dangereux. Elle était incapable d'en donner les raisons exactes, bien qu'il existât de nombreux indices parfaitement documentés. C'était autre chose, un effluve, une sorte de souffle. Une vibration – c'était le meilleur terme qui lui venait à l'esprit. Comme si elle pouvait entendre le son imperceptible dû à une mauvaise communication, à un circuit électrique défectueux qui faisait du meurtre plus qu'un simple fantasme.

L'affaire se compliquait quand, de temps à autre, certains d'entre eux voyaient juste. Les compagnies de tabac avaient bien mis au point un ingrédient secret pour renforcer l'accoutumance aux cigarettes. Les Nord-Coréens avaient réellement enlevé des touristes japonais pour permettre à leurs espions d'approfondir leurs connaissances des coutumes japonaises. Et les bruits qui provenaient de l'appartement voisin étaient bien les rugissements d'un tigre adulte.

Elle entendit un grattement dans le couloir, juste devant sa porte. Quelque chose comme un talon raclant le carrelage. C'était probablement Arthur, son voisin, qui s'arrêtait pour reprendre son souffle d'emphysémateux avant de repartir d'un pas chancelant. Mais elle connaissait les bruits que faisait Arthur ; elle connaissait *tous* les bruits habituels des locataires dans son couloir. Celui-là ne lui était pas familier.

Elle leva la tête, écouta.

Le bruit se répéta. Un son furtif, comme un coup de griffe. À la campagne, cela aurait pu être un opossum se frottant contre les bardeaux.

La campagne – y a-t-il des dents dehors dans le noir ?

Elle se leva, alla jusqu'à la porte et attendit. Rien. Pourtant elle était rien moins que rassurée. Voire un peu inquiète. À cause de l'époque. En tant que membre de l'unité de dissuasion, elle ne possédait pas d'arme. Elle n'en avait jamais voulu. Maintenant, elle le regrettait.

Elle dit : « Qui est là ? », honteuse du ton peureux de sa voix. Merde ! Qu'ils aillent se faire voir s'ils cherchaient à la terroriser. Elle ouvrit la porte.

Personne. La vision habituelle et morne du couloir, la lumière glauque d'aquarium, le carrelage couleur de dents gâtées. Elle s'avança et regarda plus attentivement. Désert. Le bruit venait sans doute de la rue ou de l'appartement voisin (le jeune couple de camés qui l'habitait était toujours occupé à quelque mystérieux travail qui donnait lieu à d'incessants petits coups et frottements). Il n'y avait rien ni personne.

Il lui fallut encore un moment pour apercevoir ce qui était inscrit sur le mur opposé à sa porte. À la craie blanche, d'une écriture parfaite bien qu'un brin laborieuse, quelqu'un avait tracé à la main : MOURIR EST DIFFÉRENT DE CE QUE L'ON CROIT, C'EST UN SORT PLUS HEUREUX.

Ni Pete ni les hommes du FBI n'aboutirent à grand-chose. Ils questionnèrent les voisins, naturellement, qui bien sûr ne savaient rien, n'avaient rien remarqué de louche, etc. Comme personne ne l'ignorait, il n'était pas impossible de pénétrer dans le labyrinthe de passages et de dépotoirs qui se trouvait à l'arrière de l'immeuble et de se glisser à l'intérieur par la porte de service déglinguée. Les locataires avaient récemment fêté le cinquième anniversaire de leur lutte pour la réparation de ladite porte par le propriétaire.

Planté au milieu du séjour de Cat, en nage, Pete dégustait l'espresso qu'elle lui avait préparé.

« Comment est le café ? demanda-t-elle.
— Fort.
— Je ne sais pas le préparer autrement.
— Je me demande comment ce salopard a pu trouver l'endroit où tu crèches.
— Il existe une dizaine de possibilités.
— D'accord. »

Entre autres anomalies, il y avait l'absence de système sophistiqué pour garantir l'anonymat des flics. C'était un truc qu'on ne voyait qu'au cinéma. En fait, le système mis en place aux autres degrés marchait plutôt mal. N'importe quel individu de décidé et muni d'un ordinateur pouvait retrouver la trace d'un flic, d'un agent du FBI ou d'un inspecteur des impôts et aller frapper à sa porte un soir, pour lui délivrer un message mortel. Seuls les grands patrons bénéficiaient d'une protection rapprochée.

Pete dit : « Veux-tu qu'un de nos hommes reste avec toi cette nuit ? Ou tu préfères aller à l'hôtel ?
— Je peux passer la nuit chez Simon.
— S'ils ont trouvé ton adresse ici, ils peuvent aussi s'être renseignés sur lui.
— L'immeuble de Simon est sans doute plus sûr que le quartier général du FBI. Un roi en exil habite un des appartements de luxe sur le toit, et il y a quelques chefs d'entreprise qui feraient d'excellents otages.
— Est-ce que tu l'as appelé ?
— Je m'apprêtais à le faire. Il doit en avoir terminé avec son client. »

Elle composa le numéro du mobile de Simon et lui raconta l'histoire.

« Bon Dieu !
— J'avoue que je suis un peu secouée.
— Viens tout de suite. »

Pete la conduisit. Ils laissèrent les hommes du FBI relever des milliers d'empreintes, passer au peigne fin les parties communes de l'immeuble. Qui sait ? Peut-être trouveraient-ils un indice.

Pete entra avec elle dans le hall d'entrée de chez Simon, dans Franklin Street. Il eut un sifflement d'admiration à la vue des lambris d'érable, de la profusion de lis roses sur le comptoir du portier.

« Plutôt rupin », fit-il à mi-voix.

Elle s'annonça à Joseph, le plus que parfait portier coréen.

« Bonne nuit, dit-elle à Pete.

— Ça doit pas être mal, marmonna-t-il.

— À demain », répliqua-t-elle d'un ton sec. Elle n'était pas d'humeur à plaisanter.

« Bon. À demain. »

Simon l'attendait en haut de l'escalier. Il la prit dans ses bras. Elle sentit avec surprise les larmes lui monter aux yeux, non parce qu'elle était épuisée ou nerveuse mais simplement parce qu'elle était soulagée d'avoir quelqu'un vers qui se tourner.

« C'est incroyable, murmura-t-il.

— Incroyable. »

Elle se laissa tomber sur le canapé, refusa le verre qu'il lui proposait. Elle adorait son appartement, elle était obligée de le reconnaître. Quatre vastes pièces au vingt et unième étage, des plafonds de trois mètres cinquante de hauteur. Les passants qui arpentaient les rues en bas, fouillaient les étals à la recherche des bananes les moins abîmées, évitaient de justesse d'être renversés par un taxi – n'avaient aucune idée de ce qui était suspendu au-dessus de leurs têtes, ces oasis de granit et d'ébène, ces sanctuaires. Les plaines arides s'élevaient jusqu'aux cimes, où demeuraient les magiciens. Là-haut régnaient les lumières du temple et le silence religieux de la neige.

Simon était collectionneur. De cartes du XIXe siècle, de céramiques chinoises, de jouets anciens, de boîtes à musique. Cat avait souvent eu envie de l'interroger. Pourquoi avoir choisi ces objets-là, parmi tous les autres ? Elle n'avait pas posé la question. Elle préférait le mystère. Simon était un financier spécialisé dans les achats et les ventes à terme. Il trouvait une signification particulière aux cartes, aux céramiques et babioles diverses. Cette raison la satisfaisait. Elle passait assez de temps à chercher des explications dans son boulot.

Simon s'assit près d'elle. « Et maintenant, que va-t-il arriver ? »

Elle perçut l'étincelle dans ses yeux. Il était excité.

« Ils passent mon immeuble au peigne fin. Je ne pense pas qu'ils trouvent quoi que ce soit.

— Comment pourraient-ils ne rien trouver ?

— Il y a des milliers d'empreintes digitales dans ce genre d'immeubles. Et... bon. Autant que tu le saches. Nous ne sommes pas si géniaux que ça. Nous nous donnons un mal de chien. Mais très souvent, au bout du compte, nous arrêtons quelqu'un qui n'est pas dans le coup, ledit quelqu'un est mis en taule, et tout le monde se sent plus tranquille. »

Simon acquiesça d'un signe de tête. Il ne semblait pas étonné, à moins qu'il ne préférât dissimuler sa surprise. Il dit : « L'histoire de la cabine téléphonique est étrange, tu ne trouves pas ? Pourquoi ne pas utiliser un mobile ?

— Les mobiles ont des propriétaires. C'est une idée brillante, d'une certaine manière. Rien de plus sûr que les vieilles techniques. Tu introduis quelques pièces, tu débites ton histoire, et tu décampes. Impossible de surveiller chaque cabine dans les cinq districts. Ces petits salauds sont des malins.

— Crois-tu que vous allez le coincer ?

— On n'a pas le choix. On ne peut pas louper un truc aussi énorme.

— Et toi, quel est ton rôle ?

— Je retourne au bureau demain matin et j'attends un autre appel.

— C'est tout ?

— Pour le moment, oui. »

Il était déçu, c'était normal. Il l'imaginait prenant des virages sur les chapeaux de roues dans une voiture banalisée. Attendre près d'un téléphone n'avait rien de sexy ni d'intéressant. C'était – avouons-le – trop maternel.

Elle dit : « J'étais en train de lire Whitman. Et au même instant un cinglé écrivait un vers de Whitman sur le mur en face de ma porte.

— Je n'ai jamais lu une ligne de Whitman », dit-il.

Normal que tu ne l'aies jamais lu. Tu viens de Cedar Rapids. Diplômé de Cornell et de la Business School de Harvard. Toi et tes semblables n'avez rien à faire de la poésie. Vous n'en avez pas besoin.

Stop.

Elle dit : « Chapman portait sur lui un exemplaire de *L'Attrape-Cœur* quand il a tiré sur John Lennon.

— À ton avis, pourquoi un gosse aurait choisi Whitman ?

— Je me le demande.

— Pourquoi Chapman a-t-il choisi Salinger ?

— Eh bien, je dirai que c'est pour nourrir son instinct narcissique de loser hypersensible. Il s'identifiait à Holden Caufield. Holden avait raison, et le reste du monde se trompait. Certains pensaient sans doute qu'assassiner John Lennon était une mauvaise idée, Chapman, lui, pensait le contraire.

— Crois-tu que ce gamin ait une opinion similaire concernant Whitman ?

— Je n'en sais rien. Demain, je dois rencontrer une spécialiste de Whitman à l'université.

— Fatiguée ?

— Crevée.

— Allons nous coucher. »

Cat se glissa dans les draps pendant que Simon s'attardait encore dans la salle de bains, occupé à ses ablutions rituelles. La chambre de Simon était le saint des saints, la forteresse qui abritait ses trésors. Le long du mur orienté au sud, des rayonnages offraient des rangées de vases, d'assiettes et de pots à gingembre chinois, vert pâle et couleur de lune. Sur le mur opposé, une collection de tirelires et de boîtes à musique anciennes faisait face aux porcelaines. Des Oncle Sam en fonte, des voitures de pompiers attelées, des ours savants, des boîtes sculptées renfermant les airs préférés de personnes mortes depuis un siècle. *Petits jouets, admirez la parfaite sérénité d'un vase vieux de mille ans. Céramiques, n'oubliez jamais combien les humains ont toujours aimé une chanson sentimentale et le bruit d'une pièce de monnaie économisée.*

Cat s'enfonça avec délices dans les oreillers moelleux et les draps. Bien sûr qu'elle aimait ça. Pourquoi le nierait-elle ? C'était le hasard qui l'avait menée là. Si Simon et elle ne s'étaient pas trouvés en même temps chez Citarella (ils préparaient les meilleures cakes au crabe et elle avait eu une envie irrésistible d'en manger ce soir-là), s'il n'avait pas plu, s'ils n'avaient pas hélé le même taxi au même moment...
Aussi simple que ça. Aussi vite et aussi facile que ça. Quelques plaisanteries sur la banquette arrière du taxi *(Vous vendez du futur ? C'est complètement bidon. Vous faites la conversation à des assassins ? C'est encore plus bidon.)* Une tasse de café et ce geste qu'il faisait avec ses pouces en pianotant un air militaire sur le rebord de sa tasse. Il avait de jolis pouces (les mains d'homme la faisaient craquer) et une façon particulière de rentrer sa lèvre inférieure – c'est ce qui avait tout déclenché, au début. Ensuite il s'avéra qu'il était le genre d'homme à se soucier du plaisir que prenait une femme, et c'était appréciable. D'accord, il était plus appliqué que passionné, sa façon de faire l'amour évoquait un peu une négociation d'affaire (c'est le moment de conclure, il faut satisfaire le client), mais il était agréable au lit, et elle s'était dit qu'elle l'amènerait à se détendre, avec le temps. Il y avait sa détermination sourcilleuse à la faire jouir – et l'impossible certitude de son existence dorée, de sa vie d'homme blanc privilégié. Ses collections, ses confortables canapés de cuir, sa gigantesque pomme de douche chromée. Qu'est-ce qui avait compté le plus au début, les pouces, les lèvres, l'application à faire l'amour ou les accessoires ?
L'homme ? Il n'était pas son genre. Elle ne s'était jamais intéressée aux types riches, même quand elle était jeune, quand elle avait tout ce qu'il fallait pour les appâter.
Et pourtant, elle était là aujourd'hui, en sécurité, dans cette chambre, loin du chaos de la rue. C'était une connerie, mieux valait l'admettre. De l'inconscience. Sans doute. Elle lui apportait un côté « dans le coup » ; elle éveillait son instinct aventureux. Elle le rendait moins simpliste. Il lui donnait... eh bien... tout ce qu'il y avait là.
Et l'amour. Elle l'aimait ; en vérité, et il paraissait l'aimer lui aussi. Elle avait traversé les années sans rien connaître de ce qu'elle aurait pu appeler l'amour. Elle n'avait pas espéré

rencontrer Simon ni un autre, mais il était là. Avec ses pouces, ses lèvres et ses sourcils ; il était là, avec sa force et sa fortune, son moi secret, cette capacité imperceptible de souffrance et d'indignation qu'elle devinait chez lui, qu'elle croyait lire sur ses traits quand il dormait.

Simon sortit nu de la salle de bains, se glissa dans le lit à côté d'elle. Il dit : « Crois-tu qu'il va rappeler ?

— Difficile à dire.

— Tu as bien une idée, non ? »

Elle répondit : « Une fois qu'un criminel en puissance a établi un premier contact, il veut généralement continuer. »

La barbe. Raconte-lui n'importe quoi, pensa-t-elle. Tu es trop fatiguée.

« C'est logique, dit-il.

— Ce que tu essays de faire, continua-t-elle, c'est de remplacer l'objet en cause. Si tu as de la chance, beaucoup de chance, tu peux devenir la personne qu'il aime et qu'il veut détruire. Il en vient à transférer ses sentiments sur toi. »

Honteux. Pas même vrai. Du blabla sexuel.

« Comme dans une thérapie.

— Oui et non. Il est nécessaire de montrer de la sympathie mais aussi de la fermeté envers ce genre d'olibrius. Il cherche quelqu'un à qui obéir en général. Une voix dans sa tête lui dicte de faire des choses qu'il soupçonne interdites. Il a besoin d'entendre une voix nouvelle. C'est probablement pour cette raison qu'il a d'abord appelé. »

Était-ce suffisant ? Allaient-ils pouvoir baiser maintenant, ou ne pas baiser, et dormir ?

Simon dit : « Si je comprends bien, tu cherches à devenir la voix dans sa tête ? »

Il passa avec précision l'extrémité d'un doigt rose le long de son avant-bras, comme s'il lisait en braille. Ils auraient pu faire un bébé magnifique ensemble, c'était indiscutable. Au teint caramel, à la tête toute bouclée. Cat était encore assez jeune. Peut-être.

« Oui, dit-elle. Par opposition aux extraterrestres, à la CIA, ou à je ne sais qui d'autre.

— Tu essays de représenter une illusion nouvelle, meilleure.

— C'est vrai. Et si ça ne marche pas, on remonte la piste de ce petit salaud et on l'élimine. »
C'était suffisant. Simon l'embrassa et sa main remonta jusqu'à son sein.

Cat se réveilla à quatre heures moins le quart. Elle s'accorda cinq minutes, à tout hasard, puis sortit du lit. Elle alla dans le salon, prit *Feuilles d'herbe* dans son sac et se mit à lire.

J'ai dit que l'âme n'est pas plus que le corps,
J'ai dit aussi que le corps n'est pas plus que l'âme,
Et que rien, pas même Dieu, n'est plus grand pour chacun que
                                                    [soi-même,
Et que quiconque fait deux cents mètres à pied sans éprouver de
          [compassion va à ses funérailles vêtu de son linceul,
Et que, sans un sou, nous pouvons vous et moi avoir le meilleur
                                                 [de l'univers,
Et que cligner d'un œil ou montrer un haricot dans sa cosse
                                  [confond tous les savoirs,
Et qu'il n'existe ni métier ni travail où le jeune homme qui
                        [l'exerce ne peut devenir un héros,
Et qu'il n'existe aucun objet si fragile qu'il ne puisse faire
                               [tourner la roue de l'Univers,
Et je dis à chacun, à chacune : Restez calme et serein face aux
                                          [millions d'univers.

Cat reposa le livre et alla à la fenêtre, contempla la ville ensommeillée. Tout semblait beau et lointain vingt et un étages plus bas. Il n'y avait que le silence, les lumières et quelques étoiles qui brillaient assez pour percer les brumes de la ville. Il y avait les fenêtres de Tribeca et au-delà le ciel vide.
Où était ce maudit gosse en cet instant ? Dormait-il ? Elle pressentait que non. Elle l'imaginait quelque part, aussi éveillé qu'elle ; il regardait peut-être par la fenêtre, chez lui.
Luke aurait douze ans, aujourd'hui. Depuis sa mort, elle avait toujours eu la conviction qu'il était quelque part ; elle l'avait su aussi sûrement qu'elle avait senti sa présence en elle, peu après la conception. Elle n'avait jamais été croyante.

Jamais le chagrin ne l'avait poussée à entrer humblement dans une église. Elle y aurait peut-être trouvé du réconfort, mais ce n'était pas dans son caractère ; il lui aurait semblé en quelque sorte insultant de se fabriquer soudain des convictions exaltées vis-à-vis de ce qu'elle rejetait depuis l'enfance. D'accord, emportez mon enfant, mais ne vous attendez pas à ce que je prenne le voile et m'agenouille devant la statue. Ne vous attendez pas à ce que j'applaudisse à deux mains ou entonne un chant. Si elle avait agi ainsi, elle se serait perdue à jamais.

Et pourtant, Luke n'avait pas disparu. Elle ignorait où il était. Il n'était ni monté au ciel ni devenu un fantôme, pourtant il était quelque part. Il ne s'était pas évaporé. Elle le savait avec une certitude viscérale. C'était sa seule croyance. Ça et le travail que devait accomplir la justice dans un monde dangereux.

Le danger – notre vrai père ?
Où habitent les morts ?
Ces rideaux – Simon est-il vraiment hétéro ?

Elle se glissa à nouveau dans le lit juste avant le lever du jour. Elle n'avait pas envie de dormir, même pas un peu, mais en simulant le sommeil, en feignant d'être sur le point d'y succomber, elle arrivait parfois à en avoir l'illusion. Simon respirait calmement à côté d'elle, murmurant dans son rêve. Il n'avait jamais aucun mal à dormir. Elle s'efforçait de ne pas lui en vouloir.

Elle était tout à fait réveillée quand son mobile sonna. Il était six heures dix.

« Cat Martin à l'appareil.

— Cat, j'ai ton interlocuteur. Je te transfère l'appel. »

C'était Erna, elle appelait du bureau. Cat sentit son pouls s'accélérer. Simon ouvrit les yeux, cligna les paupières d'un air interrogateur. Elle posa son doigt sur ses lèvres.

Elle dit : « Vas-y, Erna. »

Elle entendit la brève vibration électronique du transfert. Puis la voix.

« Allô ? »

Il lui parut encore plus jeune que dans son souvenir.

« Allô ? Qui est à l'appareil ?

— Heu. J'ai déjà téléphoné.

— Oui. »

Calmer le jeu. Garder un ton détaché.

« Il va peut-être m'arriver quelque chose, dit-il.

— Il ne t'arrivera rien si tu me laisses t'aider. C'est toi qui as écrit sur le mur, hier soir ?

— Quoi ?

— Est-ce que tu m'as écrit quelque chose hier soir ? Sur le mur ?

— Oh. Oui.

— Que cherchais-tu à me dire ?

— Ben. Ce qui était écrit. »

Simon s'était redressé, il l'observait, les yeux écarquillés.

« Tu crois vraiment que c'est une chance de mourir ? demanda-t-elle. Tu crois que mourir est quelque chose d'heureux ?

— Je n'en ai pas envie, pas tout de suite.

— Qui donc veut que tu meures ?

— C'est comme ça que ça se passe. Je ne le savais pas. C'est l'enfer, aussi, si vous n'y allez pas.

— Quelqu'un t'oblige-t-il à te faire du mal ?

— Je fais sonner clairons et tambours pour les morts.

— C'est de Whitman, n'est-ce pas ?

— De qui ?

— Walt Whitman. As-tu appris ces mots dans un poème de Walt Whitman ?

— Non. Walt ne parle pas comme ça.

— Où les as-tu appris, alors ?

— À la maison.

— Écoute-moi. Écoute bien. Quelqu'un te demande de faire des choses qui sont néfastes pour toi, et néfastes pour d'autres. Ce n'est pas ta faute. Quelqu'un te fait du mal. Dis-moi où tu es, et je viendrai t'aider.

— Je ne peux pas.

— Tu ne dois pas avoir peur. Il n'y a aucune raison d'avoir peur, mais il faut que tu me laisses t'aider. D'où me téléphones-tu ? Tu peux me le dire. Tu ne risques rien.

— Le prochain est pour aujourd'hui.

— Dis-moi ce qu'il t'oblige à faire. Tu n'es pas forcé de lui obéir.

— Je dois m'en aller.

— Ne pars pas. Tu es dans un sale pétrin et tu n'y peux rien. Je peux t'aider.
— Croyez-vous qu'une grande cité perdure ?
— Qu'en penses-tu ?
— Au revoir. »
Il raccrocha.
Simon dit : « C'était lui. » Il mourait d'envie de s'en mêler. « C'était lui.
— Qu'a-t-il dit ?
— Tais-toi une minute, tu veux ? »
Son mobile sonna, comme elle l'avait pressenti. C'était Pete.
« Bon Dieu de merde, dit-il.
— Où se trouvait-il ?
— Une cabine, dans Bed-Stuy.
— Ils en préparent un autre aujourd'hui.
— C'est ce qu'il dit. Qu'en penses-tu ?
— D'instinct, j'aurais tendance à penser que ce n'est pas sûr.
— Merci de cette confidence.
— Je dirais qu'il est sérieux.
— C'est ce que je dirais, moi aussi. À quoi rime ce putain de blabla autour de Walt ?
— Franchement, tu me poses une colle. On dirait que ce petit salaud a appris par cœur le livre entier.
— Il dit avoir appris ces mots à la maison. Qu'est-ce que ça signifie ?
— Ils sont cinglés, Pete. Tu le sais.
— Dans combien de temps peux-tu être au bureau ?
— Vingt minutes environ.
— On se voit là-bas. »
Elle raccrocha. Simon la regarda, prêt à l'action.
« Il faut que j'aille bosser, dit-elle.
— Bien sûr. »
Il était diablement séduisant comme ça, lui, si influent dans son domaine, réduit ici au rôle de simple spectateur, bref au rôle de la femme, condamné à la regarder de ses incroyables yeux couleur d'agate, avec ses cheveux hirsutes, son visage hérissé de barbe. La pensée l'effleura un instant qu'elle pourrait s'arrêter, simplement s'arrêter ; et qu'elle pourrait envoyer balader son job et lui préférer l'univers de Simon, son

calme et ses certitudes, son existence survoltée mais sans danger – acheter et vendre le futur, dénicher des cartes géographiques et des céramiques pour en orner sa maison. Elle allait retrouver un bureau minable, au matériel démodé, dont la clim était tout le temps en panne, où la plupart de ses collègues étaient des fanatiques de droite, des étudiants à peine bacheliers ou trop excentriques pour le secteur privé qui drainait les meilleurs et les plus brillants ; où les méchants étaient aussi pathétiques et déjantés que les héros ; où le combat entre l'ordre et le chaos n'était empreint d'aucune beauté, d'aucune philosophie, d'aucune poésie ; où la mort elle-même était médiocre et pitoyable. Elle aurait voulu – comment le lui dire ? – trouver refuge auprès de Simon, vivre paisiblement avec lui, côtoyer sa beauté insouciante, son optimisme exalté. Oui, elle aurait voulu s'abandonner, accepter. Mais bien sûr, il n'aurait pas voulu d'elle dans ces conditions.

Elle sortit du lit. « Je t'appellerai, dit-elle.

— D'accord. »

Ils hésitèrent. En cet instant, l'un d'eux aurait pu dire : « Je t'aime. » S'ils en étaient arrivés là.

« Ciao, dit-elle.

— Ciao. »

C'était l'hystérie, au bureau. L'atmosphère ne lui avait jamais paru aussi fiévreuse. À vrai dire, cela n'était jamais arrivé qu'un psychopathe dévoile ses intentions, fournisse les indications sur ce qui allait suivre. C'était le genre de chose qu'on voyait au cinéma.

Ed avait à peine eu le temps d'enfiler son pantalon. Ses cheveux – ce qu'il en restait – se dressaient droit sur sa tête. « Foutue chaleur, grogna-t-il.

— Ont-ils trouvé quelque chose à Bed-Stuy ? demanda-t-elle.

— Non. J'aimerais bien lui parler en personne.

— Qu'est-ce que tu lui dirais ?

— Je pense qu'il a besoin d'une figure de père.

— Sans blague ?

— Ne le prends pas mal. J'estime que tu te débrouilles très bien avec lui.

— À ma façon.

— Ne sois pas vexée. Je crois seulement qu'un homme en tirerait peut-être davantage. C'est par pur hasard qu'il a appelé ici et qu'on l'a transféré vers toi.

— Tu ne crois pas qu'une femme soit aussi efficace avec lui ?

— Hé. Ne fais pas ton Angela Davis avec moi. »

Ed faisait partie de cette nouvelle race de types qui semblaient croire qu'en affichant leur sexisme et leur racisme, en annonçant la couleur tout de go, ils seraient en partie absous. Que si le racisme était inévitable, il était préférable, plus viril et plus honorable d'être franc. Cat, sincèrement, préférait le secret.

« Je n'oserais pas, fit-elle.

— Un mauvais père incite ce gosse à commettre de mauvaises actions. Un bon père serait sans doute mieux à même de lui dire de bien se comporter. La figure de la mère ne possède pas la même autorité. Elle est un refuge. Elle ne peut contredire le père. Elle ne peut que consoler.

— Inutile de te dire à quel point j'espère que tu as tort.

— Je l'espère aussi. Nous allons le pincer, ce petit salaud. »

L'excitation du tueur perçait dans sa voix. Il possédait la conviction absolue, éclatante, de l'intelligence bornée. Quand Ed se lançait ainsi, Cat entendait le *ping* vibrer dans sa tête. Elle avait devant elle un véritable meurtrier.

« Ouais, fit-elle, on va le pincer. »

Pete entra dans le box, tenant un café noir à l'intention de Cat.

« Tu es gentil, dit-elle.

— On n'arrive à rien, lui dit-il.

— On arrive toujours à quelque chose.

— Ils ont vérifié les dossiers dentaires de plus de deux mille enfants disparus. Aucune similitude avec les dents qui ont été trouvées sur le site.

— Dommage.

— C'est comme si le premier gosse avait jailli du néant.

— Ou que personne n'avait remarqué sa disparition ni ne s'en préoccupait.

— Je sais, je sais. C'est quand même bizarre.

— C'est bizarre, tu as raison. »

Ed intervint : « Ou comme si personne ne s'était jamais soucié de l'envoyer chez le dentiste.
— C'est aussi une possibilité, dit Cat. Avez-vous remarqué la façon dont il perd les pédales dès qu'il s'agite ?
— Explique, dit Pete.
— Il devient incohérent. Il se met à balancer des citations de Whitman – ou, selon lui, qu'il a apprises à la maison.
— Tu veux dire qu'il raconte n'importe quoi, suggéra Ed.
— Peut-être, fit Cat. Ou peut-être n'est-ce pas n'importe quoi pour lui. J'ai le sentiment que le poème est son langage. C'est ce qu'il a dans la tête. Il a peut-être plus de mal à dire, par exemple : J'ai peur de mourir, qu'à réciter : "Croyez-vous qu'une grande cité perdure ?"
— Ce serait plutôt le contraire pour moi », répliqua Ed.

Cat faillit répondre : J'ai le sentiment… mais elle ne pouvait utiliser cette formule devant Ed. Il l'utiliserait contre elle. Elle était la fille diplômée de Columbia qui avait lu plus de livres que tous les hommes du service réunis, qui avait étudié la médecine légale parce qu'elle n'était pas parvenue à s'établir à son compte. Elle était anormalement agressive et peu qualifiée. C'était quelqu'un qui fonctionnait au sentiment.

Elle reprit : « Ce n'est qu'une idée, Ed. Il me semble que c'est un excellent moment pour laisser libre cours à notre imagination, tu ne crois pas ? »

Port de reine, langage de maîtresse d'école. Il fallait vraiment qu'elle arrête ça, même si c'était efficace. La plupart du temps.

« Tout à fait, tout à fait, dit Ed. Absolument.
— Il y a quelque chose d'étrange dans les associations que fait ce gosse continua-t-elle, reprenant une voix normale. On dirait qu'il est programmé. Une idée déclenche un mécanisme, et il récite un vers, mais il n'a pas les circuits lui permettant d'en comprendre le sens. Comme s'il était le gardien des désirs d'un autre. La poésie a une signification pour lui, mais il est incapable de préciser laquelle.
— J'espérais que nous aurions une piste, à l'heure qu'il est, dit Pete. Ce sont des mômes, après tout.
— Quelqu'un les manipule, dit Cat.

— Je n'en suis pas sûr, grommela Ed. Personne n'a rien revendiqué jusqu'à maintenant. »

Cat poursuivit : « À moins que ce quelqu'un oblige ces gosses à appeler. À moins que ce soit sa façon à lui de revendiquer.

— J'ai commencé à lire le bouquin de Whitman hier soir, dit Pete. Tout ça n'a ni queue ni tête en ce qui me concerne, franchement.

— J'ai rendez-vous avec une spécialiste à l'université tout à l'heure.

— Bon.

— Que sait-on de plus sur Dick Harte ? demanda Cat.

— Un tas de choses, répondit Pete. Mais rien de marquant. Pas d'histoires avec de jeunes garçons. Ni même avec des filles. On n'a rien trouvé. Tout est archinormal. Il a fréquenté la fac de droit…

— Où ?

— Cardozo. Pas Harvard. Il a exercé pendant quelques années, puis s'est tourné vers l'immobilier. Il a épousé une fille comme il faut, s'est enrichi, a laissé tomber la fille comme il faut pour épouser une autre fille comme il faut, mais plus jolie. Il a eu deux charmants enfants avec l'épouse numéro deux. Grande maison à Great Neck, résidence secondaire à Westhampton. Bref, un type tout à fait normal.

— Hormis tout ce fric, dit Cat.

— D'accord. Mais il travaillait dans l'immobilier. Il n'avait pas d'ateliers de clandestins. Ses employés ne l'adoraient pas, mais ne le haïssaient pas non plus. Ils touchaient leurs salaires. Ils touchaient leurs primes. Ils avaient une enveloppe à Noël, plus une fête au Rihga Royal.

— D'après mon expérience, il y a peu de riches sans ennemis.

— Ses ennemis étaient tous de son milieu. Les habituelles rivalités d'affaires, des types auxquels il avait piqué des marchés, auxquels il faisait concurrence. Mais ces gens ne le haïssaient pas. Le système ne fonctionne pas ainsi. C'est un club. Dick Harte était l'un de ses membres les moins louches.

— Et le fils qu'on a dû envoyer dans une école du Vermont ?

— Un gosse difficile. Il a tâté de la drogue, ses notes se sont mises à chuter. Papa et maman l'ont expédié à la campagne. Je suis sûr qu'ils ne l'ont pas fait de gaieté de cœur, mais cela ne semble pas avoir tiré à conséquence.
— Qu'est-ce que Dick Harte avait à voir avec Ground Zero ?
— Il faisait partie d'un groupe de gros bonnets qui veulent inclure dans le projet de reconstruction un maximum d'espace pour les magasins et les bureaux. Par opposition à ceux qui préfèrent un monument et un parc.
— Voilà qui pourrait tirer à conséquence pour beaucoup de gens, dit Cat.
— Pour un môme de dix ans ?
— C'est un môme de dix ans qui a appris par cœur *Feuilles d'herbe*.
— Un phénomène, ajouta Ed.
— Ou un garçon instruit, dit Cat.
— L'un n'exclut pas nécessairement l'autre, dit Pete.
— C'est vrai. »

Elle passa la matinée à attendre dans son box, espérant un autre appel. Quels étaient les héros de la littérature qui avaient su attendre ?
Pénélope – qui avait attendu Ulysse, défaisant sa tapisserie toutes les nuits
Rapunzel, dans sa tour.
Blanche-Neige, la Belle au Bois dormant, et toutes les autres princesses comateuses.
Aucune histoire d'hommes dont la patience avait été mise à l'épreuve ne lui venait à l'esprit. Mais comme Ed l'avait dit : *Hé. Ne fais pas ton Angela Davis avec moi.* Elle s'y efforcerait.
Elle écouta l'enregistrement, plusieurs fois. Elle parcourut *Feuilles d'herbe*.

Ils préparent à la mort, pourtant ils ne sont pas la fin mais le
                                                    [*commencement,*
Ils n'amènent ni homme ni femme à son terme, ne leur
                          [*apportent ni satisfaction ni plénitude,*

Ceux qu'ils emmènent iront dans l'espace, assister à la [naissance des étoiles, découvrir l'une des significations, Ils se lanceront avec une foi absolue, voyageront à travers les [anneaux éternels sans plus jamais connaître le repos.

Toi, l'enfant, qui désires-tu emmener dans l'espace pour assister à la naissance des étoiles ?

À dix heures trente, elle fourra son mobile dans son sac et alla à son rendez-vous avec Rita Dunn à l'université de New York. Son bureau se trouvait dans un immeuble de Waverly. Un de ces bâtiments – Cat ne se rappelait jamais lequel – avait jadis abrité un atelier qui avait pris feu. Elle se souvenait vaguement de l'histoire – les sorties avaient été bloquées pour empêcher les ouvrières de quitter leur travail avant l'heure. Un incendie s'était déclaré, et toutes les femmes avaient été prises au piège. Certaines avaient sauté par les fenêtres. De l'un de ces immeubles – était-ce celui dans lequel elle pénétrait ? –, des femmes avec leurs robes en flammes s'étaient jetées dans le vide, s'étaient écrasées sur le trottoir ici même ou un peu plus loin. Aujourd'hui, l'université occupait tout le pâté de maisons. Des étudiants, un café, une librairie qui vendait des sweat-shirts NYU.

Cat monta au huitième étage et s'annonça à la secrétaire du département, qui lui désigna le couloir d'un signe de tête. Rita Dunn était une rousse d'une quarantaine d'années, vêtue d'une veste de soie verte et très maquillée. Les yeux soulignés de sombre, le visage habilement fardé. À son cou, un rang de perles d'ambre grosses comme des boules de billard. Elle ressemblait davantage à une patineuse artistique à la retraite qu'à un professeur de littérature.

« Bonjour », dit Cat. Elle accorda à Rita Dunn une seconde pour qu'il s'adapte. Personne ne vous disait : Vous n'aviez pas l'air d'une Black au téléphone. Mais tout le monde le pensait.

« Bonjour », répondit en écho Rita, et elle serra la main de Cat avec chaleur. Les gens parlaient volontiers aux flics quand ils n'avaient pas d'ennuis.

« Merci de prendre le temps de me recevoir.

— C'est avec plaisir. Asseyez-vous. »

Elle indiqua à Cat un fauteuil grinçant recouvert de similicuir et prit place derrière son bureau. Livres et papiers s'entassaient en pagaille dans la pièce (*une sœur, en matière de désordre*). Sur le mur derrière elle, une affiche de Whitman – un vieillard avec un nez comme une ampoule, des petits yeux qui vous scrutaient au milieu du fouillis crépitant de la barbe et des cheveux. Devant la vitre, face à Washington Square, un chlorophytum étalait mollement ses feuilles. Des couturières s'étaient-elles serrées les unes contre les autres jadis devant cette fenêtre, prises au piège des flammes ? Debout sur l'appui avant de sauter ?

« Ainsi, dit Rita Dunn, vous souhaitez quelques informations sur M. Whitman.

— En effet.

— Puis-je vous demander ce que vous cherchez précisément ?

— Cela a trait à une affaire sur laquelle j'enquête.

— A-t-elle un rapport avec les explosions ?

— Je regrette, je ne peux pas entrer dans les détails.

— Je comprends. Une affaire concernant Walt Whitman. A-t-il des ennuis ?

— Je sais que ma demande est insolite. »

Rita joignit les extrémités de ses doigts et les appuya sur ses lèvres couleur acajou. Cat perçut immédiatement l'intensité de son attention. Elle était palpable, un brusque déclic, un éclat de pierre précieuse dans ses yeux parfaitement maquillés. Très bien, pensa Cat. Tu t'habilles ainsi pour tromper les hommes, n'est-ce pas ? Tu es une guerrière déguisée.

« J'aime l'insolite, dit Rita. J'aime ce qui sort de l'ordinaire. Pourriez-vous m'indiquer par où commencer ?

— Voyons. Pouvez-vous me donner une idée du message transmis par Whitman à ses lecteurs ?

— Son message était compliqué.

— C'est ce que j'ai compris. Dites-moi seulement ce qui vient d'abord à l'esprit.

— Hum. Qu'est-ce que vous savez sur lui ?

— Je l'ai lu à l'université. Je suis en train de le relire.

— Entendu. Whitman, comme vous le savez sans doute, fut le premier grand poète visionnaire américain. Il ne se bornait pas à se glorifier lui-même. Il glorifiait tout et tout le monde.

— Bon.

— Il a passé sa vie, une longue vie, à enrichir et remanier *Feuilles d'herbe*. Il l'a publié lui-même. La première édition a paru en 1855. La dernière, qu'il appelait son édition ultime, a été publiée en 1891. On pourrait dire que son poème *était* les États-Unis.

— Qu'il aimait.

— Qu'il aimait, en effet.

— Le qualifieriez-vous de patriote ?

— Ce n'est pas le terme qui convient à Whitman. Je ne pense pas. Homère aimait la Grèce, mais le mot "patriote" s'applique-t-il à lui ? Je ne crois pas. Un grand poète n'a jamais des vues aussi étroites ? »

Elle saisit un coupe-papier au manche orné de perles, passa un doigt le long de la lame. Des descendants de grandes familles prétendant au trône auraient pu être vêtus avec la même recherche exagérée, se dit Cat. Montrer cette même vigilance sous-jacente, à la fois cordiale et farouche.

Cat dit : « Mais quelqu'un qui le lirait aujourd'hui pourrait-il le considérer comme un tenant du patriotisme ? *Feuilles d'herbe* peut-il être considéré comme une sorte d'hymne national au sens large ?

— Vous n'en reviendriez pas de certaines des interprétations que j'ai entendues. En fait, Whitman était un visionnaire, une sorte de derviche. Le patriotisme, n'est-ce pas, implique une certaine notion du bien opposé au mal. Whitman aimait simplement tout ce qui *était*.

— Sans distinction ?

— Oui et non. Il croyait à la destinée. Il imaginait que le séquoia était heureux d'être frappé par la hache parce que c'était son destin d'arbre d'être abattu.

— Donc, il n'avait pas une notion véritable du bien et du mal.

— Il considérait que la vie est transitoire. La mort ne représentait pas un problème spécial à ses yeux.

— Je comprends, fit Cat.

— Cela vous aide ?

— Hmmm. L'expression "de la famille" a-t-elle une signification pour vous ?

— Vous me demandez si elle est tirée de Whitman ?

— Elle n'est pas de Whitman.

— C'est ce que je pense. Encore que je ne prétende pas en connaître chaque vers.

— Évoque-t-elle quelque chose pour vous ?

— Pas vraiment. Pourriez-vous la placer dans un contexte, préciser ?

— Peut-on la considérer comme une déclaration ? Si quelqu'un vous disait : "Je fais partie de la famille." À la lumière de Whitman.

— Écoutez, Whitman était en empathie avec tout le monde. Aucune vie n'était insignifiante pour lui. Les propriétaires d'usine, les ouvriers, les grandes dames et les prostituées, il ne privilégiait personne. Il trouvait tous ces gens dignes d'intérêt et fascinants. Il les trouvait tous miraculeux.

— De la façon, sans doute, dont un parent refuse de privilégier un enfant par rapport aux autres ?

— On pourrait l'interpréter ainsi, en effet.

— Et l'idée de travailler pour une compagnie ?

— Je vous demande pardon ?

— Si on vous disait : "Nous travaillons tous pour la compagnie." Dans le contexte de Walt Whitman.

— Hum. Je peux m'avancer un peu, je suppose.

— S'il vous plaît.

— Bon. Lorsque Whitman publia la première édition de *Feuilles d'herbe*, la révolution industrielle était déjà en plein essor. Tous ceux qui avaient vécu une existence de paysans pendant des générations partirent s'installer en ville avec l'espoir de devenir riches.

— Et...

— Une poignée y parvinrent. Presque tous les autres travaillaient douze heures d'affilée dans des usines, six jours par semaine. C'était la fin du monde agricole et le début du monde mécanisé. Savez-vous que l'heure universelle n'existait pas jusqu'à la fin du XIXe siècle ? Il était deux heures dans un village, trois heures dans un autre. Ce ne fut que lorsque apparurent les chemins de fer transcontinentaux qu'il fallut s'accorder sur les heures afin que les voyageurs puissent prendre leurs trains. Convaincre les gens de se présenter au travail tous les jours à la même heure ne prit pas moins d'une génération entière.

— Tout le monde travaillait pour la compagnie, pour ainsi dire.

— On peut l'exprimer comme ça. Pourtant, il est impossible d'attribuer ce genre d'étiquette à un poète tel que Whitman. Écrivait-il sur l'industrialisation ? Oui. Écrivait-il sur la famille ? Certainement. Et il écrivait aussi sur l'abattage des arbres, le sexe et l'expansion vers l'ouest. On peut l'aborder à peu près sous n'importe quel angle et y trouver de quoi étayer une thèse ou une autre.

— Je comprends.

— *Ô vie si vaste en ses passions, forte, puissante, joyeuse, forgée par la loi divine pour agir librement. Je chante l'Homme moderne.* J'ai peur qu'en vous concentrant trop sur un point particulier, vous ne négligiez la vue d'ensemble.

Cat dit :

— *Et mourir n'est pas ce que l'on croit, c'est un sort plus heureux.*

— Vous connaissez votre Whitman, à ce que je vois.

— Seulement quelques vers. Je ne veux pas vous déranger davantage.

— Je ne crois pas vous avoir été très utile. »

Elle se leva avec grâce, duchesse compatissante qui avait atteint les limites de son pouvoir d'intercession au cœur des mystères plus ordinaires du monde. Il existait des malheurs auxquels il valait mieux s'attaquer par des méthodes locales – des mélopées et des bûchers rituels, des dessins de pentacles.

« Puis-je vous poser une dernière question ? demanda Cat. Elle ne concerne pas Whitman.

— Je vous en prie.

— Est-ce ici qu'a eu lieu le grand incendie, celui au cours duquel toutes ces femmes sont mortes ?

— Non, ce bâtiment se trouve au coin de la rue. Il fait partie du département de biochimie, à présent. »

Cat se leva et se dirigea vers la fenêtre. En bas, tout respirait le calme. Des étudiants se hâtaient vers leurs cours et, plus loin, des feuilles miroitaient dans Washington Square.

Dans la rue, elle appela Pete de son portable.
« Ashberry.
— Je viens de parler à la spécialiste de Whitman.
— Qu'est-ce que tu en as tiré ?
— Il semble qu'on puisse le considérer comme une sorte de voix prônant le statu quo. Tu travailles comme un damné dans une usine, douze heures par jour, six jours par semaine, et Whitman te dit que ta vie est merveilleuse, faite de poésie, et que tu es le roi du monde.
— C'est ce que pense le gamin ?
— Je crois que *quelqu'un* le pense. Je crois que quelqu'un parle par la bouche de cet enfant.
— Tu comptes revenir ici ?
— Oui.
— À tout à l'heure. »
Pete l'attendait dans son box quand elle arriva. Il ne posa aucune question sur Whitman. Il dit : « La femme de Dick Harte vient de nous donner un tuyau.
— Quoi donc ?
— Il s'est réveillé au milieu de la nuit, la veille de sa mort. Il a dit avoir entendu un bruit.
— Un bruit ?
— Une de ces impressions qu'on a au milieu de la nuit.
— Il a eu peur ?
— Elle n'a pas dit qu'il avait eu peur. Elle a dit qu'il avait entendu un bruit. Et qu'il avait voulu voir de quoi il s'agissait.
— Et elle, elle a eu peur ?
— Oui. Mais elle prend des somnifères. Elle ne se réveille pas facilement, semble-t-il.
— Et ?
— Et il s'est levé, est sorti de la chambre. Il s'est absenté une dizaine de minutes. Il est revenu en disant qu'il n'y avait rien, et tous les deux se sont rendormis.
— C'est tout ?
— C'est tout.
— Cela signifie quelque chose, à ton avis ?

— Difficile à dire. Sans doute pas.
— La fille ?
— Encore dans le cirage. Sérieusement choquée.
— Et du côté du fils ?
— Totalement coopératif. C'en est inquiétant. Le jeune détective semble apprécier sa célébrité soudaine.
— Comme beaucoup de gens.
— C'est un cas, en réalité. Un long passé de drogué, s'est récemment tourné vers Jésus. L'école du Vermont est en fait une prison pour gosses de riches.
— Intéressant...
— Si on veut. Tu ne penses quand même pas que le fils est impliqué, j'imagine ?
— Non. Je ne crois pas.
— Nous n'obtiendrons rien de la famille, selon moi. Je veux dire, je ne pense pas qu'il y ait quelque chose à en tirer.
— Tu as probablement raison. »

Cependant, une image s'insinuait dans son esprit. Elle se représentait Dick Harte tiré de son sommeil, traversant la grande maison obscure en pyjama (il portait sûrement un pyjama ; un homme de cinquante-trois ans avec un début de calvitie, à qui on n'attribuait aucune histoire de drogue ou de sexe, un homme qui payait toujours ses factures, dont la jolie femme numéro deux rejoignait les bras de Morphée tous les soirs à l'aide de quelque produit pharmaceutique), à la recherche d'un bruit nocturne suspect. Qu'est-ce que cela faisait d'être Dick Harte ? S'était-il senti satisfait, comblé ? Avait-il eu un pressentiment cette nuit-là, au milieu de l'imposante opulence de Great Neck ? Cat l'imaginait descendant l'escalier, marchant pieds nus sur le parquet et les tapis d'Orient, sans rien trouver d'anormal, malgré tout inquiet. Elle le voyait se diriger vers une fenêtre – une fenêtre de la salle de séjour, munie de vitres Thermopane ornée de riches brocarts (l'épouse était décoratrice, non ?), une fenêtre donnant sur une pelouse qui s'étendait dans l'obscurité, avec des haies, des buissons de roses, le sombre miroitement d'une piscine. Elle le voyait cherchant à percer la nuit au-dehors. Il devinait – il pressentait plus qu'il ne voyait – la présence d'un enfant debout sur la pelouse, un garçon efflanqué, vif, fou et révérencieux : une sentinelle, qui surveillait la maison endormie de Dick Harte comme un guérillero inspecte un village, ses lumières éteintes et ses habitants endormis, avant d'y mettre le feu. L'enfant se serait alors évaporé, ombre soudain dissoute dans une tache d'obscurité, devant un buisson de roses défleuri. Dick l'aurait rejeté d'un haussement d'épaules, aurait regagné son lit, assurant à son épouse hébétée qu'il n'y avait rien à craindre.

Pete dit : « Je voulais juste te mettre au courant. À plus tard.
— Je serai là. Attelée à ma tâche.
— Quoi ?
— Rien. À plus tard. »

Assise à son bureau, elle recommença à attendre. Se pourrait-il que le garçon soit allé jusqu'à la maison de Dick Harte pour lorgner celui qui l'accompagnerait dans la mort ? Elle laissa courir son imagination. Avoue-le, se dit-elle, tu voudrais que Luke soit là, dans la nuit, en train de t'observer. Tu en as envie et peur à la fois. Elle s'imaginait malgré elle à sa fenêtre, contemplant la 5e Rue, tard dans la nuit, l'apercevant sur le trottoir, un petit garçon de trois ans, les yeux tournés dans sa direction. Il était là, les pieds un peu en dedans, avec ses yeux sombres, ses questions, ses fous rires inexplicables, sa passion pour les camions et tout ce qui était rouge.

Aurait-il été affectueux ? Furieux ? Lui aurait-il pardonné ?
Une légère insuffisance cardiaque. L'indemnité de l'assurance m'a permis d'aller à Columbia. Ce qui m'a amenée ici.
Qu'avait-elle fait pour mériter le pardon ? Rien ne lui vint tout de suite à l'esprit.

La nouvelle tomba à cinq heures moins dix. Cat l'apprit d'abord par Aaron, le spécialiste audio. Il passa en courant devant son box, introduisit sa petite tête d'otarie.

« Il y en a eu un autre.
— Quoi ?
— Ça vient d'arriver. Dans Central Park.
— Qu'est-ce que tu sais ?

— Même topo. Une bombe. À deux pas de la fontaine de Bethesda. »

Il reprit sa course. Cat bondit de son fauteuil, se cogna dans Pete en se dirigeant vers le couloir.

« Merde, dit Pete.

— Qu'est-ce qu'on a comme info ?

— Saloperie de Central Park. Saloperie de fontaine de Bethesda.

— Un gosse ?

— On ne sait pas encore. J'y vais.

— Je t'accompagne.

— Pas question. Tu restes ici. »

Il avait raison : elle était assignée au téléphone. N'importe qui pouvait appeler, et son mobile capterait les bruits de fond si elle se rendait sur le site. C'était inutile de discuter.

« Tiens-moi au courant, dit-elle.

— Ouais. »

Elle regagna son box.

Il l'avait donc fait. Le petit salaud s'était approché d'un quidam dans le parc et l'avait emmené contempler la naissance des étoiles.

Elle resta à sa place. Elle ne pouvait rien faire d'autre. Autour d'elle, le bureau était pris de frénésie ; elle en était l'axe immobile. Les nouvelles arrivaient peu à peu. La victime s'appelait Henry Coles, Afro-Américain, vingt-deux ans, marié mais séparé. Un fils, cinq ans, qui vivait avec sa mère. Il travaillait dans un Burger King. L'agresseur, d'après les témoins, était un enfant de onze ou douze ans, il portait un sweat-shirt des Mets et une sorte de casquette. Henry Coles était parti faire une petite promenade, respirer un peu l'air avant de reprendre son service. Le gosse s'était avancé dans son dos, l'avait serré dans ses bras, et s'était fait sauter.

Merde et merde.

Des bribes de conversations téléphoniques lui parvenaient depuis les autres box. Aucun retard à l'allumage aujourd'hui – les cinglés de la planète avaient réagi au quart de tour. *Pourquoi, à votre avis, le gouvernement voudrait-il faire une chose pareille ? Est-ce que vous connaissez personnellement des membres d'al Qaida ? Quand la télévision a-t-elle commencé à vous mettre en garde contre la Nation aryenne ?*

Le téléphone de Cat ne sonna pas. Elle attendit. C'était tout ce qu'elle pouvait faire.

Elle songea à Henry Coles, frère d'une autre planète. Ou plutôt, d'un autre pays de cette planète qu'elle-même habitait. Elle ne connaissait pas Henry Coles, naturellement, et si Ed Short ou quelqu'un du même acabit avait osé énoncer des platitudes à propos de ce pauvre bougre désintégré, elle lui aurait rivé son clou pour de bon. Elle était d'une humeur de chien. Mais en privé, dans le brouhaha de sa moitié de bureau, elle pouvait laisser libre cours à son imagination. Vingt-deux ans, avec un enfant qu'il était incapable d'élever (pas en faisant cuire des hamburgers), concoctant sans doute une petite escroquerie par-ci par-là, s'efforçant de joindre les deux bouts, de rester digne sinon puissant, cherchant désespérément à être quelqu'un, s'accrocher, ne pas s'effondrer, ne pas se trouver au mauvais endroit au mauvais moment, ne pas faire l'erreur qui l'expédierait en taule pour le restant de ses jours. Elle connaissait Henry Coles. Elle avait été mariée avec lui.

Mais non. Daryl avait fait mieux que travailler dans un Burger King ; il était beau et intelligent ; il gagnait bien sa vie chez UPS (il aurait pu devenir quelqu'un, lui), et il suivait des cours préparatoires de droit à Hunter. Mais il n'était pas tout à fait à la hauteur. Il n'avait pas la diction, ni la prestance. La mère de Cat n'avait jamais cessé de proclamer que Daryl lui était inférieur. Cat avait eu des robes pour aller à l'église, et des leçons de piano. On lui lisait des histoires le soir.

Daryl, je revois encore ton cou, tes mains. J'espère que tout va bien pour toi à Los Angeles. J'espère que tu n'as pas complètement renoncé à la fac de droit.

Elle l'imagina traversant Central Park, ainsi qu'il l'avait sans doute fait, marchant à grandes enjambées, habité par l'espoir, la peur et la colère, conscient du malaise qu'il suscitait chez les jeunes femmes blanches qui poussaient leurs landaus, mortifié et content de son effet. Écartez-vous, salopes ! Dick Harte avait peut-être contribué à l'élévation des gratte-ciel, mais il n'effrayait pas les mères de Central Park quand il les croisait, lui. Cat se représenta Henry Coles passant devant la fontaine comme aurait pu le faire Daryl, levant les yeux vers la statue de l'ange, avec son profil songeur et ses grands pieds de paysan ; toujours là, jour et nuit, déployant ses lourdes ailes à l'intention de tous mais n'offrant le paradis qu'à ceux qu'elle avait élus. Écarte-toi. Je bâtirai mon propre paradis. Tu n'en feras pas partie.

Et, dans son dos, deux petits bras l'avaient entouré. Puis il y avait eu une lueur aveuglante suivie d'un immense fracas.

Cat s'efforça de se représenter l'enfant. Elle avait peu d'éléments. Un sweat-shirt des Mets et une sorte de casquette. Elle l'imagina de petite taille, même pour son âge ; pâle et sérieux ; un être fantomatique avec des yeux exagérément brillants et des petits doigts agiles, comme ceux d'un opossum. Un Gollum, droit sorti du *Seigneur des anneaux*, substitué à un autre à la naissance. Il aurait été un bébé agité, puis un enfant passif et craintif, étrangement morne, influençable ; personnalité instable, un de ces êtres mystérieux dépourvus du moi profond le plus élémentaire. Un représentant de la communauté des morts pendant sa courte existence, attendant d'entendre sonner son heure.

Elle resta à son poste jusqu'au retour de Pete à sept heures passées.

« Salut, dit-il.

— Salut. »

Il s'appuya à la cloison de son box. Elle ne l'avait jamais vu si épuisé. Ses yeux larmoyaient, son visage était marbré de rouge.

— Qu'est-ce qu'on a ? demanda-t-elle.

— Un gosse noir, casquette à visière rabattue sur son visage, et puis *poum*. Les témoins n'ont rien vu d'autre.

— Il était noir ?

— C'est ce qu'ils ont dit. »

Il avait sans doute supposé qu'elle était blanche quand il l'avait appelée. Rien de plus naturel. Les gosses noirs présumaient toujours que les détenteurs de l'autorité étaient blancs.

Mais elle aussi avait cru qu'il était blanc quand il avait téléphoné. Amusant. Deux Noirs, le flic et le tueur, présumant tous deux que l'autre était blanc. Amusant…

Nous faisons partie de la famille. Nous n'avons plus de noms.

Elle dit à Pete : « Ils n'avaient pas de lien de parenté, apparemment.
— C'est peu probable. Nous le saurons dès que nous aurons les tests ADN.
— Un gamin blanc élimine un Blanc, un gamin noir élimine un Noir.
— Ouais.
— Un Noir qui travaillait dans un Burger King.
— Il n'avait même pas d'adresse. Il dormait ici ou là. Campait chez sa mère ces temps derniers, dans la 123e.
— Pas le même style que Dick Harte.
— Difficile d'être aussi différent.
— Comme s'ils voulaient démontrer que personne n'est en sécurité. Tu n'es pas en sécurité si tu es un magnat de l'immobilier, et pas davantage si tu bosses pour un salaire de misère.
— Oui, ça semble être le cas.
— Cette foutue histoire de "famille" me turlupine.
— On trouvera une explication. Ça vient peut-être d'un obscur jeu vidéo japonais. Ou d'une Église évangélique.
— Tu crois que ça n'ira pas plus loin ?
— Espérons.
— Deux petits cinglés qui disaient être frères.
— Tu as faim ?
— Oui. »
Elle sortit du premier tiroir de son bureau la liste des plats à emporter. Ils optèrent pour le traiteur thaïlandais.
Pete dit : « C'est impossible qu'il n'y ait pas de ligne directrice.
— Nous en trouverons une.
— Tu crois ? »
Elle hésita. Et puis merde, parle librement. Toi et Pete vous êtes deux fonctionnaires exténués qui attendent l'arrivée de leur plateau thaïlandais ; ce n'est pas un drame de faire une entorse au règlement.
« Je suis étonnée, dit-elle. Il devient de plus en plus difficile de détecter les lignes directrices, tu ne trouves pas ?
— Nous sommes tous sur les nerfs en ce moment.
— J'espère que c'est ça. J'espère que c'est nous qui sommes incapables de voir ce qu'il y a à voir.

— Ce qui veut dire ?
— Que j'espère qu'il y a quelque chose à voir. J'espère que ce n'est pas seulement... le fruit du hasard. Le chaos.
— Sûrement pas. »

Elle le regarda, avec calme et insistance. Pendant un instant elle pensa : Je pourrais faire un autre enfant... l'élever loin de tout ça, dans une maison à la montagne, au bord d'une rivière non polluée où nagent encore des poissons génétiquement intacts, où nous aurions des livres et pas de télévision, où je pourrais affronter l'ennui et le racisme, me débrouiller, ne pas passer mes soirées le cul collé sur un tabouret de bar, rester à la maison et faire la lecture au petit, travailler la journée à la clinique du coin ou être conseillère d'éducation au lycée, ou apprendre à tricoter des pulls que je vendrais dans des foires artisanales merdiques. Elle pensa : Si tu avais un grain de bon sens, Pete Ashberry, c'est ce que tu ferais toi aussi. Tu reconnaîtrais que nous sommes des émigrants, que notre pays d'origine est trop inhospitalier pour nous, trop dur ; que la seule chose à faire, franchement, c'est d'acheter une bonne bagnole d'occasion et de partir à la découverte du continent, de voir ce que nous pouvons y trouver pour notre bonheur.

« Je suis sûre que tu as raison, dit-elle.
— Tu as fait du bon boulot. Personne n'aurait pu faire mieux. Tu n'aurais pas pu sauver ce gosse. »

Il avait l'air blanc au téléphone
Qu'il meure
Je suis un vase fêlé, je suis une tasse vide.

« Nous ne le saurons jamais, n'est-ce pas ? dit-elle.
— Détends-toi un peu.
— J'essaye.
— Est-ce que tu vas te foutre en rogne si je te donne un petit conseil ?
— Tout dépend du conseil.
— Ne mélange pas cette histoire avec ce qui est arrivé à ton enfant. »

Elle hocha la tête, tapota son menton avec son index. C'était probablement stupide d'avoir parlé de Luke à Pete. On se laisse aller, à force de travailler tous les jours avec quelqu'un. On finit par raconter sa vie. On baise dans les toilettes des femmes.

Elle dit : « Tu n'as pas de théorie toute faite en ce qui me concerne, n'est-ce pas ?

— Aucune. »

Un silence s'établit. L'avait-elle embarrassé ? Mortifié ? Bon, dans ce cas, refile-lui quelque chose. C'est un brave type ; il s'inquiète pour toi.

Elle dit : « Je ne l'ai pas emmené consulter un autre médecin.

— Tu n'avais aucune raison de le faire.

— Nous étions fauchés. Nous avions une assurance de merde.

— Et un médecin t'a dit qu'il souffrait de coliques. Les enfants souffrent sans cesse de maux bizarres. Les coliques étaient un diagnostic sensé.

— Mais faux.

— Tu l'ignorais. »

Je m'en doutais. J'avais un pressentiment. J'ai décidé de croire le docteur. Je me suis dit : Les enfants souffrent sans cesse de petits maux bizarres.

« Oui, dit-elle. Je l'ignorais.

— Alors, donne-toi un peu de répit. Est-ce que tu en es capable ? »

Une légère insuffisance cardiaque. Il s'est glissé dans le lit à côté de nous, il a dit qu'il avait affreusement soif, et il est mort. Comme ça.

« Bien sûr que j'en suis capable », dit-elle.

Les plateaux-repas arrivèrent. Ils mangèrent, parlèrent de choses et d'autres, jetèrent les cartons vides dans la poubelle. Pete regagna son bureau. Cat s'attarda un peu plus longtemps, sans vraie raison. Restait à tout passer au peigne fin maintenant, à mener une enquête ; les jeunes garçons dérangés étaient morts. C'est à des collègues qu'incomberait le fait de découvrir d'où ils venaient. Elle composa le numéro de Simon. Il avait appelé trois fois, laissé des messages. Il la croirait quand elle lui dirait qu'elle avait été trop occupée pour le rappeler, bien que ce soit un mensonge. Elle était la moins occupée du service. Elle avait repoussé le moment de lui téléphoner (elle devait l'admettre) parce qu'elle n'avait pas envie de lui parler, parce qu'elle n'avait pas envie de paraître décidée, motivée, renseignée.

Amelia lui passa tout de suite la communication.

« Cat. Bon Dieu, j'étais vraiment inquiet !

— Désolée. Je n'ai pas pu rappeler plus tôt. C'est la folie ici.

— Tu peux partir maintenant ?

— Oui. Je te retrouve chez toi, d'accord ? Offre-moi un verre et mets-moi au lit.

— C'est comme si c'était fait. Je peux partir d'ici trois quarts d'heure. »

C'était plutôt rapide, pour Simon. Qui savait quelles fluctuations dans les marchés à terme exigeaient son attention immédiate ?

« Je serai chez toi vers neuf heures.

— OK. Tu vas bien ?

— Si on veut.

— Bon. À tout à l'heure. »

Cat raccrocha et sortit dans la rue. Elle avait envie de se mêler à la foule anxieuse, en attendant que Simon parvienne à s'extraire de ses transactions.

Elle descendit Broadway. Si on ignorait ce qui venait de se produire, on aurait pu croire à un soir ordinaire en ville. Les trottoirs étaient un peu moins encombrés, la foule se déplaçait d'un pas plus rapide et furtif qu'à l'habitude, mais quiconque aurait fraîchement débarqué de Mongolie ou d'Ouganda n'aurait rien ressenti de plus que les habituelles impressions d'un touriste. La ville était ébranlée dans ses parties les moins visibles, le long de ses réseaux de transmission, dans l'image qu'elle avait d'elle-même. Les gens avaient peur et, certes, personne ne connaissait encore avec exactitude l'ampleur de l'hémorragie d'argent, la quantité de réservations en train d'être annulées, le nombre de sociétés songeant à s'exiler, mais Broadway grouillait toujours de taxis et de camions, les magasins étaient encore ouverts, les déshérités harcelaient toujours les passants pour quelques cents. Toute la machinerie, l'immense poésie discordante de la ville (merci, monsieur Whitman), poursuivait son vacarme. Il fallait qu'un building s'écroule pour que les choses paraissent différentes. Ce soir, il n'y avait pas de veillées aux bougies, pas de gerbes de fleurs, pas de femmes en pleurs. La vie continuait.

Quatre personnes étaient parties dans l'espace contempler la naissance des étoiles et la vie continuait. Que pouvait-elle faire d'autre ?

Elle s'attarda devant les devantures des magasins le long de Lower Broadway. Elle avait faim de normalité comme elle aurait pu avoir faim d'un sandwich au pastrami. Elle ne voulait pas être elle-même. Pas pour l'instant. Pour l'instant, elle voulait être une femme qui fait ses courses, une personne ordinaire, que rien ne hante, que rien n'accable, libérée de toute contrainte hormis les habituelles doses d'amertume et de culpabilité, quelqu'un qui a un peu de temps à perdre avant de se rendre chez son petit ami.

Les vitrines débordaient de jeans, de chaussures de jogging, de cosmétiques en promotion et, ici ou là, de plantes médicinales chinoises. Les magasins les plus luxueux étaient situés dans les rues latérales. Broadway était un endroit fait pour les jeunes, les moins riches, facilement éblouis. Cat n'était ni jeune ni facilement éblouie. Elle aurait pu flâner du côté est ou du côté ouest, dans des quartiers différents, mais alors elle aurait fait du lèche-vitrines, et elle ne pouvait s'y résigner. Trop futile. Elle pouvait tout au plus parcourir lentement son chemin habituel, non sans jeter au passage un regard furtif sur les vitrines, futile malgré elle, en attendant que sonnent neuf heures.

C'est après avoir quitté Canal Street qu'elle eut à nouveau cette impression. La sensation que quelqu'un l'observait. Elle continua à marcher. Elle ne se retourna pas. Pas immédiatement. Elle attendit d'être arrivée devant une vitrine (un brocanteur, selon toute apparence, mais peu importait). Elle feignit d'examiner la marchandise, puis jeta un coup d'œil rapide dans la rue. Rien ni personne. Si, un couple de race blanche, deux pigeons serrés l'un contre l'autre enjambant des détritus poussés par le vent, et une vieille femme assise sur une rampe de chargement, les jambes pendantes, balançant ses pieds en guenilles tel un vieil enfant fatigué.

Pourtant la sensation subsistait. Un picotement désagréable le long de sa nuque.

Elle concentra de nouveau son attention, détailla le contenu de la vitrine. Gaya's Emporium. Un endroit quelque peu incongru dans Broadway – plutôt le genre de magasin qu'on trouvait dans l'East Village. La vitrine était encombrée d'un véritable bric-à-brac : un manteau miteux avec un col en fausse fourrure, deux paires de vieux patins à roulettes, une boule disco, un fatras de bijoux fantaisie, une tête de mannequin, l'air bêtement réjoui sous une perruque afro arc-en-ciel. Un assemblage totalement aléatoire – des objets que le propriétaire de la boutique avait dénichés ici ou là, pensant qu'ils pourraient intéresser quelqu'un. Le monde débordait de produits, anciens et nouveaux ; il ne pouvait tout contenir. Aux niveaux les plus ordinaires, leur quantité défiait toute tentative de classification.

Elle s'attarda un moment devant ce butin nostalgique. Un vrai trésor aux yeux de la plupart des gens. Il fallait faire partie d'une élite pour savoir que ces objets étaient de la camelote, même à l'époque où ils étaient neufs, autant le manteau de fausse dame riche que la bergère ou le paquet de fouets à champagne en plastique surmontés d'une sirène du même plastique.

Parmi les entassements de bijoux fantaisie, Cat aperçut un bol, à moitié dissimulé. Il était rempli de quelques broches dorées et d'un rang de fausses perles, mais on en distinguait le bord, pâle, presque lunaire, que décoraient des sortes de symboles, fleurs, étoiles de mer ou constellations. Un objet de pacotille, à coup sûr – comment en aurait-il été autrement, étant donné l'endroit où il avait échoué ? – et pourtant il n'en avait pas l'apparence. Même dans cette vitrine éclairée au néon, il émettait un éclat à peine perceptible, comme une montre dans l'obscurité, bien qu'il soit d'un blanc pur. On eût dit, autant qu'elle puisse le voir, un trésor égaré, un objet rare, pris pour une vieillerie sans valeur. Ce genre de chose ressurgissait de temps à autre. Le dessin de Léonard de Vinci glissé entre des planches de botanique, les lettres de Melville dans une pile de vieilles factures et de listes de courses jaunies. Serait-il chinois par hasard ? Peut-être quelque chose que Simon aimerait avoir pour sa collection ?

Elle pénétra dans la boutique. Il y flottait un relent de moisi et de laine mouillée, mêlé à une vague odeur de bois de santal. On se serait cru dans un placard bourré de vieilleries. Il y avait des monceaux de chaussures, une quantité de vestes élimées et de vieux pulls suspendus à une tringle fléchissante, une poubelle ronde en carton où était indiqué, au marker, que tout était à cinquante cents.

Une femme était assise dans le fond, derrière un comptoir en verre. Elle paraissait aussi défraîchie et âgée que sa marchandise. Ses cheveux gris retombaient sur ses épaules, son visage était flou, comme si quelqu'un avait dessiné des traits féminins sur son visage et tenté ensuite de les gommer. Pourtant, malgré son air ravagé, elle était majestueuse. Elle se tenait droite, un vase rempli de plumes de paon à sa droite et un miroir ovale à sa gauche, telle une reine de second ordre, souveraine du laissé-pour-compte et de l'insignifiant.

Cat adopta à son tour un port altier. *Je n'ai aucunement l'intention de fourrer dans mon sac quoi que ce soit de votre triste merde.*

« Bonsoir », dit la femme, d'un ton sans malveillance ni méfiance. On eût dit qu'elle était là depuis des années, à attendre que quelqu'un entre enfin ce soir.

« Bonsoir », dit Cat. Voix normale. « J'aimerais voir ce bol, dans la vitrine.

— Le bol ?

— Oui. Là. Avec des bijoux à l'intérieur. Est-il à vendre ?

— Ah, le bol. Attendez une minute, je vous prie. »

La femme se leva. Elle était d'une maigreur effrayante. Elle portait une robe droite ornée de roses et un châle violet sur les épaules. Elle s'approcha de la vitrine, se pencha, et vida les bijoux que contenait le bol. Elle l'apporta à Cat.

« Le voilà. »

Le bol n'avait rien d'un objet de pacotille. Incontestablement. De la taille d'un nid de moineau, il possédait un éclat lumineux qui semblait irradier dans la lumière stagnante de la pièce. Cat le prit des mains de la femme. Il était plus léger qu'elle ne l'aurait cru, il ne pesait presque rien. Même en les examinant de près, elle ne voyait pas ce que pouvaient représenter les symboles peints sur le bord. Il ne s'agissait pas de caractères chinois. Bien que différents, ils représentaient tous une variante du même motif : un cercle d'où jaillissaient de

minces rayons, certains rectilignes et d'autres sinueux, certains longs et d'autres courts.
« Il est très beau, dit Cat.
— J'ignore d'où il vient.
— Est-il à vendre ?
— Dix dollars. »
Cat resta silencieuse, soudain prise d'un doute absurde – s'il était vraiment aussi merveilleux qu'il en avait l'air, pourquoi coûtait-il si peu cher ?
« Je le prends », dit-elle.
Elle tendit les dix dollars à la femme et attendit qu'elle eût enveloppé le bol dans une feuille de journal. Elle avait l'intention de le donner à Simon. Elle ne lui avait jamais rien acheté de ce genre ; elle ne lui avait offert que des livres, et une cravate qu'il avait admirée un jour où ils étaient entrés chez Barney. Elle ne lui avait jamais rien donné qui reflétât son propre sens esthétique, qui fût à la hauteur des objets de prix qu'il conservait dans son nid d'aigle. Elle n'avait pas osé.
La femme glissa le bol enveloppé dans un vieux sac en plastique. Un sac Duane Reade. Elle le tendit à Cat.
« Il est à vous, dit-elle.
— Merci. »
En quittant la boutique, elle entendit un bruit assourdissant. des sabots, un cheval au galop. Elle s'immobilisa. Il se rapprochait, venait dans sa direction. Un cheval bai, sans cavalier, qui remontait Broadway. Pendant un instant, le monde chavira. Quelque chose de terrifiant et d'invraisemblable se produisait. Puis le monde se remit à l'endroit. Un cheval échappé : rien de plus. Une voiture se rangea sur le côté pour l'éviter, une autre klaxonna avec fureur. Le cheval fonçait au milieu de la rue, ses sabots soulevant des étincelles sur la chaussée. Peu après surgit une voiture de police lancée à sa poursuite, gyrophare et sirène en action. Il y avait une écurie dans le bas de la ville, se rappela Cat. Destinée aux chevaux de la police. Cat resta à l'abri dans l'entrée du magasin. Le cheval passa à bride abattue. Il était magnifique, indéniablement. Sa crinière noire volait au vent, ses flancs luisaient, bruns et musclés. Une superbe manifestation du passé qui s'était faufilée dans une faille temporelle.

Il ne semblait pas effrayé, il galopait, simplement. La voiture roulait derrière, son gyrophare lançait des éclairs. Le cheval continua, poursuivi par la police.

La propriétaire du magasin vint rejoindre Cat sur le pas de la porte. « Incroyable, dit-elle.

— Mon Dieu !

— C'est la deuxième fois en un mois.

— Vraiment ?

— Quelque chose leur fait peur, dit la femme. Cela n'arrivait pas auparavant.

— Qu'est-ce que c'est, à votre avis ?

— Quelque chose dans l'air. Les animaux le sentent. »

Cat resta près d'elle, à regarder le cheval galoper vers le haut de Broadway, au milieu des coups de freins et des klaxons, emportant avec lui le rythme sourd de ses sabots et la plainte de la sirène. Que se passerait-il lorsqu'il atteindrait Canal Street ?

« Vous n'avez pas fait tomber le bol, n'est-ce pas ? demanda la femme.

— Comment ? Oh non. »

Elle le tenait serré contre sa poitrine, en fait, comme pour le protéger, ou comme si elle s'était imaginé instinctivement qu'il pourrait lui servir de bouclier.

« Bon. »

La femme hocha la tête. À la voir, on aurait dit que l'incident avait eu pour but de priver Cat d'un bol à dix dollars et qu'elle était satisfaite qu'il n'y ait pas eu de conséquence fâcheuse.

Elles regardèrent ensemble le cheval s'éloigner. Il n'y eut aucun bruit de collision. Il s'arrêta à Canal Street, se cabra à demi. Les policiers sautèrent de leur voiture. Un tumulte se produisit, une confusion bruyante de gens et de lumières, à l'angle de Canal et de Broadway, et, dominant la mêlée, la tête du cheval, l'éclair des yeux et des dents, un filet de salive brillant dans le halo des réverbères.

« Waouh ! s'exclama Cat

— Quelque chose les affole, dit la femme.

— Apparemment. »

À neuf heures tapantes (pourquoi ce besoin désespéré d'être toujours à l'heure ?), elle se présenta à Joseph, le portier de Simon. Simon l'accueillit sur le pas de sa porte, la prit dans ses bras, embrassa ses cheveux.

« Sale affaire », murmura Cat.

Il l'installa sur l'un des canapés, lui prépara un verre. Elle lui raconta toute l'histoire qu'il écouta avec attention, les sourcils froncés.

« Bon Dieu, fit-il quand elle eut terminé.

— Il semblerait donc que ce soit la fin, dit-elle.

— C'est impossible.

— Je veux dire, la fin en ce qui me concerne. Les garçons sont morts. Je vais recommencer à parler aux cinglés habituels.

— Dis-moi, vous en êtes où au juste ? L'autopsie ?

— Hm-mm. Ça ne devrait pas être long. Deux petits cinglés ont conclu une sorte de pacte, inspiré par les terroristes. Ils ont consulté internet, appris à fabriquer des bombes artisanales. Nous ne comprenons pas pourquoi aucun parent n'a appelé.

— Quelle est ton explication ?

— Le déni. Pur et simple. Si tu appelles la police et qu'elle confirme, c'est la preuve que ça s'est passé pour de bon. Si tu ne l'appelles pas, tu peux toujours te dire que ton gosse a juste fait une fugue.

— Tu crois que ces garçons ont été maltraités ?

— Peut-être. Ou peut-être pas. Parfois, on s'aperçoit que ces gens ont eu une enfance plutôt normale.

— Tu as faim ?

— Non. J'ai mangé.

— Tu veux un autre verre ?

— S'il te plaît. »

Simon lui prit son verre des mains. Elle sentit sa gorge se serrer et se mit soudain à pleurer. Les larmes jaillissaient de ses yeux. Il la serra dans ses bras.

« Tout va bien, dit-il. Tout va bien. »

Elle ne pouvait pas s'arrêter. Elle ne voulait pas s'arrêter. Elle s'abandonna à son chagrin. Suffoquée par les sanglots, elle s'efforça de reprendre sa respiration. Comme si une pierre s'était coincée dans sa gorge et qu'elle essayait de la déloger en pleurant.

« Tout va bien, répéta-t-il. Tout va bien. »

Elle se calma enfin, se laissa aller entre ses bras.

« Désolée, dit-elle.

— Ça va.

— C'est seulement... J'ai tout bousillé.

— Non, tu n'y es pour rien.

— Ces gosses m'ont appelée, et je n'ai pas su les aider.

— Détends-toi. »

Elle hésita à lui confier qu'un gosse noir l'avait prise pour une Blanche. Elle préféra se taire – ses paroles de réconfort n'y feraient rien. Elle se dit qu'elle devrait lui en parler quand même – à cause, mettons, de leur intimité – mais elle était vannée, d'autres sujets l'inquiétaient, elle n'en avait pas envie en ce moment, c'était tout simplement trop difficile.

Elle dit : « Je ne suis pas sûre de pouvoir continuer.

— Tu devrais dormir un peu.

— Je sais. Mais je ne pense pas que je me sentirai beaucoup mieux demain matin.

— On verra.

— Je crois que j'ai besoin de trouver un autre job.

— On verra, d'accord ?

— Bon. Oh, je t'ai apporté quelque chose.

— Vraiment ?

— Attends. »

Elle se leva, un peu chancelante. Elle était déjà légèrement ivre. Elle prit le bol dans son sac et le lui tendit.

« Je n'ai pas eu le temps de faire un paquet-cadeau », dit-elle.

Il sortit le bol du sachet plastique, retira le papier journal et le tint entre ses mains. Oui, c'était vraiment un merveilleux objet. On s'en apercevait beaucoup mieux ici, dans cette pièce où seuls avaient leur place le rare et le merveilleux.

« Waouh ! s'écria Simon.

— Je l'ai trouvé chez un brocanteur. Mais il est assez joli, tu ne trouves pas ?

— Tu parles !

— Est-ce qu'il est d'origine chinoise ?

— Non. Je n'ai jamais rien vu de pareil. »

Il posa le bol sur la table basse. Il était opalescent, comme constellé de minuscules éclats.

« Merci, dit-il.

— J'ai... je l'ai vu dans cette drôle de boutique et j'ai pensé qu'il te plairait.

— Il me plaît. Beaucoup.

— Bon. Tant mieux. »

Il se leva. « Et maintenant, au lit. »

Elle comprit quand il posa la main sur son épaule. Son contact était tendre et aimant, mais quelque chose avait changé. Elle glissa le bras autour de sa taille. Quelque chose avait changé.

« Viens », dit-il.

Ils allèrent dans sa chambre. Elle commença à se déshabiller.

« Tu viens te coucher, toi aussi ? demanda-t-elle.

— Pas tout de suite. Il est tôt. J'ai un tas de trucs chiants à terminer. »

Elle ôta ses vêtements, se mit au lit. Simon s'assit au bord du matelas, arrangea les couvertures. Il se montrait on ne peut plus gentil. Pourtant, quelque chose clochait.

Elle dit : « Ne veille pas trop tard, d'accord ?

— D'accord. »

Elle lui prit la main, caressa le bout de ses doigts. « Simon, dit-elle.

— Hein ? »

Dis-le. Tôt ou tard, l'un de vous deux devra le dire.

« Je t'aime.

— Moi aussi, je t'aime. »

Facile. Naturel. Rien d'extraordinaire. Et pourtant.

Il l'embrassa. Éteignit la lumière et sortit.

L'explication lui vint après qu'il eut fermé la porte. Elle avait pleuré dans ses bras. Elle lui avait apporté un cadeau, anxieuse de voir sa réaction. Pour la première fois, elle avait oublié d'être forte et cynique, toujours informée, policière dans l'âme. Pour la première fois, elle s'était comportée comme les autres femmes (il y avait eu, naturellement, beaucoup d'autres femmes) : fragile, démunie, avide de lui plaire, appréciant ses attentions.

Elle s'efforça de repousser cette pensée. Ce n'était qu'un moment à passer, Dieu merci. Un foutu moment de crise. Qui ne se serait pas écroulé, à sa place ? Demain, elle aurait repris le dessus. (Vraiment ?) C'était ce qui arrivait quand deux êtres se connaissaient bien. Aucun d'eux n'avait en permanence le même comportement. C'était ce qu'on appelait l'intimité. Vous vous aidiez mutuellement à surmonter les difficultés. Pas besoin – ni envie – qu'on vous épargne les craintes, les doutes, les pleurs, les accès de culpabilité.

Et pourtant, elle avait un pressentiment. Elle n'était plus la même à ses yeux. Elle n'était plus rare et merveilleuse. Elle n'était plus la même déesse noire chargée de faire respecter la loi. Elle était quelqu'un de fragile ; elle avait craqué, elle avait besoin d'aide, elle attendait son jugement.

Elle devinait comment les choses allaient se dérouler. Elle pouvait l'imaginer. Simon n'était pas méchant, non, il n'était pas dans l'autre pièce à se demander de quelle façon se débarrasser d'elle. Ce qu'il ressentait, supposait-elle, c'était un vide à la place de l'admiration et du désir qu'il avait pour elle. Cela ne changerait en rien ses habitudes. Il lui préparerait son café matinal. Il se montrerait attentionné, ne la laisserait pas tomber quand elle aurait besoin de lui. Mais c'était le commencement de la fin. Elle la sentait, la voyait arriver, encore distante de plusieurs mois, mais certaine : la fin de l'intérêt qu'il lui portait. Le moment où elle n'existerait plus dans son esprit que comme une femme avec laquelle il était sorti à une certaine époque de sa vie. Cela n'avait rien de surprenant. Rien de vraiment surprenant. Simon était un collectionneur. Elle comprenait aujourd'hui qu'il collectionnait les détails de son propre passé, et qu'un jour il vivrait dans le présent, épouserait une fille blanche jolie et intelligente, de son âge ou un peu plus jeune, élèverait des enfants, évoquerait parfois sa jeunesse, le temps où il achetait des œuvres d'art et des antiquités plutôt que de payer des frais de scolarité, où il fréquentait des clubs et des restaurants connus de quelques initiés, où il était sorti avec une danseuse de la compagnie Mark Morris, puis avec une artiste qui avait exposé ses installations à la Biennale, et ensuite, brièvement, avec une femme plus âgée, une Noire, une psychologue de la police qui avait été mêlée aux attaques terroristes, ayant même parlé aux terroristes en personne.

Il était programmé ainsi. Brillant jeune homme de l'Iowa à l'éducation parfaite, ambitieux – il avait naturellement eu envie, besoin, d'une période débridée avant d'embrasser l'existence qui l'attendait depuis qu'il avait été conçu. Tout avait été plus ou moins prédéterminé. Si Cat et lui ne s'étaient pas rencontrés, il aurait fait connaissance d'une autre forte personnalité, tandis que l'attendait l'épouse qui lui était destinée.

Cat, elle, était un objet de collection, évidemment. Elle était un spécimen exotique – de l'avis général des hommes. Une femme noire, sérieuse, compétente, qui avait lu des tonnes de livres ; une femme noire indifférente aux problèmes d'intendance domestique mais capable de battre à plate couture n'importe qui au jeu de son choix. Ils aimaient la dure à cuire, mais préféraient ne rien connaître de ses angoisses. Ce n'était pas dans le contrat. Daryl et elle auraient pu surmonter ensemble la mort de Luke, mais leur amour n'avait pas survécu au remords qui la harcelait. Daryl aurait pu la consoler pendant un ou deux mois. Pas pendant une année entière, pas quand elle n'avait plus rien eu à lui offrir. Pas quand elle n'avait cessé de lui dire, jour après jour, qu'elle avait tué leur enfant et qu'il était idiot de croire qu'il l'aimait encore. Répéter sans cesse un truc pareil, et n'importe qui finira par y croire.

Franchement, qui aurait blâmé ces types de s'être tirés quand tout s'était mis à foirer ? Elle n'avait pas aimé ça non plus.

Son portable sonna. Elle se réveilla d'un coup, tant elle était habituée à y prêter l'oreille. Où était l'appareil ? Où était-elle, d'ailleurs ? Chez Simon. Dans le lit de Simon. Lui-même n'était pas là. Le réveil indiquait minuit quarante-trois. Elle se leva, nue. Elle alla dans le salon où elle trouva Simon à sa table gréco-italienne du début XXe, en train de travailler sur son ordinateur portable.

« Mon mobile a sonné, dit Cat d'une voix endormie.

— Je ne savais pas si je devais te réveiller. »

Elle sortit le téléphone de son sac, vérifia le nom sur l'écran : Pete.
« Que se passe-t-il ? demanda-t-elle.
— Devine qui vient d'entrer dans le poste de police du septième district ? Walt Whitman.
— Qu'est-ce que tu racontes ?
— Tu es assise ? Une vieille femme qui prétend être ce foutu Walt Whitman. Elle a poussé la porte du poste et a dit qu'elle venait se constituer prisonnière. Je suis là-bas en ce moment.
— Tu plaisantes.
— Jamais été aussi sérieux. Elle dit qu'elle est la mère des terroristes et qu'elle s'appelle Walt Whitman.
— Nom de Dieu !
— Elle connaît bien le blabla sur Walt Whitman. C'est tout ce que je peux te dire.
— J'arrive.
— Tu connais l'adresse, hein ?
— Oui. »
Elle referma son téléphone. Simon s'était levé de sa chaise, débordant de bonne volonté. « Que se passe-t-il ?
— Walt Whitman vient de se constituer prisonnier. Enfin, il s'avère que ce Whitman-là est une femme.
— Quoi ?
— Je te téléphonerai plus tard. »
Elle regagna la chambre et s'habilla. Simon l'avait suivie.
« Cat. Que se passe-t-il ?
— J'aimerais bien le savoir. »
Elle ne put s'empêcher de penser qu'il avait sans doute envie de la baiser en ce moment.
Elle finit de s'habiller. Simon l'accompagna à la porte. C'est là qu'elle l'embrassa. Elle prit son visage dans ses deux mains et l'embrassa doucement, légèrement.
« Appelle-moi dès que possible », dit-il.
Elle s'attarda un instant. Le bol était là, posé sur la table basse, parfait à sa modeste manière, brillant comme de la glace sous la rampe des spots. Il n'était ni rare ni fabuleux, il n'aurait pas sa place parmi les antiquités précieuses sur les étagères, mais elle le lui avait donné, et elle savait qu'il le

garderait. Il pourrait y déposer ses clés ou sa menue monnaie en rentrant chez lui le soir.

« Au revoir, chéri », dit-elle. Port de reine. Diction de maîtresse d'école.

La femme était assise dans la salle d'interrogatoire numéro trois du poste de police du septième district. Pete était avec elle, ainsi que Bob (gros, des yeux de carlin, une odeur de pain grillé) et Dave (sinistre, coiffure à la Duran Duran, le cou tatoué de lianes, prolongeant Dieu sait quels tatouages sur le reste de son corps), du FBI. Ce fut un inspecteur hispanique à la physionomie agréable qui escorta Cat.

Âgée d'une soixantaine d'années, la femme se tenait droite comme un I dans le fauteuil défoncé du commissariat. Ses cheveux blancs – blanc de neige, lumineux – étaient noués en un petit chignon derrière son long cou pâle. Elle portait une robe informe couleur café et une veste d'homme en tweed aux manches retournées aux poignets, révélant une bande de doublure grise à rayures. Ses mains aux longs doigts étaient posées bien à plat sur le dessus de la table, comme si elle attendait une manucure.

Cat pensa aussitôt : C'est la femme à laquelle j'ai acheté le bol. Ce n'était pas elle. Bien sûr, ce n'était pas elle. Pourtant, elle aurait pu être sa sœur aînée.

« Salut, Cat », fit Pete.

Le gros Bob et le sinistre Dave hochèrent la tête de concert.

Cat s'adressa à la femme assise sur la chaise : « Il paraît que vous êtes Walt Whitman.

— C'est ainsi que m'appellent les enfants », répondit la femme. Sa voix était forte et claire, étonnamment profonde, sa diction précise.

« C'est un nom inhabituel pour une femme, dit Cat.

— Je suis inhabituelle.

— Je m'en aperçois.

— Je suis venue vous prévenir que ça vient de commencer, dit la femme.

— Qu'est-ce qui vient de commencer ?

— La fin des jours.

— Pourriez-vous être un peu plus précise ?

— Les innocents se soulèvent. Ceux qui avaient l'air le plus inoffensifs sont ceux qui représentent le plus grand danger.
— Que voulez-vous dire, exactement ?
— Pulsion, pulsion, pulsion, éternelle pulsion procréatrice de l'univers.
— Écoutez, ma p'tite dame… », commença Bob. Cat l'interrompit. « Vous connaissez bien Whitman.
— Croyez-vous en la réincarnation ? demanda la femme.
— Je n'en suis pas sûre.
— Vous y viendrez.
— Êtes-vous la réincarnation de Walt Whitman ? » demanda Cat.
La femme la contempla d'un air songeur et compatissant. Ses yeux étaient d'un bleu laiteux, étrange, presque incolore, son regard vague. Si Cat ne s'était pas méfiée, elle aurait pu la croire aveugle.
La femme dit : « L'heure est venue.
— De quoi ?
— De recommencer.
— Recommencer quoi ?
— Le monde. Le monde blessé.
— Et comment pensez-vous que le monde va recommencer ? »
La femme secoua la tête d'un air navré. « Ces garçons étaient morts, de toute façon, dit-elle.
— Quels garçons ? »
La femme ne semblait pas avoir l'esprit dérangé. Son regard pâle était calme et assuré. Ses lèvres rose clair ne tremblaient pas. Elle dit : « Personne ne voulait d'eux. L'un a été abandonné dans une ruelle à Buffalo. Il pesait moins de trois livres. Un autre a été acheté à une prostituée à Newark pour deux cents dollars. Celui du milieu était l'esclave sexuel d'un personnage abject à Asbury Park.
— Racontez-moi ce que vous faites, vous et les garçons.
— Nous inversons le cours des choses. »
Dave demanda : « Avec qui travaillez-vous ? »
La femme regarda Cat avec une lassitude bienveillante. Elle dit : « Il est temps de procéder à l'annonce. Nous ne pouvons attendre le dernier. Il met plus longtemps que prévu.

— Qui est le dernier ?
— Je n'arrive pas à le trouver. Je me demande s'il est rentré à la maison.
— Où est la maison ?
— Accepteriez-vous d'aller le chercher ? Il vous aime bien. Je crois qu'il a confiance en vous.
— Le chercher où ? »
La femme dit : « 327 Rivington. Appartement numéro dix-neuf. S'il est là-bas, prenez soin de lui. »
Elle sourit. Elle avait des petites dents parfaitement alignées, régulières comme des perles.
Pete dit : « Vous nous dites que ce gosse se trouve au 327 Rivington ?
— Je dis qu'il y est peut-être, répondit la femme. On a beau faire, on ne sait jamais exactement où sont nos enfants, n'est-ce pas ?
— Est-il armé ? demanda Pete.
— Oui, bien sûr. »
Pete se tourna vers Dave : « Allons-y. »
Cat savait bien qui allait les accompagner. S'il y avait réellement un petit garçon en train d'attendre dans un appartement avec une bombe, il serait pulvérisé par les hommes de la brigade. L'idée de le capturer vivant ne venait à l'esprit de personne pour l'instant.
« Bonne chance », dit Cat.
La femme lui demanda : « Vous n'y allez pas ?
— Non, je vais rester ici, bavarder un peu avec vous.
— Vous devriez y aller. S'il est là-bas, c'est vous qu'il voudra voir.
— Pas question, ma p'tite dame, déclara Dave.
— Ça vous ennuierait de nous dire ce qui nous attend là-bas ? demanda Pete.
— Vous ne courez aucun risque. Je peux vous l'assurer.
— Merci. C'est bon de le savoir.
— Si vous le trouvez, voulez-vous le ramener ici ?
— D'accord. » Pete ajouta à l'intention de Cat : « Je te tiendrai au courant.
— À plus tard. »
Pete et Dave partirent. Bob resta posté près de la porte, l'air menaçant, tandis que Cat s'installait sur une chaise, face

à la femme, dont les mains étaient toujours posées à plat sur la table, doigts écartés. Ses ongles, à y regarder de plus près, étaient sales.

Cat dit : « Vous savez, n'est-ce pas, que s'ils trouvent votre petit garçon, ils ne seront pas tendres avec lui.

— Ils ne peuvent rien faire, répondit-elle.

— Détrompez-vous.

— Je détesterais qu'ils lui fassent du mal, bien sûr. Personne ne souhaite que l'on fasse du mal à un enfant.

— Mais vous, vous faites du mal à vos enfants. Vous le savez bien.

— Mieux vaut, ne croyez-vous pas, que tout se passe vite. Un éclair, une douleur fulgurante, et vous êtes ailleurs. Vous partez. »

Cat garda son sang-froid en dépit de la rage qui montait en elle. Elle poursuivit : « Dites-m'en un peu plus sur ce que vous êtes venue nous annoncer. »

La femme se pencha en avant. Ses yeux prirent un éclat lointain, voilé. Elle dit : « Personne n'est plus en sécurité dans une grande ville. Ni les riches ni les pauvres. Le temps est venu de retourner à la campagne. Le temps est venu de vivre de la terre. De cesser de polluer les rivières et de détruire les forêts. D'habiter à nouveau les villages.

— Pourquoi agissez-vous ainsi ? » demanda Cat.

La femme poussa un soupir et ramena derrière son oreille une mèche d'un blanc spectral. On aurait pu la prendre pour un professeur d'un certain âge, lassée par la jeunesse et l'esprit obtus de ses étudiants mais néanmoins confiante, prête à expliquer.

« Regardez autour de vous, dit-elle. Que voyez-vous ? Du bonheur ? De la joie ? Les Américains n'ont jamais été aussi prospères, les gens n'ont jamais connu une telle sécurité. Ils n'ont jamais vécu aussi longtemps, en aussi bonne santé, jamais, de toute l'histoire. Pour quelqu'un du siècle dernier, à peine, ce monde paraîtrait un vrai paradis. Nous sommes capables de voler. Nos dents ne pourrissent pas. Nos enfants ne meurent pas d'un instant à l'autre d'un petit accès de fièvre. Le lait est exempt d'excréments. Et nous en avons à volonté. L'Église ne nous brûle pas vifs pour d'insignifiantes différences d'opinion. Nos aînés ne nous lapident pas pour adultère. Nos récoltes sont toujours bonnes. Nous pouvons manger du poisson cru au milieu du désert, si nous le voulons. Et regardez-nous. Nous sommes obèses au point d'avoir besoin de concessions plus vastes dans les cimetières. Nos enfants de dix ans se droguent à l'héroïne, ou assassinent d'autres enfants de huit ans, ou les deux. Nous divorçons plus vite que nous ne nous marions. Tout ce que nous mangeons doit être emballé hermétiquement, car quelqu'un pourrait y introduire du poison, ou à défaut des épingles. Un dixième d'entre nous est interné, et nous ne construisons pas de nouvelles prisons assez vite. Nous bombardons d'autres pays pour la seule raison qu'ils nous inquiètent, et la plupart d'entre nous non seulement ne savent pas trouver ces pays sur une carte, mais sont incapables de dire à quel continent ils appartiennent. Des traces d'ignifugeants employés dans l'ameublement se retrouvent dans le lait des femmes qui allaitent. Sincèrement, pour vous, tout va bien ? Cela vous semble-t-il une histoire qui mérite de se poursuivre ? »

Bob dit : « D'accord, mais le Big Mac est toujours imbattable. » Il se cura un ongle avec celui du pouce opposé.

« Et vous croyez pouvoir y changer quelque chose ? demanda Cat.

— On fait ce qu'on peut. Je suis un des rouages. Notre propos est d'annoncer aux gens que c'est fini. Fini de sucer le sang du reste du monde afin qu'un petit pourcentage de la population puisse vivre dans le confort. C'est un dessein ambitieux, certes. Mais l'Histoire a toujours été changée par de petits groupes de personnes très déterminées. »

Ces derniers mots réveillèrent l'intérêt du gros Bob. Il demanda : « Avec qui travaillez-vous ?

— Nous nous rencontrons moins souvent que nous ne le voudrions, dit la femme.

— Donnez-moi un nom.

— Nous n'avons pas de noms.

— Vous dites vous appeler Walt.

— C'est ainsi que m'appellent les garçons. Je ne sais pas d'où c'est venu, vraiment, mais ce nom semblait les rassurer. Alors je les ai laissés faire. Vous connaissez les enfants...

— Quel est votre véritable nom ? insista Bob.

— Je n'en ai pas. C'est comme ça. On m'en a donné un, il y a des années, mais je n'en ai aucun souvenir. Ce n'est pas le mien. Ça ne l'a jamais été.
— Vous faites partie de la famille, dit Cat.
— En effet, ma chère. J'en fais partie. Nous en faisons tous partie, ne le comprenez-vous pas ?
— Que voulez-vous dire ? demanda Cat. De quelle famille ?
— Oh, vous savez bien.
— Non, je ne sais pas. J'aimerais que vous m'expliquiez.
— On oublie son faux nom, avec le temps.
— Travaillez-vous pour la compagnie ? demanda Cat.
— Nous travaillons tous pour la compagnie. Mais elle est en train de faire faillite.
— Dites-m'en plus sur elle.
— Je crains d'être arrivée au bout. Je n'ai rien d'autre à dire. »
Ses yeux changèrent. Ils prirent un aspect vitreux, comme ceux que les taxidermistes insèrent dans les orbites des animaux morts.
« Walt ? » fit Cat.
Pas un mot. Les mains toujours posées à plat sur la table, son visage rose et bien propre, la femme regardait droit devant elle.

Pete l'appela moins de vingt minutes plus tard sur son mobile.
« Est-ce que tu l'as trouvé ? demanda-t-elle.
— Non. Il n'y a personne. Je crois que tu devrais nous rejoindre. Demande à un agent de te conduire.
— J'arrive. »
L'immeuble de Rivington était l'une des dernières baraques du quartier, coincée entre un magasin de skate-boards et un bar à vin. Enduit d'un pauvre crépi écaillé semblable à du sucre brun d'un autre âge. De l'autre côté de la rue, un entrepôt rénové, façade de brique rutilante, arborait une bannière verte qui annonçait la mise en vente imminente des lofts de luxe de l'Ironworks Condominium.
La porte en métal galvanisé, où s'affichaient EUTHANE et LA MORT EN BOUTEILLE en lettres brillantes et dégoulinantes, était ouverte. Cat entra. Elle déboucha sur un couloir à la pein-

ture jaune écaillée qu'éclairait un anneau de néon crépitant. *Desolation Row* aurait chanté Dylan. Pourtant, quelqu'un avait placé un vase de fleurs artificielles sur une table dorée branlante à l'entrée du vestibule. Des pensées grises et des roses épineuses en cire que dominait, empalé sur une longue baguette, un ange desséché de plastique et de ficelle.

Cat monta l'escalier, trouva la porte de l'appartement numéro dix-neuf. Elle était ouverte.

À l'intérieur, Pete, Dave et les gars de la brigade anti-bombes étaient rassemblés au milieu d'une petite pièce mal éclairée. Cat s'immobilisa, cherchant des points de repère. L'endroit était propre. Rangé. Il sentait le vernis et il s'en dégageait une faible odeur de gaz. Il y avait un vieux canapé beige, semblable à celui qui occupait son propre appartement. Deux chaises dépareillées et une table, tout éraflées mais présentables, sans doute trouvées dans la rue. Et toutes les surfaces de la pièce, à l'exception des meubles, étaient tapissées de pages alignées avec soin, jaunies, sous plusieurs couches de vernis.

Les murs, le plafond, le sol étaient recouverts de pages de *Feuilles d'herbe*.

« Putain ! s'exclama Cat.

— Putain, comme tu dis, opina Pete.

— Tu y comprends quelque chose ? » demanda Dave.

Cat fit lentement le tour de la pièce. C'était entièrement du Whitman.

« C'est la maison, dit-elle. Là où les enfants ont grandi. »

Au fond de la salle, une porte en arc menait à un petit couloir. Lui aussi couvert de pages. Cat décida de visiter les lieux.

Une cuisine, une salle de bains, deux chambres, éclairées par des ampoules nues vissées dans des douilles au plafond. Des ampoules faiblardes – probablement du quinze watts – qui diffusaient une lumière anémique et glauque. Le manque d'éclairage et le vernis qui couvrait les pages sur les murs donnaient à l'ensemble un aspect immatériel, couleur sépia ; Cat avait l'impression de se déplacer dans une vieille photo. L'endroit était plutôt douillet, malgré son dépouillement et son décor dément. La cuisine était plus présentable que la sienne. Des casseroles, cabossées mais propres, étaient suspendues à des crochets au-dessus du fourneau. Sur le comptoir, une boîte à café Folgers était remplie de couverts. Dans la première chambre il y avait trois lits de camp disposés côte à côte, chacun parfaitement fait, leurs couvertures gris poussière bien bordées, avec un oreiller ivoire à chaque tête. Des caisses de lait en plastique bleu contenaient de petites piles de vêtements. Un lit semblable aux précédents occupait la seconde chambre. Il y avait aussi une vieille machine à coudre, le modèle à pédale laqué noir, pareille à un insecte sur son support de chêne.

On eût dit la version réduite d'une caserne ou d'un orphelinat. À cette exception que tout – les meubles de cuisine, les fenêtres – était tapissé de pages de *Feuilles d'herbe*.

« C'est donc ici qu'elle les gardait, dit Cat à Pete.

— Qui ?

— Les garçons. Elle les a eus tout petits et les a élevés ici.

— C'est quoi, ces conneries ?

— Elle a élevé une famille de petits tueurs. Elle a obtenu la garde de gosses dont personne ne voulait et les a amenés ici. Elle a préparé son coup pendant des années.

— Tu es sûre de ça ?

— Je ne suis sûre de rien.

— Et tu as une idée du pourquoi ?

— Qu'est-ce qui perdure, d'après toi ? Penses-tu qu'une grande ville perdure ?

— Qu'est-ce que tu racontes ?

— Pour elle, c'est la fin du monde. Les innocents se révoltent.

— C'est dingue.

— Ouais, complètement dingue.

— Ses empreintes ne correspondent à aucunes de celles du fichier.

— Elles ne correspondront à rien. Elle n'est rien. Elle vient de nulle part.

— Tu te mets à parler comme elle. »

Cat répliqua : « Je fais mon boulot. Je me mets dans la peau du suspect.

— C'est pas un endroit marrant. »

Ça ne l'a jamais été, mon coco.

Elle dit : « Franchement, Pete, nous nous attendions à ce genre de truc. Tu sais que nous nous y attendions.
— Pas moi.
— Pas à ça exactement. Mais tu vois ce que je veux dire. Les gens s'aperçoivent qu'il est facile de faire trembler le monde sur ses bases, de saboter le système. Tu peux faire beaucoup avec quelques mômes déséquilibrés et des explosifs de base.
— Arrête un peu, tu veux. Bien sûr qu'on a tous perdu les pédales, mais le monde continue. Une vieille sorcière timbrée et deux petits détraqués ne vont pas tout foutre en l'air.
— Je sais. Je sais bien.
— Qu'est-ce que tu racontes, alors ?
— Tu ne m'en voudras pas si je me laisse un peu aller ?
— Non. Vas-y.
— Tu as sans doute raison. Une vieille sorcière et deux gamins fêlés. Mais, d'après elle, un petit groupe de gens peut changer le cours de l'Histoire.
— S'il s'agissait, disons, de quelques milliers de bolchevis. Ce serait totalement différent.
— C'est totalement différent.
— N'utilise pas ce ton avec moi. »
C'était un ton que Pete devait connaître. Sa mère l'avait sans doute employé avec lui.
« Excuse-moi. Je veux simplement dire qu'il semble possible – pas impossible – que cette malheureuse bande de déjantés sur laquelle nous sommes tombés fasse partie de quelque chose de plus vaste. De quelque chose de plus puissant.
— Ils seraient plus nombreux ?
— Elle a mentionné une famille élargie.
— Seigneur.
— Elle est sans doute timbrée, un point c'est tout, Pete. Elle agit probablement de sa propre initiative, comme une pauvre vieille toquée.
— Tu n'as pas l'air d'y croire.
— Je ne sais pas quoi croire. C'est vrai, je ne sais pas. »
Pete enfonça les mains au fond de ses poches. Son visage était cendreux, son front parsemé de fines perles de sueur. Un court instant, elle l'imagina petit. Un enfant rétif et

entêté, braqué contre ce monde mesquin, figé. Il n'avait sans doute jamais exprimé devant personne, en tout cas pas devant sa pauvre mère surmenée, ce qu'il croyait entendre murmurer au fond de sa penderie, ce qu'il croyait tapi sous son lit.

Les enfants savent où se cachent les dents
Ils nous disent seulement ce qu'ils nous croient capables de supporter.

Pete dit : « Tu devrais aller l'interroger à nouveau.
— Je ne procède pas aux interrogatoires.
— Qu'importe. Va discuter avec cette vieille pute de meurtrière.
— Avec joie. Tu as appelé des renforts, je présume ?
— La moitié de la brigade.
— Pete ?
— Ouais ?
— J'allais dire : ne t'en fais pas. Mais à quoi bon te dire ce genre de chose ?
— Prends un taxi pour retourner au commissariat, d'accord ? J'ai besoin de tous mes gars ici.
— Ravie de prendre un taxi.
— Et demande un reçu.
— Compte sur moi. »

Il lui fallut un moment pour trouver un taxi dans ce quartier de HLM. Quand une âme courageuse finit par s'arrêter (un certain Manil Gupta, d'après sa plaque d'identité ; merci Manil), elle s'affala dans la pénombre parfumée au pin de la banquette arrière et regarda la ville défiler devant ses yeux.

Elle demanda audit Manil de la conduire à son appartement plutôt qu'au commissariat afin d'y prendre son exemplaire de *Feuilles d'herbe*. Elle aurait peut-être besoin de s'y référer en parlant avec la femme, et il était peu probable que le poste du septième district en possédât un.

Manil hocha la tête et démarra. Même pendant le court trajet jusqu'à la 5e Rue Est, elle savoura le plaisir de se laisser ainsi conduire, d'abandonner le contrôle de la situation à d'autres mains. Vu d'une voiture, New York était plutôt calme et désert la nuit, semblable à tout le reste de l'Amérique nocturne. Seuls ces moments de tranquillité vous permettaient de comprendre réellement que cette ville scintillante et délabrée faisait partie d'un continent endormi ; d'une immensité où les phares des voitures répondaient aux constellations ; d'une obscure étendue fertile de champs et de forêts que ponctuaient les lumières glacées des stations-service et des cafés-restaurants ouverts la nuit ; d'une succession de villes aux volets clos, aux alignements de reverbères, peuplées de rares travailleurs de nuit, de vagabonds qui fouillaient dans le noir, d'insomniaques sous leurs lampes de lecture, de mères anxieuses de calmer leurs bébés en pleines coliques, de serveuses et de pompistes, de boulangers et de fous. Et partout, à profusion, des disc-jockeys qui répandaient leur musique à qui voulait l'entendre.

Elle descendit du taxi à l'angle de la 5e Rue, paya Manil et lui donna un pourboire généreux. Dès qu'elle s'approcha de son immeuble, elle distingua une petite créature recroquevillée dans l'embrasure de la porte. Il n'était pas rare d'y trouver quelqu'un installé pour la nuit. Elle avait pris l'habitude d'enjamber ivrognes et clochards en rentrant chez elle. Pourtant, celui-là était plus petit que la plupart des vagabonds. Il était assis, le dos appuyé à la porte d'entrée, les genoux remontés contre la poitrine. Il disparaissait à moitié dans un blouson kaki de l'armée. C'était un Blanc. En arrivant au bas des marches, elle comprit.

« Salut », dit-il. C'était sa voix.

Bien qu'il fût difficile d'apprécier sa taille à cause de sa posture, elle estima qu'il ne mesurait pas plus d'un mètre. Un enfant très petit. Ou un nain ? Il la regardait par-dessus le col relevé de son blouson. Son visage était rond et pâle. De grands yeux sombres et une bouche minuscule, plissée en une moue, comme s'il sifflait. On aurait dit un bébé hibou perché sur une branche.

« Salut », répondit-elle. Du sang-froid. Rester très, très calme.

Ils gardèrent le silence. Que devait-elle faire, appeler les gars de la brigade, lui barrer la route ? Même s'il parvenait à la contourner, elle parviendrait sans mal à le rattraper.

Pas encore. Pas tout de suite. Elle gravit une marche. Il ne sembla pas s'inquiéter de la voir se rapprocher. C'était peut-être la seule chance de le faire parler. Ensuite, les enquêteurs prendraient le relais.

Elle dit : « Ça va ? »

Il hocha la tête.

Cat tâta son mobile dans sa poche. « As-tu décidé de me laisser t'aider ? » demanda-t-elle.

Il hocha la tête à nouveau. « Et vous avez décidé de me laisser vous aider, vous aussi, n'est-ce pas ?

— De quelle manière veux-tu m'aider ?

— Chaque atome m'appartient autant qu'il t'appartient.

— Je sais.

— J'ai apporté quelque chose.

— Qu'as-tu apporté ? »

Il ouvrit son blouson. Elle aperçut un bout de tuyau attaché à sa poitrine. Il semblait fixé par du ruban adhésif. Dans sa main droite il tenait un briquet, un de ces briquets bon marché en plastique. Rouge. Il le battit. Une flamme en jaillit.

Elle respira profondément. Se concentrer. Rester calme et concentrée.

« Tu ne vas pas faire ça, dit-elle. Je sais que tu ne le feras pas.

— Nous devons parfois faire des choses difficiles.

— Écoute-moi. Walt t'ordonne d'accomplir quelque chose de mal. Tu peux avoir l'impression que c'est bien, mais ça ne l'est pas. Je suis sûre que tu le sais, n'est-ce pas ? »

Il hésita, puis lui jeta un regard implorant. Laissa la flamme s'éteindre.

« Il faut faire comme si ce n'était pas un meurtre, dit-il. Il faut le faire avec amour.

— Tu as beaucoup d'amour en toi, n'est-ce pas ? Ai-je raison ?

— Je ne sais pas.

— Et tu es tout seul maintenant. Hein ? »

Il hocha la tête. « Nous sommes partis, dit-il. Nous ne sommes plus à la maison.

— Il ne reste plus que toi.

— Ouais. Moi et Walt.

— Walt t'a laissé tout seul ?

— C'est mon tour.

— Tu as peur de Walt ?
— Non.
— De quoi as-tu peur ?
— Je ne sais pas très bien.
— Je pense que tu as probablement peur d'avoir mal. Je pense que tu as peur de faire du mal aux autres, aussi. N'est-ce pas ?
— Ce n'est pas un meurtre si on le fait avec amour.
— As-tu peur de ne pas ressentir assez d'amour ?
— Peut-être.
— Pour moi, tu as beaucoup d'amour en toi. Je pense que tu es un garçon affectueux, et que tu es courageux. C'est courageux de ta part de vouloir me parler.
— Vous êtes gentille. Mais vous vous trompez. Vous ne savez pas.
— Qu'est-ce que je ne sais pas ? »
Il resta silencieux. Sa petite bouche boudeuse se pinça.
Elle dit : « Écoute-moi. Tu ne sais plus où tu en es. Ce que Walt te demande d'accomplir est mal, tu le sais. Je veux que tu retires cette chose de ta poitrine et que tu me la donnes. Ensuite tout ira bien. Je te le promets. »
Il se leva. Il mesurait à peine un mètre. Dans ce blouson trop large pour lui il était impossible de savoir s'il était difforme ou non. Les yeux étaient légèrement trop grands, la bouche trop petite. Sa tête ronde était volumineuse pour son corps frêle. Elle reposait sur ses épaules comme une citrouille. Comme un dessin de la lune dans un livre d'enfants.
« Je ne sais plus ce que je dois faire, dit-il.
— Si, tu le sais. Enlève cette chose et donne-la-moi. Tout va bien se passer.
— Je ne voulais pas partir. Nous avons toujours habité là.
— C'est difficile de partir. Je comprends que tu sois paumé. »
Il hocha la tête d'un air grave. Cat fut saisie d'un redoutable élan de compassion. Elle avait devant elle un monstre, cet enfant apeuré, ce petit garçon tourmenté pouvait à n'importe quel moment les faire exploser tous les deux. Elle sentit ses oreilles bourdonner. Elle s'étonna de ne pas avoir peur, pas véritablement peur.

« Oui, je suis paumé », dit-il.

Elle hésita. Quelle était la marche à suivre ? Si elle se montrait trop gentille, il pourrait décider qu'il l'aimait assez pour la tuer. Pas assez gentille, il pourrait agir dans un accès de rage.

Elle s'avança vers lui. Pourquoi pas ? Un pas de plus ou de moins ne ferait aucune différence, s'il se faisait exploser. Et en se rapprochant, elle parviendrait peut-être à le faire tomber, à immobiliser ses bras et à s'emparer de la bombe. Il chercherait à allumer le briquet et à mettre feu au détonateur. Elle espérait avoir le temps de l'arrêter. Elle n'en était pas sûre.

« Je suis désolé », dit-il. Son nez s'était mis à couler.

« Ne sois pas désolé. Il n'y a aucune raison. »

Celui ou celle qui l'avait entraîné jusque-là l'avait abandonné. Aucun enfant ne réagit bien à l'abandon, même un enfant déséquilibré. La seule chance de Cat était de l'entraîner chez elle, de tenter de gagner sa confiance. D'attendre qu'il ne se méfie plus. Alors, elle agirait.

Elle dit : « Est-ce que tu as faim ?

— Un peu.

— Veux-tu monter chez moi ? Je pourrais te préparer quelque chose à manger.

— C'est vrai ?

— Oui. Viens. »

Elle gravit les deux dernières marches et s'immobilisa près de lui. Elle sortit les clés de son sac.

Sa main tremblait (pourtant, elle croyait ne pas avoir peur) ; elle parvint à tourner la clé dans la serrure.

« Entre », dit-elle.

Elle lui tint la porte ouverte. Il attendit. Sans doute préférait-il la voir passer en premier. Il devait se douter que si elle restait derrière lui elle pourrait le saisir par les bras.

Elle le précéda. Il lui emboîta le pas.

« C'est en haut », dit-elle.

Elle monta l'escalier, suivie du garçon, et ouvrit la porte de son appartement. Il demeura deux pas en arrière.

« C'est chouette ! »

Ce n'était pas chouette. C'était un taudis. C'était sale. Il y avait des chaussures et des vêtements éparpillés partout.

Un balai pour tout balayer
Pas d'autres fêtes à organiser
Nous faisons partie de la famille.
« Merci, dit-elle. Veux-tu enlever ton blouson ?
— Non. Ça va. »
Elle alla dans la cuisine. Il la suivit. Le miniréfrigérateur ne contenait pas grand-chose, deux œufs, sans doute encore frais. Elle n'avait pas de pain. Peut-être des crackers dans un coin.
« Je pourrais te préparer des œufs brouillés ?
— D'accord. »
Elle nettoya la poêle, qui trempait dans l'évier depuis plusieurs jours, et fut saisie d'un absurde sentiment de honte devant ses piètres talents ménagers. Planté non loin d'elle, l'enfant l'observait. À la lumière, elle se rendit compte à quel point il était handicapé. Ses épaules, frêles comme des ailes de moineau, penchaient vers la droite. Ses oreilles étaient de minuscules excroissances rose vif semblables à de petites boules de chewing-gum collées de part et d'autre de sa grosse tête ronde.
« Où sont vos enfants ? demanda-t-il.
— Je n'ai pas d'enfants.
— Vous n'en avez pas du tout ?
— Non. »
Il commençait à montrer des signes d'agitation. Il parcourait l'appartement du regard et manipulait le briquet. À l'évidence, il pensait que toutes les femmes devaient avoir des enfants.
« Bon, j'en ai un, dit-elle. J'ai un petit garçon qui s'appelle Luke. Mais il n'est pas ici. Il est très loin.
— Est-ce qu'il va revenir bientôt ?
— Non. Il ne va pas revenir.
— Luke, c'est un joli prénom.
— Quel âge as-tu ? demanda-t-elle en cassant un œuf dans un bol.
— Je suis le plus jeune.
— Et quel est ton nom ?
— Je n'ai pas de nom.
— Comment t'appelle-t-on dans ta famille, alors ?
— Je sais quand c'est à moi qu'ils parlent.
— Tes frères non plus n'avaient pas de prénom ? »

Il secoua la tête.

Cat cassa le second œuf. Elle regarda un moment les deux jaunes, de couleur vive, flotter dans une pâle viscosité. C'était d'une telle banalité : deux œufs dans un bol. Elle les battit avec une fourchette.

« Aimais-tu tes frères ? demanda-t-elle.

— Oui.

— Ils doivent te manquer.

— Oui. »

Elle versa les œufs dans la poêle. Banal, très banal. Préparer des œufs brouillés pour un enfant. Devrait-elle lui jeter la poêle brûlante à la figure ? Non, il avait toujours une main à l'intérieur de son blouson, serrée sur le briquet. C'était trop risqué. Elle racla les œufs avec une spatule, les déposa dans une assiette avec deux crackers.

« Viens », dit-elle. Il la suivit jusqu'à la table du séjour. Elle plaça l'assiette devant lui, retourna chercher les couverts et un verre de jus d'airelles. C'était ça ou l'eau du robinet.

S'il se faisait sauter là, à l'instant, il ne resterait rien de l'appartement.

Elle prit une fourchette, une serviette et le verre. Elle s'assit dans l'autre chaise, face à lui.

« Vous ne prenez rien ? demanda-t-il.

— Je n'ai pas faim pour l'instant. Commence. »

Il mangea simplement, avec voracité. Elle l'observa.

« As-tu toujours vécu avec Walt ?

— Oui. » Il but une gorgée de jus d'airelles et fit la grimace.

« Tu n'aimes pas ça ?

— Si, c'est bon. Simplement, je n'en avais jamais bu. » Il avala une autre gorgée.

Il s'efforçait de lui faire plaisir. Il se montrait poli.

« Est-ce que Walt te fait du mal ?

— Non.

— Alors pourquoi veut-elle que tu meures ? Cela ne ressemble pas à de l'amour, à mon avis.

— Nous ne mourons pas. Nous devenons l'herbe. Nous devenons les arbres.

— C'est ce que te dit Walt ?

— C'est dans notre maison.

— Qu'est-ce qu'il y a dans votre maison ?

— Tout.
— Est-ce que tu vas à l'école ?
— Non.
— Combien de fois es-tu sorti de la maison ?
— Au début, je ne sortais jamais. Puis le temps est venu, et nous sommes allés dehors.
— C'était comment ?
— Difficile. Je veux dire, j'ai été surpris.
— De voir que le monde est si grand ?
— Je suppose.
— Ça t'a plu ?
— Pas au début. C'était si bruyant.
— Et ça te plaît, maintenant ?
— Oui.
— C'est peut-être pour ça que tu n'es pas sûr de vouloir devenir l'herbe et les arbres, non ?
— Je ne suis pas courageux, dit-il. Je ne suis pas affectueux. Mes frères l'étaient.
— Je peux te dire une chose ?
— Hmm.
— Le monde est plus beau et plus merveilleux que tu ne l'imagines. Il n'y a pas que la ville.
— Je sais. C'est écrit sur le mur.
— Mais c'est différent dans la réalité. Il y a des montagnes. Il y a des forêts, et elles sont pleines d'animaux. Il y a des océans. Il y a des plages couvertes de coquillages.
— Des coquillages ? Qu'est-ce que c'est ?
— Ce sont… Ce sont de très jolies petites boîtes rondes. C'est la mer qui les fabrique. Et quand tu les portes à ton oreille, tu peux entendre le bruit de la mer à l'intérieur.
— La mer fabrique des boîtes et s'enferme dedans ?
— Elle enferme son bruit à l'intérieur. Aimerais-tu aller à la plage et voir des coquillages ?
— Peut-être, oui.
— Je pourrais t'y emmener. Ça te ferait plaisir ?
— Peut-être, oui.
— Tu pourrais avoir une longue et belle vie. Tu pourrais voir la mer. Naviguer sur un bateau. »

Pourquoi se sentait-elle légèrement honteuse de lui parler ainsi ?

Il dit : « J'aime bien les chiens.
— C'est normal. Les chiens sont gentils.
— Mais ils peuvent vous mordre, n'est-ce pas ?
— Non, un chien ne te mordrait pas. Un chien t'aimerait. Il dormirait avec toi la nuit.
— Je pense que j'aurais peur.
— Tu n'aurais pas à avoir peur. Je serais avec toi.
— C'est vrai ?
— Oui. C'est vrai. Bon, pourquoi ne retires-tu pas ce truc que tu as autour de la poitrine ?
— Je ne dois pas l'enlever.
— Si, il le faut. C'est la seule chose à faire.
— Vous croyez ?
— Oui.
— Et vous resterez avec moi ?
— Promis. »

Sa petite bouche se plissa. « Vous ne voulez donc pas devenir l'herbe et les arbres ?
— Pas tout de suite. Je ne le veux ni pour toi ni pour moi.
— On pourrait le faire plus tard, alors ? »

Elle dit : « Je vais prendre le briquet et retirer tout ce barda autour de toi. D'accord ?
— Oh, je crois que vous ne devriez pas faire ça.
— J'ai peur que tu n'entendes pas les coquillages si tu le gardes. Ils sont très sensibles, tu sais.
— Oh. D'accord. »

Et, sans résister davantage, il lui tendit le briquet. Ce n'était que ça, un objet de plastique rouge que vous pouviez acheter n'importe où pour quatre-vingt-dix-neuf cents. Cat le glissa dans la poche de son jean.

Elle l'aida à ôter son blouson. En dessous, il était torse nu. Si menu, le sternum creusé – la bombe devait peser lourd pour lui.

Elle prit des ciseaux et coupa le ruban adhésif qui maintenait l'explosif contre sa poitrine. Il collait à sa peau et elle tira dessus. Il fit une grimace. Elle trouva insupportable de le faire souffrir et s'en étonna.

Quand elle eut retiré la bombe, elle la posa sur le comptoir de la cuisine. C'était un bout de tuyau de trente centimètres de long, muni d'un bouchon à chaque extrémité et d'un détonateur dépassant d'un trou percé dans un des bouchons. Facile à acheter, facile à assembler. Posé sur son comptoir, près de la machine à café et du grille-pain.

L'enfant était inoffensif à présent. Ce n'était plus qu'un petit garçon.

« Alors, on y va maintenant ? » dit-il avec impatience.

Cat demeura silencieuse. Elle savait ce qu'elle avait à faire. Elle devait l'emmener voir les coquillages au quartier général. Il ne pourrait plus faire de mal désormais, ni à elle ni à personne.

Et pourtant... Il était si confiant. Il était si heureux qu'elle l'emmène à la plage. Il n'avait aucune idée de ce qui allait lui arriver. Elle devait au moins le laisser dormir un peu.

« Pas tout de suite, répondit-elle.

— Ah ?

— Il faut attendre le matin. On ne peut pas les voir la nuit.

— Oh. D'accord.

— J'imagine que tu es fatigué. Non ?

— Non. Bon, peut-être un peu.

— Viens. Tu vas dormir, et lorsque le soleil sera levé, nous partirons.

— D'accord. »

Elle le mena dans sa chambre, l'aida à ôter son jean. Il était là, devant elle, dans son petit caleçon. Si frêle. Son épaule droite était plus basse que la gauche de quelques centimètres. Elle le borda dans son lit.

« C'est un bon lit », dit-il.

Elle s'assit au bord du matelas, caressa ses cheveux fins. « Dors, à présent, dit-elle.

— Si j'avais un chien, est-ce qu'il dormirait vraiment avec moi la nuit ?

— Hmm.

— Vous croyez qu'un chien serait content d'aller à la plage ?

— Bien sûr. Les chiens adorent la plage.

— Est-ce que vous avez déjà eu un chien ?

— Il y a longtemps, très longtemps. Quand j'étais petite.

— Comment s'appelait-il ?

— Smokey. Il s'appelait Smokey.
— Smokey, c'est un joli nom.
— Parlais-tu sérieusement quand tu as dit que tu n'avais pas de prénom ?
— Oui.
— Y a-t-il un prénom que tu te donnes en secret ?
— Pas vraiment.
— Nous pourrions t'en donner un.
— J'aime bien Smokey.
— Smokey est un nom de chien.
— Oh.
— Dors, maintenant.
— D'accord. »

Il ferma les yeux. Au bout de quelques minutes, sa respiration devint régulière.

Elle resta assise à l'observer, cet enfant de substitution, cet elfe. Qu'allaient-ils faire de lui ? Il n'avait tué personne, ce point jouerait en sa faveur, mais les autres sauraient, aussi sûrement qu'elle, qu'il en aurait été capable. Ce n'était qu'un enfant, un enfant très influençable – il pouvait être rééduqué. Et lorsque son portrait serait diffusé dans la presse, une fois que l'Administration aurait accompli sa tâche, de bons Samaritains se presseraient pour l'adopter.

Mais le relâcheraient-ils un jour ? Les gens étaient frappés de terreur, les gens étaient pris de panique. Ils voudraient l'examiner, bien entendu, mais voudraient-ils le réhabiliter ? Probablement pas. Comment accepter que le membre d'un groupe ayant fait exploser en pleine rue des citoyens choisis au hasard soit soumis ensuite à une thérapie intensive, puis réinséré dans la société ? Non, c'était la tolérance zéro pour les terroristes. Même pour les enfants terroristes.

Et cet enfant était là, endormi dans son lit. C'était le diable – un enfant difforme destiné à mourir dans une impasse de Buffalo, né prématurément d'une femme accro à toutes les drogues imaginables. Il était là, qui rêvait d'aller à la plage et de porter un coquillage à sa pauvre oreille. Et qui désirait qu'on lui donne un nom de chien.

Elle fourra la bombe dans son sac, avec l'exemplaire de *Feuilles d'herbe*. C'était de la folie de l'emporter ainsi, mais elle ne pouvait pas la laisser dans l'appartement avec l'enfant. Elle alla chercher un somnifère dans l'armoire à pharmacie, prit un verre d'eau et réveilla le garçon.

Il cligna des yeux, désorienté. Il ne semblait pas effrayé, pourtant, pas comme aurait dû l'être un enfant dans un endroit inconnu. Depuis un certain temps, tout était devenu étrange pour lui, c'était ainsi qu'allait le monde.

Elle dit : « Excuse-moi de te réveiller. Je veux que tu prennes ce comprimé.

— D'accord », dit-il. Simplement. Sans poser de questions. À la fois inquiétant et attachant.

Il ouvrit la bouche. Elle déposa le cachet sur sa langue, lui tendit le verre d'eau. Il avala docilement.

« Rendors-toi à présent. » Elle resta auprès de lui jusqu'à ce qu'il se rendorme, ce qui prit à peine quelques minutes.

Puis elle sortit de l'appartement sur la pointe des pieds et verrouilla la porte. En tournant la clé dans la serrure elle envisagea un instant la possibilité d'un incendie, s'imagina dans la peau d'une femme que l'on voit dans les journaux télévisés, une femme qui était sortie de chez elle pendant à peine quelques minutes pour acheter des cigarettes ou du lait et qui avait laissé les enfants seuls parce qu'il n'y avait personne d'autre pour les garder, qu'il n'y avait qu'elle, elle seule, et qu'elle avait besoin de cigarettes, besoin de lait, besoin de faire une simple course, et puis voilà, elle était là quelques minutes plus tard, retenue par un pompier ou un voisin, gémissant à la vue des flammes qui faisaient leur travail.

Merde. Il ne lui arriverait rien. Débrouille-toi pour qu'il ne t'arrive rien, petit tueur.

Elle alla à pied jusqu'au commissariat. Il était distant d'une quinzaine de pâtés de maisons, mais elle voulait prendre son temps, être seule. Elle avait envie d'être une femme qui marche dans la ville. Elle eut tout à coup l'impression, tandis qu'elle longeait les rues désertes, qu'elle aurait pu se glisser hors de son existence, être n'importe qui n'importe où, elle-même, mais débarrassée de ses tourments, de ses blessures, inconsciente des périls cachés, une femme avec un travail et un enfant, confrontée à la panoplie des difficultés banales, le loyer et les corvées quotidiennes. C'était l'image d'un bonheur inimaginable.

Pete l'attendait devant les bureaux du commissariat. Il fumait une cigarette – il avait cessé de fumer des années auparavant. Son mégot à moitié consumé calé entre ses lèvres, il s'avança à sa rencontre.

« Il y en a eu un autre », dit-il doucement à voix basse.

Pendant un instant elle crut que le garçon s'était fait sauter dans son appartement. Non, elle avait la bombe avec elle. Elle trimballait une bombe dans son sac. À côté de l'exemplaire de Walt Whitman.

« Où ? demanda-t-elle.
— À Chicago.
— Chicago ?
— La nouvelle est tombée il y a vingt minutes.
— Que savent-ils ?
— Toujours le même scénario.
— À Chicago...
— Toujours la même merde. Pas encore d'identification, mais tout correspond. Une seule victime, pour autant qu'on le sache. Sur Lake Shore Drive.
— Saloperie.
— Ouais.
— Qu'est-ce que la vieille t'a dit ? Rien ?
— Tu veux savoir ? Tu veux savoir la seule et unique chose qu'elle a dite depuis ton départ ?
— Vas-y.
— Elle a dit qu'elle voulait te parler. À part ça, que dalle.
— Je ferais sans doute bien d'aller la voir.
— Ouais. Je pense. »

Elle suivit Pete jusqu'à la salle d'interrogatoire. La femme était exactement comme elle l'avait laissée. Raide comme un piquet, le même regard vide d'animal empaillé. Une demi-douzaine de costauds du FBI étaient aux petits soins pour elle.

Pete fit entrer Cat, et les hommes du FBI partirent à regret. Cat s'assit en face de la femme, qui cligna les yeux, secoua doucement la tête et lui adressa un sourire narquois, enjôleur.

Cat dit : « Je suis allée chez vous.

— Il n'y était pas, n'est-ce pas ?
— Non, il n'y était pas.
— Il reviendra. Je ne m'inquiéterais pas, à votre place.
— J'ai vu ce qu'il y avait, sur les murs.
— J'ai pensé qu'il fallait les élever dans la poésie. C'était bon pour eux, je crois.
— Pourquoi avoir choisi Walt Whitman ?
— C'est le dernier des grands. Les autres, depuis, paraissent si superficiels.
— Ça ne peut pas être la seule raison.
— On veut tous une raison, hein ? Disons-le autrement. Whitman a été le dernier grand homme qui aimait réellement et sincèrement le monde. Les machines commençaient juste à apparaître, de son temps. Si nous pouvions retrouver une époque semblable à celle de Whitman, peut-être saurions-nous aimer le monde à nouveau.
— C'est ça, le message que vous vouliez transmettre aux enfants ?
— Je ne pense pas que la poésie puisse transmettre un message. Elle vous donne un certain sens de la beauté. Je voulais que mes garçons sachent ce qu'est la beauté. Ma famille fait revivre la beauté.
— Vous avez dit que vous apparteniez à une grande famille.
— Les gens sont si dispersés de nos jours. On vivait dans des villages, jadis.
— Où est le reste de votre famille ?
— Je crains d'avoir perdu le contact.
— Vous pouvez quand même me dire où se trouvent certains de ses membres.
— Non, croyez-moi, je n'en sais rien. J'ai élevé mes petits ici, à New York. Personne ne téléphone. Personne n'écrit.
— Vous m'avez dit : "L'heure est venue." Quelqu'un a dû vous prévenir.
— Oh, la décision a été prise il y a longtemps, très longtemps. Le 21 juin de cette année. Le premier jour de l'été. Lorsque les journées commencent à raccourcir. Vous n'avez pas l'impression qu'elle survient toujours trôp tôt, cette obscurité précoce ? »
Une grosse main du FBI atterrit sur l'épaule de Cat. Elle leva les yeux : un type plus âgé que les autres. Il lui fit penser

à Timide dans *Blanche-Neige*. C'était la première fois qu'elle le voyait.

« Nous allons prendre la suite, maintenant.

— J'ai eu plaisir à parler avec vous, ma chère, dit la femme.

— Accordez-moi un peu plus de temps, demanda Cat à l'homme.

— Nous allons prendre la suite », répéta-t-il.

Elle comprit. C'était aux enquêteurs d'agir, à présent. La persuasion ordinaire avait atteint ses limites.

Cat dit à la femme : « Mieux vaudrait me dire tout ce que vous savez. Sans attendre. Ces gens ne vont pas vous ménager.

— Je ne m'attends pas à ce qu'on me ménage. Au revoir.

— Au revoir. »

La femme dit : « Prenez soin de lui.

— Soin de qui ? »

La femme s'esclaffa. Son rire était aigu, cristallin, musical ; bien que son éclat parût spontané, elle articula clairement : *Ha ha ha ha ha ha ha ha ha.* Puis, tout aussi subitement, elle se tut.

Pete raccompagna Cat sur le trottoir. Une brise chargée de fumée soufflait du nord le long de Pitt Street. Les camions klaxonnaient sur le pont de Williamsburg.

« Sainte mère de Dieu, fit Pete.

— Ils n'en tireront rien d'autre.

— Tu seras peut-être étonnée. Ils ont fait venir des types pour qui "non" n'est pas une réponse.

— Je veux dire, elle ne sait pas grand-chose.

— Elle sait des choses.

— D'accord. Elle est peut-être au courant d'un plan élaboré il y a des années. Elle connaît sans doute quelques noms qui ne sont pas de vrais noms, attribués à des individus qu'on ne trouvera jamais.

— Ces types savent tirer un maximum de la plus petite information.

— Je sais.

— Tu devrais rentrer chez toi et te reposer un peu.

— Et toi ?

— Bientôt. Moi non plus je ne suis plus dans la course.
— Mais...
— Tout ça me fiche la chair de poule. Je vais traîner un peu. Je n'ai pas envie de regagner mes pénates maintenant, et me mettre au lit.
— Je comprends. Je peux traîner avec toi.
— Non. Va dormir. Tu reprends ton service dans... dans trois heures.
— Chicago. Chicago... quelle merde.
— Elle a dit qu'elle avait une grande famille. »

Il ferma les yeux, oscilla légèrement, comme s'il était sur le point de perdre l'équilibre. Il dit : « Je n'ai pas envie d'y penser.
— Qui pourrait en avoir envie ?
— Qui, en effet. Qui ? »

Ils restèrent plantés là, dans le silence de trois heures du matin. Il se passait quelque chose. Peut-être était-ce insignifiant ; un incident qui ne tirait pas à conséquence mais qu'on prenait pour un truc important, comme Pete l'avait souligné quelques jours auparavant. Peut-être même s'agissait-il d'un imitateur, un type de la dimension Bizarro basé à Chicago qui avait lu les gros titres et pensé, chouette, prendre quelqu'un dans ses bras et le faire sauter, intéressant, pourquoi n'y ai-je pas pensé plus tôt ? Voire, au pire, une poignée de cinglés, éparpillés un peu partout – dangereux, certes, mais pas radicalement, pas dangereux au point de changer le cours de l'histoire. Combien de bolchevistes avaient renversé le tsar ? Elle aurait dû le savoir.

Quand même. Elle avait une intuition et elle était du genre à s'y fier.

« Pete ?
— Ouais ? »

Cat aurait voulu lui expliquer qu'il existait sûrement un ailleurs. Qu'il y avait l'herbe, les montagnes, une petite maison. Ce n'était pas héroïque – c'était presque de la lâcheté, en fait – de vouloir s'éclipser, sauver sa peau, et aussi une ou deux personnes par la même occasion, d'essayer de vivre pleinement sa vie dans un petit village pendant que d'autres s'exposaient en première ligne.

De toute manière, Pete ne pouvait pas s'en aller. Il avait des obligations. Et même sans obligations, il n'était pas du genre « maison de campagne ». Il n'aurait pas su à quoi s'occuper.
L'ombre et l'eau
Le murmure du monde
Ta tasse et ton jardin.
« Ne te remets pas à fumer, dit-elle.
— C'est seulement pour cette fois.
— Bon. À plus tard.
— À plus tard. »
Elle le quitta là, dans le vent vivifiant, au milieu du grondement du pont de Williamsburg.

L'enfant se réveilla peu après sept heures. Cat était assise au bord du lit.
« Bonjour, dit-il.
— Bonjour.
— Est-ce qu'on part maintenant ?
— Oui. Va t'habiller. »
Il sauta du lit, enfila son jean et son blouson.
« Je suis prêt.
— Juste une minute », répondit-elle.
Elle écrivit :

Pete,
Je dois partir. Je ne sais plus où j'en suis. Je me demande si je ne suis pas devenue folle depuis des années sans m'en rendre compte. C'est comme si j'avais attrapé je ne sais quoi au contact de tous ces cinglés auxquels j'ai parlé. Je n'ai plus envie de cette vie ni de rien à quoi je puisse prétendre dans l'immédiat. Je ne peux plus travailler pour la police. J'ai besoin de faire autre chose.
Tâche de rester sain et sauf. Je veux te remercier pour tout l'amour que tu m'as donné. Si ce n'est pas ridiculement sentimental.
Cat

Elle posa la lettre sur le comptoir de la cuisine. Elle avait toujours la bombe dans son sac. Pas question de la laisser là.

Elle trouverait un moyen de s'en débarrasser de façon à ce que personne ne s'en empare.

« Bon, dit-elle à l'enfant. Allons-y maintenant. »

Elle n'avait rien à lui offrir pour le petit déjeuner. Elle lui achèterait quelque chose sur le chemin de la gare.

Le train était ce qu'il y avait de plus pratique. Elle n'avait pas de voiture, et si elle en louait une on pourrait la retrouver. Les billets d'avion aussi laissaient une trace. Vous pouviez payer les billets de chemin de fer en liquide, et personne n'avait besoin de savoir votre nom, personne ne posait de questions.

Elle l'entraîna au bas de l'escalier, s'arrêta avec lui sur le perron, inspecta la rue. La routine du petit matin : les cadres dynamiques pressés d'arriver au bureau, le cordonnier en train de relever son rideau, le vieillard qui divaguait devant la boutique du fleuriste de l'autre côté de la rue. Une nouvelle journée dans la 5e Rue.

Elle hésita. C'était sa dernière chance d'agir de façon raisonnable. Elle pouvait encore livrer le garçon. Elle perdrait son job, bien entendu – droguer un suspect dangereux et le garder tout la nuit chez soi n'était pas prévu dans le règlement – mais elle trouverait un autre job. Et aussi un nouveau petit ami. Elle pouvait livrer le gosse et continuer à vivre comme une citoyenne respectable. Ce qu'elle comptait faire – ce qu'elle n'avait pas encore fait mais s'apprêtait à faire – serait irréversible.

L'enfant prit sa main. « Ça ne va pas ? demanda-t-il.

— Si, répondit-elle. Tout va bien. »

Avec un sentiment de folle témérité, l'impression vertigineuse de se jeter à l'eau, elle l'entraîna dans la rue.

Elle s'arrêta à un distributeur de billets et retira cinq cents dollars de son compte courant, cinq cents de son compte épargne. Le maximum autorisé. L'argent poserait un problème, bien sûr. Si elle utilisait ses cartes de crédit ou faisait un retrait supplémentaire à un autre distributeur le lendemain, ils seraient à même de suivre sa trace. Elle trouverait une solution, oui, elle trouverait.

Elle emmena l'enfant chez un épicier coréen, remplit deux sacs de provisions et paya avec sa Visa – elle ne risquait rien à utiliser sa carte pour ce dernier achat à New York. Ils auraient de quoi se nourrir pendant deux jours. Elle acheta au garçon un bagel à l'œuf et en prit un pour elle. Il mangea le sien avec précaution, par petites bouchées, dans le taxi qui les conduisait à Pennsylvania Station.

« Combien de temps faut-il pour aller à la plage ? » demanda-t-il.

D'accord. La plage. Ils devaient aller vers le sud, bien sûr ! Mieux valait vivre sous un climat ensoleillé quand on est fauché.

Elle dit : « Un certain temps. La plage n'est pas tout près. »

Il hocha la tête, tout en mâchant. « C'est bon », dit-il.

Ils arrivèrent à Pennsylvania Station, où elle acheta deux billets pour Washington, D.C. Le train partait vingt-cinq minutes plus tard. Ils changeraient à Washington. Ils changeraient plusieurs fois, d'ailleurs.

À cette heure matinale, les voyageurs étaient surtout des employés. Des petits brasseurs d'affaires (les gros prenaient l'avion) qui partaient à Boston ou Washington, attendaient dans le no man's land brillamment éclairé de la gare, avalaient un espresso, téléphonaient depuis leurs mobiles, protégeant leurs serviettes des voleurs, la tête remplie d'organigrammes et d'analyses de coûts ; des hommes vêtus de costumes convenables bien que sans grande élégance, des femmes parfaitement coiffées et maquillées, qui tenaient leur rôle, organisaient des déjeuners, posaient des questions de dernière minute au téléphone à leur patrons ou donnaient des instructions à leurs conjoints, faisaient leur comptabilité, démarchaient, sur la brèche, mais toujours actives.

Et elle était là, tenant un enfant par la main handicapé, avec deux sacs de nourriture, une bombe artisanale et un exemplaire de *Feuilles d'herbe*. Les gens s'écartaient un peu sur son passage, inconsciemment, comme le font les New-Yorkais en présence de quelqu'un d'étrange. Une Noire accompagnée d'un enfant blanc infirme. Dingues. Ou en tout cas malchanceux, déshérités, au point de le paraître. Sa nouvelle existence, pleine d'incertitudes, commençait ici, en cet instant.

Chaque atome m'appartient autant qu'il t'appartient.

Leur train fut annoncé, et ils y montèrent. Elle trouva deux places, installa l'enfant près de la fenêtre. Comme le train démarrait, il appuya son visage lunaire contre la vitre.

« Nous partons, dit-il.

— Oui. Nous partons. »

Cat était terrifiée et exaltée. Elle ne pouvait pas être très optimiste sur leur avenir – il était difficile de disparaître, et elle avait déjà dépensé huit cent soixante-dix dollars et quelques, après avoir payé le taxi et les billets. Elle ne faisait que reculer l'échéance inévitable, et elle aurait de graves ennuis s'ils étaient arrêtés. Elle ferait de la prison. Pete interviendrait en sa faveur, ce serait déjà ça. Un avocat pourrait plaider qu'elle avait perdu son petit garçon autrefois et craqué sous la pression du travail. Sans doute seraient-ils indulgents. Sans doute pas.

Mais peut-être, qui sait, peut-être parviendrait-elle à s'échapper avec l'enfant. Ces choses-là arrivaient. Des gens disparaissaient. Peut-être, qui sait, pourrait-elle trouver une place de serveuse ou de barmaid à Sarasota, à Galveston ou à Santa Rosa. Elle éviterait les grandes villes. Elle pourrait louer un petit appartement près d'une plage, trouver un petit boulot, donner au garçon des livres à lire, lui acheter un chien. Il leur faudrait déménager souvent. Les gens se montreraient curieux, à la longue. Ils voudraient savoir pourquoi l'enfant n'allait pas à l'école, et ne se satisferaient pas longtemps d'entendre Cat dire qu'il n'était pas normal, qu'elle le faisait travailler à la maison. Mais s'ils se déplaçaient beaucoup, habitaient ici et là, peut-être parviendraient-il enfin à oblitérer leur passé, à devenir simplement une femme comme une autre avec un enfant, s'efforçant de survivre dans le monde vaste et cruel. Il y avait tant de gens ici-bas qui vivaient dans l'anonymat. Il était possible – en tout cas pas impossible – de se mêler à eux.

Le train sortit de la longue obscurité du tunnel et pénétra dans les plaines marécageuses du New Jersey. L'enfant resta bouche bée devant le paysage, bien qu'il n'offrît qu'une succession de roseaux et de petits étangs d'une eau verdâtre.

« Ça te plaît ? demanda-t-elle.

— Oui-oui.

— Sais-tu ce que nous devons faire ? Nous devons te trouver un prénom.
— J'aime bien Smokey. Vraiment.
— Smokey n'est pas pour un garçon.
— Luke, alors ?
— Oh non.
— Je sais, c'était le nom de votre autre garçon. Mais je pourrais m'appeler comme ça, moi aussi, non ?
— Je ne sais pas. Je pense que tu devrais avoir un nom à toi tout seul.
— J'aime beaucoup Luke. »

Il se tourna à nouveau vers la fenêtre, l'air fasciné. Ponctué d'aires de bitume occupées par des camions de livraison vides, hérissé de poteaux électriques et de cheminées d'usine, le paysage de roseaux avait malgré tout quelque chose de... sauvage, même s'il n'était pas beau à proprement parler. Si près de la ville, on trouvait encore des parcelles de terrain qui n'avaient sans doute pas changé depuis le jour où le premier arbre avait été abattu pour construire une ferme. La matinée était radieuse, présage d'une chaude et claire après-midi. Le soleil dorait les marais, scintillant sur l'eau vert sombre.

Ils étaient donc en route. En route vers un lieu indéterminé ; personne ne savait ce qui leur arriverait. C'était le matin. Le matin à Dayton, à Denver et à Seattle. Le matin sur les plages et dans les forêts, l'heure où les prédateurs nocturnes avaient regagné leurs tanières et les timides créatures diurnes, celles qui constituaient leurs proies, sortaient en quête de nourriture. C'était le matin au-dessus des toits de tôle des usines et au-dessus des pics montagneux, le matin dans les champs et les parkings, le matin dans les chambres de location occupées par des femmes sans le sou qui faisaient de leur mieux pour assurer la survie de leurs enfants et les garder en bonne santé, espérant, compte tenu des circonstances, les rendre heureux, du moins pendant un certain temps, grâce aux fruits de leur travail.

Une mouette, d'un blanc presque aveuglant, piqua et plana un instant à hauteur du train. Cat distingua la perle noire de son œil, la tache orange vif sur le dessous du bec.

Elle jeta un rapide coup d'œil dans son sac : oui, la bombe était toujours là. Son mobile clignotait. Quelqu'un avait laissé un message. Elle l'éteignit.

Le garçon se détourna de la fenêtre. Son visage brillait d'excitation.

Il dit : « Vous savez quoi ?

— Quoi ?

— La plus humble pousse est preuve que la mort n'existe pas.

— C'est vrai. »

Il se retourna vers la fenêtre, contempla le paysage avec ravissement tandis que le train fonçait en grondant à travers le New Jersey. Il ne présentait plus aucun danger désormais. Il était désarmé. Ce n'était qu'un petit garçon, heureux pour la première fois de sa vie. Elle pourrait l'apprivoiser, non ? Le changer. C'était son boulot.

Elle toucha son épaule frêle. Il tendit la main et caressa la sienne, sans détourner les yeux du paysage qui défilait. C'était un petit geste, insignifiant, mais inhabituel chez lui. Le premier geste spontané de sa part, dans lequel se manifestait la confiance instinctive d'un enfant aimé. Il commençait à réagir, à avoir confiance en elle. C'était un être incroyable, irréparablement blessé, un petit garçon qui voulait voir des coquillages, qui voulait avoir un chien. Qui lui permettait de le sauver.

Il se tourna vers elle et sourit. Elle ne l'avait jamais vu sourire auparavant. Sa bouche remontait de travers, comme celle d'une citrouille de Halloween.

Il dit : « Maintenant vous faites partie de la famille, vous aussi. »

C'était un sourire dément. Un sourire radieux, cynique, d'une malignité insensée qui ressemblait à de la joie.

Le *ping* se déclencha dans le cerveau de Cat. C'était un tueur. Elle avait devant elle l'expression d'une détermination sans appel.

Et soudain, elle comprit. Elle était tombée dans le piège.

Nous devons donner la preuve que personne n'est en sécurité. Ni riche. Ni pauvre.

C'était donc là le message : personne n'est à l'abri, pas même les mères de famille. Pas même ceux qui sont prêts à tout sacrifier au nom de l'amour. L'enfant et elle fonçaient vers le jour où, le lait posé sur la table, un chien quémandant les restes, son fils adoptif, son second Luke, l'enfant qu'elle aurait sauvé, déciderait qu'il l'aimait enfin assez pour la tuer.

Elle pouvait le livrer, bien sûr. Elle pouvait appeler Pete ; elle pouvait descendre en hâte du train avec lui au prochain arrêt à Newark. Elle aurait certes des ennuis, mais elle survivrait. Lui serait pris dans les rêts des établissements psychiatriques ; on n'entendrait plus jamais parler de lui.

Il pourrait toujours choisir de la tuer ; elle pourrait toujours décider de se débarrasser de lui.

Mais pour le moment, décida-t-elle, ils pouvaient continuer ensemble, retarder la décision d'heure en heure, voire de mois en mois, ou d'année en année. Elle pouvait encore choisir d'être sa mère, même si ce choix se révélait fatal. Et il pouvait, après tout, ne pas attendre de passer à l'acte avec un couteau à pain ou un oreiller pendant qu'elle dormait ; il pouvait décider de le faire à petit feu comme le font tous les enfants depuis la nuit des temps. En un sens, il l'avait déjà tuée. Il avait mis fin à son existence passée et l'avait embarquée dans cette nouvelle vie, cette renaissance insensée, fonçant à bord d'un train à la rencontre d'un monde vaste et confus, un monde sans cesse anéanti et régénéré, avec ses petites promesses dures comme de la roche, ses patrons et ses ouvriers, ses sanctuaires qui jamais ne perduraient, qui n'étaient pas destinés à perdurer.

Mourir est différent de ce que l'on croit, c'est un sort plus heureux.

L'enfant lui adressait son sourire assassin.

Cat le lui rendit.

UNE PAREILLE BEAUTÉ

PEUT-ÊTRE ÉTAIT-ELLE BELLE. « Belle » était naturellement une approximation. Un terme terrien. Le mot le plus voisin, dans son langage, était « keeram », qui signifiait plus ou moins « mieux qu'utile ». Ce qui pour son peuple s'approchait le plus d'une notion abstraite. L'essentiel de leur vocabulaire concernait les conditions météorologiques, les menaces de diverses sortes, et ce qui pouvait être mangé, échangé, ou servir de combustible.

Selon des critères terriens, c'était un lézard de cinquante centimètres de haut, avec des narines proéminentes et des yeux légèrement plus petits que des balles de golf. Mais elle avait sans doute été superbe sur sa propre planète, pensait Simon. Elle avait été mieux qu'utile là-bas.

Il la voyait tous les soirs, elle promenait les enfants dans le parc. Elle y venait toujours à la même heure, peu après le moment où il prenait son service. Elle était réservée mais déterminée dans ses mouvements. Sa peau était couleur émeraude. Elle possédait un éclat limpide de pierre précieuse que l'on trouvait rarement chez les Nadiens. La plupart avaient un aspect plus moussu. Leur peau était tavelée, souvent couverte de taches ocre et brun foncé et ils avaient la réputation d'être huileux et de sentir mauvais. Or ils n'étaient pas huileux. Ils ne sentaient pas mauvais. Toutes les créatures ont une odeur. Celle des Nadiens était douce et agréablement piquante. La plupart des gens ne s'en approchaient jamais assez près pour s'en apercevoir.

Les enfants, deux blondinets, semblaient l'aimer. Les jeunes humains les appréciaient en général, surtout les plus petits. Elle promenait d'un air consciencieux les deux gamins le long des allées du parc. Elle leur parlait gentiment. Elle chantait par intermittence, avec ce sifflement rauque qu'ils produisaient tous, cinq notes en crescendo : *i-eum-fa-um-so*. Les Nadiens étaient-ils affectueux ? Voilà un constant sujet de débat. Éprouvaient-ils de l'amour pour les humains, ou était-ce une sorte de candeur excessive ? Les enfants ne paraissaient pas s'en soucier.

Il la regarda les conduire vers son banc. Le plus âgé, un garçon d'environ quatre ans, courait devant. Il ramassait quelque chose – une pierre, une feuille – qu'il lui rapportait. Ensemble ils l'examinaient, discutaient tranquillement de sa valeur. Ce qui n'offrait pas d'intérêt était rejeté. Elle glissait le reste dans la poche de sa cape. Dès qu'une décision avait été prise, le garçon courait à la recherche d'une nouvelle trouvaille, aussi infatigable qu'un épagneul. Ce manège était observé avec une moue attentive par la petite fille, qui n'avait guère plus de trois ans et restait près de la Nadienne. Elle jouait avec l'ourlet de la cape de sa nurse. Parfois, elle levait un bras, cherchant à saisir les doigts déliés de la main émeraude. Elle semblait indifférente aux ongles couleur d'étain longs de cinq centimètres.

Lorsque la nurse et les deux enfants furent à portée de voix, Simon appela : « Hé ! » Il la hélait ainsi depuis plusieurs jours. La réaction avait été progressive : pas de réponse, ensuite un sourire, puis un sourire et un signe de tête, après quoi, un salut.

Aujourd'hui, elle lui adressa la parole.

« Bojum », fit-elle. Sa voix était douce. Elle avait cette intonation sifflante particulière. On eût dit une flûte douée de la parole.

Il sourit. En guise de réponse, elle dilata ses narines. Les Nadiens ne souriaient pas. Leurs bouches ne fonctionnaient pas de cette manière. Certains parmi les moins assimilés étaient pris de panique quand on leur souriait. La vue d'une rangée de dents suscitait chez eux la peur d'être mangés.

« Que trouve-t-il ? » demanda Simon. Il fit un signe de tête en direction du petit garçon.

« Oh, un tas de choses. » Elle parlait donc anglais.

L'enfant, qui s'était un peu éloigné, vit que sa nurse s'intéressait à quelqu'un d'autre et revint en courant.

« Le parc est plein de trésors, dit Simon. Les gens l'ignorent.

— Oui. »

Le petit garçon se faufila entre Simon et sa nurse. Il dévisagea Simon avec une haine franche et candide.

La Nadienne posa sa main armée d'un ergot sur la petite tête blonde. Il n'était pas surprenant, au fond, que certaines personnes estiment irresponsable de leur confier des enfants.

« Tomcruise, dit-elle, on montre ce que nous trouvons ? »

Tomcruise secoua la tête. La fillette s'enveloppa dans les pans de la cape de la Nadienne.

« Lui timide, dit-elle à Simon.

— C'est normal. Hé, Tomcruise, je ne suis pas méchant, tu sais. »

La Nadienne s'agenouilla à côté de lui. « Si on lui montrait les billes ? dit-elle. C'est joli. »

Tomcruise secoua la tête à nouveau.

« Creelich », dit-elle à l'enfant. Ses narines se contractèrent comme des anémones froissées. On lui avait sans doute interdit de s'adresser aux enfants en nadien. Elle ajouta aussitôt : « On s'en va, alors. »

Elle se leva, se prépara à partir avec sa nichée. S'adressant à Simon elle dit : « Lui timide. »

Elle était hardie. Beaucoup d'entre eux n'osaient pas engager la conversation. Certains n'arrivaient même pas à répondre à une question directe. En s'abstenant de parler, en demeurant aussi invisibles que possible, ils avaient une chance d'éviter les ennuis, ou du moins de les anticiper.

« Comment vous appelez-vous ? » demanda Simon.

Elle hésita. Ses narines s'élargirent. Lorsqu'un Nadien était décontenancé, ses narines se dilataient et laissaient entrevoir leurs muqueuses veinées de vert, deux cercles de peau tendre et humide comme une feuille de laitue.

« Catareen », murmura-t-elle. Elle parla si bas qu'il l'entendit à peine.

« Et moi, Simon », dit-il. Sa voix lui parut plus forte qu'à l'accoutumée. Les Nadiens vous donnaient l'impression d'être volumineux et bruyant. Eux-mêmes étaient vifs et furtifs. Ils étaient silencieux comme des picpockets.

Elle hocha la tête. Puis elle le regarda.

Il n'avait jamais vu un Nadien se comporter ainsi. Il n'était même pas certain qu'eux-mêmes se regardaient en face. Ils réservaient leur attention à tout ce qui pouvait surgir à côté d'eux ou se glisser dans leur dos. Cette Nadienne tenait la main d'un enfant humain dans chacune de ses griffes émeraude et regardait Simon sans baisser les yeux, sans manifester aucune crainte, aucune servilité. C'était la première fois qu'il échangeait un regard avec l'une de ces créatures. Il s'aperçut que ses yeux étaient d'un jaune orangé flamboyant, avec des reflets d'ambre tout au fond. Ils étaient traversés de petites lueurs incandescentes d'un orange si foncé qu'il tirait sur le violet. Dans les fentes de ses prunelles se lisait une intelligence sereine, impérieuse.

Vous êtes quelqu'un d'important, songea-t-il. Vous étiez importante. Même une planète telle que la vôtre doit avoir des princesses et des reines guerrières. Même si leurs palais sont faits de boue et de morceaux de bois. Si leurs armées sont imprévisibles et indisciplinées.

Elle inclina encore la tête avant de s'éloigner, la fillette toujours enroulée dans l'ourlet de sa cape. Le garçon regarda Simon par-dessus son épaule avec une expression de pur triomphe, heureux que ses trésors aient échappé à la souillure d'un regard étranger.

Comme ils traversaient le pont de Bow, Simon entendit la douce petite chanson : *i-eum-fa-um-so*.

Il sortit son scanner de son blouson, vérifia son programme une dernière fois. Attitudes intimidatrices jusqu'à l'arrivée du prochain client, un degré sept, à sept heures trente. Suivaient deux degrés trois et un quatre. Il détestait les sept. Tout ce qui dépassait le six (voire le cinq) posait des problèmes. Il devait refuser catégoriquement les neuf et les dix. C'était au-delà de ses capacités. Ils payaient bien et il avait besoin de yens. Mais il connaissait ses limites.

Simon arbora un air menaçant jusqu'à sept heures vingt. Le temps mort entre les clients était payé au tarif minimum, et la plupart des acteurs souhaitaient naturellement le maximum possible de rencontres. Simon préférait les heures creuses. Le parc était vert et tranquille, éclairé de pâles lumières jaunes. Les soirs les plus calmes, il s'écoulait parfois vingt minutes sans qu'apparaisse un seul groupe de touristes – il n'y avait personne, rien que le crépuscule herbeux, la brise au parfum de chlorophylle. Fidèle à sa mission, il jouait son personnage même lorsqu'il était seul. Il rôdait, l'air agressif, s'asseyait sur les bancs, les muscles bandés, ses vieilles fringues parcourues d'ondulations phosphorescentes. Des groupes isolés avec leurs guides passaient rapidement, chuchotant entre eux. Ils ne s'éloignaient jamais beaucoup du globe lumineux vert planté au-dessus de la tête de leur guide.

Au cours de ses rondes aux abords du Ramble, Simon croisa Marcus à deux reprises. Il lui fit un clin d'œil, bien que fraterniser fût une cause de renvoi. Les malfrats du parc ne se liaient pas d'amitié. Vous pouviez plaisanter avec vos frères si vous faisiez partie d'un gang, mais les acteurs de race blanche n'y étaient pas admis. Parce qu'il existait dans la clientèle une demande régulière, quoique modeste, pour des Blancs, Dangerous Encounters Ltd. en conservait un nombre limité parmi ses employés, mais exigeait qu'ils travaillent seuls. Des gangs de Blancs terrorisant Central Park, c'était impensable. Le Vieux New York avait bâti sa réputation sur la fidélité historique. Aussi Marcus, Simon et les autres opéraient-ils en solo, comme des loups solitaires qui auraient quitté – c'était ce que disait la brochure – des parents alcooliques et violents pour cet univers dépravé, où leur dépendance à la drogue augmentait tandis que diminuaient leurs chances de s'en sortir, des desperados à la poursuite de la moindre proie s'aventurant innocemment dans leur secteur. Lui et Marcus, avec les autres solitaires, étaient les moins chers sur la liste. Se faire attaquer par un gang coûtait cinq fois plus cher.

Il devait retrouver son degré sept de sept heures trente à la fontaine de Bethesda. Il alla dans cette direction.

L'esplanade était déserte quand il arriva. Il n'en fut pas mécontent, même si les clients qui faisaient faux bond ne rapportaient que les vingt pour cent de dépôt de garantie, dont sa part était de dix. En tout cas, il laisserait volontiers tomber le sept, se contentant des degrés trois et quatre ; après quoi, il rentrerait chez lui se coucher. Peut-être pourrait-il se rattraper avec quelques extras le lendemain.

Il allait rester sur place pendant les quinze minutes imposées. Il se posta un peu à l'écart, dans l'ombre de la colonnade, de telle façon que le client ne puisse pas le voir en arrivant, comme prévu, par l'escalier ouest. Il émit un grognement hargneux à l'adresse d'un groupe de touristes qui passait près de lui. Il lorgna leurs gamines avec une concupiscence gourmande, marmonna que le coup à la chinoise était le plus jouissif, au cas où l'un d'eux comprendrait l'anglais. Ils adoraient ça en général. Peut-être lui fileraient-ils un pourboire, par l'intermédiaire de leur guide, une fois en sécurité hors du parc. Peut-être le guide lui remettrait-il l'argent en main propre.

Treize minutes. Quatorze minutes. Puis, juste avant de recevoir l'autorisation officielle de quitter les lieux et d'aller toucher la garantie, il vit apparaître son degré sept.

Européen. Corpulent, la cinquantaine, efféminé et dégarni, un teint rougeaud d'homme bien nourri. Il semblait nerveux. Était-ce la première fois ? Simon espéra que non – pas un degré sept. Bennie, de Dangerous Encounters, l'accompagna jusqu'à l'esplanade. Ils discutèrent à voix basse au pied de l'escalier, puis le client pénétra dans l'espace circulaire, seul. Il avait des astrocheveux bleus, portait un costume en mercure. Sans doute allemand, ou polonais. Les Allemands et les Polonais avaient une prédilection pour ces coiffures fantaisie, ces vêtements fluides.

C'était un marcheur. Il avait écouté avec attention les recommandations de Bennie : garder l'air décidé, laisser les choses arriver par surprise. Jusqu'à un certain point.

Simon attendit qu'il soit arrivé à mi-chemin de l'esplanade, à quelques mètres du regard aveugle et de la main tendue de l'ange. Puis il bondit derrière lui. L'homme se raidit, continua néanmoins à suivre les instructions. *Vous entendrez des pas. Ne vous retournez pas. C'est la dernière chose que ferait un New-Yorkais. Marchez plus vite.*

Le client accéléra le pas. La lumière des halogènes scintillait dans ses cheveux cobalt.

Simon prit sa position habituelle, à côté du client mais un peu en retrait. Il dit : « Salut, l'ami. Je peux vous demander une faveur ? »

Le client continua à marcher, comme un vrai New-Yorkais.

« Dites donc, je vous parle. »

Toujours rien. Il avait bien écouté les instructions.

Simon le saisit par le bras. Un costume de mercure lui paraissait toujours étrange – son contact liquide, la légère chaleur qui s'en dégageait.

Le client se tourna alors pour lui faire face. *Une fois qu'un contact physique a été établi, vous pouvez réagir à votre guise.*

« Was wollen Sie ? »

— J'ai besoin d'une petite avance, dit Simon. La chance ne me sourit guère en ce moment.

— Je ne peux rien pour vous », répondit le client. Il parlait aussi anglais. Bien.

« Oh, je pense que vous pouvez beaucoup. » Simon saisit plus fermement le coude du client, comme s'il dansait avec lui. Il serra dans son poing le revers de sa veste. Ils étaient à une vingtaine de pas de la colonnade. Simon le souleva légèrement du sol, l'entraîna en tournoyant dans l'obscurité, le poussa contre une colonne.

Simon dit : « À chaque nature son goût, pour moi celui des hommes et des femmes. »

Le client dit : « Pardon ? »

Saloperie de microprocesseur de poésie.

Simon s'approcha plus près. Il pouvait sentir l'odeur de sa transpiration. Son eau de Cologne à la verveine. Beaucoup d'Européens aimaient les parfums fleuris.

« Je pense que vous pouvez beaucoup, répéta-t-il.

— Que voulez-vous ? demanda l'homme d'une voix rauque.

— Vous le savez très bien. » Simon décida de mettre l'accent sur le sexe avec lui. C'était risqué, mais son instinct le trompait rarement. La plupart des clients désiraient davantage que de la violence pure.

« Vous voulez mon argent ? » souffla l'homme.

Simon se rapprocha. « Ouais, chuchota-t-il, je veux ton fric. »

Je veux aussi ton bon gros cul. Je veux que tu le lèves bien haut devant moi pour que je t'enfile avec ma grosse bite tatouée. Tout ça sans dire un mot, bien sûr. Sous-entendu.

« Je ne veux pas vous donner mon argent. »

Premier refus. Il suivait les recommandations. Bien.

« Il ne s'agit pas de ce que tu veux ou pas, mon grand.

— Que me ferez-vous si je ne vous le donne pas ? » L'homme avait pris un ton navré aguichant.

Rien à voir avec les instructions. Celui-là avait plutôt des penchants pornos. Probablement un amateur de sexe à la recherche de nouvelles expériences. L'agression était censée être excitante, mais il y avait des limites à respecter. Le client avait été clairement averti.

« Je suis sûr que tu as une petite idée.

— Non. Je ne sais pas. »

S'agissait-il d'un deuxième refus ? D'après le contrat, oui. Le client pourrait se plaindre. Mais il avait signé le document.

« Je vais te flanquer des baffes. Comme ça. » Simon lui administra une gifle rapide. Le bout des doigts heurta la joue douce et blanche. « Mais en plus fort.

— Vous me feriez mal ?

— Caresses aveugles, aimantes, corps-à-corps ! Caresses mordantes, encapuchonnées dans leur fourreau.

— *Was ?* »

Réfléchir. Se concentrer.

« Je vais te faire mal, mon petit père, dit-il. Oui, compte sur moi. Tu vas me filer ce fric, oui ou merde ? »

Un silence suivit. Simon reprit : « Je veux l'argent. Il me le faut. Et tout de suite. »

Le client répliqua : « Non. Je ne vous donnerai rien. »

Troisième refus. L'engagement initial était respecté.

« Tu parles que tu vas me le filer. »

Deuxième gifle, du plat de la main. Suffisamment forte pour amener un trait de salive aux lèvres du client. La bave relia sa bouche à la main de Simon comme les fils gluants d'une araignée.

« Non. Pitié. Arrêtez. »

C'était toujours un moment délicat. Les novices oubliaient parfois le mot approprié. Ils oubliaient que « non » signifiait « oui ». Ils avaient signé le document. Tout avait été dûment expliqué. Mais un client mécontent était toujours source d'ennuis.

Celui-ci, cependant, ne semblait pas si innocent que ça. Il n'avait peut-être pas l'habitude d'être tabassé. Il semblait peu probable que ce soit la première fois qu'il payait pour jouer.

Simon le frappa à nouveau, du revers de la main à présent. Ses phalanges craquèrent douloureusement contre la mâchoire du client. La tête de l'homme partit en arrière et heurta la colonne avec un bruit sourd.

« Pitié, dit-il. Je vous en prie, laissez-moi.

— Pas avant que tu m'aies donné ce que je veux. »

Simon agrippa à deux mains le devant du costume chatoyant. Il souleva l'homme de terre et le cogna sans trop forcer contre la colonne. Degré six à présent. Presque terminé.

« Et si je n'ai pas d'argent ? » haleta l'autre. L'excitation vibrait dans sa voix. « Qu'est-ce que vous me ferez ? »

Simon tenta d'envoyer un signal télépathique. Il n'est pas question de sexe, cher monsieur. C'est un vol. Le sexe, c'est plus cher.

« Je démolirai ton pauvre cul », dit-il. Il n'y avait aucune promesse sadomaso dans son ton. C'était la voix morne d'un vrai tueur.

Le client était au bord des larmes. Beaucoup d'entre eux se mettaient à pleurer. Il était temps de passer à la vitesse supérieure. De terminer le boulot.

L'autre ne disait rien. Il regardait Simon, haletant, les yeux brillants. Avec des signes visibles d'excitation. Il serait bientôt satisfait, pensa Simon. Il aurait une histoire à raconter quand il serait de retour à Francfort ou à Berlin.

« Je-vais-massacrer-ton-gros-cul, dit Simon. Tu comprends ce que je dis ?

— Oui », hoqueta l'homme.

Il y avait des variantes à partir du degré sept. Il fallait improviser. C'était une sorte de danse. Avant d'entrer en piste, vous n'aviez aucun moyen de connaître avec certitude les désirs de votre partenaire. Il n'y aurait pas d'effusion de sang. Pas d'arme. Peut-être un bon coup de poing. Ou un coup de tête. Ou...

Simon prit sa décision. Il espéra avoir fait le bon choix.

Il saisit le client à l'entrejambe. Le type bandait, comme Simon l'avait prévu. Il s'empara de sa queue et serra.

« Non ! cria l'autre d'une voix hystérique. Je ne vous donnerai jamais un sou. »

C'était fini. Simon avait accompli sa tâche. Il lâcha son client qui s'affaissa. Il serait tombé si Simon ne l'avait saisi sous les aisselles et retourné pour lui piquer son portefeuille dans sa poche revolver. Il suffoquait. Simon le prit par le col et lui cogna la tête à coups réguliers contre la colonne. Des coups qualifiés de petites tapes amoureuses dans le manuel d'instructions. Il sortit les billets du portefeuille, les vérifia rapidement. Le compte était exact. Simon empocha l'argent et jeta le portefeuille par terre.

« Tu as de la chance, murmura-t-il. Une sacrée veine de ne pas être étendu raide mort à l'heure qu'il est. »

Il le lâcha. Le client haletait, agrippé à la colonne, le visage pressé contre la pierre.

« Répète après moi, gronda Simon. "Je suis un veinard."

— Non, pas question. »

Simon frappa une dernière fois sa nuque bleue. « Répète. »

D'une voix sifflante, à peine audible, l'homme répéta : « Je suis un veinard.

— Enfin, c'est pas trop tôt, mon vieux. »

Simon décida de lui accorder un bonus. Il passa ses pouces sous la ceinture du client, abaissa son pantalon jusqu'à ses genoux, et flanqua un grand coup sur ses fesses nues et frissonnantes.

« Je l'atteste, pour moi seule existe l'immortalité », déclara-t-il. Apparemment, le client ne remarqua rien d'incongru.

Simon s'éloigna. Il pensa à son pourboire avec espoir, bien que l'expérience lui eût appris que les Allemands étaient peu fiables dans ce domaine.

Il regagna sa piaule à quatre heures vingt. Il se servit un verre de Liquex, s'attarda à contempler la couleur aigue-marine du liquide. Un plein verre de sérotonine bleue, près d'être engloutie par un homme qui avait fini sa journée de travail. Attrayante ? Sans doute, d'une certaine façon. Conçue pour l'être, pour séduire l'acheteur. Différentes teintes avaient été envisagées avant que la société arrête son choix sur cette dernière, la couleur exacte d'une piscine au cœur de la nuit.

L'intention commerciale amoindrissait la beauté du liquide et la banalisait. L'image de la beauté était d'autant plus puissante qu'elle ressemblait à une découverte personnelle, créée à votre intention, comme si une intelligence supérieure vous avait distingué parmi les autres et désirait vous montrer quelque chose d'unique.

Simon ôta ses godillots, retira son T-shirt malodorant et le jeta dans un coin. Il s'affala sur la banquette qui lui servait de lit et dégusta sa boisson explosive.

Il y avait un message sur la vidéo. « J'écoute », dit-il. Le signal de Marcus clignota. Naturellement. Qui d'autre aurait pu appeler ?

Un mini-Marcus apparut, livide et tremblotant. Ce serait bien d'avoir une vidéo avec une meilleure résolution. Ce serait bien d'avoir un tas de choses.

L'image vacillante articula : « Je ne suis personne, qui êtes-vous ? N'êtes-vous personne, vous aussi ? Appelez-moi à votre retour. »

Elle s'évanouit dans une gerbe d'étincelles. Simon appela : « Marcus. » La vidéo émit sourdement le numéro. Marcus répondit à la seconde sonnerie. Il était un peu plus net maintenant qu'il était en direct.

« Salut, Simon », dit-il. Il portait encore son uniforme, cuir noir et kickers. Il n'avait pas retiré son eye-liner. Son modèle, tiré des archives Infinidot, était un Keith Richards fauché. On avait demandé à Simon de modifier son choix initial : Malcolm McDowell plus d'un siècle plus tôt dans *Orange mécanique*. Après avoir longuement réfléchi devant d'anciennes vidéos, il avait fixé son choix sur Sid Vicious en y ajoutant les cheveux de Morrissey.

« Je chante ma gloire et ce que j'assume, tu l'assumeras. Comment s'est passée ta nuit ?

— Comme d'habitude. Écoute, je crois qu'un drone me surveillait.

— Tu crois ?

— Je n'en suis pas certain. Enfin si. Je jurerais qu'il est resté à planer au-dessus de moi pendant presque une minute.

— Il ne s'intéressait peut-être pas à toi. Où étais-tu ?
— Près du kiosque à musique.
— Ils y circulent pas mal. C'est un camping. Ils vérifient toujours s'il y a des Nadiens dans le coin. Tu le sais aussi bien que moi.
— J'ai eu un pressentiment, c'est tout.
— D'accord. Mais tu ne crois pas que tu es… euh… un peu trop parano ?
— J'espère que tu as raison. J'ai juste eu cette impression. Il y a deux jours. Je ne voulais pas en parler.
— Je suis heureux – je vois, je danse, je ris, je chante.
— Est-ce que tu peux arrêter avec ça ?
— Tu sais bien que non.
— Je commence à me poser des questions, poursuivit Marcus. Je me demande si toute cette histoire du 21 juin n'est pas complètement dingue. Le Vieux New York est trop dangereux pour nous. La surveillance est trop étroite par ici.
— Ils surveillent les touristes et les Nadiens. Des sous-prostitués hors-normes de notre genre sont en bas de la liste.
— Pourtant…
— Encore quelques jours, Marc.
— Je me demande si nous ne devrions pas nous séparer.
— Suis pas de ton avis.
— Nous sommes trop visibles, Simon.
— Partir puis revenir, perpétuel paiement d'un perpétuel emprunt.
— Concentre-toi. S'il te plaît.
— Je me sentirais seul sans toi, Marc. Et toi sans moi.
— Je sais. Je pense seulement…
— Je préfère risquer le coup avec toi. Écoute : avale un ou deux Liquex, repose-toi et on se retrouve au petit déjeuner demain.
— Chez Freddy ?
— Bien sûr.
— Entendu. À deux heures ?
— À deux heures.
— Bonne nuit.
— Fais de beaux rêves. »

Marcus coupa la communication. Il se dissipa dans une poussière argentée.

Simon termina son Liquex et s'en versa un second. Marcus réagissait-il trop vivement ? Il devenait nerveux. Et pourtant. Le Vieux New York était plus dangereux que d'autres lieux, personne ne pouvait prétendre le contraire. Mais c'était aussi le meilleur endroit pour se faire du fric rapidement sans que l'on vous pose de questions.

Simon éclusa la moitié de la bouteille de Liquex. Il se laissa sombrer dans un état nébuleux, entrecoupé de cauchemars. Il vit en rêve des gens qui marchaient d'un pas lent et majestueux sur les eaux d'un fleuve. Il rêva d'une femme qui portait un secret autour du cou.

Il se leva de sa banquette à une heure et demie. Il se frotta au dermonet, enfila ses vêtements de ville. Jean, baskets, T-shirt déchiré du club rock CBGB. Le Vieux New York exigeait une tenue d'époque. Cela faisait partie du contrat.

La 5e Rue Est grouillait de figurants et de spectateurs. Les punks déambulaient avec leur air menaçant. Les vieilles dames bavardaient sur leurs perrons. Rondo, l'épave de l'équipe de jour, était à son poste devant le fleuriste, dévidant ses mêmes divagations. Au milieu de la rue, un tourpod déchargeait sa cargaison de touristes chinois. Simon les évita, se hâta vers le bar de Freddy. Certains le filmèrent en vidéo, bien qu'il ne fût pas une attraction célèbre. Il était un habitué de l'East Village ; il jouait les utilités. On rencontrait des spécimens bien plus exotiques. Qui pouvait s'intéresser à un musicien d'un genre dépassé quand il y avait des filles aux cheveux roses avec des serpents autour du cou ? Des vieux cinglés vêtus de haillons brûlés, hurlant au feu divin et proclamant la venue du dieu insecte ?

Il n'y avait pas foule chez Freddy à cette heure. Marcus était déjà arrivé. Il était assis à une table du fond, penché au-dessus d'un double e, sa boisson énergisante. Jorge, alias Freddy entre dix heures et seize heures, lança à Simon un bonjour, bien dormi ? ironique, vu qu'il était deux heures de l'après-midi. Il plaça un café au lait devant Simon sans même attendre que ce dernier ait posé ses fesses sur son siège. Jorge était plutôt beau, encore jeune. Par quel hasard jouait-il le rôle de Freddy, percé de partout et grand amateur de vannes caustiques, aux heures creuses ? Il y avait sûrement une explication. En général, ces types avaient essuyé un échec quelque part avant d'atterrir temporairement dans le Vieux New York pour ramasser un peu de fric avant de continuer ailleurs. Certains acteurs étaient là depuis vingt ans, voire plus. D'autres s'étaient mis à vivre de minuit à sept heures comme leurs personnages. Quelques-uns avaient changé de nom.

Marcus n'avait pas l'air en forme. Il était penché sur sa tasse comme s'il se confiait à son seul ami.

« Alors, vieux, dit Simon. Tu te sens mieux ? »

Le visage de Marcus s'assombrit. Il fit mine d'étouffer un rot. Son cou était tendu. Les mots jaillirent de sa bouche : « "Pour Mort ne pouvant m'arrêter, Aimable il s'arrêta pour moi[1]" » Aussitôt, il lança un regard furtif et honteux autour de lui.

« Tout va bien, lui dit doucement Simon.

— Pas du tout. Rien ne permet de dire que ça va bien.

— Un drone. Un drone, qui tournait au-dessus du kiosque au moment où tu étais dans les parages. Ce n'est pas grand-chose.

— Je te l'ai dit : j'ai un mauvais pressentiment. Depuis un certain temps.

— Les traîtres m'ont abandonné, je parle sans raison, j'ai perdu la tête.

— Nous sommes foutus. »

Simon prit la main de Marcus dans la sienne, la pressa un court instant avant de la relâcher. « Nous ne pouvons pas être inquiets du matin au soir, Marc. À quoi bon vivre, dans ce cas ?

— Qu'est-ce qui te fait penser que nous ne devrions pas être inquiets ? »

C'était une bonne question, même si elle était malvenue. Des élections avaient eu lieu, les chrétiens semblaient avoir retrouvé la majorité au Conseil. Comment expliquer autrement la recrudescence de comédies et pièces de théâtre chrétiennes sur les vidéos, la rigueur accrue de l'application des lois ? Si les chrétiens avaient réellement gagné les élec-

---

1. Tiré de *Time and Eternity* d'Emily Dickinson, dont les poèmes cités dans ce roman sont traduits par Claire Malroux. (*N.d.T.*)

tions, c'était une mauvaise nouvelle pour les simulos, ou n'importe quelle autre créature artificielle.

Simon dit : « Ne me fous pas le moral en l'air, tu veux bien ? Je vais te remonter les bretelles si tu ne te tiens pas à carreau.

— Dès que nous serons à Denver, je massacrerai ce salaud.
— Comme si tu le pouvais.
— Je m'interroge. Et s'il n'y avait rien là-bas ?
— Hum, pas très positif, comme façon de penser.
— D'accord. OK. Il est à Denver, il nous attend, et non seulement il va nous remettre en état, mais en plus il nous offrira des godasses neuves et des vacances à l'œil dans une île paradisiaque de notre choix.
— C'est mieux. Concentre-toi sur l'avenir. Dans trois jours, on est barrés.
— Et en route pour je ne sais quel bled de bouseux parce qu'une puce électronique nous aura dit d'y aller.
— Ce n'est pas comme si tu avais déjà un engagement.
— "Toutes choses balayées – Voilà – l'immensité[1]".
— Comme tu dis, mon vieux.
— Je suis fatigué, Simon. J'en ai marre de tout ça.
— De quoi, exactement, en as-tu marre ?
— De tout. J'en ai marre d'être en situation irrégulière. J'en ai marre d'avoir l'impression de n'être personne. J'en ai marre de débiter ces foutus vers que je ne comprends même pas.
— Et à Denver, le 21 juin, peut-être comprendras-tu.
— Le message a plus de cinq ans, Simon. C'est comme une lettre dans une putain de bouteille.
— "Prodigue, tu m'as donné l'amour ! À toi je donnerai l'amour".
— Ferme ta gueule.
— Je ne peux pas.
— Merde. Moi non plus. »

Simon renvoya Marcus chez lui avec l'ordre de se calmer. Il fit quelques achats. Il avait besoin de café, de derma-

---

1. Emily Dickinson, *Quatrains* (1876-1886) *[N.d.T.]*

mousse et de lames laser. Il essaya de se concentrer sur l'immédiat. D'être moins nerveux.

On était samedi, les rues grouillaient de monde. Il alla néanmoins jusqu'à Broadway pour acheter son café. C'était là où on trouvait le meilleur. En outre, il avait quelques heures à perdre avant la reprise de son travail.

Des jeunes de toutes les races déambulaient en groupes. Il y avait aussi des touristes. Plus un petit nombre de faux touristes en costumes d'époque : grands-papas et grands-mamans du Midwest en anoraks de nylon assortis ; un couple d'Européens, le nez plongé dans un plan de la ville ; des troupeaux de Japonais en Burberry et en Gucci, pointant leurs appareils photo démodés sur tout ce qui bougeait. Et, naturellement, un Nadien ici et là, occupé à livrer, à nettoyer. Ils étaient quelques-uns à prétendre que le Vieux New York ne devait accueillir aucun Nadien – question d'authenticité. Mais on les tolérait, pour le moment. Qui d'autre, sinon, se chargerait des tâches qu'ils acceptaient d'accomplir ?

Simon acheta son café et ses produits de toilette. De retour chez lui, il regarda une petite vidéo. C'était un mordu d'un feuilleton finlandais dans lequel une femme quitte son mari pour un androïde, mais il avait été remplacé par l'histoire d'une adolescente qui voit la Vierge Marie dans des lieux insolites (dans un autobus, au cinéma, apparition fantomatique arborant un sourire avide et honteux) et renonce à son petit copain. C'était plutôt sexy, dans son genre. Un truc de gouine. Puis il avala son anémorepas, enfila son costume, se mit en route pour le parc et se prépara à prendre son poste.

Il alla se placer au nord de Sheep Meadow. Il avait un degré six à sept heures.

C'était une de ces soirées parfaites – pleine de douceur, enveloppée d'un voile vert lumineux. Les vaporisateurs de chlorophylle étaient réglés au maximum. Pour faire honneur au début de l'été, on avait lâché les premiers papillons. La pelouse se déroulait en une nappe couleur lavande, disparaissait sous les arbres et, plus loin, dominant le tout, surgissaient les immeubles de pierre et les ziggourats de Central Park South, le miroitement des lumières. Dans cette vaste étendue s'éparpillaient des figurants de toutes sortes – joggeurs, patineurs, promeneurs de chiens – et, comme toujours, les groupes de touristes qui, de l'endroit où se tenait Simon, ressemblaient à des moines ou des bonnes sœurs se rendant sur le lieu de leurs dévotions, suivant de près les éclairs liquides des torches lumineuses de leurs guides.

C'était beau. Le mot ne franchit pas ses lèvres. Une perturbation mineure affectait-elle ses circuits ? Peut-être.

Il décida d'aller jusqu'à la lisière de son territoire, en bordure de celui de Marcus. Il n'y avait rien à redire d'un point de vue technique. Il était libre de se déplacer comme il l'entendait à l'intérieur de ses limites. S'il apercevait Marcus par hasard, s'il leur arrivait de franchir un court instant leur frontière, qui le saurait, qui s'en soucierait ? Marcus serait peut-être réconforté de savoir que Simon était là, qu'il pensait à lui. Sa présence pourrait le calmer un peu.

Alors qu'il se dirigeait d'un pas tranquille dans la direction de Marcus, un drone passa au-dessus de lui comme un éclair, filant à basse altitude. Ils avaient sorti un nouveau modèle l'année précédente, d'une apparence un peu moins sinistre – les touristes avaient déposé de nombreuses plaintes. Les drones n'étaient plus des sphères noires hérissées de capteurs de lumière. Ils avaient été allongés, peints en doré, équipés d'ailes peu fonctionnelles de la même couleur. Ils étaient devenus des petits oiseaux de surveillance. Des pigeons dorés chargés de flairer le crime.

Il n'y avait aucune trace de Marcus aux alentours du kiosque. Simon espéra qu'il n'avait pas décidé de vidéophoner qu'il était malade ou, pire, de ne pas se présenter. Si les autorités nourrissaient le moindre soupçon, un changement même mineur dans son trajet habituel serait suicidaire.

Il arriva enfin. Vêtu de son uniforme au complet. Il faisait son parcours. Les circuits de Simon l'identifièrent avec un bourdonnement.

Marcus l'aperçut. Il marchait lentement, encore à une certaine distance. Simon poursuivit son chemin. Il prit son air le plus féroce. En son for intérieur, il implora son ami d'en faire autant.

Marcus se trouvait à moins de dix mètres de Simon lorsque le drone piqua sur lui. Il s'immobilisa au-dessus de sa tête. Ses ailes dorées vrombirent. Il parla. Marcus répondit.

Simon n'entendait pas ce qu'ils se disaient. Le drone exigeait sans doute des réponses de la part de Marcus qui les lui donnait. Ils les vérifieraient à Infinidot. Demain, ils poseraient d'autres questions, plus embarrassantes, mais demain, Simon et Marcus seraient partis. Au moment où les autorités reviendraient les contrôler, ils seraient en route vers Denver. Dommage qu'ils n'aient pas le temps de mettre de côté quelques yens supplémentaires.

Le drone continua à parler. Marcus sembla surpris. Les nouveaux modèles de drones ne fonctionnaient pas si bien que ça. Cette version brillante, genre pigeon profilé, était plutôt fantaisiste et plutôt inaudible. Le drone répéta sa question. Un silence passa. Tout habillé de noir, chaussé de ses gros godillots, Marcus se tenait immobile sous les ailes battantes d'un oiseau espion peint en doré dans le jour déclinant.

Le drone s'exprima encore une fois. Simon percevait les intonations de sa voix, mais pas ce qu'il disait. Marcus avait le regard baissé, comme s'il voyait quelque chose d'écrit à ses pieds.

Soudain il se mit à courir. Non. Ne cours pas. Tout sauf ça. Et si tu dois courir, ne viens pas dans ma direction.

Marcus s'élança vers Simon.

Va te faire foutre, Marcus. Minable morceau de ferraille. Article de pacotille déguisé en homme. Tu vas tout bousiller.

Le drone hésita. Était-il en panne ? Quelqu'un à Infinidot était-il en train de consulter un supérieur ?

Le drone prit un virage sur l'aile. Il se lança à la poursuite de Marcus.

Il dit : « Arrêtez. Ne courez pas. »

Marcus se précipita vers Simon.

Le drone tira. C'était incroyable. Ils ne tiraient jamais à la première rencontre. Un rayon d'un rouge flamboyant jaillit et sectionna le bras droit de Marcus à la hauteur de l'épaule. Simon était incapable de bouger. Le bras tomba. Il resta sur le sol, l'extrémité de l'épaule fumante, les doigts parcourus de tressaillements. Marcus ne ralentit pas. Le drone tira encore. Cette fois il rata son coup et calcina un jeune arbre à un mètre sur la gauche de sa cible. Marcus fit quelques pas avant que le drone ne se positionne juste au-dessus de sa tête. Il lâcha une salve : un rayon, un deuxième, un troisième, à quelques dixièmes de seconde d'intervalle. L'autre bras de Marcus tomba, puis sa jambe gauche. Pendant une seconde, il continua sa course sur une seule jambe. Ses cavités articulaires étaient déjà consumées. Il regarda Simon, ne dit rien, ne montra aucun signe de reconnaissance. Il fixait sur Simon des yeux sans expression, comme s'il ne l'avait jamais vu. Puis il s'affaissa.

Le drone trancha son autre jambe. Étendu face contre terre, Marcus n'était plus qu'une tête et un torse. Aucun son n'émanait de lui. Le drones resta un moment en suspens à un mètre de ce qui restait de lui, dardant ses rayons, l'un après l'autre, découpant la chair jusqu'à ce que seule l'armature subsiste : un cylindre avec un cou articulé attaché à une tête sphérique à peine plus grosse qu'une balle de softball, le tout de la même substance argentée, couronné d'un morceau de cuir chevelu de la taille d'une main. L'ensemble gisait dans l'herbe, fumant. Une odeur de métal brûlant se mêlait à celle de la chlorophylle. Les membres, encore agités de soubresauts, encore recouverts de lambeaux de chair, étaient éparpillés comme des vêtements abandonnés.

Simon était figé. Le drone s'attarda un instant au-dessus des débris. Il prenait des vidéos. Puis il fonça sur Simon. Il s'arrêta à la hauteur de son visage, menaçant, vrombissant.

Il dit : « A on drablem ?
— Pardon ? » fit Simon.

Quelqu'un au quartier général régla le son. « Il y a un problème ? » C'était une voix humaine, reconstituée électroniquement, de conception mécanique. Elle donnait une impression plus futuriste sous cette forme.

Simon dit : « Je comprends les grands cœurs des héros, le courage des temps modernes et de tous les temps. »

Merde. Concentre-toi.

« Il y a un problème ? » insista le drone.

Simon répondit : « Non, aucun problème.
— Êtes-vous en train de travailler ? demanda le drone.
— Ouais. Je suis employé par Dangerous Encounters.
— Avez-vous une carte d'identité ? »

Il l'avait. Il la montra. Le drone prit une vidéo.

« Retournez à votre place », ordonna-t-il.

Simon obtempéra. Au moment de s'éloigner, il risqua un coup d'œil en arrière, vers les lambeaux de Marcus. Une faible lueur émanait du tas de débris autour duquel tournoyait le drone qui prenait d'autres images. Ils n'étaient donc que ça, de la chair maintenue par une armature de titane. La chair pouvait être éliminée, soufflée comme de la crème fouettée. Simon saisit son biceps entre le pouce et l'index, le tâta doucement. Il y avait une tige à l'intérieur, une mince barre d'argent brillant. Marcus avait été l'incarnation d'un rêve fait par un squelette. Simon n'était rien d'autre.

Il dit : « Qui dégrade ou souille le corps humain est maudit. »

Il espéra que le drone ne l'avait pas entendu.

Il regagna son banc habituel près du lac et s'y assit. Il était sept heures moins le quart. Il aurait dû aller à la rencontre de son premier client. Mais il s'attarda, jetant un regard hostile à un groupe de touristes qui passaient devant lui l'air réjoui, jacassant, le dévisageant à leur tour tandis que leur guide les encourageait à avancer, se poussant du coude, des gros et des maigres, d'âge moyen (le Vieux New York attirait peu de jeunes), de revenus moyens (les riches n'avaient pas une passion pour l'endroit, eux non plus), avides de surprise, attentifs, clignant des paupières, serrant contre eux leur sac ou leur conjoint, marchant bravement, équipés de chaussures confortables. Une troupe bigarrée qu'on ne pouvait qualifier d'héroïque, mais vivante. Tous bien vivants.

Simon n'était pas vivant, d'un point de vue technique. Marcus ne l'avait pas été davantage.

Et désormais Marcus avait regagné ce qui était leur demeure cinq ans auparavant, quand Simon et lui n'étaient rien. Quand ils n'avaient pas encore été fabriqués. Qu'est-ce qui avait disparu ? De la chair, des câbles électriques, des circuits intégrés. Pas de souvenirs du sourire de maman ou de la voix de papa ; pas de chiens ni de jouets préférés ni d'étés à la ferme. Juste une conscience, surgie un jour d'une usine des faubourgs d'Atlanta. Une lampe qu'on allume. La sensation d'être quelque chose, une forme jaillie de l'obscurité qui voulait continuer. Sans doute l'implant de survie. Il était étonnamment puissant.

Désormais Marcus n'était plus rien, ne désirait plus rien, et le monde n'en était pas changé pour autant. Marcus était une fenêtre qu'on avait ouverte et refermée. La vue n'était pas différente qu'elle soit ouverte ou fermée.

Il était temps pour Simon d'aller retrouver son client de sept heures. C'est alors qu'il vit la Nadienne. Elle se dirigeait vers lui, accompagnée de ses deux jeunes têtes blondes. Il décida de lui parler une dernière fois.

Aujourd'hui, le garçon tenait une sorte de jouet à la main, un objet brillant visiblement bien plus intéressant que des cailloux et des billes. Il gambadait dans l'allée, brandissant son trophée doré. La fillette dansait derrière lui, criant que c'était son tour de l'avoir, ce que son frère refusait à l'évidence d'entendre.

Simon attendit de voir le petit groupe s'approcher pour lancer un : « Bonjour, Catareen.

— Bojum. »

Il aurait voulu lui dire quelque chose. Quoi ? Peut-être qu'il ne la reverrait pas. Lorsqu'elle viendrait ici le lendemain, elle trouverait quelqu'un d'autre à sa place. Saurait-elle voir que ce n'était pas lui ? Les humains lui paraissaient-ils tous semblables ? Dirait-elle bojum à son remplaçant en le prenant pour Simon ?

Il voulait qu'elle se souvienne de lui.

Ce que l'enfant tenait à la main était en réalité un drone miniature : muni de minuscules ailes qui battaient avec frénésie, de pédoncules oculaires proéminents et d'une ouverture centrale d'où partaient les rayons. L'enfant visa Simon. « *Zzzzap*. »

Catareen écarta le drone de son doigt griffu. « Non, Tomcruise, dit-elle. Pas viser les gens. »

Le visage du garçon s'empourpra. Elle n'avait sans doute pas le droit de le réprimander. Il devait le savoir. Il visa avec davantage de précision le cœur de Simon. Répéta « *Zzzzap* », avec plus d'insistance.

Simon dit : « Je suis l'esclave traqué par les chiens, je grimace de douleur sous leurs crocs. »

Non. Retiens-toi. Concentre-toi.

Mais la Nadienne ne sembla rien trouver d'insolite dans ses paroles. Les sentiments exprimés en anglais lui étaient peut-être tous étrangers.

« Enfant est jeune », dit-elle. Y avait-il une trace d'exaspération dans son ton ? On ne pénétrait pas aisément les pensées des Nadiens. Leurs voix sibilantes étaient faites de glissements et de sifflements.

Simon dit : « Depuis combien de temps êtes-vous là ? »

Elle dut calculer pendant un moment. Convertir les années terrestres par rapport aux nadiennes. Elle répondit : « Dix ans. Un peu moins.

— Tout se passe bien ?

— Oui. »

Qu'aurait-elle pu répondre ? Elle disait sans doute la vérité, ou presque. C'était en tout cas préférable à la pluie continue, aux rois qui cherchaient dans leur merde des présages de gloire et les y trouvaient. C'était mieux que d'être obligé de filtrer la vase de l'eau qu'ils buvaient, que de vivre en redoutant à chaque instant d'entendre un bruit d'ailes au-dessus de soi. Et pourtant, il était probable que les Nadiens avaient espéré davantage lorsqu'ils avaient émigré vers la Terre, qu'ils avaient espéré occuper des positions moins subalternes que celles de serviteurs, nounous, balayeurs des rues. Peut-être pas. On ne pouvait pas savoir jusqu'où leur imagination était capable de les entraîner.

Le gamin continuait à pointer son arme sur Simon. « *Zap zap zap zap zzzap.*

— Écoutez, dit Simon. C'était très agréable, de vous voir tous les jours. »

Elle se raidit un peu. « Vous partez, dit-elle.

— Oh, eh bien, on ne sait jamais, n'est-ce pas ? Un jour ici, demain ailleurs.

— Oui, dit-elle. Très agréable. »

La fillette s'agita. Elle tenta de s'emparer du jouet tant désiré et reçut le coup qu'elle devait s'attendre à prendre de la part de son frère. Elle tomba en hurlant.

La Nadienne la releva, la tint contre… contre ses seins ? Au fait, avaient-elles des seins ? Rien ne l'indiquait mais puisqu'elles nourrissaient leurs petits… Simon savait

qu'elles avaient du lait. Les journaux en avaient parlé autrefois. À l'époque où ce sujet les intéressait encore.
« Tomcruise, dit-elle sévèrement, ne tape pas Katemoss. » Le petit Tomcruise revint à son idée fixe, dirigea le drone dans la direction de l'entrejambe de Simon. « *Zap zap zap zap*.
— Je les ramène à la maison, dit-elle.
— Où habitez-vous ? »
Elle resta silencieuse. Elle n'était pas censée répondre à ce genre de question, surtout quand elle était posée par un acteur étranger rencontré dans le parc. Elle tourna son regard vers l'ouest. Elle tendit un doigt vert.
« Là-bas. »
Le San Remo. Une adresse huppée pour administrateurs et présidents de sociétés, les rares privilégiés qui avaient l'autorisation d'habiter dans le parc et auxquels était épargné le trajet depuis les lotissements et les résidences-dortoirs. Elle avait un bon job, d'une certaine manière.
Tomcruise s'était lassé de tuer Simon pour des prunes. Il choisit cet instant pour repartir en courant dans la direction d'où ils étaient venus.
« Tomcruise », appela Catareen. Il ne lui prêta pas attention. Il était sur sa lancée. La petite fille se mit à hurler dans les bras de la Nadienne.
« Je dois partir, dit-elle à Simon.
— Et moi, répondit-il, je vais arriver en retard à mon rendez-vous. Au revoir.
— Ardieu.
— Dévissez les serrures des portes ! dit-il. Dévissez les portes de leurs montants ! »
Elle hocha la tête et s'éloigna à la suite de l'enfant.
Il était sept heures moins deux. En se hâtant, Simon aurait moins de cinq minutes de retard. Il se dépêcha, coupa à travers Cherry Hill.
Il avait atteint la fontaine quand il jeta un regard derrière lui. Il voulait la revoir une dernière fois. Elle était là, immobile dans l'allée qui bordait le lac ; un drone bourdonnait au-dessus de sa tête, lui parlait. Les enfants étaient blottis contre elle. Elle répondait. Le drone parlait à nouveau. Elle répondait encore. Puis Simon vit l'engin filer dans la

mauvaise direction, à l'opposé de l'endroit où il se tenait, vers Strawberry Field.

Elle avait réussi. L'avait-elle convaincu ? Probablement. Elle avait dit au drone que Simon s'était dirigé vers l'ouest plutôt que vers l'est.

Simon pesa les choix qui s'offraient à lui, passa en revue les probabilités. Il y avait quelque chose dans l'air. Une élection était en cours ; les lois avaient sans doute changé. Ils étaient en train d'exterminer les créatures artificielles. Ce n'était pas une bonne nouvelle pour les Nadiens non plus. Les mesures de répression incluaient presque toujours les Nadiens.

L'alternative était donc : partir sur-le-champ ou terminer ce qu'il avait à faire. Ne pas se présenter au rendez-vous de sept heures serait mal vu. Y aller leur permettrait de le repérer.

Il songea à l'ossature de titane de Marcus en train de refroidir près du kiosque à musique.

Il prit sa décision : partir sans attendre. Son absence après l'extermination de son collègue éveillerait les soupçons, mais a priori il avait plus de chances de s'en tirer ainsi. S'il se montrait à son rendez-vous et qu'il était arrêté, il lui faudrait compter sur la clémence d'un conseil qui risquait d'avoir été mis en minorité par le vote. Qui sait s'il n'était pas en train de transgresser de nouvelles lois dont il ignorait tout.

Un autre facteur entrait en ligne de compte : la Nadienne.

Savait-elle ce qu'impliquait le fait de fournir de fausses informations à un drone ? Que savaient les Nadiens précisément ? Ils n'étaient pas organisés. Ils n'avaient aucune information.

Simon regarda Catareen s'éloigner avec les enfants.

Le petit garçon rapporterait toute l'histoire à ses parents, c'était certain. Même si Infinidot ne vérifiait pas les vidéos du parc et ne découvrait pas que Catareen avait menti, même s'il n'en informait pas aussitôt le conseil, elle perdrait à coup sûr sa place dès lors qu'un drone avait cherché à s'adresser à elle. *Nous ne pouvons confier nos enfants à...* On ne lui proposerait plus de travail. À peine pourrait-elle

balayer les rues. Ils lui implanteraient un détecteur. Simon avait ruiné son existence en lui parlant.
Mon Dieu ! Mes transports me terrassent !
Se concentrer.
Simon prit une autre résolution. Pas une résolution au sens propre. Ses circuits lui indiquèrent quoi faire. Puisqu'il avait mis la Nadienne en danger, il devait la protéger. Cela faisait partie de son système.
Une fois arrivée au San Remo, Catareen serait hors de sa portée. Simon pouvait choisir de la rattraper tout de suite ou attendre le lendemain qu'elle retourne au parc. Non, vingt-quatre heures, c'était trop long.
Il fonça vers le San Remo. Même en faisant le tour du lac, il avait une chance d'arriver avant elle.
Il l'attendit à l'orée du parc, appuyé au muret de pierre de l'autre côté de Central Park West.
Il ne pouvait pas entrer dans le hall. Et pas davantage attendre sous l'auvent. Les figurants qui jouaient les portiers le forceraient à déguerpir. Il resta dans l'ombre des arbres. Il était sept heures et quart. Les autorités étaient-elles déjà au courant qu'il avait pris la fuite ? Dangerous Encounter les avait-il prévenues ? Comment savoir ? Les autorités étaient parfois plus malignes qu'on ne l'imaginait. Elles pouvaient aussi se montrer étonnamment laxistes.
Catareen apparut à sept heures dix-neuf. Elle portait encore la petite Katemoss, qui s'était endormie. Tomcruise sautillait autour d'elle, brandissant son drone avec des envies de meurtre. Simon traversa la rue en courant. Il devait arriver à sa hauteur avant qu'elle atteigne l'entrée de l'immeuble.
À vingt mètres de l'angle de la rue, il surgit devant elle. Elle sursauta, poussa un couinement. Une sorte de petit bruit de crécelle. Ses narines se contractèrent, se réduisirent à deux points imperceptibles.
« N'ayez pas peur, dit-il. C'est moi. Le type du parc. Vous vous souvenez ? »
Elle mit un instant à retrouver son calme. Il s'étonna qu'elle ait pu malgré tout garder la petite fille dans ses bras.
Elle fit : « Oui. »

Tomcruise dévisagea Simon, furieux.

Simon dit : « Je dois vous poser une question. Qu'avez-vous dit au drone, dans le parc ? »

Elle hésita, se demandant visiblement si Simon travaillait pour les autorités ou si elle avait commis une erreur fatale. Les Nadiens vivaient dans un sentiment permanent d'incertitude, ignorant à qui ils devaient obéir. La plupart trouvaient plus simple d'obéir à tout le monde. Ce qui les amenait parfois en prison, voire à être exécutés.

« Ne vous inquiétez pas, dit-il. Je ne vous veux aucun mal. Croyez-moi. Mais je crains que vous ne vous soyez mise dans une situation délicate, tout à l'heure. Dites-moi ce que vous avez raconté au drone.

— J'ai dit vous êtes parti dans autre direction.

— Mais pourquoi ? »

Erreur. Quand un Nadien se sentait accusé, il pouvait tomber en catalepsie. Il y avait deux théories à ce sujet. La première : ils faisaient mine d'être morts dans l'espoir de voir leur agresseur se détourner d'eux. La seconde (plus largement répandue) : ils décidaient qu'ils étaient déjà morts et que tout serait plus facile pour tout le monde s'ils précipitaient les choses.

Elle raidit sa colonne vertébrale (elle n'avait pas d'épaules) et fixa sur lui ses yeux orange.

« J'essaye vous aider, déclara-t-elle.

— Pourquoi voulez-vous m'aider ?

— Vous êtes un homme bon.

— Je ne suis pas un homme. Je suis programmé pour être quelque chose de similaire. Savez-vous quels ennuis vous encourez ? »

Elle répondit : « Oui.

— Vraiment ?

— Oui.

— Je n'en suis pas sûr.

— Je suis prête à partir, dit-elle. Je n'ai pas de joie. »

Le petit Tomcruise n'en pouvait plus. Il poussa un cri perçant. Quelque chose se préparait ; peu importait quoi, à vrai dire, mais on le négligeait. Sa nounou parlait à un inconnu. Serrant son drone dans sa main, il s'enfuit en hurlant vers l'entrée de l'immeuble.

Simon dit à Catareen : « Venez avec moi.

— Venir où ?

— Venez. Vous êtes foutue ici. Il n'y a pas de temps à perdre. »

Il lui arracha la petite Katemoss des bras. Catareen fut trop surprise pour résister. L'enfant se réveilla et se mit à glapir. Simon l'emporta à la hâte jusqu'à l'entrée de l'immeuble, y arriva une seconde avant Tomcruise.

« Tenez, occupez-vous d'eux », dit-il au portier en lui fourrant la fillette dans les bras.

Le portier n'eut pas le temps de réagir. Il commença une phrase. Simon était déjà loin. Il saisit Catareen par le coude.

« Dépêchons-nous », ordonna-t-il.

Ils s'élancèrent dans la 75e Rue, piquèrent en direction de l'ouest. Elle courait bien. La fuite venait en bonne place parmi les talents des Nadiens.

Ils atteignirent la station de métro de la 72e Rue Ouest et dévalèrent les escaliers. Grâce à la carte de Simon, ils franchirent l'entrée en un clin d'œil. Une poignée de figurants s'agglutinaient sur le quai. Le métro n'était guère fréquenté par les touristes. Ils avaient leur propres aéropods pour se déplacer d'un endroit à l'autre. Seuls quelques puristes, férus d'histoire, empruntaient le métro, et uniquement pour de courts trajets. La grande majorité des passagers étaient des figurants qui circulaient d'un complexe résidentiel à l'autre.

Simon et Catareen se tenaient haletants sur le quai. Il dit : « Nous allons nous diriger vers le nord de la ville. »

Elle resta muette. Il l'implora en silence de ne pas tomber en catalepsie.

« Je pense qu'il vaut mieux aller au-delà de la 90e, dit-il. Ils ont des voitures par là-bas. Et nous en aurons besoin. »

Toujours aucune réaction de la part de la Nadienne. Ses yeux de lézard fixaient les rails déserts devant elle.

« J'espère que nous pourrons traverser le pont George-Washington. Une fois dans le New Jersey, nous ne serons plus soumis à l'autorité d'Infinidot. »

Il serait dans une situation tout aussi illégale dans le New Jersey, mais le système policier du conseil était imparfaitement relié à celui d'Infinidot. Et Catareen n'était peut-être pas recherchée dans le New Jersey. Il était impossible de connaître les différences existant d'un État à l'autre.

Le train arriva. Avec toujours le même vacarme. Les portes s'ouvrirent avec fracas, et Simon poussa doucement Catareen en avant. Il fut soulagé de la voir enfin bouger.

La voiture était presque vide. Il y avait quatre autres passagers, tous des figurants. Deux coursiers coiffés de dreadlocks ; un religieux orthodoxe, lui aussi avec des dreadlocks ; un SDF portant une casquette des Mets, deux pulls superposés et des tongs – tous en train de regagner leur domicile pour la nuit.

Pressés à l'autre extrémité du wagon, ils semblaient nerveux. Simon se demanda s'ils étaient au courant, si un avis de recherche les concernant, Catareen et lui, avait été émis en un temps record par Infinidot et diffusé à l'ensemble de la population. Assez improbable. Puis il comprit. Il était accompagné d'une Nadienne.

« Asseyez-vous », dit-il à Catareen. Elle lui obéit. Il prit place à côté d'elle.

Il dit : « Nous allons descendre à la 96e Rue. Est-ce que ça va ? »

Ses narines se dilatèrent. Les cercles orange de ses yeux clignèrent deux fois.

« Il ne me reste qu'à supposer que tout va bien, dit-il. Je présume que vous me préviendriez dans le cas contraire. Et j'espère que lorsque viendra le moment de bouger, vous en serez capable. »

À l'autre extrémité du wagon, les figurants ne les regardaient pas. Lorsque le train redémarra, les deux coursiers et le religieux se levèrent et changèrent de voiture.

Simon vit le figurant SDF hésiter. Devait-il changer de voiture lui aussi ? Il fit mine de se lever, puis se rassit. Les Nadiens n'étaient pas dangereux, après tout. C'était juste qu'ils étaient huileux, qu'ils sentaient mauvais.

Lorsque le train eut dépassé la station de la 79e Rue, Simon vit par la fenêtre un drone passer comme un éclair. L'éclat de deux ailes dorées.

Ils avaient dépêché un drone dans le tunnel. Il attendrait à l'arrêt suivant.

Il dit à Catareen : « Les membres difformes sont attachés à la table d'opération. »

Elle cligna des yeux, respira fortement.
Il fit une autre tentative. « Un drone vient de passer.
— J'ai vu.
— Il va attendre à la 96e Rue. Il suivra probablement le train jusqu'au terminus. Nous sommes cuits. »
Elle dit : « Attendez ici. »
Elle se leva, se dirigea rapidement jusqu'à l'autre extrémité de la voiture, où le SDF était resté assis les yeux baissés. Elle se tint devant lui. Il garda les yeux baissés, espérant qu'elle ne le taperait pas d'un yen, comme le faisaient parfois les Nadiens. Elle se pencha un peu en avant pour l'avoir dans son champ de vision. Elle ouvrit la bouche, découvrant deux rangs de petites dents pointues, et laissa échapper un sifflement. Simon n'avait jamais entendu un son pareil. Menaçant. Comme un feulement.
Elle leva ses deux griffes et les tint devant le visage du figurant. Elle déploya ses serres. Sa peau étincelait comme une coulée verte en fusion. Elle paraissait plus grande, plus brillante.
L'homme poussa un cri. Elle lui dit : « Tais-toi. Donne vêtements. »
Il jeta un regard désespéré en direction de Simon, qui haussa les épaules. Cette démonstration de violence gratuite dérangeait quelque peu ses circuits, même s'il n'était pas l'assaillant. Il sentit son estomac se nouer et un picotement monta à ses yeux.
Catareen saisit le visage du clochard dans une de ses serres émeraude et le tourna vers elle.
« Les vêtements, donne-moi. Tout de suite », siffla-t-elle.
Il obéit. Il retira sa casquette et ses deux pulls. Il rejeta ses tongs d'un coup de pied.
Elle dit : « Pantalon. »
Il se leva, se débarrassa de son pantalon de travail graisseux et le lui donna. Puis il se tint en sous-vêtements devant elle, l'air absolument terrifié.
Catareen jeta les vêtements à Simon. « Mettez. Vite. »
Il lui obéit. Tandis qu'il enfilait un des pulls, elle se recroquevilla, tel un chat, et pointa un doigt à l'aspect meurtrier vers la gorge du malheureux figurant agité de tremblements.
Simon l'entendit dire : « Pas bouger. Pas parler. »

L'homme resta muet.

Émergeant de son hébétude, Simon enfila le large pantalon par-dessus le sien. Il enfonça la casquette des Mets sur sa tête.

Le train s'arrêta à la 96ᵉ Rue.

« Allons, dit Catareen à Simon. Chacun d'un côté.

— Et que va-t-il vous arriver ? »

Un feu orange brilla dans ses yeux. « Faites ce que je dis. »

Il obtempéra, descendit du train.

Le drone planait au-dessus du quai, vérifiant les passagers qui sortaient des voitures. Simon avança en traînant les pieds. Il rabaissa la visière de la casquette de quelques centimètres et garda les yeux baissés. Des figurants descendus du train et quelques Nadiens se dirigeaient vers les tourniquets. Il se joignit à eux. Le drone tournoyait, décrivant un cercle à proximité de la sortie. Soudain il vacilla, heurta le mur de céramique, puis se redressa. La foule le regardait avec curiosité. Simon en fit autant. Se comporter comme les autres. Un bref instant, son regard rencontra le pédoncule oculaire du drone. Ce dernier le fixa, prit une vidéo, voleta vers le voyageur suivant. Simon franchit le tourniquet et gravit l'escalier avec le flot des voyageurs.

Il émergea au milieu des entrepôts et des magasins vides de la 96ᵉ Rue et de Broadway. Il hésita. Il savait qu'il devait marcher d'un air naturel, mais où était Catareen ? Il feignit de lire un ancien hologramme qui annonçait un concert. Un orchestre de jazz noir. Il pouvait feindre de s'attarder pendant une minute, pas plus.

Elle déboucha en haut de l'escalier trente secondes plus tard. Elle murmura : « Pas ensemble. »

D'accord. Il continua d'avancer, quelques pas derrière elle. Elle traversa Broadway. Il lui emboîta le pas. Arrivée de l'autre côté, elle bifurqua vers l'ouest dans la 96ᵉ. Il en fit autant.

Ce quartier n'était qu'une succession d'entrepôts, en réalité. Quelques ateliers de réparation, des zones complètement abandonnées où rouillaient et ternissaient des accessoires au rebut. Du matériel d'usine et des vieilles carrioles de l'ancien quartier de Five Points (il était question de le fermer ; il devenait trop difficile de trouver des figurants pour y travailler), des Gatsbymobile des années vingt, des amoncellements de caisses d'accessoires hippies qui pourrissaient lentement depuis que le conseil avait fermé le bar Positively Fourth Street. Les attractions touristiques ne recommençaient que lorsqu'on atteignait les restos de *soul food* et les boîtes de jazz du Vieux Harlem, puis c'était la fin du parc.

Quand ils eurent atteint un quartier calme de West End Avenue, elle se tourna vers lui.

« J'ignorais que vous étiez capables d'agir ainsi, vous autres dit-il.

— On peut.

— Comment êtes-vous sortie du métro ?

— Suis allée vite. L'homme préviendra drone prochain arrêt. Nous dépêcher.

— Il nous faut une voiture, dit-il.

— Vous pouvez en avoir une ?

— J'en suis une moi-même. D'une certaine manière. »

Simon choisit une ancienne Mitsubishi dans un parking envahi d'herbe. Il espéra que c'était une vraie voiture. La moitié d'entre elles n'étaient que des coquilles vides. Simon manipula le verrouillage automatique, sentit le code se transmettre dans ses circuits, entra les chiffres et ouvrit la porte. C'était une vraie voiture. Il connecta les fils, mit le moteur en route. Puis il fit entrer la Nadienne du côté du passager.

Elle attacha sa ceinture.

Il se dirigea vers le Henry Hudson Parkway et bifurqua en direction du nord. Il dit : « Je n'arrive toujours pas à croire que vous ayez pu faire un truc pareil. »

Elle regardait droit devant elle, ses longs doigts verts joints sur ses genoux.

L'autoroute était divisée en deux parties. Les voitures anciennes sur la droite, les aéropods sur la gauche. Les voitures étaient peu nombreuses, mais un flot continu d'aéropods défilait. À l'intérieur des cabines, baignés dans une lumière arctique, les touristes regardaient Simon et la Nadienne progresser lentement à bord de la Mitsubishi. Les voir devait les intriguer – un homme tatoué arborant une casquette des Mets et deux pulls superposés au volant d'une petite voiture avec une nounou nadienne à ses côtés. Ils étaient sûrement en train de consulter leurs guides.

« J'espère que vous ne vous m'en voudrez pas de poser cette question, mais j'aimerais savoir. Que faisiez-vous sur Nadia ?

— J'étais criminelle, répondit-elle.

— Vous vous moquez de moi. Vous voliez les gens ?

— J'étais criminelle », répéta-t-elle. Elle n'ajouta rien.

Devant eux, le pont George-Washington s'élançait, illuminé, enjambant le fleuve. Simon s'y engagea. Il dit : « Il faudra que nous nous débarrassions de la voiture une fois arrivés dans le New Jersey. Je trouverai un aéropod. »

Elle hocha la tête, garda les mains jointes sur ses genoux.

Ils avaient franchi la moitié du pont quand la voix d'un drone baragouina au-dessus de leur tête : « Gal doo ober da roite.

— Arrêtez pas, dit la Nadienne.

— Je n'en ai pas l'intention. »

Il appuya à fond sur le champignon. La Mitsubishi gronda et accéléra un peu.

« Nous sommes cuits », dit Simon.

Le drone surgit alors à côté de lui, vrombissant à la fenêtre. « Garez-vous sur la droite. »

Simon fit une embardée dans sa direction. Le drone heurta la vitre et bascula par-dessus la voiture. Simon entendit le bruit de ses ailes contre le toit, semblable au bourdonnement d'une guêpe métallique prise dans une bouteille.

Il réapparut presque aussitôt devant eux. Le premier rayon fit exploser le pare-brise. Des cristaux de verre volèrent dans toutes les directions.

Simon clama : « Voici le souffle des lois, des chants et du comportement. » Il fit une seconde embardée, sur la droite cette fois. Le drone le suivit.

« Attention ! » cria-t-il à Catareen.

Ils se baissèrent tous les deux en même temps. Le second rayon transperça l'appui-tête du siège de Simon. L'air sentait le plastique brûlé.

La tête courbée sur ses genoux, Simon ne voyait plus la route. La voiture se déporta, racla la glissière de sécurité. Catareen leva légèrement la tête par-dessus le tableau de bord et mit une main sur le volant. Elle remit la voiture sur sa trajectoire. Le vent s'engouffrait par le trou du pare-brise. Un autre rayon visa la Nadienne. Elle l'évita à temps. Il toucha la console entre le siège du conducteur et celui du passager. Une petite flamme s'éleva, une volute de fumée. Simon releva suffisamment la tête pour voir la route. Le drone était invisible. Il réapparut soudain sur le côté. Simon enfonça le frein et les pneus crissèrent, la voiture tangua. Le rayon du drone traversa le capot.

Simon accéléra, braqua, pénétra dans la voie des aéropods et accrocha le devant d'un véhicule, déclenchant un coup de klaxon furieux. Il y avait juste assez de place pour la Mitsubishi sur l'accotement à gauche de la voie. Il braqua à nouveau et s'engagea sur le bas-côté.

Le drone était dans leur dos à présent, s'attaquant à la lunette arrière. Il visa trop haut la première fois et fit partir son rayon en direction du New Jersey. La deuxième salve fit sauter la lunette et toucha la radio. Bruce Springsteen se mit à chanter *Born to Run*.

Simon et Catareen étaient couverts d'éclats de verre. Un concert de klaxons s'éleva. L'aéropod qui les précédait freina d'un coup sec. Simon le contourna et passa devant lui. La Mitsubishi était parcourue de tremblements, elle n'avait pas été fabriquée pour ce genre de sport. Simon non plus, d'ailleurs.

Devant eux, la route était déserte, à l'exception d'un aéropod à une trentaine de mètres. Simon se déporta d'une voie sur une autre, slalomant du mieux qu'il pouvait. Un rayon lui effleura la joue. Il sentit la brûlure, fit une embardée vers la droite au moment où un autre tir traversait sa casquette, répandant une désagréable odeur de laine synthétique. Il se tâta le cuir chevelu. Impossible d'évaluer la gravité de la blessure. Il savait seulement qu'il était vivant. Il savait qu'il était encore capable de conduire.

Le drone planait devant l'ouverture laissée par la lunette arrière. Il émit une sorte de toux rauque et métallique, bascula dans les airs. Puis il parvint à se redresser et tira. Cette fois, le coup partit trop haut sur la gauche, atteignant l'aéropod devant eux. Le drone semblait en difficulté. Il déchargea son arme sur le véhicule en sept coups rapprochés. Les deux premiers transpercèrent son châssis blanc profilé, y laissant deux impacts fumants de la taille d'une pièce de monnaie. Le troisième fit éclater une vitre et tua sur le coup une personne, une femme à l'apparence asiatique. Le quatrième tua l'homme assis à côté d'elle et qui s'était levé au moment où le rayon l'avait frappée. Les cinquième et sixième tirs fracassèrent deux autres vitres. Le septième entra par l'ouverture pratiquée dans l'une d'elles.

Simon voyait le chaos qui régnait à l'intérieur. Il était impossible de savoir si le conducteur avait été touché. L'aéropod fit une embardée sur la droite, fut pris dans un courant ascendant et dériva le long du pont avant de s'arrêter enfin, bloquant les deux voies. Il demeura immobile, en suspension à un mètre cinquante de l'asphalte.

Le drone s'était positionné du côté de Catareen à présent. « Baissez-vous ! » hurla Simon. Elle se jeta sur le plancher. Les Nadiens réagissaient très vite. Le rayon du drone grésilla sur le siège vide. Simon changea à nouveau de direction. Le tir suivant toucha la porte du passager en dessous du trou laissé par la vitre.

Simon savait ce qui lui restait à faire. Il fonça vers l'aéropod qui bloquait les deux voies, ordonna à Catareen : « Ne bougez pas » et écrasa l'accélérateur.

L'aéropod racla violemment la Mitsubishi au moment où il passait dessous, avec un bruit semblable au crissement du velcro. Simon sentit la voiture vaciller pendant un instant, comme un être vivant qui hésite, évalue les dégâts. Il aperçut le ventre blanc de l'aéropod, eut l'impression de passer sous une baleine.

Le pont se terminait à quelques mètres devant lui. Un panneau annonçait : BIENVENUE DANS LE NEW JERSEY.

Bientôt, ils seraient de l'autre côté du pont, hors du Vieux New York. Le drone les accompagna jusqu'à la limite du pont. Il prit des vidéos. Les suivrait-il illégalement ? Simon perçut les doutes de l'opérateur. Il y avait le problème des touristes abattus, une mauvaise note pour Infinidot. Valait-il mieux enfreindre la loi et poursuivre Simon et Catareen en violant la frontière de l'État ? L'histoire serait-elle moins désastreuse si elle se terminait par une arrestation ?

Le drone rebroussa chemin en direction du Vieux New York. Les pilotes des drones étaient sous-payés. Ils se plaignaient volontiers de leur sort et se droguaient pour tenir le coup. Celui-là avait dû s'enfiler une ou deux doses pendant la poursuite. Il avait peut-être atteint ses limites. Il devait savoir qu'il avait déjà perdu son emploi. Peut-être s'en réjouissait-il. Plusieurs des figurants chargés du rôle de truands à la Dangerous Encounters étaient des pilotes de drones qui avaient baissé les bras. Ça faisait en général de bons truands.

Simon et Catareen roulèrent en cahotant pendant encore un kilomètre. Bruce Springsteen chantait *Born to Run* en boucle à la radio. Les circuits étaient fondus. Bientôt Simon arrêta la voiture dans une aire déserte envahie de mauvaises herbes. Le New Jersey était laissé à l'abandon. Comme toute la côte Est, en dehors des parcs d'attractions. Le conseil protégeait le Nord-Est de la violence, mais ne s'intéressait pas aux problèmes d'éclairage public, ni aux routes défoncées et autres équipements situés à une telle distance de l'Assemblée du Sud.

La voiture se mit à trépider. L'air chaud miroitait au-dessus du capot. Simon épousseta les fragments de verre sur le devant de sa chemise. Il passa en revue ses blessures. Une marque rouge vif courait le long de sa joue droite jusqu'au lobe de l'oreille. Il retira sa casquette et s'aperçut qu'une balafre lui entaillait la partie gauche du cuir chevelu. Rien de sérieux. Les brûlures grésillaient sous l'effet de la cautérisation. La sensation n'était pas désagréable.

Catareen regardait droit devant elle, les mains jointes sur ses genoux, à nouveau.

« Nous nous en sommes sortis, dit Simon.

— Oui, répondit-elle.

— Vous n'êtes pas mauvaise.

— Vous non plus.

— J'existe tel que je suis, c'est déjà ça. Nous devons décider quoi faire à présent.

— Où aller.

— Bon. J'ai dit que je tenterais de trouver un aéropod.

— Oui.

— En réalité, ça ne va pas être aussi facile. Je me débrouille pas mal avec ces vieilles guimbardes. Avec un aéropod, ce n'est pas la même chanson.

— Nous allons en voiture ?

— Aussi loin que nous le pourrons. Ces bagnoles marchent à l'essence. Or il n'y en a pas en dehors du Vieux New York.

— Nous irons aussi loin que nous pourrons.

— Avec de la chance, beaucoup de chance, nous arriverons à traverser le New Jersey. Une fois dans un autre État, je verrai ce que je peux faire. Sur le plan du transport.

— Nous allons dans quelle direction ?

— Que penseriez-vous de Denver ?

— Denver. » Elle prononça le mot d'une voix flûtée.

« Hum. Comment expliquer. Pour faire court. Je suis un simulo. Savez-vous ce que sont les simulos ? »

Il attendit une réponse. Elle n'avait manifestement plus envie de parler. Elle regardait devant elle à travers l'encadrement vide du pare-brise, semblait en contemplation devant la plaque d'herbe sèche et de broussailles. Un papier d'emballage passa en volant devant eux, emporté par le vent. Chewing-gum Bears.

Simon dit : « Je suis expérimental. J'ai été fabriqué par une société qui a pour nom Biologue. En avez-vous entendu parler ? »

Toujours rien. Il continua. Que faire d'autre ?

« Biologue a loupé le coche avec les brevets de génétique animale qui rapportaient un paquet de fric. Ils ont ramassé quelques brevets humains importants, quand la législation était encore floue. Mais Biologue n'a pas su en tirer profit. Des problèmes de relations publiques, comme vous pouvez l'imaginer. Les responsables du marketing ont fini par trouver ce qui leur a paru l'angle d'attaque idéal : des humanoïdes destinés aux longs voyages dans l'espace. Des créatures résistantes et fiables, capables de raisonnement abstrait, équipées pour plaire aux formes de vie extraterrestres, et ne craignant pas d'entreprendre des voyages de quarante ou cinquante ans dont on pouvait ne jamais revenir.

» Pourtant, c'était risqué. Biologue en sous-traita la fabrication à d'obscures petites start-up qu'elle paya généreusement en spécifiant qu'elle les désavouerait si l'expérience tournait mal. L'un de ces types s'appelait Lowell, Emory Lowell. Il habite à Denver. Lowell a découvert un moyen de stimuler certaines séquences cellulaires en les mariant avec des circuits électroniques obsolètes. Le noyau était mécanique, mais autour de lui s'est développée une biomasse qui a pris forme humaine. Un peu comme un Chia Pet.

Un Chia Pet ? Comment diable connaissait-il ce mot ? Lowell s'était peut-être amusé à glisser cette notion dans ses circuits. Il semblait aussi tout savoir sur les distributeurs de Kinder, les collections de boîtes de M. Bubble et le dessin animé *L'Élan Bullwinkle*.

« Un gadget d'autrefois, expliqua-t-il à Catareen. Des petits animaux de terre cuite remplis de graines qui se couvraient d'herbe quand on les arrosait. Peu importe. Biologue n'avait plus un sou à cette époque, et ils pressèrent Lowell de dévoiler son prototype plus tôt qu'il ne l'aurait souhaité. Une discussion orageuse s'ensuivit. Lowell voulait disposer d'au moins six mois supplémentaires pour nous mettre au point définitivement, pour développer une matière douée de la même résistance que la chair, capable comme elle de se nourrir et de se régénérer, mais sans les caractéristiques supérieures de l'homme. Sans la capacité d'abstraction. Sans les émotions. Parce qu'il eût été immoral, d'un certain point de vue, d'engendrer un être de ce genre et de l'envoyer dans l'espace. »

Catareen regardait devant elle. Simon résolut de croire qu'elle écoutait et poursuivit.

« Il y a eu quelques loupés, habilement dissimulés. Je faisais partie de la troisième souche. Lorsque je fus enfin opérationnel, le temps, la patience et l'argent manquaient à Biologue, et ils passèrent directement au stade de la production, en dépit des protestations de Lowell. On fit tout un battage à notre sujet, mais nous n'eûmes dans les faits aucun succès. Les gros contrats industriels ne se matérialisèrent pas, et l'exploration de l'espace tomba plus ou moins à plat après Nadia. Biologue fit faillite. Cependant, la rumeur court que Lowell est toujours là-bas, en train de bricoler dans son coin. Qu'il se sent coupable d'avoir créé des êtres inachevés. Qu'il a trouvé un moyen de manipuler les codes et de nous rendre…

Elle dit : « Rendre quoi ? » Elle avait donc écouté.
« Eh bien, un peu plus humains, en quelque sorte.
— C'est ce que vous voulez ?
— Je veux quelque chose de plus. Je ressens un manque.
— Un manque ?
— Je ne sais pas comment l'exprimer. Pour être franc, les sentiments ne m'intéressent guère. Je ne suis pas du genre à pleurnicher. Mais il y a quelque chose que ressentent les créatures biologiques que je ne connais pas. Par exemple, je comprends ce qu'est la beauté, je saisis son concept, je sais ce qui la caractérise, mais elle ne me touche pas. J'en suis à deux doigts, parfois. Mais jamais avec certitude, jamais pour de vrai.
— Vous voulez le sphros, dit-elle.
— Pardon ?
— Le sphros. Je ne sais pas dire autrement.
— D'accord. Disons que je manque de sphros. Je sens qu'il existe quelque chose de formidable, de surprenant et de magnifique qui est presque à ma portée. J'en rêve. Je suis capable de rêver, en fait. Cette sensation surgit sans crier gare. Puis elle disparaît. J'ai l'impression d'être sur le point d'acquérir quelque chose qui n'arrive jamais. Je voudrais l'avoir ou en être débarrassé à jamais.
— Nous allons à Denver, dit-elle.
— Il faut que j'y aille. Il y a ce truc qui me turlupine à propos du 21 juin de cette année. C'est cette date, à Denver. Comme un petit bourdonnement, insistant, une chanson qui me trotte dans la tête. Marcus avait la même chose. C'est implanté dans mon crâne, sans que je sache pourquoi.
— Allons à Denver, répéta-t-elle.
— Denver se trouve à plus de mille miles. Et il n'y a peut-être rien là-bas. Lowell a probablement un boulot normal quelque part. À moins qu'il ne soit mort. Il n'était pas jeune quand toute cette histoire a commencé.
— Nous verrons.
— Voilà ce que je bois, ce que je goûte, ce que j'aime, c'est une partie de moi-même.
— Oui », fit-elle.

Ils traversèrent sans échanger un mot une grande partie du New Jersey. Le jour tomba, les étoiles apparurent. Ils ne pouvaient pas rouler vite, avec le vent qui leur soufflait au visage à travers le pare-brise éclaté, les routes criblées de trous assez profonds pour y cacher un gamin. Simon vérifiait la jauge d'essence toutes les trois minutes. Elle diminuait régulièrement. Bruce Springsteen chantait sans fin.

Ils n'eurent aucun ennui dans le New Jersey. Un aéropod les croisait parfois, se dirigeant vers les casinos ou les centres commerciaux. À bord, les passagers les regardaient avec curiosité mais poursuivaient leur vol. Ils passèrent devant des kilomètres d'usines abandonnées aux fenêtres sans carreaux, devant des rangées de maisons délabrées. Ils virent çà et là des campements de Nadiens qui squattaient les maisons ou les usines. Ils étaient assis autour de feux d'où jaillissaient des gerbes d'étincelles dans l'air nocturne. À l'extérieur d'une ville qui s'était jadis appelée New Brunswick, si l'on en croyait les panneaux, un groupe d'enfants nadiens surgit dans le faisceau des phares au bord de la route. Ils restèrent stupéfaits à la vue de la Mitsubishi, la regardèrent passer bouche bée. Leurs yeux étincelaient. La plupart étaient nus, mais l'un d'eux s'était confectionné une sorte de pagne avec des emballages de nourriture et des bandages.

Simon dit à Catareen : « Un bon nombre d'entre vous regrettent peut-être d'être ici, non ?

— Pas tous.

— Regrettez-vous d'être venue ?

— Je devais venir.

— Parce que vous étiez une criminelle sur Nadia ? »

Pas de réponse. Même attitude que précédemment. Regard fixe, narines dilatées.

La voiture parcourut vingt-trois miles en Pennsylvanie avant de tomber en panne sèche. Le moteur hoqueta, toussota et cala. Simon monta sur le bas-côté. Les routes étaient un peu meilleures ici, mais d'autres difficultés les attendaient. La maintenance de l'État avait été sous-traitée à Magicom, dans le cadre d'un accord qui incluait le Maine et la plus grande partie de l'est du Canada. La Pennsylvanie n'était pas prioritaire, mais Magicom se montrait plus vigilant que le comité de district du New Jersey. Ici un humain (ou ce qui passait pour un humain) et une Nadienne voyageant ensemble éveilleraient davantage les soupçons.

La voiture s'était arrêtée dans une prairie bordée d'arbres. La nuit était silencieuse et noire.

Simon dit : « Fin de la Mitsubishi. »

Catareen cligna les yeux et respira profondément.

« Nous devrions dormir un peu, ajouta-t-il. Pas dans la voiture. Mieux vaut sortir et dormir à la belle étoile. Vous voulez bien ?

— Oui. »

Ils traversèrent la prairie jusqu'à la lisière du bois. Le sol était irrégulier. Il flottait une odeur qui rappelait la chlorophylle diffusée dans le parc par les nébuliseurs. La voix de Springsteen diminua peu à peu à mesure qu'ils s'éloignaient, puis se dissipa dans le bruissement tranquille de la nuit.

Une fois arrivés à l'ombre des arbres, ils mirent un certain temps à trouver un endroit confortable où se coucher. Le sol était couvert de brindilles et de fougères. Ils dégagèrent un espace au pied d'un tronc légèrement recourbé, afin d'y reposer leurs têtes. Ce n'était pas à proprement parler confortable. Ils s'en contenteraient.

Simon s'allongea. Catareen s'assit à côté de lui. Elle ne s'étendit pas.

Il dit : « Vous ne voyez pas d'inconvénient à ce que je vous parle ?

— Non, répondit-elle.

— Je suis programmé ainsi. Je deviens de plus en plus familier jusqu'à ce que me soit signifiée une limite. Je m'en tiens alors à ce niveau d'intimité. À moins que vous estimiez que c'est encore trop, et là je peux faire marche arrière. C'est un capteur auquel travaillait Lowell lorsque Biologue a été introduit en Bourse. Un frein à mes pulsions agressives. Il m'empêche de vous tuer.

— Vous devez être bon, dit-elle.

— Si on veut. Il n'y a pas de véritable émotion là-dessous. Cela vous ennuie ?

— Non. »

Elle disait peut-être la vérité. Comment savoir, avec une Nadienne ?

Il hocha la tête. « Bon. Je suppose que vous n'aimez pas évoquer votre passé sur Nadia. »
Silence.
Il insista : « Voyons. Avez-vous une famille ici ? Aviez-vous une famille là-bas ? »
Rien.
« Aviez-vous une famille autrefois ? Un mari ? Des enfants ? »
Toujours rien.
Il dit : « Croyez-vous que vous pourrez dormir ?
— Oui, répondit-elle.
— Je tombe dans la mauvaise herbe et sur les pierres, le cavalier pique de l'éperon son cheval rebelle et se rapproche.
— Bonne nuit, dit-elle.
— Bonne nuit. »
Simon se fabriqua un petit oreiller de terre pour y reposer sa tête et croisa les mains sur sa poitrine. Il s'endormit rapidement. Il rêva d'un jeune garçon qui regardait un homme qui le regardait par la fenêtre dans l'obscurité. Et aussi d'un train qui filait au-dessus d'un champ doré, vers une fabuleuse et ineffable destination.

Il se réveilla aux premières lueurs du jour. Catareen dormait, roulée en boule, la tête posée sur l'épaule de Simon.
Il avait enfin l'occasion de la contempler.
Sa tête était un peu plus grosse qu'un melon. Elle était chauve. Ses yeux, fermés, brillaient à travers les membranes veinées de ses paupières. Sa peau, dans la pénombre, était d'un vert profond, presque noir. Les Nadiens n'avaient pas d'écailles. C'était un mythe. Sa peau était lisse et semblait douce comme une feuille. Elle était fine et fragile, comme une feuille.
Elle respirait régulièrement dans son sommeil. Elle sifflait sa petite mélodie. Sa bouche mince n'était qu'une ligne. Leurs bouches étaient dépourvues d'expression. Tout résidait dans leurs yeux et leurs narines. Sa tête lisse se pressait doucement contre son épaule en dormant.
Puis elle se réveilla, battit des paupières, aussitôt consciente et aux aguets. Elle s'assit.

Il demanda : « Ça va ? »
Elle hocha la tête.
« Nous devons nous mettre en route. Et rester à l'écart de tout chemin.
— Oui.
— Il nous faudra voler un aéropod. Cela risque d'être difficile.
— Je sais voler, dit-elle.
— Je ne veux pas dire difficile d'un point de vue moral ou philosophique. Je veux dire que les systèmes de sécurité d'un aéropod ne sont pas faciles à forcer. Je vais quand même essayer.
— Oui. Essayez.
— Mettons que nous parvenions à nous emparer d'un aéropod ; la traversée de la Pennsylvanie devrait se dérouler sans encombres. C'est une région surtout peuplée de réfugiés. La plupart sont inoffensifs. Mais nous entrerons ensuite dans l'Ohio. Or c'est là que commencent les Territoires libres.
— Oui.
— Vous connaissez leur histoire ?
— Un peu.
— Il n'y a plus aucun contrôle là-bas. Après la fusion atomique, presque tous les habitants, entre l'endroit où nous nous trouvons et les Rocheuses, ont été évacués. Temporairement, en théorie... mais en réalité personne n'est revenu. Aujourd'hui, la majorité des gens qui habitent ces territoires sont ceux qui ont refusé de partir, et on ne connaît pas encore les conséquences. Sur eux et sur les nomades que l'on voit remonter depuis l'Assemblée du Sud ou qui descendent du Canada. Ceux-là peuvent se montrer dangereux. Ils ne sont jamais parvenus à s'adapter à une société civilisée. Certains sont des évangélistes. D'autres des criminels.
— Comme sur Nadia, dit-elle.
— Je suppose. Par certains côtés.
— Marchons maintenant, dit-elle.
— Oui. Allons-y. »
Ils parvinrent à longer la route, malgré les étendues de terrain nu qui les forçaient à progresser à découvert. Ils se déplaçaient d'un pas rapide mais sans précipitation. Des

aéropods filaient à la vitesse de l'éclair au-dessus de la route à un demi-mile sur leur gauche. Si quelqu'un les apercevait, ils passeraient peut-être pour des réfugiés en quête de nourriture et d'un abri. Un humain accompagné d'une Nadienne éveillerait la défiance. Restait à espérer que personne ne serait assez soupçonneux pour en avertir Magicom. Ils ne pouvaient que l'espérer.

Ils marchèrent, traversèrent des étendues de gazon et de broussailles, un lotissement à l'abandon, rangées de maisons toutes identiques envahies d'herbes folles. Conçues selon le même concept répété à l'infini. Le temps et les intempéries les avaient blanchies, leur donnant l'aspect diaphane de constructions de papier. Elles dégageaient une étrange sérénité dans leur silencieuse similitude, avec leurs toits pointus qui se découpaient comme de petites dents sur le ciel blanc monotone. Elles s'écroulaient de façon paisible et continue.

Au milieu de l'après-midi, ils atteignirent une tour qui se dressait en scintillant au-dessus de la route. Une ellipse argentée de cinquante étages dans un style à la Ghery, ornée de petites protubérances et, sur le côté sud, d'un éperon de douze mètres de haut tendu sans conviction vers le ciel. Sous le plan incliné intérieur se trouvaient probablement les garages.

« Bien, fit Simon. Voilà la civilisation. Sans doute l'un des derniers ensembles habités à l'ouest.

— Oui.

— Sécurité renforcée, à coup sûr. Arrêtons-nous une minute pour réfléchir.

— Oui.

— Ils ne nous laisseront pas pénétrer dans la partie résidentielle ni dans les bureaux. Nous pourrions nous glisser dans la zone commerciale, mais ils surveilleraient chacun de nos mouvements.

— Ils font des livraisons ? demanda-t-elle.

— Des livraisons ? Sûrement. Tous les jours.

— Pas beaucoup de surveillance ?

— Probablement pas. Vous croyez que nous pourrions rôder du côté des rampes de chargement et y voler un aéropod de livraison ?

— Oui.

— Il y a un problème, je ne peux pas m'attaquer à quelqu'un. Je pourrais voler un aéropod, mais je suis incapable de menacer le chauffeur. Ma programmation ne le permet pas. Je me retrouverais bloqué, verrouillé. Si un malheur arrivait à quelqu'un, je pourrais m'éteindre à jamais.

— Vous étiez voleur, dans le Vieux New York.

— Je volais les clients qui le désiraient. C'était un des seuls jobs que j'aie pu obtenir sans avoir besoin d'un curriculum vitae.

— Je peux menacer.

— Je m'en suis aperçu.

— Je menace, vous conduisez, d'accord ?

— D'accord. Je peux conduire, pas de problème. Mais je ne peux pas faire de mal à une créature dotée d'une colonne vertébrale.

— Je menace. Vous conduisez.

— Bon, tentons le coup. »

Ils s'avancèrent jusqu'à la base de la tour et se postèrent sur le côté de l'esplanade intérieure. Des fissures pleines de mauvaises herbes sillonnaient le sol. À première vue, il s'agissait d'une résidence à loyer modéré. Les portes vitrées du hall d'entrée étaient loin d'être propres. Plusieurs panneaux en titane manquaient. Des carrés de couleur marron marquaient leur emplacement.

Le système de sécurité semblait peu perfectionné. Peut-être était-ce un de ces modèles périmés censés identifier tout le monde mais qui n'interrogeaient qu'un individu sur trois et déclenchaient automatiquement une arme paralysante une fois sur cinquante. On avait tu la défectuosité des appareils, les remplacer revenant à dévoiler leur défaillance. Certains des ensembles les plus anciens et les meilleurs marché continuaient à les utiliser.

« L'accès des livraisons doit se trouver derrière, dit Simon.

— Allons. »

À l'arrière de la tour, une rampe incurvée partait du niveau du rez-de-chaussée pour aboutir à une grille métallique qui se levait une fois le livreur identifié. Elle était déserte pour le moment. Aux alentours, des barils de détritus brillaient d'un éclat bleuâtre sous le soleil. Ils avaient sans doute désactivé le système d'élimination de produits toxiques pour faire des économies, et engagé des Nadiens pour enlever les déchets les plus dangereux. Les Nadiens allaient ensuite les déverser dans les champs que Catareen et Simon avaient foulés peu auparavant.

Elle dit : « Nous attendre. Nous cacher.
— Mais où ?
— Les barils.
— Nous ne devrions pas nous approcher de ces trucs-là.
— Pas longtemps.
— Même si nous ne restons que quelques minutes, nous risquons de nous sentir un peu étourdis.
— Pas d'autre solution. »

Ils s'accroupirent derrière les barils de déchets toxiques. Par curiosité, Simon toucha l'un d'eux du bout des doigts. Il était chaud. Les barils émettaient une vapeur verte fantomatique, à peine visible – une accélération de l'air, un miroitement. Simon se demanda si les habitants des étages inférieurs souffraient de maux de tête inexplicables. Si leurs enfants avaient des problèmes dentaires.

Au bout d'un moment, ils entendirent le bourdonnement d'un aéropod. Catareen se redressa d'un geste vif. « Vous attendre », dit-elle. Elle s'élança hors de son abri et alla se coucher en travers de la rampe.

Un moment plus tard, l'aéropod de livraison apparut. Il s'immobilisa à quelques mètres de la forme immobile de Catareen.

Elle leva la tête et regarda le pilote. Simon l'entendit supplier : « À l'aide. Pitié. À l'aide. »

Il entendit la voix amplifiée provenant du siège du pilote. « Que se passe-t-il ? » C'était une voix jeune, aiguë et impatiente.

Elle leva un bras, agita mollement une serre verte en l'air. « À l'aide. »

Le pilote hésitait. Devait-il la laisser là et aller à l'intérieur prévenir quelqu'un ? Ou intervenir ? Les opinions divergeaient concernant l'attitude à adopter envers les Nadiens. Certains refusaient catégoriquement de les secourir. D'autres en revanche leur manifestaient trop de compassion. Simon vit le pilote sortir de l'aéropod. Il prononça in petto : Tu es un brave garçon, je regrette sincèrement ce qui va t'arriver.

Il le regarda se pencher sur Catareen. Elle hésita, murmura quelque chose. Puis elle se jeta sur lui. Elle entoura son cou de ses mains griffues. Comme il faisait une bonne tête de plus qu'elle, elle enfonça ses talons dans son ventre. Elle était très vive. Rapide comme un lézard. Pendant un instant, Simon perçut l'animal qui était tapi en elle, fondant sur sa proie. Puis il s'élança à son tour hors de sa cachette.

Le jeune livreur était livide et tremblant entre les griffes de Catareen. Il avait des cheveux orange clair, un visage criblé de taches de rousseur.

Il dit : « Je vous en supplie, ne me faites pas de mal. »

Simon s'immobilisa, incertain. Ses circuits s'activèrent. Ce gosse avait-il envie qu'on lui fasse mal en réalité ? Le désirait-il malgré lui ? Ou lui-même interprétait-il le signal de travers ?

Il dit : « Nous ne te ferons rien de force.

— Monte, ordonna Catareen au livreur. Siège du passager. »

Apeuré, le garçon grimpa dans l'aéropod, Catareen cramponnée à lui tel un enfant déchaîné. Simon prit la place du pilote. Il partit en marche arrière et resta en suspens au-dessus de la route, leur prisonnier assis à côté de lui.

Simon vit qu'il était venu livrer du lait de soja dans la tour. Des caisses orange étaient soigneusement empilées à l'arrière du véhicule.

Le garçon implora : « Pitié, je vous en prie, prenez le pod. Je ne ferai rien. »

Simon réfléchit afin d'agir au mieux. Ses circuits s'arrêteraient net s'il le blessait. Mais il avait beau faire, il était incapable de déterminer si ce môme avait envie d'être épargné ou menacé.

Catareen ne disait rien. Elle serrait entre ses griffes le cou maigre de sa proie.

Lorsque Simon voulut parler, il s'aperçut qu'il n'avait plus de voix. Il essaya de nouveau. Dans un murmure, il articula : « On va te laisser sortir bientôt. Tu pourras rentrer à pied. Tout ira bien. »

Il parlait comme une machine au ralenti. Et il avait l'impression de conduire en état d'ivresse. Il concentra son attention sur la manœuvre de l'appareil.

Le garçon gémit sous l'étreinte de Catareen. Simon pilotait tant bien que mal. Il fit une légère embardée mais parvint à revenir au-dessus de la route.

Quand apparut un chemin de traverse, Catareen dit : « Tourner là. »

— Oh mon Dieu, non ! » s'écria le garçon. Il croyait probablement qu'ils allaient le tuer.

Il implora : « Pitié, je vous en prie. »

Les circuits de Simon s'interrompirent, il cessa de fonctionner. Il pouvait voir, mais était incapable de faire un mouvement. Il vit sa main paralysée sur le volant de l'aéropod. Il vit la route s'éloigner.

Catareen dit : « Tourne pas ? »

Il ne pouvait plus parler. Il était figé sur son siège, juste capable de regarder. L'aéropod dériva vers la droite. Simon ne put corriger sa trajectoire. Lorsque Catareen comprit qu'il avait perdu tout contrôle, le véhicule était déjà sorti de la route. Il heurta le bas-côté herbeux avec une légère secousse.

Catareen ôta ses griffes de la gorge du garçon qui saisit l'occasion. Profitant de l'instant où elle posait sa main sur celle de Simon pour ramener l'appareil sur sa trajectoire, il ouvrit la porte du passager et sauta.

Toujours paralysé, l'œil rivé sur le rétroviseur sphérique, Simon le regarda rouler dans la poussière. Il voyait moins clair. Il lutta pour rester conscient, le vit faire une double culbute, soulevant un nuage de poussière, s'éloignant à mesure que l'aéropod reprenait de la vitesse. Sa vue faiblissait. Un voile blanc se formait à la périphérie de sa vision, l'obscurcissait. Il résista, vit le garçon se redresser.

Ses facultés se rétablirent. Ses doigts sur le manche retrouvèrent leur sensibilité. Il repoussa la main de Catareen posée sur la sienne, fit un virage serré et revint en arrière pour récupérer leur passager.

« Pas revenir », dit Catareen.

Il ne prêta pas attention à ses paroles. Il n'avait pas le choix.

Il arrêta l'appareil à l'endroit où le jeune livreur était affalé dans la poussière. Il sortit et se dirigea vers lui.

Il dit : « Ça va ? »

Assis en tailleur, le pauvre garçon était d'une pâleur cadavérique. Une de ses joues était tuméfiée. Simon sentit ses fonctions ralentir à nouveau, le voile blanc se reformer devant ses yeux.

Il répéta : « Ça va ? »

L'autre hocha lentement la tête. Simon s'accroupit près de lui, tâta ses bras et ses jambes. Il n'y avait rien de cassé à première vue.

« Tout a l'air normal », affirma-t-il.

Le garçon se mit à pleurer. Plusieurs ecchymoses marquaient son front. Il avait le nez busqué, des yeux très clairs, exorbités.

« Crois-tu pouvoir te lever ? » demanda Simon.

Il pleurait de plus belle, incapable de parler. Puis il balbutia : « Qu'allez-vous me faire ? »

Une note d'excitation vibrait dans sa voix.

C'était un niveau sept. Les circuits de Simon bourdonnèrent.

Il s'entendit dire : « Je vais buter ton triste petit cul. »

Le garçon poussa un cri. Il recula à quatre pattes dans la poussière, fit demi-tour et commença à s'éloigner en rampant dans l'herbe.

Non. Retiens-toi. Concentre-toi.

« J'ai envie de ton beau petit cul potelé. Je veux que tu le dresses bien haut pour que je puisse le ramoner avec ma grosse bite tatouée. »

Merde.

Le gosse hurla. Il se traîna par terre et tenta maladroitement de se redresser, vacilla, retomba. Une décharge électrique enflamma les synapses de Simon. La connexion était coupée. C'était dommage mais pas forcément désagréable.

Il déclama : « Aussi sûrement que reviennent les étoiles après s'être fondues dans la lumière, la vie n'est pas plus que la mort. »

C'est alors que Catareen sortit de l'aéropod et se précipita vers le garçon. Simon observa la scène, impuissant. Il la vit saisir le garçon devenu blême et qui sanglotait. Il la vit fouiller dans ses poches et en retirer son appareil vidéo. Il la regarda revenir vers lui, Simon, et le forcer à marcher jusqu'à l'aéropod. Il parvint à lui obéir. Pendant la première phase de la coupure, il était encore capable d'obéir aux indications, malgré son incapacité à prendre la moindre initiative.

Elle l'installa dans le siège du passager et se mit au volant. Elle fit demi-tour et démarra en vitesse.

Peu à peu, Simon retrouva sa mobilité. Une sensation de chaleur l'envahit, sorte d'épanouissement intérieur. Il parvint à dire : « Il me semble que j'ai un peu perdu les pédales, hein ?

— Oui », répondit-elle. Elle se concentrait sur la route.

« Ce sont les circuits. La programmation. Je n'y peux rien.

— Je sais. » Pourtant elle était en colère, il le sentait. Ils continuèrent le trajet en silence.

Il l'avait vue bondir sur le garçon tel un lézard s'emparant d'un insecte. Il comprit qu'une partie de tout ce qu'on racontait des Nadiens était sans doute vrai. Ils avaient des caractéristiques animales et pouvaient être agressifs.

Il dit : « Il nous reste peu de temps, vous savez.

— Oui.

— Ce gosse n'a qu'à héler un aéropod. Ce qu'il a peut-être déjà fait. Dans ce cas, nous aurons vite Magicom aux fesses.

— Oui.

— Dans ce cas, mieux vaudrait quitter cette route.

— Oui. »

Et pourtant, elle continuait dans la même direction, avec ce même regard orange bien déterminé. Foutu lézard, pensat-il, saloperie de lézard.

Il dit : « La Pennsylvanie est sillonnée de routes désaffectées. On dirait que nous arrivons à un croisement.

— Oui.

— Je devrais peut-être conduire.

— Je conduis.

— J'ai eu un problème parce que nous faisions du mal à ce garçon. Je croyais vous avoir expliqué tout ça.

— Je conduis », s'entêta-t-elle.

Il préféra ne pas discuter. Elle conduisait bien. Et ils perdraient du temps en s'arrêtant pour inverser leurs places.

Elle bifurqua, quitta la voie des aéropods. Un vieux panneau délabré indiquait : HARRISBURG. Ils survolèrent les vestiges d'un village. Les États administrés par le conseil avaient commencé à démolir ces agglomérations, prétendait la rumeur. Magicom cherchait à vendre la Pennsylvanie mais ne trouvait pas d'acheteurs.

Catareen pilotait habilement au-dessus de la route striée d'ornières et pleine de bosses. Des maisons et des boutiques à l'abandon défilaient, des McDonald's, Wendy Kentucky et autres Health-4-Ever, sombres, envahis par les mauvaises herbes, les fenêtres brisées. La plupart étaient vides. Certains étaient habités par des Nadiens, qui y avaient dressé leurs auvents brûlés par le soleil. Ils s'occupaient de leurs enfants, faisaient sécher leurs vêtements en lambeaux, entretenaient leurs petits feux.

Catareen et Simon survolèrent la route pendant plusieurs heures sans encombre. Ils maintenaient l'aéropod en direction de l'ouest. Le paysage restait immuable, des maisons désertes, des chaînes de magasins et des petits commerces, de temps en temps un centre commercial délabré, tous si semblables que Simon craignit qu'ils aient rebroussé chemin par inadvertance. Lorsque régnait encore une certaine activité dans ces endroits, on pouvait sans doute les distinguer les uns des autres. Catareen et lui étaient-ils repartis en direction du New Jersey ? Ils risquaient alors de se retrouver dans la tour où ils avaient volé l'aéropod.

Obligés de faire confiance à leur système directionnel, ils n'avaient d'autre choix que de continuer.

La nuit tomba. Ils avaient absorbé chacun deux boîtes de lait de soja. Ils avaient faim. Silencieux, ils planaient dans l'immensité noire. Les phares éclairaient des rubans sans fin de routes défoncées qui ne conduisaient nulle part, sinon à l'espoir de retrouver la trace d'Emory Lowell. Ils étaient à la poursuite d'une date et d'un lieu que Lowell avait implantés dans Simon cinq ans plus tôt.

Si la Nadienne était inquiète, elle n'en montrait rien. Elle continuait à conduire, avec son inaltérable concentration de reptile.

Simon finit par dire : « Nous devrions nous arrêter pour la nuit.

— Une heure de plus, fit-elle.
— Non. Arrêtons-nous maintenant. »

Il vit sa bouche sans lèvres se crisper. C'était une femme-lézard qui savait ce qu'elle voulait. Elle était autoritaire et incapable de se mettre à la place de l'autre.

Puis elle dit : « Si vous voulez. »

Elle s'arrêta sur le bas-côté de la route. Elle désactiva l'aéropod, qui se posa sur le sol avec un soupir. Les globes avant s'éteignirent. Une obscurité profonde s'établit, vibrante de crissements, de petits bruits d'insectes.

« Nous pourrions nous débarrasser d'une partie du lait de soja et dormir à l'arrière, dit-il.

— Ou dans maison. »

Elle tourna sa petite tête ovoïde vers une rangée d'habitations basses, de l'autre côté de la route, dont les pignons se détachaient dans le ciel étoilé, comme une chaîne de montagnes dessinée par un enfant.

« En théorie, ce sont encore des propriétés privées », fit remarquer Simon.

Elle agita ses doigts en l'air – un geste qui signifiait « qu'importe » chez les Nadiens, supposa-t-il.

« Hé, dit-il. Nous sommes des criminels, n'est-ce pas ? Qu'est-ce qu'une petite violation de domicile ? »

Ils sortirent de l'aéropod. Simon s'étira, sentant la terre herbeuse sous ses pieds. Ils se trouvaient au milieu d'une vaste zone de maisons inhabitées. Une immensité de constellations se déployait dans la nuit. Loin des lumières de la ville, on s'apercevait qu'elles étaient innombrables.

Le soleil de Nadia était l'une des étoiles qui brillaient au-dessus de la ligne sombre des toits. Cette petite étoile ridicule dans le lointain.

Il sentit soudain la présence de Catareen à côté de lui. Ces créatures étaient capables de se déplacer sans faire de bruit. De vrais lézards !

Elle dit : « Nadia.

— Hmm.

— Nous disons Nourthea.

— Je sais. »

Le nom de Nadia avait toujours été une approximation ironique. Un journal de droite l'avait d'abord appelée

Planète Nada, « rien » en espagnol, alors que ses richesses et sa sagesse tardaient à se concrétiser. Le nom était resté.

Elle demanda : « Vous connaissez ?

— Moi, personnellement ? Non, je suis trop récent, j'ai été fabriqué il y a environ cinq ans. En fait, je suis un des derniers qu'ils ont fabriqués.

— Pourquoi vous êtes pas légal ?

— Vous voulez dire, pourquoi se donnent-ils la peine de poursuivre une pauvre et inoffensive créature artificielle comme moi ?

— Oui.

— Il y a deux ans, le conseil a décrété que toutes les créatures artificielles étaient des biens volés, parce que le débat concernant la vie naturelle opposée à la vie fabriquée ne cessait de faire rage. Soit nous étions des monstres et des abominations, soit nous étions les innocentes victimes de la science et méritions protection. On a parlé de réserves spéciales qui nous seraient destinées. Quelqu'un, au Texas, a inventé et breveté un appareil à mesurer l'âme, mais les tribunaux ne l'ont pas autorisé. Finalement, ceux qui nous étaient le plus hostiles ont proposé une solution. Comme nous étions des objets manufacturés, il fut décrété que les simulos étaient la propriété de Biologue. Et comme nous nous promenions librement dans la nature, nous étions des créatures volées. Nous nous étions en quelque sorte volés nous-mêmes. On nous déclara objets de contrebande. On nous donna l'ordre de nous rendre. Mais Biologue avait cessé d'exister à cette date. Pour tout arranger, nous devions nous rendre aux autorités jusqu'à ce que notre propriétaire attitré vienne nous réclamer. Ce qui, bien entendu, n'arriverait jamais. Nous serions mis sous une sorte de séquestre en attendant, c'est-à-dire pour toujours. Quelques-uns se laissèrent prendre. D'après ce que je sais, ils sont enfermés dans des cellules depuis lors, avec des étiquettes agrafées à leurs oreilles. Les autres se sont débrouillés pour disparaître. Mais, en tant que biens volés, nous sommes dans l'illégalité. En nous obstinant à n'appartenir qu'à nous-mêmes, nous contrevenons à la loi.

— Et ils vous haïssent ?

— Hum, "haïr" n'est peut-être pas le terme exact. Disons qu'ils trouvent que nous sommes une mauvaise idée. Une complication inutile dans le débat en cours sur l'éternité de l'âme. Ils préféreraient carrément que nous n'existions pas.
— Les Nadiens non plus.
— C'est différent : vous êtes des étrangers admis en toute légalité. En tant qu'êtres biologiques, votre droit à la vie n'est pas en cause. Ce sont vos autres droits qui le sont.
— Nous vivons sans sphros.
— De tous mes déguisements la douleur fait partie.
— Oui », répondit-elle.

La nuit bruissait autour d'eux. Certains insectes étaient restés. Les oiseaux semblaient s'être à jamais envolés.

Simon dit : « Je sais que vous n'aimez pas les questions.
— Certaines questions.
— Et je ne vais pas vous interroger sur votre passé ou votre famille ni aborder l'un de ces sujets de toute évidence interdits.
— Merci.
— Pourtant je voudrais savoir. Je veux dire, nous sommes là. Vous aviez un travail, vous aviez un endroit où habiter. Peut-être pas le travail le plus passionnant, mais étant donné ce que l'on vous propose...
— À quelqu'un comme moi.
— Pardon. Je ne voulais pas vous blesser. Vous comprenez où je veux en venir, n'est-ce pas ? Si nous parvenons jusqu'à Denver, si par miracle Lowell est réellement là-bas, qu'espérez-vous ?
— Mourir à Denver.
— C'est un peu mélodramatique, non ?
— Non. »

Son regard devint fixe, sans expression. Bien qu'il ne puisse la distinguer dans l'obscurité, il perçut le mouvement de ses narines. Il commençait à deviner le moment où elle entrait dans cet état. Quelque chose changea dans l'atmosphère entre eux. Une absence presque tangible se fit sentir.

« Pourquoi faites-vous ça ? demanda Simon. Je veux dire, Où allez-vous quand vous prenez cet air-là ? »

Doucement, elle exhala son petit chant nadien : « *Ee-um-fah-eum-so.*

— Je pose la question parce que, pour vous dire la vérité, cela me fiche un peu les jetons quand vous vous mettez hors circuit. J'ai fini par comprendre que vous vous reconnectiez au bout du compte, mais quand même. Vous serait-il vraiment difficile de, comment dire, de rester en contact un peu plus longtemps ? Serait-ce trop non nadien ? »
Pas de réaction. Rien que la mélopée, dans l'obscurité.
« Bon. Eh bien, je suis content que nous ayons eu cette conversation. Allons chercher un endroit où dormir, d'accord ?
— Oui. »
C'était au moins ça.
Ils traversèrent la route et pénétrèrent dans le lotissement. C'était un de ces villages que Titan avait construits à la va-vite pour les futurs riches. Vérandas, lucarnes, jardinières aux fenêtres. La rumeur avait couru que les matériaux employés se désagrégeaient avec le temps et émettaient des fumées toxiques, même si la forte proportion de tumeurs cancéreuses chez les futurs riches pouvait aussi bien provenir du sol ou de l'eau de leurs différents lieux d'origine.
Catareen le conduisit directement jusqu'à la troisième maison de la première rangée. L'idée lui traversa l'esprit qu'elle y était déjà venue, qu'elle avait un lien particulier avec cette maison, bien que ce fût tout à fait improbable. Sans doute était-ce un trait propre aux Nadiens de toujours choisir le troisième élément d'une ligne ou de prendre des décisions arbitraires en feignant une habituelle assurance. Qui sait ? Qui aurait voulu, à cette heure tardive, prendre la peine de poser la question ?
La porte d'entrée était fermée à clé. La plupart des habitants avaient prévu de revenir. Les fenêtres étaient fermées, elles aussi. Simon proposa d'essayer une autre maison, mais Catareen avait arrêté son choix sur celle-là. Ils finirent par briser un carreau avec la statuette d'un krishna synthétique qui se dressait en silence, soufflant dans une flûte muette, au milieu d'un parterre de soucis fanés sur la pelouse devant la maison. Le plexiglas se brisa avec un bruit sec et étrangement mélodieux.
Après s'être introduits par la fenêtre, ils se trouvèrent dans une salle de séjour qui avait été vidée de tout ce qui pouvait être facilement emporté. Seuls restaient un canapé et deux

volumineux fauteuils bas tapissés de motifs rose, bleu canard et doré, si vifs qu'ils ressortaient même dans l'obscurité. Il y avait aussi une table basse sculptée, un écran vidéo géant et un éclairage au plafond, copie d'un lustre ancien.

« Allons chercher de quoi manger », dit Simon.

Ils pénétrèrent dans la cuisine, où ils trouvèrent quelques vieux paquets pour préparations au curry ou au vinaigre. Il suffisait d'ajouter de l'eau pour les reconstituer, mais naturellement il n'y en avait pas.

Catareen s'empara d'un paquet qu'elle tourna et retourna entre ses mains, comme si elle espérait découvrir un mode d'emploi secret pour transformer son contenu en nourriture sans y introduire de liquide. La regardant s'agiter ainsi, Simon eut une idée de cette vie inconnue qui avait été la sienne – fouiller le sol aride et ingrat de Nadia pour lui arracher une vague récolte, se rendre sur la Terre à bord d'un des Vaisseaux de la Promesse et arriver, au bout d'un voyage de dix-sept ans, dans un monde postérieur à la catastrophe nucléaire où un extraterrestre pouvait s'estimer heureux de trouver un emploi dans le service de la voierie ou la garde d'enfants. Et elle se retrouvait aujourd'hui dans la cuisine désertée d'une famille relogée, tenant entre ses mains un paquet de nourriture qu'on ne pouvait consommer, en route pour un lieu où elle n'avait rien à faire, où elle allait simplement parce qu'elle ne pouvait rester là où elle avait vécu.

Il dit : « Nous trouverons de quoi manger demain matin. Allons dormir maintenant.

— Oui. » Elle déposa le paquet sur le comptoir avec précaution comme s'il était précieux et fragile.

Ils montèrent l'escalier, longeant les traces des holopix qui avaient été ôtés sur le mur. À l'étage se trouvaient trois chambres modestes, contenant chacune un lit défait et un bureau nu. D'un accord tacite, ils choisirent les chambres des enfants, les préférant à celle, un peu plus grande, des parents, avec son lit double.

« Bonne nuit », dit Simon. Elle lui adressa un petit salut militaire et se retira dans sa chambre.

Simon s'étendit de tout son long sur le modeste lit d'enfant. La chambre vide, avec son unique fenêtre qui donnait sur celle de la maison voisine, ressemblait à une cellule de moine, bien que son occupant ait oublié sur le mur un holopix découpé dans un magazine, ainsi qu'une unique chaussette, rose pâle, enroulée comme un point d'interrogation au pied du lit. L'holopix représentait Marty Mockington jeune, virevoltant avec une grâce désespérée et enfantine dans un champ rempli de coquelicots chantants. Simon regarda Marty Mockington danser, danser et tourbillonner, jeune et vivante, radieuse. Il était peu probable que l'enfant ait eu une prédilection pour Marty, car sinon il ne l'aurait pas abandonnée. C'était sans doute une image de moindre importance parmi les dizaines qui couvraient le mur. Simon se représenta la petite fille – c'était une fille, à en juger d'après la chaussette – couchée face au mur peuplé de ses idoles qui chantaient et dansaient. S'était-elle imaginée dans le futur, avait-elle rêvé de passer de cette petite chambre à l'univers des holopix ? Sans doute. Les enfants croyaient en des destins extraordinaires. Aujourd'hui elle devait être.... Qui savait où ? Sûrement en train d'accomplir une tâche d'esclave dans l'Assemblée du Sud ou, avec de la chance, si ses parents avaient pu obtenir les papiers nécessaires, d'apprendre à faire un travail moins asservissant au Canada. L'Eurasie était inenvisageable pour des gens comme eux. La fillette était là où elle se trouvait, et Marty Mockington, star de moindre importance dans sa constellation personnelle, morte depuis vingt ans aujourd'hui, continuait à danser sur le mur de cette chambre et continuerait pendant un siècle ou davantage, jusqu'à ce que les photons lâchent, jusqu'à ce que les coquelicots pâlissent et que cette démonstration exubérante de danse (talon, pointe, saut) ralentisse, ralentisse et s'arrête.

Simon ferma les yeux : des fragments de rêve se formèrent. Une pièce pleine d'étoiles. Un homme heureux et fier dont les mains étaient des flammes.

Une clarté intense, d'un blanc éblouissant, le réveilla. Il crut d'abord qu'elle faisait partie de son rêve, qu'il rêvait d'une lueur effrayante.

Une voix masculine s'éleva derrière la lumière : « En voilà un autre. »

Un autre *quoi* ? se demanda Simon.

Une seconde voix, féminine, disait : « Il n'est pas nadien.

— Non. Pas celui-là. »

Simon sortit du lit et se mit debout, cillant des yeux. Il dit : « Nous cherchions juste un endroit pour dormir. Nous ne sommes pas des voleurs.

— Que font-ils là ? reprit la voix féminine. Demande-lui ce qu'ils sont venus faire. »

La vision de Simon s'adapta. Il distinguait deux silhouettes derrière l'éclat de la lumière. L'une était de grande taille et portait un capuchon, l'autre, plus petite, était couronnée d'une auréole de cheveux ébouriffés.

Simon dit : « Nous sommes des voyageurs. Nous ne voulons de mal à personne.

— Les gens disent toujours ça, répondit la voix masculine. Les ennuis finissent toujours par arriver. »

Une troisième voix se fit entendre au bout du couloir : « Qu'est-ce que vous avez dégoté ? »

C'était une voix jeune. Un garçon qui parlait avec une autorité d'adulte.

« Un Sanspossession, répondit la forme masculine derrière le globe lumineux. Il a l'air fou. »

Simon portait encore les pulls sales et le pantalon taché du clochard par-dessus son costume noir zippé. Fou… ce type avait raison.

Il fut saisi d'un étrange embarras.

D'autres personnes entrèrent dans la pièce. Simon demanda : « Pourriez-vous baisser un peu cette lumière ? »

Un silence lui répondit, pendant lequel l'homme sembla demander une autorisation qui lui fut apparemment accordée, car il pointa sa lampe vers le bas, l'écartant des yeux de Simon, révélant un homme de soixante-dix ans ou davantage, revêtu d'un vieux déguisement de Halloween : celui d'Obi-Wan Kenobi. Le tissu synthétique crêpé de sa robe se gonflait autour de son corps efflanqué ; sa tête grise sortait du capuchon trop étroit qui l'enserrait comme une calotte. À son côté se tenait une jeune fille de dix-sept ou dix-huit ans, Sainte Vierge vêtue de bleu et blanc. Et derrière eux il y avait Catareen qu'empoignait une réincarnation de Jésus-Christ. Il avait le visage maquillé et le front couronné d'implants d'épines.

Jésus et la Vierge étaient armés de fusils paralysants.

Dans la pénombre, non loin de Catareen, la voix du garçon interrogea : « Qu'est-ce que vous fabriquez ici, tous les deux ? » Sa voix ressemblait à un bruit de ciseaux découpant une feuille métallique.

Simon répondit : « Le mythe du ciel met l'âme en scène ; l'âme est toujours belle.

— La poésie ne répond pas vraiment à la question, me semble-t-il. »

Le garçon fit un pas en avant. Il avait une douzaine d'années. Il était déformé. Sa tête, grosse comme une soupière, semblait posée directement sur ses maigres épaules. Ses yeux étaient plus grands et plus ronds que la normale. Son nez et ses oreilles presque inexistants. Il était vêtu d'une sorte de robe de chambre d'homme, dont les manches étaient roulées et les pans traînaient par terre. Des ornements divers pendaient à des cordelettes passées autour de son cou : une boîte de thon aplatie de la marque Aphrodite, un symbole de paix en plastique orange, un flacon de vernis à ongles MAC, un crâne de chat aux dents jaunes.

Simon lança à Catareen un appel silencieux et sans effet. Débrouille-toi pour m'aider. Ne reste pas sans bouger comme une courge, comme si la captivité était ta condition normale et naturelle.

Il dit : « Nous ne faisions que passer. C'est tout.

— Et vers où vous dirigiez-vous sur une route pareille ? répliqua l'autre. Elle ne mène qu'à d'autres routes semblables.

— Nous venions de sortir du couloir des aéropods. Nous voulions voir à quoi ressemble le pays. »

Le Jésus dit : « Le voilà, le pays. Voilà à quoi nous ressemblons.

— Je m'appelle Luke, dit le garçon. J'appartiens au Nouveau Covenant.

— Mon nom est Simon.

— Et celui de votre amie ?

— Elle s'appelle Catareen.

— Nous avons trouvé votre aéropod devant la maison. Nous avons constaté que vous aviez brisé une fenêtre.

— Je regrette pour la fenêtre. Je pourrais vous laisser mon nom, et si les propriétaires reviennent un jour, essayer de les rembourser....

— Vous offrez un spectacle franchement inhabituel, fit remarquer Luke. Un humain et une Nadienne dans un engin volant chargé de lait de soja. J'essaye de trouver une explication raisonnable et innocente. »

Catareen dit : « Pas d'argent. Rien, avons rien. »

Le vieil homme l'interrompit : « Nous n'utilisons pas d'argent. Nous n'y touchons jamais.

— Jamais, répéta le Jésus.

— Nous restons purs.

— Nous restons purs, nous aussi, dit Simon. Nous cherchons à rejoindre une confrérie dans le Colorado. »

Ils avaient une chance de passer pour des chrétiens en fuite. Une très petite chance, mais qui sait.

« Une confrérie qui accepte des Nadiens ? » s'étonna Luke.

Simon dit : « Comment ai-je pu regarder froidement ma propre crucifixion, mon sanglant couronnement. »

Oups !

La Sainte Vierge s'exclama : « Ils sont avec Satan !

— Ouais, c'est ce que je pense », maugréa Luke avec une moue désabusée.

Le vieil homme demanda : « Devons-nous les tuer sur place ou les ramener au tabernacle ?

— Au tabernacle », répondit Luke.

Le Jésus dit : « Exécutons-les ici.

— Non. Nous les ramenons au tabernacle », ordonna Luke, visiblement habitué à commander.

« Bon, d'accord », s'inclina le Jésus, visiblement habitué à obéir.

Simon et Catareen furent conduits hors de la maison. Là, garé sur la route devant l'aéropod, ils virent un vieux break Winnebago couvert d'anciennes décalcomanies d'armes, de poissons et autres animaux.

« Donnez à Obi-Wan Kenobi la commande du pod », dit Luke à Simon.

Simon obéit. Le vieux saisit la commande comme un écureuil s'emparant d'une noisette.

S'ensuivit une discussion, plutôt longue, à propos de qui devait monter dans quel véhicule. Il fut décidé que Luke et le Jésus emmèneraient Simon et Catareen dans le Winnebago, et que la Vierge et le vieillard suivraient dans l'aéropod. Simon et Catareen furent poussés sans ménagement à l'arrière du Winnebago. La cabine ressemblait à une maison en miniature. Il contenait une cuisine, une table avec des sièges et une couchette. Le tout vivement coloré, comme le mobilier d'autrefois. Il y régnait une odeur de pain moisi et de plastique chaud.

Luke rejoignit Simon et Catareen. Il prit le fusil paralysant du Jésus et le pointa vers eux. Le Jésus se tenait dans l'embrasure de la portière, faisant tinter les clés de contact dans sa paume percée.

« Vous croyez que vous allez vous en tirer avec eux ? demanda-t-il.

— Absolument, répondit Luke. À propos du fusil, dites-moi. Il est réglé sur neutralisation, n'est-ce pas ? Un cinq n'est pas mortel, je crois.

— Il est sur cinq ?

— Oui.

— Bon. Un cinq les endormira, mais sans les tuer.

— Parfait. »

Luke dirigea alors le fusil vers le Jésus et pressa la gâchette. Un éclair bleu frappa la poitrine maigrichonne sous la robe blanche. Le Jésus regarda Luke avec une expression stupéfaite. Puis ses yeux roulèrent dans leurs orbites et il s'affaissa, tomba sur la chaussée.

« Vite, fit Luke à Simon et à Catareen. Fichons le camp d'ici.

— Qu'avez-vous l'intention de faire, exactement ? » demanda Simon.

Luke lui tendit le fusil. « Prenez-moi en otage, dit-il. Prenez les clés et foncez.

— Vous êtes sûr ?

— Tout à fait. Visez-moi. »

Simon n'eut aucun mal à s'exécuter, compte tenu des souhaits sans ambiguïté du garçon.

« Je vais sortir devant vous, dit Luke. Prenez les clés et sortons d'ici. Vous comprenez ?

— Je crois que oui.

— Il vaut mieux prendre le Winnebago et abandonner le pod. Le break est plus adapté au tout-terrain.

— D'accord.

— Débrouillez-vous pour qu'ils vous rendent la commande de l'aéropod afin de les empêcher de nous suivre.
— Comme vous voudrez.
— Allez, on y va. »
Luke écarta d'un coup de pied la jambe du Jésus qui barrait le seuil de la portière. Il leva ses deux mains en l'air et sauta hors de la voiture. Simon jeta un coup d'œil à Catareen. Craignait-elle un piège ? Elle agita ses longs doigts vers l'aéropod, reproduisant le geste d'impatience de ses semblables.
À l'extérieur du Winnebago, Simon entendit Luke crier : « Pour l'amour du Ciel, ne tirez pas. »
Catareen manifesta encore plus d'impatience. Bon, si c'était une erreur, ce serait son problème à elle.
Simon sauta à la suite de Luke et braqua le fusil sur son dos frêle. Il dit : « Avance. Si tu ne fais pas exactement ce que je dis, je te butes. »
C'était un rôle qu'il savait jouer, indiscutablement.
« Ne me faites pas de mal », gémit Luke.
La Vierge et Obi-Wan restèrent pétrifiés devant la portière de l'aéropod, l'air désemparé. Il sembla à Simon que toute cette histoire était une mise en scène inutilement compliquée, étant donné qu'il n'avait pour spectateurs qu'une adolescente et un vieillard costumé.
Ses circuits cessèrent alors de fonctionner. Tout se refroidit soudain autour de lui, comme si la température avait chuté de vingt degrés. Il avait l'impression d'avoir la tête vide, une sensation d'ivresse, amère, vertigineuse. La cause n'en semblait pas cette menace totalement fictive, mais son absurdité même, ce piège pathétique tendu à deux individus pitoyables (cependant capables de meurtre, ne l'oublions pas). Il était soudain presque terrassé à la pensée que le monde n'était que pièges et chagrins, dominé par le fanatisme, la vulgarité, l'autoritarisme et des assemblées de vieillards déguisés.
Il était en train de s'éteindre. C'était incompréhensible. Il ne faisait de mal à personne pourtant. Mais c'était un fait.
Catareen avait arraché les clés des mains du Jésus. Luke s'avança d'un pas en criant : « Pitié, je vous en supplie, je

ferai tout ce que vous voudrez. » Simon parvint péniblement à bouger, comme si l'air s'épaississait autour de lui.

Il dit : « Sous les parures, vois un dégoût caché et le désespoir. »

Catareen lui prit le fusil des mains, bondit en avant et l'appliqua entre les omoplates de Luke.

Elle dit au vieil homme et à la Vierge : « Lancez commande.

— Obéissez », ordonna Luke.

Le vieillard s'exécuta, lança la commande qui atterrit aux pieds de Catareen. Elle s'en empara avec la célérité d'un prédateur.

« Avance », dit-elle à Luke.

Il avança. Simon suivit du mieux qu'il put.

Catareen poussa Luke dans la cabine du Winnebago. Simon parvint à se hisser sur le siège du passager. Catareen engagea la clé de contact, démarra. Elle se pencha par la fenêtre et cria à la Vierge et au vieillard : « Si vous suivez, nous tuons. »

Puis elle accéléra, et ils se mirent en route.

« Beau travail », dit Luke. Il répandait une légère odeur de désodorisant au pin. Son collier d'amulettes cliquetait contre sa poitrine étroite.

Catareen conduisait. Les phares du Winnebago éclairaient la route couleur de cendre, les prés à l'herbe sombre qui s'étendaient de chaque côté.

Simon revint peu à peu à lui. Le mouvement lui faisait du bien. Il interrogea : « Qu'est-ce que cette histoire signifiait ? »

Sa voix lui parut lointaine. Mais il redémarrait, sans conteste.

— Ça signifiait : "Salut, bande d'abrutis", répondit Luke.

— Mais qui étaient ces gens ?

— Des crétins congénitaux qui se réclament du Seigneur. Des débiles en costume de débiles.

— Mais vous étiez avec eux, non ?

— Je faisais semblant. »

Les phares du Winnebago continuaient d'éclairer la route brillante et déserte bordée de champs noirs. Simon vit qu'il était équipé d'un système directionnel. Ils trouveraient Denver sans difficulté.

Il dit au garçon : « Vont-ils nous poursuivre ?
— Probablement. Le Winnebago les intéresse plus que moi.
— Faut-il s'inquiéter ?
— Ils ne sont ni très malins ni bien organisés. Obi-Wan et Kitty vont mettre une heure à regagner le tabernacle à pied. À mon avis, il vaut mieux quitter la route et éteindre les phares. La lune éclaire assez.
— Le Winnebago est une voiture tout terrain ?
— Oui. Modifiée. Avec un moteur atomique et un châssis à suspension hydraulique. Il est conçu sur le modèle de ce qu'on appelait autrefois les chars.
— Je sais ce qu'est un char, dit Simon.
— Alors vous savez qu'on peut passer à peu près partout avec cet engin. »

Sur ce, Catareen quitta la route et éteignit les phares. Les pneus du break accrochèrent le sol irrégulier. Catareen pénétra dans l'herbe ondoyante et argentée sous la lune.

« Bon, dit Luke. Où avez-vous l'intention d'aller ?
— Nous allons à Denver.
— À la recherche d'Emory Lowell ?
— Comment le savez-vous ?
— Quand quelqu'un annonce qu'il va à Denver, le nom de Lowell est immédiatement évoqué. Je veux dire que vous ne feriez pas tout ce trajet pour assister au festival du serpent à sonnette.
— Vous avez donc entendu parler de Lowell.
— Je l'ai rencontré.
— Vraiment ?
— Bien sûr. J'ai vécu à Denver plusieurs années, quand j'étais plus jeune. Ma mère et moi avons beaucoup voyagé.
— Vous étiez militaires ?
— Non, nous étions simplement pauvres. »

Le paysage s'étendait, plat et herbeux autour d'eux. Par intervalles, les lumières d'un groupe d'habitations scintillaient au loin. De temps en temps, une étoile filante zébrait le ciel.

Lorsqu'ils eurent parcouru plus d'une centaine de miles, ils convinrent de s'arrêter pour la nuit. Catareen dit : « Manger.

— Volontiers, répondit Simon. Si vous repérez un café dans le coin.

— Je trouve, dit-elle.

— Qu'espérez-vous dénicher, précisément ?

— Des animaux par ici, oui ?

— Quelques-uns. Peut-être. On dit que des espèces plus résistantes subsistent encore dans les parages. Des rats. Des écureuils. Des ratons laveurs.

— Je cherche.

— Ne me dites pas que vous pensez pouvoir attraper quelque chose par ici ?

— Je cherche.

— Ne vous gênez pas. »

Catareen se glissa hors de la cabine du break et disparut en un instant parmi les arbres. Simon et Luke descendirent à leur tour. Ils firent quelques pas, pour se dégourdir les jambes. Au-dessus d'eux, parmi les branches, les étoiles brillaient.

Luke dit : « Elle doit être bonne, à la chasse. »

Simon se rappela ses serres. Ses dents. « Qui sait ?

— Quand j'étais petit, dit Luke, je crois qu'il y avait une vidéo sur les coutumes des Nadiens.

— Un vieux documentaire, sans doute.

— Je me rappelle qu'ils étaient friands d'une espèce particulière de rongeurs.

— J'en ai un vague souvenir. Une créature grise sans poils, de la taille d'un écureuil. Avec une longue queue. Une très longue queue.

— C'est ça. On les préparait avec une sorte de légume poilu marron.

— Semblable à une pomme de pin recouverte de fourrure. À condition de faire cuire ce rongeur et ce légume velu pendant cinq à six heures, c'était mangeable.

— Un régal pour eux.

— Oui. »

Luke dit : « Ils ont une âme, vous savez.

— Le concept d'âme n'est pas mon fort, franchement.

— Parce que vous êtes biomécanique ?

— Qu'est-ce qui vous fait dire ça ?

— Vos yeux. C'est un détail subtil, mais je le repère chaque fois.
— Qu'est-ce qu'ils ont de particulier, mes yeux ?
— Difficile à expliquer... Ils n'ont rien de défectueux, sur le plan technique.
— Ils sont biologiques, dit Simon.
— Je sais. Je l'ai dit, la différence est subtile. On a juste la sensation de deux diaphragmes qui s'élargissent et se contractent. Comme des lentilles. Les yeux des humains biologiques ont un peu plus de vitalité. Quelque chose de plus rusé. Le système de vision n'est pas en cause, mais plutôt ce qui est derrière. Quoi qu'il en soit, je m'en aperçois.
— Vous êtes un petit malin, hein ? Quel âge avez-vous, d'ailleurs ?
— Onze ans. Peut-être douze. Quelle importance ? J'ai toujours eu cette faculté de perception accrue.
— Par moi tant de voix depuis longtemps tues, dit Simon.
— C'est intéressant, ce rapport à la poésie que vous avez.
— Je le déteste.
— Vous faites des rêves, n'est-ce pas ?
— À ma manière.
— Cela vous plaît-il d'être vivant ?
— Disons que j'y tiens.
— La perspective de mourir vous inquiète-t-elle ?
— Je suis programmé. Il y a un microprocesseur de survie dans mon système.
— D'accord, mais nous sommes tous programmés, non ? Par nos créateurs.
— Je ne me sens pas tellement porté sur la philosophie en ce moment. Ainsi, vous êtes un produit d'Exédrol ?
— Oui. Quand ma mère s'est retrouvée enceinte de moi, elle en a pris quelques poignées.
— Délibérément ?
— Elle croyait qu'Exédrol avait un programme. Des chèques d'indemnité mensuels. Je ne sais pas qui lui avait raconté ce bobard.
— Elle a pris intentionnellement un médicament qui allait déformer son enfant ?

— Que dire ? Elle était du genre à tomber dans tous les panneaux. Je ne lui en veux pas.
— Sans blague.
— Elle m'a donné la vie. Nous ne pouvons qu'être reconnaissants de tout ce qui nous arrive.
— Les biologiques sont des êtres mystérieux.
— Il y a deux ans, ma mère et moi avons rejoint ce groupe qui s'est donné le nom de Feu sacré. Une bande d'allumés, en vérité. Les spécimens que vous avez rencontrés sont parmi les plus intelligents.
— Elle était chrétienne ?
— Elle adhérait à tout ce qui pouvait l'aider. Les chrétiens vous nourrissent si vous prononcez leurs vœux.
— Votre mère vit-elle encore parmi eux ?
— Non. Elle a rencontré un type, un couvreur – le toit du tabernacle fuyait.
— Elle vous a abandonné ?
— Le couvreur n'avait pas la fibre paternelle. Elle s'est dit que les chrétiens s'occuperaient mieux de moi qu'elle. Ce sont eux qui m'ont appelé Luke. C'est un nom biblique, vous savez.
— Votre vrai nom étant ?
— Mon vrai nom est Luke. Mon ancien nom était Blitzen. Comme un des rennes du Père Noël, n'est-ce pas ? Maman était… Peu importe ce qu'elle était.
— Et vous avez fait semblant de croire en leur dieu.
— Oh, je crois en leur dieu. La seule différente est que je n'aime pas leurs méthodes.
— Vous parlez sérieusement ?
— On ne peut plus sérieusement. L'Esprit saint m'habite depuis presque un an.
— Ah, bon. Je suppose que c'est agréable pour vous.
— "Agréable" n'est sans doute pas le terme le plus approprié. »
Simon et Luke avaient regagné le Winnebago et étaient assis, le dos appuyé au pneu arrière droit, lorsque Catareen revint. Elle était toujours étrangement silencieuse. Aucun bruit de pas, aucun craquement. Soudain, elle était là. Elle tenait quelque chose dans son dos,
Elle dit : « J'ai trouvé.

— Vous voulez dire que vous avez attrapé quelque chose ?
— Oui.
— Qu'est-ce que c'est ? » demanda Luke.
Catareen hésita. Ses yeux brillaient dans l'obscurité. Elle dit : « Je prépare de l'autre côté.
— Vous ne voulez pas nous le montrer ?
— Je prépare de l'autre côté. » Elle se dirigea vers l'avant de la voiture.
« Qu'est-ce qui lui prend ? demanda Luke à Simon.
— Elle est gênée.
— Pour quelle raison ? Si elle s'est débrouillée pour attraper quelque chose à manger, elle est héroïque.
— Elle ne veut pas avoir l'air d'un animal devant nous.
— Elle n'est pas un animal.
— Non, c'est exact. Mais elle n'est pas humaine, non plus. C'est une expérience étrange pour elle, de vivre ici.
— Comment pouvez-vous le savoir ?
— Je l'imagine. C'est tout. »

Catareen revint bientôt vers eux, tenant deux carcasses d'écureuil proprement dépouillées et désossées. Elle avait ôté les têtes, les pattes et les queues. Les yeux mi-clos, le regard éteint, elle les offrit à Simon et au garçon. Sa cape était parsemée de taches de sang qui brillaient d'un éclat sombre sur le tissu clair. Simon aurait préféré qu'elle ne voie pas qu'il s'en était rendu compte.

Il dit : « Merci.
— On va les manger crus ? s'étonna Luke.
— J'ai une idée », dit Simon.

Il ouvrit le capot du break et souleva le couvercle du miniréacteur situé dans l'espace qu'occupait à l'origine une batterie d'accumulateurs. Une pâle lueur verdâtre en sortait. Les écureuils seraient un peu contaminés mais pas assez pour présenter un risque d'intoxication.

Il prit les deux animaux. Ils étaient chauds et doux. Deux créatures qui avaient été vivantes. Un frisson le parcourut, que Catareen avait dû ressentir au moment de bondir et de les tuer. Un déclic intérieur. Il ne pouvait lui donner un autre nom. La faim et puis ce déclic, un petit trille électrique à l'intérieur de sa poitrine. Il la regarda.

Il répéta : « Merci. »

Elle hocha la tête, silencieuse.

Simon déposa les carcasses sur le réacteur. Il les manipulait avec douceur, comme si elles pouvaient souffrir. Elles produisirent un léger grésillement. Elles ne seraient pas réellement cuites, mais pas crues non plus.

Il se pencha, les regarda brunir peu à peu. Une odeur sauvage et âcre s'en dégageait. À côté de lui, Luke l'observait. Catareen se tenait à l'écart. Simon avait vu un reportage autrefois, une vieille séquence montrant une famille dans ce genre de situation. Le père faisait rôtir de la viande sur un feu tandis que sa femme et un enfant attendaient qu'elle soit cuite.

Ils mangèrent les écureuils, à la chair filandreuse et amère, avec un fort arrière-goût chimique. Mais c'était nourrissant. Leur repas terminé, ils s'endormirent à l'arrière du Winnebago. Catareen et Luke s'installèrent sur les bancs recouverts de coussins orange qui encadraient la table à abattant imitation bois. Simon, plus grand, dormit sur la banquette en surplomb de la cabine avant.

Il rêva de femmes qui s'envolaient, vêtues de lumière.

Ils reprirent la route au point du jour. La plaine se déroulait, toujours semblable, les hautes herbes, l'immensité du ciel. Le Winnebago traçait un sillon dans l'herbe, qui se refermait sur son passage. Ils ne laissaient aucune trace derrière eux. Des nuées blanches défilaient au-dessus de leurs têtes, s'amassant, se dispersant.

« Tout semble normal, fit Luke.

— Comment savoir ? » Simon contempla le paysage à travers le pare-brise. « Les nuages avaient-ils cet aspect auparavant ? Et le ciel cette couleur azur ?

— J'ai entendu dire que la catastrophe avait eu lieu dans le Dakota du Nord. Il y avait des installations souterraines secrètes là-bas.

— On m'a raconté que c'était au Nebraska. Près d'Omaha.

— Un type que j'ai connu était persuadé que c'était le coup de grâce de la Croisade des Enfants. Des enfants fous armés d'une bombe énorme.

— Non, cette histoire-là était terminée à l'époque. Il s'agissait plutôt d'un groupe de séparatistes en Californie.

— Ce n'est pas la version qu'on m'a donnée. Les séparatistes californiens n'étaient en fin de compte que sept ou huit individus à Berkeley, sans fonds, peu organisés. Je le tiens de bonne source.

— Ils étaient plus nombreux. Ce sont eux qui se sont débrouillés pour polluer l'eau potable au Texas.

— Peut-être. Vous savez, des gens pensent que les évacuations n'étaient pas nécessaires. D'autres estiment que le danger existe toujours.

— En tout cas, les oiseaux ont disparu.

— Ouais, mais j'ai eu vent qu'on les réintroduisait à titre d'essai. Les espèces les plus résistantes. Les pigeons, les moineaux, les mouettes.

— Peut-être devraient-ils penser plus sérieusement à réintroduire d'abord une partie de la population.

— Croyez-vous qu'une élection a eu lieu ? demanda Luke.

— Je me suis posé la question. À mon avis, oui. Les lois semblent avoir changé.

— Il paraît qu'un des présidents a été mis en taule.

— On m'a dit que l'autre s'était converti.

— Bon, c'est comme ça. »

Ils continuèrent leur route, roulèrent toute la journée sur le vaste disque de la Terre. Ils progressèrent vers l'ouest plus ou moins en ligne droite. Le système directionnel les avertissait des obstacles devant eux. Ils contournèrent les villes et les villages. Ils évitèrent quelques rares bosquets d'arbres, traversant des étendues qui avaient jadis été des pâturages ou des prairies cultivées et n'étaient plus que des friches d'herbe. Ils virent des daims. Ils virent des coyotes. Toujours postés à une certaine distance, points bruns au milieu de l'immensité verte, qui les observaient de loin. Les animaux les plus gros semblaient de retour.

Ils s'arrêtaient de temps en temps pour permettre à Catareen de chasser. Il était rare qu'elle ne prenne rien. Elle partait pendant une demi-heure ou plus et revenait avec un lapin ou un écureuil. Dans sa quête de nourriture, elle agissait toujours de la même manière. Elle disparaissait, s'enfonçait sans bruit dans la nature, revenait tout aussi silencieusement, et dépouillait et vidait ses prises à l'abri de la Winnebago, soustraite à la vue de Simon et de Luke. Elle leur présentait les carcasses luisantes sans dire un mot. Aucun des trois ne parlait jamais de ce qu'ils mangeaient. Ils se bornaient à manger, et Catareen enfouissait les têtes, les os et les restes. Elle enterrait toujours les déchets. C'était apparemment une nécessité pour elle. Une fois ensevelis, les restes des animaux morts se régénéraient.

Le deuxième soir, ils arrêtèrent le Winnebago en haut d'une éminence surplombant un étang qui brillait tel un miroir circulaire dans le jour déclinant. Le ciel mauve s'y réfléchissait en une nappe ondoyante et plus sombre, comme si l'eau était recouverte d'une fine pellicule de lumière violette. Simon dit : « Je prendrais volontiers un bain.

— Vous n'êtes pas le seul », répliqua Luke.

Ils s'avancèrent jusqu'au bord de l'étang. Des insectes et des moucherons tournoyaient à la surface de l'eau. Une odeur monta vers eux – une odeur de fer mêlée à autre chose, une émanation indéfinissable, un relent d'humidité. Simon marmonna : « Difficile de dire si c'est toxique ou pas. »

Comme pour lui répondre, Catareen laissa tomber sa cape, s'avança dans l'eau et plongea, avec la même inquiétante célérité qui lui permettait de chasser et de tuer les petits animaux. L'instant d'après, il ne restait plus que la cape souillée de sang abandonnée sur la rive. Sa petite tête sombre refit surface à vingt mètres de là.

« Elle n'est pas inquiète, dit Simon.

— Moi non plus », fit Luke, d'un ton qu'il aurait voulu plus convaincu.

Ils se déshabillèrent. Luke ôta son collier d'amulettes, fit glisser sa robe de chambre et s'immobilisa, nu, au bord de l'eau. Simon contempla sa silhouette frêle, sa peau rose, les replis et les creux de son corps. Dévêtu, il ressemblait aux carcasses dépouillées des animaux que chassait Catareen.

Il se tourna vers Simon : « J'ai l'impression qu'elle est assez propre.

— Oui. J'en suis certain. »

Le ton assuré de Simon parut réconforter Luke, même si tous deux savaient qu'il n'y avait aucun moyen de connaître le degré de contamination de l'étang. Il s'élança dans l'eau avec un grand cri d'enthousiasme, faisant jaillir des gerbes de gouttelettes tout autour de lui.

Simon resta immobile, de l'eau jusqu'aux chevilles. Il craignit un moment de voir ses circuits s'arrêter à nouveau – les premiers symptômes se faisaient sentir, une impression de froid et d'apathie. Mais c'était différent cette fois. Une sensation nouvelle. Un sentiment d'étrangeté à la pensée de se trouver au bord d'un miroir d'eau (peut-être polluée) en compagnie d'une femme-lézard et d'un garçon difforme. Une sorte de frisson se propageait dans ses circuits, comme un arrêt du courant, mais en plus faible ; quelque chose de plus flou, vague picotement ; cette impression secrète de larguer les amarres qui vous saisit au moment de sombrer dans le sommeil.

« Allez, venez ! » l'appela Luke.

Simon plongea. L'eau était chaude à la surface, froide en dessous. Il rejoignit Catareen et Luke à la nage.

Luke dit : « L'eau est délicieuse. Tant pis si elle est toxique. »

Catareen flottait sur le dos, avec tant d'aisance qu'on eût dit qu'elle ne nageait pas, mais se laissait porter, pareille à une otarie ou à un rat musqué. Ils étaient donc bons nageurs, ces maudits Nadiens. Dans l'eau, elle paraissait soudain plus sauvage. Plus sauvage et plus vraie. Il y avait en elle une animalité inéluctable. Simon crut comprendre. Elle savourait le contact de la nappe chaude qui recouvrait l'eau plus froide, la sensation de flotter sur un miroir de lumière violette au milieu d'un monde qui s'assombrissait tandis qu'apparaissaient les premières étoiles. Elle se fondait dans cet univers tout comme elle s'enfonçait dans ses rêveries, se perdait dans son chant de lézard.

Simon fut le premier à sortir de l'eau. Il resta debout, nu sur la rive, laissant l'air le sécher, et regarda Catareen et Luke émerger de l'étang. Catareen, nue, était tout en muscles et tendons, avec des bras minces et robustes, de petits tétons et un léger renflement pelvien. Elle ressemblait à une sculpture. Une sculpture sortie des mains de Giacometti.

Elle se tint un instant immobile au bord de l'étang tandis que le garçon regagnait la berge et remettait sa robe de chambre. Elle se détourna et contempla l'eau. Simon comprit en la voyant qu'elle prenait un plaisir intense au spectacle de l'eau et de la terre à la tombée de la nuit. Il devina sa réticence à s'en éloigner. Il l'observa. Une mince silhouette sombre entre l'étang et le ciel. Heureuse. Elle éprouvait soudain, de manière inattendue, l'impression d'être heureuse, ou ce qu'elle pourrait qualifier ainsi si les Nadiens avaient un mot pour exprimer le bonheur.

« Quelle beauté ! » s'exclama-t-il. Il n'était pas certain de ce qu'il entendait par ce mot à ce moment précis. Peut-être était-ce un nouveau signe de reconnaissance entre Catareen et lui – variante d'un langage commun qui obéirait à des règles récentes.

Elle se retourna au son de sa voix, parut surprise et effarouchée. Quelque chose de spécial émanait d'elle. Que Simon était incapable de décrire. Peut-être n'existait-il pas de terme en langage humain. Aucun mot ne lui venait à l'esprit.

Il ne put que déclamer : « Que les animaux sont beaux et parfaits ! Que la Terre est parfaite, jusqu'au plus petit être qui la peuple. »

Catareen se tourna vers lui. Il y eut un moment de silence.

Luke dit à Simon : « Vous sentez moins mauvais à présent.

— Merci », répliqua Simon. Il enfila ses vêtements.

Peu après, Catareen quitta le bord de l'eau, s'habilla et partit chasser. Elle réapparut presque aussitôt avec deux petits animaux aux longues pattes qu'ils ne purent identifier. Simon les fit quand même cuire.

« Nous sommes sûrement dans l'ouest du Kansas à présent, dit Luke à Simon qui déposait les cuisses des animaux sur le générateur du Winnebago. Nous devrions atteindre Denver demain en fin de journée.

— Plutôt au milieu de l'après-midi », rectifia Simon.

Ce qu'il pensait, sans le dire, c'était qu'il n'aurait pas été fâché de continuer indéfiniment. Il y avait un aspect envoûtant, profondément agréable, à rouler ainsi. Aller de l'avant, sans s'arrêter.

Luke dit : « Denver est devenu une sorte de bidonville géant. Sans doute peu différent de ce qu'il était il y a trois siècles. Sauf que les gens, alors, ne vivaient pas dans des centres commerciaux ou des chaînes de magasins à l'abandon.

— Les chrétiens ne gouvernent pas Denver, d'après mes informations.

— Non. Denver est avant tout laïque. Quelques cultes de déesses, une grande ville bouddhique à l'est de la ville. Jésus Christ, notre Seigneur et Sauveur, n'a aucune audience dans le coin.
— Vous disiez croire à toutes ces salades, n'est-ce pas ?
— Oui.
— Cela faisait partie de l'arnaque ?
— C'est comme ça que tout a commencé. J'ai laissé courir pour qu'ils continuent à me donner à manger. Je récitais les prières, je prenais part aux dévotions quotidiennes. Je méditais dans le minable petit sanctuaire qu'ils avaient édifié dans le parking du Wal-Mart. Dans le seul but de les rouler. Puis un jour j'ai compris que c'était vrai.
— Vous vous fichez de moi.
— Je suis tout à fait sérieux. Il s'est passé quelque chose. Je ne sais comment l'exprimer. C'est un peu, voyez-vous, comme si vous sortiez tous les matins de chez vous en criant : "Ô viens à moi, Grand Manitou" uniquement pour faire plaisir à quelqu'un, ou parce que c'est la coutume locale, parce que votre vieille tante folle refuse de prendre ses médicaments si vous n'invoquez pas le Grand Manitou, et un beau jour un machin gigantesque pourvu d'une trompe et d'une paire de bois sur la tête s'avance d'un pas lourd vers vous et dit : "Je suis le Grand Manitou, que veux-tu ?" Qu'est-ce que vous faites ? Vous ne croyez pas en lui, il ne vous plaît pas, mais il est là.
— Je ne sais pas si je dois vous croire.
— Je n'ai pas besoin que vous me croyiez. Hé, vous ne pensez pas que ces marmottes sont cuites ?
— Pas sûr que ce soient des marmottes.
— Peu importe. Je crève de faim. Je me fiche qu'elles soient encore saignantes. »

Simon servit les animaux irradiés. Installée entre lui et Luke, Catareen avala en silence sa part de la chasse. Quand ils eurent fini de manger, elle enfouit les restes, et Luke alla se coucher à l'arrière du Winnebago. Simon s'attarda un peu avec Catareen. Ils étaient assis tous les deux sur la butte herbeuse. Le vent murmurait doucement, et les étoiles scintillaient dans le ciel d'encre. L'étang émettait de minuscules étincelles, des éclats irréels qui n'étaient peut-être que le reflet des étoiles.

Simon demanda : « Regrettez-vous Nadia ?
— Non.
— C'est votre pays pourtant, l'endroit d'où vous venez.
— Rien, là-bas. »

Il hésita à la contredire. Il y avait quelque chose là-bas. Il y avait toujours quelque chose partout. Certes, les habitants de la Terre avait espéré davantage de leur premier (et peut-être unique) contact avec une planète habitée. Tous ces milliards de milliards dépensés pour l'atteindre, les dizaines d'années d'efforts, et pour trouver quoi ? Des êtres qui en dix mille ans n'étaient pas parvenus à développer une langue écrite. Qui vivaient dans des huttes de boue séchée et se déplaçaient au moyen de chariots en bois qu'ils tiraient eux-mêmes. Où étaient les cités dorées, les chamans et les savants ? Où étaient les grandes inventions, les remèdes, les arts ?

Il dit : « C'est un pays rude, d'après ce qu'on dit.
— Rien pour moi.
— Vous savez, insista-t-il, il n'est peut-être pas nécessaire de vous montrer aussi mystérieuse à propos de votre passé. N'avez-vous pas l'impression que c'est un peu inutile ? »

Elle était assise à côté de lui dans l'obscurité. Elle fit entendre sa petite chanson.

Au bout d'un moment, il dit : « Bon. Avez-vous des questions me concernant ?
— Non.
— Tous les Nadiens sont-ils comme ça ?
— Comme quoi ? »

Le vent caressait le visage de Simon, charriant un goût d'herbe sèche.

Il dit : « Vous n'en avez pas assez de m'écouter ? Je ne vous ennuie pas en parlant ?
— Non. J'aime.
— C'est gentil de votre part. »

Le silence en guise de réponse, et la petite chanson de sa respiration.

Simon reprit : « J'aurais simplement quelques questions à poser. À une créature biologique.
— Demandez.

— Je sais que certaines resteront sans doute sans réponse. Je veux dire, celles qui concernent les différences entre humains et Nadiens.

— Demandez.

— Bon. Les rêves. Puis-je vous interroger sur les rêves ?

— Oui.

— J'ai ces drôles de petits éclairs quand je dors. Ce sont à la fois des sons et des images. Ils ne semblent pas surgir au hasard, mais ils ne se raccordent pas. Je n'arrive pas à comprendre si ce sont des rêves ou simplement mes circuits qui se déchargent. D'après ce que je comprends, les biologiques ont des rêves qui englobent des histoires complètes. Des histoires mystérieuses, souvent détournées, mais cohérentes et chargées de sens. Est-ce exact ?

— Non, dit-elle.

— Verriez-vous un inconvénient à me donner un peu plus de détails ?

— Pas des histoires complètes. Elles changent.

— Pendant que vous rêvez ? Les histoires changent au fur et à mesure qu'elles se déroulent ?

— Oui.

— Mais en vous réveillant, n'avez-vous pas l'impression d'avoir vu quelque chose d'important ? Même si la signification n'est pas claire ? N'avez-vous pas l'impression le matin que certaines choses se sont éclairées pendant votre sommeil ?

— Non.

— Bien. Passons à un autre sujet. La voix avec laquelle je parle en ce moment, que vous reconnaissez comme ma voix, et qui est l'extension de ce que l'on pourrait appeler… euh… ma personnalité, est programmée. Cadence, vocabulaire, modulation, argot, tout a été conçu par Emory Lowell pour me rendre plus humain. Plus, bien sûr, ces accès involontaires de poésie. Ce qui réside dans mon cerveau est autre. Je m'écoute parler – je suis en train de m'écouter en ce moment même –, et mes paroles me paraissent étrangères. Elles ne correspondent pas à ce que j'entends à l'intérieur de ma tête. Les impulsions sont les miennes, je décide de dire ceci ou cela, mais je n'ai aucun contrôle sur l'expression. Je suppose que si vous pouviez voir ce qu'il y a dans ma tête,

si vous pouviez regarder fonctionner les circuits, vous auriez peur. Vous comprendriez que je suis un automate. Sans cœur.
— Je suis pareille, dit-elle.
— Ce que vous dites ne correspond pas à ce que vous avez dans votre tête ?
— Non.
— C'est normal. Vous parlez une langue étrangère.
— Dans ma langue.
— Vous voulez dire que là-bas, sur Nadia, vous ressentiez ce fossé entre votre apparence et ce que vous étiez au fond de vous ?
— Oui.
— C'est gentil de vouloir me rassurer.
— C'est la vérité. »

Ils se turent. Simon la sentit se retirer, un repli devenu familier, bien qu'il semblât plus profond cette fois, comme si elle s'était complètement abstraite de ce qui l'entourait. Il crut un instant qu'elle était partie, mais il scruta l'obscurité et la vit près de lui, inchangée.

Il aurait voulu la revoir telle qu'elle était dans l'étang. Il aurait voulu revoir sa silhouette sombre découpée dans le ciel du soir, se tournant timidement vers lui quand il avait prononcé les mots « quelle beauté ». Mais cet instant était passé, et elle était là, comme avant, indifférente, telle une valise abandonnée.

Il dit : « Reste ce jour et cette nuit avec moi et tu sauras d'où viennent les poèmes.
— Je dors maintenant.
— Je vais rester dehors un peu plus longtemps.
— Oui.
— Bonne nuit. »

Catareen se leva sans bruit. Il entendit le léger claquement de la portière du Winnebago au moment où elle pénétrait dans la cabine.

Le lendemain, dans la matinée, Luke tomba malade. Il était rouge et fiévreux. Il déclara qu'il n'était pas aussi mal qu'il semblait l'être. Il insista pour prendre sa place habituelle entre Simon et Catareen, jusqu'au moment où il demanda à Simon d'arrêter le véhicule en catastrophe pour sortir et vomir. Après quoi Catareen tint à enterrer les morceaux de viande qu'il avait régurgités. Simon supporta toute l'opération avec patience. Le garçon et la Nadienne ne pouvaient agir autrement. Il se souvint d'avoir vu une situation similaire dans une vidéo – un homme en voyage, qui patientait pendant qu'une femme et un enfant provoquaient un retard dont on ne pouvait leur faire grief, mais qui l'agaçait malgré tout.

Catareen coucha Luke sur la banquette de Simon. Une fois qu'il fut confortablement installé, ils repartirent.

Simon dit : « Il devait y avoir quelque chose dans l'eau, en définitive.

— Oui, répondit Catareen.

— Vous sentez-vous un peu barbouillée, vous aussi ?

— Oui.

— Je n'aurais pas dû vous laisser vous baigner. Ni vous ni lui.

— Pas votre faute.

— On oublie facilement, continua Simon, que les apparences sont trompeuses. Je n'ose penser à tout ce que contiennent ces malheureux animaux que nous mangeons. Ni aux mutations génétiques que subissent ces pauvres daims qui nous paraissent si beaux, là-bas, à l'horizon, au coucher du soleil. »

Un silence s'installa. Ils continuèrent à rouler dans la chaleur et la lumière. Puis elle dit : « Simon ? »

Elle n'avait jamais prononcé son prénom auparavant. Il s'était d'ailleurs souvent demandé si elle le connaissait.

« Ouais ?

— Sphros.

— Soyez plus précise, s'il vous plaît.

— C'est ça.

— Ça, ce qui arrive en ce moment, c'est ce que vous appelez sphros ?

— Oui. »

Elle était immobile comme à son habitude, placide comme un ornement de jardin, les mains jointes sur ses genoux.

« Nager dans cette eau polluée nous a rendus malades. Notre haleine pue la marmotte radioactive. Nous n'avons pas la moindre idée de ce qui nous attend. Et c'est ce que vous entendez par sphros ?

— Je veux dire nous. »

Un faible grésillement parcourut les circuits de Simon, un frisson électrique.

« Bouger, presser, caresser de mes doigts suffisent à mon bonheur. Que mon corps en touche un autre m'est presque insupportable.

— Oui. »

Il dit : « Nous serons à Denver dans quelques heures. Avez-vous réfléchi à ce que vous allez faire lorsque nous serons arrivés ?

— Faire ?

— Vous savez bien. Nous aurons atteint notre destination. Pour ma part, j'ai au moins l'intention de découvrir ce que signifie la date du 21 juin. Luke n'attendra pas dix minutes pour monter une escroquerie. Et vous, que pensez-vous faire de votre côté ?

— Mourir à Denver, dit-elle.

— C'est ce que vous avez déjà dit. Voudriez-vous m'expliquer ce que vous entendez par là ?

— Mourir à Denver.

— Hum, je ne vous suis pas tout à fait. Il semblerait que nous partagions un de ces petits moments d'incompréhension Terriens/Nadiens. Pouvez-vous être un peu plus précise ? »

Silence. Douce chanson de sa respiration.

« Bon, fit-il. Fin de la discussion. Votre intention est de mourir à Denver. Vous pourriez peut-être y trouver un job de serveuse, si votre projet de mourir se révèle irréalisable. »

Mais elle n'était plus là. Elle s'était retirée dans cet ailleurs qui semblait être son refuge.

Denver apparut vers la fin de l'après-midi. D'abord un tremblement argenté à l'horizon, puis l'apparition de flèches et de tours brillantes dans le lointain, et enfin une quantité chaotique de bâtiments dispersés dans une étendue plate, sous la cascade du soleil blanc de l'été.

Catareen dit : « Luke voudra voir. Je vais chercher.

— Ne croyez-vous pas que nous devrions le laisser dormir ?
— Je vais. Je vois. »
Simon arrêta le Winnebago. Catareen en descendit et revint aussitôt, accompagnée de Luke dont les joues étaient encore rougies et les yeux affligés d'un écoulement rosé maladif. Il s'empressa néanmoins de grimper entre Simon et Catareen. « Nous y voilà donc, dit-il.
— Nous y voilà, répéta Simon.
— Il y a un problème ? lui demanda Luke.
— Non. Pourquoi y aurait-il un problème ?
— Je me posais la question, c'est tout.
— Vous n'auriez pas dû vous lever, dit Simon. Vous êtes encore malade.
— Je vais mieux. J'ai simplement attrapé une saleté dans cette eau. Ou en mangeant cette espèce d'animal. En tout cas, je vais bien maintenant.
— Vous n'allez pas bien. Catareen aurait dû vous laisser dormir. »
Le regard entendu que Luke et la Nadienne échangèrent ne lui échappa guère. Ils avaient l'air de partager un secret le concernant. Depuis quand jouaient-ils à ce petit jeu ? Il préféra se taire, se contentant de conduire.
En entrant dans Denver, ils découvrirent une ville aux larges avenues fourmillantes d'humains et de Nadiens. L'énergie électrique qui émanait d'eux vibrait dans l'air. Ils traversaient les rues, marchaient d'un pas pressé sur les trottoirs, passaient devant les vitrines de petits commerces, qui avaient remplacé les anciens magasins et restaurants. Des gratte-ciel déserts, aux vitres étoilées ou brisées, dominaient le tout. Certains habitants se déplaçaient à pied. D'autres pilotaient des aéropods, la majorité anciens et cabossés. Quelques-uns étaient à cheval. Luke fit remarquer : « Le cheval revient en force dans la région. Il est plus robuste que les aéropods et permet de se déplacer dans plus d'endroits. »
Ils se mêlèrent lentement à la circulation. Luke indiqua un magasin qui s'était jadis appelé Banana Republic, à en croire la vieille enseigne dorée défraîchie, et qui était devenu à la fois un bar, un coiffeur et une mercerie. À l'entrée, un

groupe de colons nadiens chargeaient dans une voiture tirée par des chevaux des sacs remplis de graines qui semblaient être des semences.

Baissant sa vitre, Simon demanda aux conducteurs de plusieurs véhicules s'ils avaient entendu parler d'Emory Lowell. Il n'eut droit en guise de réponse qu'à des haussements d'épaules étonnés. Luke dit : « Continuez tout droit. Si Gaya est au même endroit que d'habitude, elle saura.

— Gaya ?

— Un personnage pittoresque. C'était une amie de ma mère. Son territoire se trouve un peu plus loin devant nous. »

Peu après, ils aperçurent une grande femme maigre debout à l'angle de deux rues. Elle parlait de manière volubile et tendait aux passants une sorte de bol blanc.

Luke dit : « La voilà. Arrêtez-vous. »

Simon se gara tant bien que mal le long du trottoir grouillant de monde. Luke grimpa sur les genoux de Catareen et se pencha par la fenêtre.

« Hé, Gaya ! »

La femme interrompit ses discours et regarda Luke avec une expression de mécontentement craintif. Entendre prononcer son nom n'était visiblement jamais signe de bonne nouvelle pour elle. Elle portait une combinaison en Mylar et un vieux chapeau en peau de léopard. Des mèches de cheveux noirs entortillés sortaient de son chapeau tels les signes de ponctuation.

« C'est Blitzen », dit Luke.

Gaya s'approcha d'un air soupçonneux de la fenêtre du Winnebago. Elle plissait les yeux, comme si Luke émettait une lumière aveuglante.

« Tu as grandi, dit-elle.

— Comme tout le monde. Est-ce que tu connais Emory Lowell ?

— J'ai entendu ce nom, oui.

— Sais-tu où il habite ?

— Quelque part près d'ici.

— Qu'est-ce que tu vends ? »

Gaya examina le bol d'un air grave. « Blitzen, dit-elle, c'est un objet digne d'un musée. Je l'ai eu par le plus grand des hasards, et s'il n'y avait tous mes frais médicaux à payer, je n'aurais jamais songé à le vendre...

— Combien ? demanda Luke.

— Voyons, j'en demandais vingt yens, ce qui est un prix ridiculement bas, mais puisque toi et moi...

— Donnez-lui vingt yens », ordonna Luke à Simon.

Simon fouilla dans sa poche. Gaya dit : « Écoute, je peux baisser de quelques yens pour toi. Étant donné que...

— Non, vingt yens est un prix raisonnable, répondit Luke. Simon, les avez-vous ? »

Simon sortit un billet de vingt yens. Le garçon s'en empara. « Bon. Peux-tu nous indiquer où trouver Emory Lowell, maintenant ?

— Continuez tout droit pendant dix ou onze blocs, puis à droite pendant cinq miles. Tournez à gauche à la galerie commerciale Giant. Continuez jusqu'à ce que vous aperceviez deux cèdres bleus, de part et d'autre de la route. Garez-vous et dirigez-vous vers l'ouest.

— Merci. Voici les vingt yens. »

Gaya prit l'argent et tendit le bol à Luke. Elle demanda d'un air las : « Comment va ta mère ?

— Je n'en sais rien. Si jamais elle passe dans le coin, dis-lui que tu m'as vu. Que je vais bien.

— D'accord. »

Simon s'engagea sur la chaussée et accéléra. Luke tenait le bol sur ses genoux. « C'est de la camelote, fit-il.

— Il paraît ancien, remarqua Simon.

— S'il a atterri entre les mains de Gaya, c'est de la camelote. Croyez-moi.

— Ce qu'il y a de plus commun, de moins cher, de plus proche, de plus facile, c'est Moi », déclama Simon.

Simon suivit les indications de Gaya. Ils quittèrent la zone d'habitations la plus dense, passèrent devant des groupes de plus en plus clairsemés de maisons abandonnées, auxquelles succéda un désert brunâtre jadis occupé par des terres cultivées. Ils aperçurent alors les deux cèdres devant eux, tels que Gaya les avait décrits. Devant les arbres, une petite troupe d'enfants et un cheval occupaient le milieu de la route, oscillant dans la brume de chaleur qui montait de l'asphalte.

Luke était à nouveau mal fichu. Il somnolait, sa grosse tête en forme de soupière penchée sur ce qui lui tenait lieu de poitrine. Il la souleva suffisamment pour voir les enfants et le cheval sur la route.

« Vous devriez les écraser, murmura-t-il.

— Je croyais que vous étiez chrétien, dit Simon.

— Je suis chrétien. Mais pas idiot. » Il retomba dans son état d'hébétude fiévreuse.

Comme ils s'approchaient, Simon constata qu'il y avait cinq enfants : deux filles montées sur un cheval brun à long poil, une fille et deux garçons à pied.

Des deux filles à cheval, l'une était humaine et l'autre nadienne. Parmi les trois autres, il y avait deux enfants nadiens et un humain. L'aînée, une humaine, avait douze ou treize ans. La plus jeune, une Nadienne, pas plus de quatre ans.

Simon arrêta le Winnebago à leur hauteur. Les enfants semblaient attendre patiemment, comme s'ils espéraient voir passer un train. Simon se pencha à la fenêtre et les interpella.

La Nadienne sur le cheval arborait une paire d'ailes en carton miteuses maintenues par deux malheureux élastiques. L'humaine derrière elle était assise à califourchon, ses jambes blanches maigrichonnes écartées et ses bras minces entourant la taille de la Nadienne.

La Nadienne ailée dit : « Vous êtes en retard. »

Ils étaient tous plus ou moins nus. Un des Nadiens avait attaché maladroitement deux roses de plastique sur son étroite poitrine et portait un pagne d'herbe. L'humaine, près du cheval, brandissait une lance formée d'une queue de billard à l'extrémité de laquelle était fichée une lame de couteau.

La fille à la lance dit : « Vous avez failli le rater. »

Le cheval restait stoïquement immobile, secouant son énorme tête.

« Nous cherchons Emory Lowell, dit Simon.

— Nous le savons, répondit la Nadienne à cheval.

— Pour quelle autre raison seriez-vous venus ? » demanda l'humaine.

Sortant de sa torpeur, Luke marmonna : « Tout ça me paraît très bizarre. »

Simon dit : « Pouvez-vous nous conduire à lui ?
— Naturellement, répondit la Nadienne.
— Il faudra laisser votre véhicule, dit l'humaine.
— Je ne sais pas si c'est une bonne idée d'abandonner le break, déclara Luke.
— Chut », lui fit Simon.

Simon, Catareen et Luke sortirent du Winnebago et s'avancèrent vers les enfants. Le cheval hennit, remuant son énorme tête comme s'il s'éveillait d'un rêve.

« Nous sommes en retard pour quoi, exactement ? demanda Simon.
— Ne soyez pas stupide. Allons-y. »

Les enfants les précédèrent le long de la route pendant une certaine distance, puis prirent à travers champs. Simon portait Luke, qui se réveillait par moments et répétait : « Tout ça ne me dit rien qui vaille. »

Ils franchirent un rideau d'arbres et débouchèrent sur un groupe de bâtiments au pied d'une colline herbeuse. Sans doute une ancienne ferme. Il y avait une grange et une maison austère revêtue de bardeaux blancs, entourée de quelques petits dômes blancs qui ressemblaient à des habitations. Plus loin, une chaîne de montagnes mauves se détachait dans le ciel blafard.

Un vaisseau spatial était posé entre la maison et la grange. C'était un modèle ancien, une ellipse argentée d'à peine cinquante mètres de diamètre, en équilibre sur trois supports filiformes qui s'étaient révélés peu fiables et que renforçait un vérin hydraulique central. Le vaisseau avait au moins trente ans. Il brillait faiblement au soleil.

« D'où sort cet engin ? demanda Simon.
— Il est là depuis toujours, lui répondit un des garçons. Il est presque prêt. »

Prêt à partir à la casse, pensa Simon.

« Nous allons vous conduire tout de suite chez Emory », annonça la Nadienne ailée.

Elle les emmena à la grange, imposant bâtiment de couleur tabac dont les belles fenêtres laissaient filtrer une lumière blanche brillante. Les filles mirent pied à terre et ouvrirent la grande porte coulissante.

La grange était remplie de matériel de navigation vieux de plusieurs dizaines d'années. Des lumières clignotaient sur des consoles. Une vieille vidéo montrait le vaisseau spatial, à la base duquel des chiffres se déplaçaient lentement sur une bande déroulante. Des humains et quelques Nadiens travaillaient devant les consoles. Plusieurs portaient des blouses blanches ; d'autres des salopettes ou des combinaisons de polyester. Une petite Nadienne était penchée sur son clavier, vêtue d'un kimono couvert de chrysanthèmes d'un vert criard.

Un homme de race noire leva les yeux quand ils entrèrent. Les autres restèrent absorbés dans leur travail. L'homme s'approcha. Il devait avoir soixante-dix ans. Un flot de barbe couleur de fumée se répandait sur sa poitrine. Il portait un chapeau cabossé à large bord enfoncé sur ses sourcils broussailleux.

« Hello, fit-il. Qui nous amenez-vous ?

La fille ailée répondit : « Des pèlerins que nous avons trouvés sur la route. »

L'homme dit : » Nous n'avons pas beaucoup de visiteurs. Nous sommes un peu hors des sentiers battus.

— Je m'en suis aperçu, dit Simon.

— Mon nom est Emory Lowell. »

Les circuits de Simon crépitèrent. La sensation était similaire à celle qui l'avait parcouru à la vue de Catareen au bord de l'étang.

Il dit : « Poussée qui s'empare de moi comme je m'empare d'elle ! Nous nous faisons mal comme se font mal le marié et la mariée. »

Emory fixa sur Simon un regard avide, sauvage.

« Oh mon Dieu, dit-il. Vous êtes un des miens, n'est-ce pas ?

— J'en ai bien l'impression, répondit Simon.

— Ça alors ! Je craignais qu'ils ne vous aient tous exterminés. Mais vous voilà.

— Me voilà.

— Incroyable. Vous êtes le seul, vous savez. J'en ai implanté une dizaine. Je suppose que tous les autres ont été désactivés.

— Marcus l'a été.

— Je n'ai pas la mémoire des noms.
— C'était l'un des vôtres.
— Et il n'est plus parmi nous.
— C'était mon ami. Enfin, nous faisions route ensemble. J'avais besoin de lui pour tirer pleinement parti de mes chances.
— Je suis navré que vous l'ayez perdu, dit Emory.
— Que va-t-il se passer le 21 juin ?
— C'est le jour où nous devons décoller vers le nouveau monde.
— Quel nouveau monde ? demanda Luke.
— Nous partons tous vers une autre planète.
— Dans cette épave ? » Luke fit une grimace en direction du vaisseau.
« C'est vieux, mais ce n'est pas une épave. Ça fera très bien l'affaire.
— C'est vous qui le dites.
— Pourquoi teniez-vous à nous faire venir ici le 21 juin ? demanda Simon.
— J'ai fait mes calculs voilà très longtemps. Le 21 juin de cette année est le jour où l'alignement orbital est le plus favorable. J'ai introduit un système de guidage dans mon dernier lot, avant que Biologue n'interrompe la fabrication. J'ai pensé que si l'un de vous parvenait à revenir ici à temps, le moins que je puisse faire serait de l'emmener.
— Vous voulez que je parte avec vous sur une autre planète ?
— Vous serez les bienvenus, oui. Vous et vos amis.
— Quelle sorte de planète ? demanda Luke.
— Oh, c'est vrai, j'ai beaucoup de choses à vous expliquer, n'est-ce pas ? D'abord, je voudrais vous présenter ma femme. »

Il jeta un regard derrière lui en direction de l'atelier et appela : « Othea, veux-tu venir un instant, s'il te plaît ? »

Il semblait s'adresser à la Nadienne en kimono. Sans se détourner de sa console, elle lui répondit : « Occupée.

— Juste une minute. Je t'en prie. »

La Nadienne se leva à regret et s'approcha. « Vraiment, dit-elle. Te rends-tu compte du peu de temps qu'il reste ?

— Nous avons des visiteurs, dit Emory.

— Si tard ?

— Nous avons de la place. »

La Nadienne s'approcha et se tint à côté d'Emory. Elle avait une expression de détermination farouche. Sa petite tête verte émergeait de l'encolure de son kimono comme s'il s'agissait du simple prolongement du vêtement. « Je vous présente Othea, dit Emory. Ma femme. »

Othea tendit le cou et examina Catareen avec attention. Elle dit : « Cria dossa Catareena Callatura ? »

Catareen hésita. Elle dit : « Lup. »

Emory demanda : « Vous vous êtes déjà rencontrées ?

— Non, jamais, répondit Othea. Oof ushera do manto. »

Catareen inclina la tête. Était-ce un signe de reconnaissance ou bien de honte ? Othea fit un pas en avant et posa sa main droite sur le front de Catareen. Catareen lui retourna son geste.

Othea dit : « C'est une grande guerrière. J'ai beaucoup entendu parler d'elle. »

Catareen répondit : « Je fais mon travail. »

Luke demanda : « Quelle sorte de guerrière ? »

La Nadienne ignora la question. Elle dit à Catareen : « Oona napp e cria dossa ?

— Quézaco ? » fit Luke.

Othea dit : « Je lui ai demandé à quel stade elle en était. »

Catareen répondit : « Six semaines. Ou sept.

— Êtes-vous enceinte ? interrogea Luke.

— Non.

— Ils ne savent pas ? s'étonna Othea.

— Ils ne savent pas quoi ? » demanda Luke.

Catareen prit l'air absent et resta silencieuse, ce qui n'avait rien d'étonnant.

Othea dit : « Bon. Vous semblez tous avoir besoin de manger et de vous reposer. Emory, veux-tu t'occuper de nos hôtes. Je ne peux pas m'interrompre maintenant.

— Bien sûr », dit Emory.

Othea se tourna à nouveau vers Catareen. « C'est un honneur, dit-elle.

— Honneur est pour moi », répondit Catareen.

Emory et les enfants sortirent de la grange, suivis de Simon, Luke et Catareen qu'ils conduisirent à travers la cour de terre battue jusqu'à la ferme. L'ensemble des bâtiments, avec leurs galeries aux fines balustrades, leurs pignons pointus dans le style Grant Wood, semblaient avoir été reconstruits au milieu du siècle. La grange était, sinon d'époque, du moins une bonne reconstitution. Une habitation de bric et de broc, avec des volets et des ornements architecturaux disproportionnés. On eût dit une maison miniature agrandie à l'échelle réelle.

Derrière la ferme s'étendait un hameau de coupoles, groupe de petits dômes gonflables et de baraques Algeco d'âges divers, dont aucun n'était ni neuf ni propre. Plus loin un jardin abandonné se flétrissait et grillait au soleil. Le tout aurait pu être le campement d'été d'une troupe d'Inuits dévoyés et démoralisés.

En chemin, Emory posa amicalement sa main sur le bras de Simon.

« J'ai tant de choses à vous demander », dit-il.

Simon était venu chercher des réponses, non répondre à des questions. « J'ai moi-même une ou deux questions à vous poser », dit-il.

Luke marchait à côté de Catareen, quelques pas devant Simon et Emory. « Et alors, c'est quoi cette histoire de grande guerrière ? »

Catareen ne répondit pas.

Emory les fit entrer dans la maison. Il dit : « Il y a des lits en haut. Peut-être voulez-vous y conduire le garçon pour qu'il prenne un peu de repos.

— Pas question, fit Luke.

— Luke...

— Je crève de faim. Comme nous tous. Avez-vous quelque chose à manger ?

— Bien sûr. » Emory leur fit franchir l'entrée pour les conduire jusqu'à une pièce servant de cuisine. Ils passèrent devant un ancien salon transformé en salle de travail, avec deux bureaux, l'un métallique et l'autre en plastique moulé ; relégués dans un coin, deux fauteuils miteux et une petite armoire vitrée contenant un bric-à-brac coloré. Simon reconnut certains objets. Un Chia Pet en forme de mouton, des distributeurs de bonbons PEZ, une bouteille M. Bubble en plastique souple rose, une figurine en caoutchouc de l'Élan

Bullwinkle habillé d'un costume de bain rayé des années 1800.

La cuisine semblait avoir cinquante ans d'âge. Elle avait un fourneau atomique, un module de réfrigération et un évier muni d'un robinet et de manettes. Elle aurait pu figurer dans un musée.

« Asseyez-vous, je vous prie », dit Emory en désignant une table de bois qui avait vu des jours meilleurs, entourée de chaises dépareillées. Elle était recouverte d'une nappe imprimée de tasses bleues.

Simon, Catareen et Luke s'y installèrent. Emory posa devant eux trois verres et un pichet d'un liquide ressemblant à du thé. Il prit des œufs et du bacon dans le réfrigérateur.

Il dit : « Nous sommes le 20 aujourd'hui. Le départ est prévu pour demain. »

Tout en parlant, il cassa les œufs dans un bol et posa les tranches de bacon sur un gril.

Luke demanda : « Et quelle est cette nouvelle planète ?

— Nous l'appelons Paumanok. Il nous faudra trente-huit ans pour l'atteindre. Certains d'entre nous ne serons plus en vie lorsque le vaisseau atterrira.

— D'où la présence des enfants.

— Oui. Et ce sont nos enfants. Nous les aurions de toute façon emmenés. »

Emory versa les œufs dans une poêle. Il poursuivit : « J'ai acheté le vaisseau aux Jéhovah. Ils ont vendu toute la flotte après que leurs plans ont capoté avec HBO[1].

— Et que savez-vous exactement de la planète en question ? demanda Simon.

— C'est la quatrième du système solaire de Nadia. Elle mesure environ la moitié de la taille de la Terre. Elle possède probablement un climat tempéré et une atmosphère respirable. Nous n'avons pas de moyen de savoir si la vie y existe ou non.

— Le pire scénario étant ?

— Eh bien, qu'elle soit entièrement déserte. Trop chaude ou trop froide pour que la vie puisse s'y développer. La

---

1. Société de TV câblée appartenant à Time Warner (*N.d.T.*)

marge dans ce domaine est très étroite. Même une petite variation la rendrait invivable.

— Et si vous la trouvez impropre à la vie en arrivant ?

— Une fois là-bas, il n'y a aucun moyen de revenir en arrière.

— J'ai pigé.

— Nous avons eu des visions, dit Emory.

— Des visions ?

— Moi-même, Othea et quelques autres. Nous avons vu un univers de montagnes et de rivières. Nous avons vu des arbres gigantesques couverts de fruits, des oiseaux multicolores et des petits animaux intelligents semblables à des lapins. J'ai eu une première vision de ce genre il y a plusieurs années, et lorsque je m'en suis ouvert à Othea elle m'a confié qu'elle avait eu la même, des mois auparavant, mais ne m'en avait rien dit.

— Hum, c'est un comportement très nadien, fit remarquer Simon.

— Quand j'en ai parlé aux membres du groupe, deux d'entre eux, un enfant et un vieil homme, se sont avancés et ont raconté qu'eux aussi avaient vu ce monde exactement de la même façon. Depuis, beaucoup d'entre nous ont eu des visions similaires, à des moments imprévus. Ce sont toujours les mêmes images, mais de plus en plus révélatrices. La semaine dernière m'est apparue un petit village de pêcheurs sur la côte d'un vaste océan, sans que j'aie pu distinguer ses habitants. Twyla, notre cadette, a vu clairement une pluie chaude tomber tous les après-midi pendant moins d'une heure, suivie d'un temps beau et clair. »

Simon se tourna vers Luke et Catareen. Catareen (naturellement) ne manifesta rien. Luke, en revanche, lui renvoya un regard éloquent. Tapés. Ces gens sont tapés.

« Nous savons qu'il y a un risque, continua Emory. Un risque que nous sommes tous prêts à courir. Nous préférons cela à rester ici. Tous tant que nous sommes. Nous vous invitons volontiers à nous accompagner, si vous êtes prêts à prendre ce risque, vous aussi.

— Nous avons besoin de réfléchir, me semble-t-il, dit Simon.

— Vous avez environ trente-deux heures pour vous décider. Voilà. Votre repas est prêt. »

Quand ils eurent fini de manger, Emery les emmena à l'étage et leur indiqua leurs chambres, blanches et spartiates, chacune meublée d'une simple couchette et d'une chaise de bois. Luke et Catareen s'installèrent. Simon demanda à parler en privé à Emory.

« Certainement, dit Emory. Je suppose que nous avons à discuter de certaines choses, vous et moi. »

Ils sortirent et traversèrent la cour de la ferme, où les enfants se livraient à un jeu bruyant et batailleur que le cheval contemplait d'un regard atone, somnolent, remuant doucement la queue. Derrière les enfants, le vaisseau spatial se dressait comme un coquillage d'argent géant, maintenu délicatement en équilibre par ses minces supports qui s'étaient révélés insuffisants au cours de trois de ses cinq atterrissages.

« Twyla adore ce cheval, fit remarquer Emory en passant devant les enfants. Elle nous supplie de l'emmener.

— Paumanok, dit Simon.

— C'est un nom qui en vaut un autre.

— Parti de Paumanok, l'île-poisson où je suis né… solitaire, chantant à l'ouest, je vais à l'assaut d'un Nouveau Monde.

— Oui, oui. »

Ils dépassèrent la grange et arrivèrent dans un champ de trèfle pourpre.

« Pourquoi ce circuit intégré de poésie ? demanda Simon.

— Tout le monde aime la poésie.

— Quelle blague !

— D'accord. Eh bien, je me suis laissé emporter quand je vous ai créés. Il fallait que vous soyez robustes et fiables. Dociles. Et inoffensifs. Et dénués de réactions émotionnelles.

— Je comprends.

— Les premiers essais ont montré de sérieux défauts.

— C'est ce qu'on m'a rapporté.

— Certains traits sont restés dissimulés dans les chaînes de cellules. Tout le monde a été surpris. Il y avait, apparemment, certains points noirs difficiles à détecter dans le génome, des petits indicateurs et des données qui ont produit, disons... des effets inattendus. Les premiers simulos expérimentaux étaient suicidaires. Désespérés. Nous avons tenté de pallier ces insuffisances par des circuits intégrés de survie. Puis le deuxième lot s'est avéré rempli de joyeux assassins. Ils étaient dans un état de ravissement du matin au soir. Tellement heureux qu'ils en sont devenus violents. Comme si leur bonheur ne pouvait s'accommoder d'aucun autre exutoire que la violence. L'un d'eux a mis en pièces un technicien de laboratoire. Il riait, clamait qu'il adorait ce gosse. Il a dévoré son foie. L'affaire fut étouffée.

— Naturellement.

— Nous étions habités d'un orgueil démesuré. Nous avions sous-estimé la complexité du génome. Nous nous sommes heurtés au fait que si l'on supprimait une caractéristique, une autre, sans lien apparent, se manifestait soudain avec une intensité dix fois supérieure. Franchement, si nous avions prévu ces difficultés, je pense que nous ne vous aurions jamais fabriqués. Mais une fois que nous avions commencé, nous ne pouvions plus nous arrêter. Non, je ne pouvais plus m'arrêter. D'autres ont eu le bon sens de mettre fin aux expériences et de considérer tout l'ensemble comme une idée intéressante qui n'avait pas abouti.

— Je suis donc une expérience à vos yeux, dit Simon.

— Je ne voulais pas vous offenser.

— Continuez.

— Très bien. Dans le troisième protocole, je vous ai insufflé la poésie.

— Pourquoi ?

— Pour vous réguler. Pour éliminer les extrêmes. J'aurais pu brider vos capacités d'agression. J'aurais pu vous programmer de façon à ce que vous soyez bons et serviables, mais je voulais vous donner aussi un certain sens moral. Pour vous aider à faire face à des événements que je ne pouvais prévoir. J'ai pensé que si vous étiez programmé avec les œuvres de poètes célèbres, vous seriez mieux à même d'évaluer les conséquences de vos actes.

— Vous avez programmé chacun d'entre nous avec un poète particulier.

— C'est ça. Je me suis dit que ce serait moins déroutant pour vous. Quelque part, il y a un Shelley, un Keats, un Yeats. Ou il y a eu. Je me demande ce qu'ils sont devenus.
— Il y a eu aussi une Emily Dickinson, ajouta Simon.
— Oui. Elle aussi.
— J'ai..., commença Simon.
— Qu'avez-vous, fils ?
— Je ne suis pas votre fils.
— Pardon. C'est une façon de parler. Qu'avez-vous ? Dites-moi.
— J'ai l'impression qu'il me manque quelque chose. J'ignore quoi. Peut-être l'engagement. La conscience. Catareen appelle ça le sphros.
— Continuez.
— J'ai l'impression que les biologiques baignent là-dedans. Je veux dire que ça leur tombe dessus comme la pluie, et que moi je circule revêtu d'un scaphandre spatial. Je peux tout voir à la perfection, mais la connexion ne se fait pas.
— C'est très intéressant.
— À vrai dire, j'espérais un peu plus d'aide de votre part.
— C'est la poésie, n'est-ce pas ? Toutes ces évocations, toutes ces glorifications qui se bousculent dans vos circuits. Vos malheureuses synapses n'y suffisent pas, je suppose. »

Simon sentit encore ses circuits se bloquer. Non, c'était cette chose nouvelle, une impression de flottement, de torpeur chargée d'électricité. Il dit : « Je suis nu... m'assaille une grêle dure et violente. »
— Vous vous sentez bien ? demanda Emory.
— Non. Je ne sais pas ce qui m'arrive.
— Quoi ?
— J'ai éprouvé des sensations étranges récemment. Comme chaque fois que mon système anti-agression se met en branle, mais de façon différente. Quelque chose de plus doux peut-être.
— Je me suis toujours demandé si vous pourriez un jour éprouver des émotions véritables. Si vos connexions finiraient par fonctionner, avec les stimuli appropriés. »

Simon déclama : « Je suis vaste, je contiens des multitudes. »

— Savez-vous, l'interrompit Emory, que je pourrais vous perfectionner ? Si vous et vos compagnons acceptiez de nous accompagner, je pourrais faire quelques ajustements en route. Le temps nous manque pour l'instant, mais nous aurons tout le loisir nécessaire durant le voyage. Nous aurons des jours et des jours.

— Vous pensez que vous pourriez me modifier ? demanda Simon.

— J'aimerais beaucoup faire un essai.

— Que croyez-vous pouvoir corriger ?

— Il faudrait que je pénètre à l'intérieur de votre système et que je fouille un peu. Je parviendrai sans doute à neutraliser certaines commandes, à faire sauter le refus de la violence par exemple. Je le soupçonne d'inhiber vos neurones. Je pourrais aussi améliorer certains accès à votre cortex cérébral. Encore que ces choses semblent se produire toutes seules. Au fond, peut-être vaut-il mieux se contenter d'attendre, de les regarder évoluer. »

Simon s'était tourné face à la ferme et au vaisseau spatial. Il déclara : « Un enfant m'a dit… »

Emory joignit sa voix à la sienne. Ils déclamèrent de concert : « *Qu'est-ce que l'herbe ?* m'en offrant de pleines poignées ; Comment pourrais-je répondre à l'enfant ? Je ne le sais guère plus que lui. »

Lorsqu'ils revinrent à la ferme, Othea les attendait devant la porte de la grange. Elle dit à Emory : « Je t'en prie, ne t'éloigne pas ainsi. Pas aujourd'hui.

— Simon et moi avions certains points à discuter. »

Othea fixa sur Simon ses yeux orange avant de poursuivre : « Il y a un petit problème concernant les paramètres de lancement. Je ne pense pas que ce soit sérieux, mais Ruth est dans tous ses états. Elle a besoin de toi pour régler la question.

— Je ne demande pas mieux, dit Emory. Simon, excusez-moi je vous prie. »

Othea continua à regarder Simon. « Savez-vous qui est réellement Catareen Callatura ?

— Je sais ce qu'elle représente pour moi, dit Simon.

— Elle faisait partie de la résistance sur Nourthea. Les rois, vous ne l'ignorez peut-être pas, détiennent le pouvoir absolu. Ils confisquent tout ce que le peuple parvient à récolter ou à construire.

— Catareen s'est révoltée ?

— Elle faisait partie d'une communauté de femmes résolues à conserver la moitié de leurs récoltes. Elle appartenait au premier groupe, et elles en organisèrent d'autres. Elle ne vous l'a pas raconté ?

— Elle ne me raconte rien. J'en ai conclu que c'était une coutume nadienne.

— Ils ont exécuté leurs maris et leurs enfants.

— Non !

— En public. Puis ils ont exilé les femmes sur la Terre.

— Catareen a été déportée ?

— Elle ne vous a donc rien dit ?

— Pas un mot.

— Il y a autre chose.

— Quoi ?

— Je vais vous le dire, car je pense que vous pourriez l'aider. Elle est à la fin de son cycle de vie.

— Pardon ?

— J'ai même été étonnée de la voir. Je suis convaincue que toutes les autres sont mortes. Elle doit avoir, oh, certainement plus de cent ans.

— Elle est vieille ?

— Très. Nous vieillissons de façon différente. Nous ne déclinons pas peu à peu. Nous sommes énergiques et productifs jusqu'à la fin, puis nous dépérissons rapidement. Il existait jadis une espèce de poisson appelée saumon, je crois. Nous nous comportons un peu comme eux.

— Et Catareen est en train de mourir ?

— Oui. Je l'ai compris dès l'instant où je l'ai vue. Sa couleur. Elle a pris cet éclat vert particulier.

— Combien de temps lui reste-t-il à vivre ?

— C'est difficile à dire. Une semaine, un mois peut-être. »

Simon regagna la maison. Il monta l'escalier et pénétra dans la chambre qui avait été affectée à Catareen. Elle reposait sur l'étroit lit blanc. Elle semblait dormir.

« Hé ! » l'appela-t-il, avec moins de douceur qu'il ne l'aurait voulu.

Elle ouvrit les yeux. Resta silencieuse.

« Êtes-vous en train de mourir ? demanda-t-il.

— Oui.

— Merde, vous êtes vraiment en train de mourir ?

— Je l'ai dit.

— D'accord, en théorie, vous l'avez dit. Mais quelques détails supplémentaires auraient pu m'aider, non ?

— Non.

— Qu'est-ce que vous avez ?

— Je meurs.

— Ce n'est pas ce que je voulais dire.

— Je meurs, répéta-t-elle.

— Est-ce pour cette raison que vous n'arrêtez pas de tomber en catalepsie ?

— Pour garder l'énergie. »

Il s'approcha et se tint au bord du lit. Elle paraissait si menue contre le drap blanc.

Il dit : « Ils ont tué votre mari et vos enfants sur Nadia.

— Les petits-enfants aussi.

— Et ils vous ont envoyée ici ?

— Oui. »

Elle ferma les yeux.

« Catareen », murmura-t-il.

Pas de réponse. Sa tête ressemblait à une pierre, gravée aux emplacements de la bouche et des yeux, avec deux trous pour les narines. Elles seules trahissaient sa nature d'être vivant. Elles palpitaient à chaque respiration, dévoilaient les pâles reflets de leur éclat intérieur, pareilles à des cercles de jade translucide.

« Catareen, dit-il. Je ne sais pas quoi faire pour vous. Je ne sais pas quoi vous dire. J'ai l'impression de ne rien savoir de vous. Rien du tout. »

Elle n'ouvrit pas les yeux. La conversation était terminée.

Plus tard, au dîner, Simon et Luke furent présentés au reste du groupe. Luke semblait rétabli. Catareen avait visiblement préféré rester au lit, pour autant qu'on puisse interpréter ses attitudes.

Ils se réunirent tous autour d'une longue table dressée sous le grand arbre situé à l'est de la maison. Ils étaient dix-sept en tout ; douze adultes et cinq enfants ; huit Nadiens et neuf humains.

Othea était assise au bout de la table, à côté d'Emory. Elle tenait dans ses bras le dix-huitième membre du groupe – un nourrisson, mi-nadien, mi-humain.

Simon n'avait jamais vu une créature de ce genre auparavant, bien qu'il eût entendu parler de cas similaires. La peau du bébé avait la couleur d'une branche de céleri. Elle (c'était une fille) avait les narines frémissantes des Nadiens et leurs gros yeux ronds, mais l'iris était café au lait et le nez un minibec à la Emory troué de deux narines semblables à des oursins sur une pointe de rocher. Elle avait des oreilles parfaitement humaines, en réduction, comme de minuscules coquillages. Au-dessus de sa tête verte et lisse se dressait une touffe en bataille de cheveux soyeux d'un blond platine.

Emory leur dit : « Il semble que deux nouveaux participants soient venus nous rejoindre. J'ai le grand honneur de vous présenter Simon et Luke et d'exprimer l'espoir qu'ils accepterons de nous accompagner dans notre voyage jusqu'à Paumanok. »

Suivirent quelques applaudissements isolés et un murmure général de bienvenue. À vrai dire, Simon ne jugea pas l'assistance très engageante. Les humains offraient dans l'ensemble un triste spectacle. Il y avait une femme (la Ruth qui avait des problèmes avec les protocoles de lancement), obèse, au teint terreux, coiffée d'un chapeau de toile défraîchi, avec autour du cou des rangs de petites clochettes d'argent. Un homme d'un âge indéterminé, doté d'une grande moustache rousse en spirale et d'un menton un peu plus petit qu'un abricot, agita sa grosse tête carrée en disant : « Bienvenue mes amis, bienvenue mes amis, bienvenue mes amis. » Les Nadiens se montraient plus réservés dans leur tenue et leur comportement, mais eux aussi semblaient souffrir d'un léger décalage. Les deux femmes étaient muettes et taciturnes. Les trois mâles montraient une excitation peu courante chez leurs congénères. Assis ensemble, ils chuchotaient, éclataient parfois d'un rire aigu, gratifiant de grandes tapes leurs dos squelettiques, frappant l'une contre l'autre leurs paumes décharnées.

C'était donc là le groupe des pèlerins. Les émissaires envoyés vers un monde nouveau.

Au milieu du repas, Luke se pencha et glissa à l'oreille de Simon : « Débileville, USA.

— Chut », fit Simon. Il porta son attention vers la personne assise à sa gauche, une jeune scientifique dénommée Lily, une humaine à la peau foncée et aux cheveux teints en orange, les joues et le front tatoués de runes. Visiblement, elle ne comprenait pas que Simon n'ait pas une envie folle de passer tout un dîner à écouter un monologue ininterrompu sur les systèmes hydrauliques dans l'espace.

Une fois le repas terminé, les adultes reprirent leur travail et les enfants s'égaillèrent dans la cour de la ferme. Simon et Luke s'attardèrent à table avec Emory, Othea et le bébé.

Emory dit : « Ils sont un peu bizarres, je le reconnais. Mais ils ont bon cœur.

— Je n'en doute pas, répondit Simon.

— Ils étaient deux fois plus nombreux lorsque j'ai commencé. Mais les gens réfléchissent, ou ils trouvent d'autres occupations. Ils tombent amoureux de quelqu'un qui n'a pas envie de quitter la Terre pour toujours. »

Luke dit : « Vous voulez vraiment que nous vous accompagnions ?

— Il y a de la place. Et, Simon, j'espère que vous ne vous sentirez pas offensé si je dis qu'un garçon de l'âge de Luke sera particulièrement apprécié. Les adultes qui survivront au voyage seront très âgés le jour où nous débarquerons sur Paumanok. »

Le bébé gazouilla dans les bras d'Othea. Elle le berça avec une persévérance toute nadienne qui n'échappa guère à Simon. Elle dit : « Nous avons besoin du stock de gènes le plus variés possible parmi nos membres les plus jeunes. »

Luke remarqua : « Au fond, vous êtes surtout intéressés par mon ADN et par ma jeunesse.

— Vous êtes un Exédrol, n'est-ce pas ?

— En effet.

— Les malformations ne se transmettent pas génétiquement. Le saviez-vous ?

— Euh… »

Simon dit : « Ombre hautaine, moi aussi je chante une guerre plus longue et plus grande qu'aucune autre. » Il n'avait pas eu l'intention de parler à voix haute.

« Elle ne voulait pas être blessante, dit Emory. N'est-ce pas, Oth ? Les Nadiens sont un peu plus directs que nous autres.

— J'ai beau faire, je n'ai aucun sens de la diplomatie », répliqua Othea, continuant à bercer l'enfant avec une insistance telle que Simon espéra qu'il ne souffrirait d'aucun dommage à long terme. « À un moment donné, j'ai décidé d'y renoncer purement et simplement.

— Je trouve tout à fait intéressant, dit Emory à Simon, que vous vous sentiez froissé aussi facilement. Ce n'était pas inscrit dans votre programmation.

— Ma voix poursuit ce que mes yeux ne peuvent atteindre, dit Simon.

— En vérité, dit Luke, que vous me recherchiez à cause de ma jeunesse et de mon ADN ne me choque pas. Au cas où quelqu'un s'intéresserait à ce que je pense.

— Tout le monde s'intéresse à ce que vous pensez », affirma Simon.

Luke se tourna vers Emory : « Il ne semble pas particulièrement concerné par la vérité. C'est curieux, non ?

— Très curieux, répondit Emory.

— Je vous en prie, ne parlez pas de moi comme si je n'étais pas là, dit Simon.

— Vous faites vraiment des progrès, lui dit Emory.

— Allez vous faire foutre.

— Vous voyez ? C'est bien ce que je disais ! »

Peu après, Simon alla retrouver Catareen dans sa chambre. Emory et Othea avaient repris leurs travaux. Luke, lui, avait rejoint les enfants qui jouaient dans la cour de la ferme. Simon décela au ton de leurs voix que Luke avait introduit dans leurs jeux certaines améliorations et leur expliquait patiemment pourquoi ces changements étaient nécessaires.

Catareen était endormie. Ou plongée dans un état léthargique.

Simon lui dit : « Ils sont fous, vous savez. Tous tant qu'ils sont. »
Elle ouvrit les yeux. « Vous partez avez eux.
— Je ne sais pas. Écoutez, vous vous imaginez dans un vaisseau spatial avec ces gens pendant trente-huit ans ?
— Vous partez. Plus heureux là-bas.
— Qu'est-ce qui vous fait dire ça ?
— Un rêve.
— Pardon ?
— Ce monde. J'ai rêvé.
— Qu'avez-vous vu en rêve ?
— Vous allez sur des montagnes. Changé. Comme vous voulez.
— Vous avez rêvé que je changeais, que je marchais dans des montagnes ?
— Oui.
— Avez-vous déjà fait ce genre de rêve ?
— Non.
— Et ainsi vous pensez que je devrais partir avec eux. Vous pensez que je devrais passer les trente-huit années à venir sur un vaisseau spatial avec cette bande de frappés, tout ça parce que vous avez rêvé que je serais plus heureux sur une autre planète.
— Oui.
— Vous êtes aussi folle qu'eux. »
Elle émit une sorte de rire étouffé qu'il n'avait jamais entendu chez elle, un trille sur trois notes.
« Est-ce que vous avez ri ? demanda-t-il.
— Non.
— Si. Vous avez ri. Bon sang ! C'était bel et bien un rire. »
Elle laissa échapper le même petit bruit.
Il se pencha vers elle. « Vous avez mal ?
— Pas mal.
— Qu'avez-vous ?
— Je meurs.
— Soyez plus précise, je vous prie.
— Diminue. Je diminue.
— Vous avez l'impression d'être plus petite.
— La pièce est grande. Plus brillante.

— Vous avez l'impression que la pièce devient de plus en plus grande et brillante.
— Oui.
— Est-ce que moi aussi je vous parais plus grand et plus brillant ?
— Bruyant, aussi. »
Il baissa le ton. « Excusez-moi, dit-il.
— Non. J'aime.
— Vous aimez que je sois grand, brillant et bruyant ?
— Oui. »
Elle ferma les yeux et glissa doucement dans l'inconscience. Simon redescendit jusqu'à la galerie qui longeait la façade de la ferme. Le ciel était rouge sombre, strié de lambeaux de nuages orange. Des voix d'enfants lui parvenaient. Bientôt, il vit Luke accourir, poursuivi par Twyla, qui brandissait la lance-queue de billard. Ses ailes de carton s'entrechoquaient dans son dos. Luke hurlait. Simon ne put déterminer s'il était ravi ou terrifié.

Dès qu'il aperçut Simon, Luke s'arrêta. Il reprit contenance, faisant mine ne n'avoir ni couru ni crié. Twyla s'immobilisa elle aussi. Elle resta sans bouger à examiner la pointe de sa lance, comme si elle n'avait eu d'autre préoccupation, tandis que Luke s'approchait de Simon.

Luke dit : « Débileville, USA.
— Vous semblez bien vous amuser, répliqua Simon.
— Je me mêle aux autochtones. Je peux feindre à peu près n'importe quoi. »

Il se tint près de Simon, contemplant le ciel qui s'obscurcissait. Restée en arrière, Twyla fixait solidement la lame de couteau au bout de la queue de billard.

Luke dit : « J'ai réfléchi. Je pense que je vais partir avec eux.
— Hum.
— Pour tout vous avouer, ça me plaît assez d'être un membre honoré de cette équipe. Plutôt que de rester coincé à Denver, sans un sou.
— Je comprends.
— Et vous ?
— C'est une drôle de bande.
— À qui le dites-vous !

— Emory croit pouvoir effectuer certaines modifications sur moi pendant le voyage.
— Ce serait peut-être pas mal.
— En effet.
— Et vous savez, dit Luke, je partirais plus volontiers si vous veniez. J'ai fini par m'habituer à vous.
— Pareil pour moi.
— Bon. À tout à l'heure donc.
— À tout à l'heure. »
Luke quitta la galerie et regagna l'endroit où l'attendait la petite Nadienne. Elle ne leva pas sa lance à son approche. Ils parlèrent doucement. Simon ne put distinguer ce qu'ils se disaient. Ils partirent ensemble, s'éloignèrent de la maison et de la grange, en direction de la campagne environnante.

Le lendemain matin, Catareen avait encore décliné. Elle paraissait plus menue dans le lit blanc. Elle reposait sur le drap les yeux fermés, petite silhouette compacte, le souffle court et saccadé. Elle avait les mains croisées sur le ventre. Ses jambes étaient pressées l'une contre l'autre. Elle semblait vouloir se faire aussi menue que possible, comme si la mort était une ouverture étroite dans laquelle elle devait être prête à se glisser.
Hormis sa respiration rapide, elle ne montrait aucun signe de maladie. Et pourtant, elle diminuait, Simon le voyait bien. Non, il le sentait. Sa chair n'était pas affectée, mais elle-même se retirait, on eût dit qu'une force vitale quittait peu à peu la surface de son corps. Sa peau s'était assombrie, se parant d'un vert émeraude plus profond. Elle émettait un éclat lisse et minéral, cessant lentement de vivre.
Elle se réveilla, cependant, lorsque Simon entra dans la pièce. Ses yeux avaient changé. Leur couleur orange s'estompait, devenait d'un jaune sombre, maladif, semblable à du jaune d'œuf pourri.
« Bonjour, dit Simon. Comment vous sentez-vous ?
— Mourante, dit-elle.
— Mais vous ne souffrez pas.
— Pas beaucoup.
— Croyez-vous pouvoir manger quelque chose ?
— Non.

— Ce n'est pas du rat musqué radioactif, vous savez.
— Je sais. »
Il demeura près d'elle. Bien qu'elle fût à l'article de la mort, il avait l'impression que quelque chose entre eux refusait de finir. Il s'apprêtait à poser sa main sur son front mais décida qu'elle ne le souhaiterait probablement pas. En outre, c'eût été un geste dépourvu de signification, une expression de sympathie coutumière à l'égard des affligés. Ce genre de manifestation n'était guère approprié à une Nadienne.
Il dit : « Ils ont tué votre famille et vous ont envoyée sur la Terre.
— Oui.
— Je me demande... »
Elle attendit la fin de sa question. Il attendit lui aussi. Il ignorait en commençant sa phrase comment la terminer exactement, encore qu'il ait songé à un certain nombre de possibilités. *Je me demande si c'est pour cette raison que vous êtes si étrange et lointaine. Je me demande si c'est pour cela que vous m'avez accompagné. Je me demande si vous m'avez aidé parce que vous vous sentez coupable du sort que vous avez attiré sur votre famille.*
Quand il fut évident qu'il ne poursuivrait pas plus loin, elle dit : « Simon ?
— Hum.
— Fenêtre.
— Vous voulez que je ferme la fenêtre ? Il fait froid pour vous ?
— Non. Amener.
— Vous voulez que je vous amène à la fenêtre.
— Oui.
— Bien sûr. Pas de problème. »
Il hésita, ne sachant comment et où la toucher. Elle lui vint en aide en tendant vers lui ses longs bras filiformes à la Giacometti et en mettant ses mains autour de son cou. Il était visible qu'elle n'était plus capable de marcher. Il passa son avant-bras droit sous ses épaules, le gauche sous les maigres tendons de ses cuisses. Il la souleva.
Pendant un moment, elle se tint écartée de lui. C'était une impression à peine perceptible mais réelle. Elle se compor-

tait comme une créature dépendante mais jalouse de son intimité. Puis elle se détendit et se laissa aller dans ses bras. Trop faible pour faire autrement, pensa-t-il.

Avec douceur, précaution (fallait-il la croire quand elle disait ne pas souffrir ou très peu ?), il la porta jusqu'à la fenêtre qui donnait sur la cour en terre battue. Au-delà se dressait l'arbre isolé sous lequel ils avaient dîné la veille. Simon supposa qu'il s'agissait d'un orme. Ou d'un chêne. Il n'était pas programmé pour identifier les végétaux. L'arbre se dressait en plein milieu du paysage, telle une sentinelle. Plus loin se déroulait la vaste étendue verte et uniforme de la plaine, brillant sous le soleil matinal, immobile, sans vent ni nuages, comme si toute cette immensité vide attendait quelque chose, qu'une note de musique résonne ou que deux mains se mettent à applaudir. Mais le plus remarquable dans cette scène était l'arbre, exactement au milieu, feuillu, chatoyant dans l'attente paisible du petit matin. Simon se demanda si Catareen s'étonnait de ce spectacle – ce silence terrestre verdoyant qui s'étendait à perte de vue sous un ciel bleu glacé. Son pays d'origine (d'après les vidéos) était fait de roche et de boue, une terre noire ou couleur d'étain, parfois jaune argenté, d'où émergeait un enchevêtrement de mousse et de fougères, fouillis vert sombre pareil à des algues, sous un ciel toujours couvert laissant filtrer un semblant de lumière brumeuse et pâle. Seuls quelques rares villages avaient réussi à s'implanter çà et là dans les failles et les vallées, entre les montagnes escarpées et couronnées de glace. Leurs cimes semblables aux flèches d'immenses cathédrales grises, vastes et impassibles témoignages de l'existence de roches volcaniques et de permafrost, s'élevaient au-dessus des huttes et des enclos, des modestes carrés de maigres jardins, des minuscules tours et clochers, répliques miniatures de ces pics qui scintillaient d'un sombre éclat.

Ce pays avait-il représenté la beauté pour elle ? Y avait-elle éprouvé ce sentiment de sphros ?

Simon la tint dans ses bras devant la fenêtre qui donnait sur l'arbre. C'était peut-être l'arbre et uniquement l'arbre que Simon l'avait emmenée voir, bien que ni lui ni Catareen n'y aient accordé beaucoup d'attention alors, un arbre comme un autre, s'élevant au-dessus d'un carré de terre battue ordinaire. Pourtant, aujourd'hui, avec Catareen mourante dans ses bras, en voyant l'arbre si parfaitement dressé au centre du paysage, Simon prit conscience de sa singularité et de son mystère.

Il dit : « L'élan, l'élan, l'éternel élan procréateur de l'univers.

— Oui », répondit-elle.

Ils ne prononcèrent pas un mot de plus. Il continua à la soutenir tandis qu'elle regardait par la fenêtre. Son visage était plus brillant à la lumière. Ses yeux semblaient avoir retrouvé un peu de leur profondeur habituelle, leur couleur orange ambrée. Un instant, elle parut plus vivante et l'espoir le traversa qu'une rémission inespérée lui était peut-être accordée. Le fait de se trouver devant la fenêtre faisait-il partie d'un rituel de guérison ? Pourquoi pas ? Ce n'était pas impossible.

Puis il sentit ses bras se relâcher autour de son cou. Il comprit que même ce geste exigeait d'elle un effort. Il dit doucement : « Voulez-vous que je vous ramène à votre lit ?

— Oui », répondit-elle, et il lui obéit.

Toute la communauté s'activait aux préparatifs de dernière minute. Humains et Nadiens couraient entre la maison et la grange. Les trois Nadiens mâles, membres de l'équipe technique, montaient et descendaient la passerelle d'accès au vaisseau, entraient et sortaient avec une telle rapidité qu'ils semblaient ne rien faire d'autre que d'aller toucher un but donné et repartir aussitôt en riant, avec de drôles de petits jappements, frappant dans leurs paumes chaque fois qu'ils se croisaient. Désœuvré, Simon errait alentour. Dans la galerie, Emory était engagé dans une discussion animée avec l'une des Nadiennes (visiblement médecin) et Lily, la scientifique tatouée. Le moustachu au minuscule menton (qui se prénommait Arnold) semblait avoir la charge du bébé d'Emory et d'Othea. Il promenait le nourrisson, tournait dans la cour, le faisait sauter dans ses bras, répétant : « Petit bout, petit bout. » À l'intérieur de la grange, au milieu des consoles et des claviers, Othea et l'autre Nadienne s'évertuaient à calmer l'imposante et disgracieuse Ruth, qui effectuait des calculs de dernière minute dans une inexplicable crise de larmes tandis que tintaient les clochettes autour de son cou.

Fêlés, pensa Simon. Ils sont tous fêlés. On aurait certainement pu en dire autant des passagers du *Mayflower* à l'époque : des fanatiques, des excentriques, des laissés-pour-compte partis coloniser un nouveau monde parce que celui qu'ils connaissaient ne répondait pas à leurs lubies secrètes. Il en avait sans doute été ainsi, non seulement à bord du *Mayflower*, mais sur les navires des Vikings ; sur la *Niña*, la *Pinta* et la *Santa María* ; lors des premières expéditions vers Nadia, en laquelle les peuples de la Terre avaient fondé des espoirs insensés. Des trucs de fous. Tous des hystériques, des exaltés et des petits délinquants. Les odes, les statues, les plaques commémoratives et les reconstitutions historiques étaient venues plus tard.

Simon ne tenait pas en place. Il ne savait où aller. Après avoir erré d'un endroit à un autre, s'efforçant de ne pas gêner, de ne pas avoir l'air inoccupé, il tomba sur Othea qui sortait de la grange. Il s'adressa à elle, tout en sachant qu'il la dérangeait. Mais il avait besoin de se donner une contenance. Et il avait aussi quelques questions à lui poser.

Il dit : « Catareen est très faible aujourd'hui.

— Je sais », répondit-elle avec impatience. Elle l'aurait sans doute envoyé paître s'il avait abordé un autre sujet.

« Y a-t-il une chance qu'elle se rétablisse ? Je veux dire, peut-elle encore bénéficier d'un sursis avant de…

— Non. Il n'y a pas de rémission possible. Parfois, certains restent en vie plus longtemps que d'autres, et je suppose qu'elle pourrait se maintenir encore un peu. Chez les individus les plus résistants, cela peut prendre des semaines.

— Nous avons décidé d'accepter de vous accompagner.

— Très bien. Maintenant, si vous voulez bien m'excuser.

— Catareen aura besoin d'un lit, dit Simon. J'aimerais monter à bord avec l'un des techniciens et chercher la meilleure manière de l'installer confortablement.

— Oh, elle ne peut pas venir avec nous.

— Que voulez-vous dire ?

— Je suis désolée. Je pensais que vous aviez compris. Notre espace est limité. Nous nous attendons à ce que certains meurent au cours du voyage et nous avons essayé d'en tenir compte. Mais il nous est impossible de transporter un cadavre pendant trente-huit ans. Je crains que ce soit hors de question.

— Vous avez donc l'intention de l'abandonner ici.

— D'ici peu, elle ne saura même plus où elle est. Quoi qu'il en soit, elle va cesser de se nourrir. Nous lui laisserons de l'eau, au cas où elle aurait soif, mais j'en doute.

— Vous allez la laisser mourir seule.

— C'est différent pour elle. Les habitants de Nourthea sont plus solitaires que nous. Croyez-moi, tout se passera bien.

— Je n'en doute pas.

— Il faut que je vous quitte à présent. Vous n'imaginez pas tout ce qu'il me reste à faire.

— Bien sûr. »

Elle se hâta vers la maison.

La journée s'écoula. Luke réapparut, à cheval avec Twyla. Il semblait s'être joint aux enfants, feignant d'adhérer à leur groupe sans qu'il soit question de confiance ou d'affection. Simon les vit s'avancer derrière la maison. Luke était à califourchon derrière Twyla, tel un jeune pharaon, l'air majestueux et hautain, tandis que les plus jeunes gambadaient derrière eux. Twyla mena sa monture dans la direction de Simon, l'arrêta pile devant lui. Le cheval battit des paupières et secoua la tête. Il fit entendre un hennissement, un son grave qui ressemblait vaguement à un *honk* sorti d'un hautbois.

Twyla demanda à Simon : « Est-ce que vous aimez les chevaux ?

— Qui ne les aime pas ? répondit-il.

— Il paraît qu'il n'y aura pas de chevaux dans le nouveau monde. »

Bien sûr, elle était folle, elle aussi. Pourtant, à l'image de Catareen, elle avait des yeux brillants de lézard et des narines palpitantes, nerveuses. Son regard électrisa les circuits de Simon.

Il dit : « Peut-être existe-t-il déjà des chevaux là-bas.

— Je n'aimerai jamais qu'Hesperia, déclara Twyla. Quelle que soit la planète.

— Arrête ton char ! s'exclama Luke.
— Je ne comprends pas bien ce que tu veux dire.
— Je veux dire que c'est seulement un animal... »
Twyla tourna bride, talonna son cheval et se remit en route. Tandis qu'ils partaient, suivis des autres enfants, Simon entendit Twyla dire à Luke : « Tu as beaucoup de choses à apprendre sur les animaux. Ils sont aussi divers que toute autre race d'êtres vivants.
— Ils sont surtout bons à être bouffés. Qui est incapable d'ouvrir une bouteille ou de vous prêter de l'argent est par définition... »
Simon les regarda s'éloigner. Il comprit qu'ils allaient poursuivre cette conversation pendant quatre-vingts ans ou davantage. Il se demanda si Othea avait déjà choisi Luke pour Twyla. Il se demanda s'ils auraient des enfants.
Il adressa un adieu silencieux à Luke, lui souhaitant bonne chance.

Puis il regagna la chambre de Catareen. Il n'était bien nulle part ailleurs. C'était le seul endroit où il se sentait au calme, où il avait l'impression d'être autre chose qu'un touriste.
Elle dormait presque tout le temps. Il resta assis sur l'unique chaise à côté du lit, à la contempler. Il tenta d'imaginer son existence – sa longue existence – avant qu'elle n'arrive sur Terre. Elle n'avait jamais dû être quelqu'un de facile, pensa-t-il. Sans doute arrogante et sévère, même pour une Nadienne. Protégeant son intimité avec une âpreté presque palpable, aussi profonde que le silence d'un puits. Il soupçonnait son mari d'avoir été plus ouvert ; dans le couple il avait sans doute été le plus décontracté, le plus large d'esprit. Simon se les représenta chez eux, dans leur hutte de torchis. Le mari prompt à accueillir leurs amis, leur offrant des pipes et des boissons fermentées, réchauffant la pièce avec de maigres feux de brindilles.
Il l'exaspérait probablement. Sa prodigalité suscitait des querelles entre eux, certaines anodines, d'autres acerbes.
Pourtant, elle avait dû l'aimer.

Simon le savait, d'une façon qui lui échappait. Les images fourmillaient à l'intérieur de sa tête, une cellule se divisant en deux, en quatre, en huit.

Il y avait l'image de la longue union de Catareen, de ses enfants, au nombre de cinq, trois filles et deux fils, incapables de décider lequel de leurs parents était coupable des erreurs et des injustices au sein de la famille. Celle des longues journées de labeur. Des nuits avec son mari, sur une paillasse de feuilles et de foin. Et de cet après-midi sans importance particulière, où Catareen, à l'entrée de leur hutte, regardait son village, les sommets escarpés au loin, le ciel couleur d'étain qui déverserait bientôt la pluie ; le tapage de ses enfants occupés à leurs jeux, le rythme régulier de la houe de son mari dans le jardin à l'arrière. Ce sentiment de plénitude, de maturité au milieu de sa vie à elle, cette saveur douce-amère, cette conscience aiguë et pure qu'elle était Catareen Callatura, en cet instant, par un après-midi sans importance, juste avant la pluie.

Ensuite, bien des années plus tard, était intervenue sa décision de ne pas livrer les récoltes aux percepteurs du roi et d'encourager les autres femmes à l'imiter. Les doutes de son bavard de mari, âme plus simple. La confiance qu'il lui avait manifestée. Les disputes des enfants, entre eux et avec elle. (Une partie avaient décidé que c'était elle qui avait raison, les autres qu'elle avait tort.) Puis les arrestations, les exécutions. Tous. Non seulement le doux et incrédule mari, mais les enfants adultes, ceux qui l'aimaient et ceux qui lui en voulaient, et leurs enfants aussi. Tous.

La pièce s'assombrissait avec la tombée du soir. Catareen se réveilla à plusieurs reprises, jeta autour d'elle un regard incertain. Elle semblait étonnée de se trouver là, en train de mourir dans une pièce qu'elle ne connaissait pas, sur une planète étrangère. Mais, plongée dans son sommeil, elle avait peut-être oublié. Chaque fois qu'elle ouvrait les yeux, Simon se penchait vers elle et murmurait : « Tout va bien », ce qui n'était pas la vérité, naturellement. C'était une façon de parler.

Elle n'aurait pas voulu qu'il la touche, pensait-il. Elle le regardait de ses yeux jaunes toujours plus pâles, puis s'évanouissait de nouveau, sans parler.

Luke entra soudain dans la chambre. « Holà ! appela-t-il, c'est le moment d'embarquer. »

À l'instant même, Simon sut avec certitude ce qu'il allait faire. Il semblait avoir pris sa décision spontanément. Le processus s'était déclenché seul au plus profond de ses circuits.

Il dit : « Je ne pars pas.

— Qu'est-ce que vous dites ?

— Je ne veux pas la laisser ici. »

Luke hésita avant de répondre : « On ne peut plus rien pour elle, vous le savez.

— Je reste. C'est le moins que je puisse faire.

— Vous savez ce que ça signifie ? On ne pourra pas faire demi-tour et revenir vous chercher.

— Je sais.

— Je veux que vous veniez », dit Luke. Il y avait une note plaintive dans son ton.

Il n'avait que douze ans, ce qu'on oubliait facilement.

Simon dit : « Vous vous débrouillerez très bien sans moi.

— Je sais. Je sais. Mais j'ai envie que vous veniez avec moi.

— Qu'avez-vous dans votre main ? » demanda Simon. Luke tenait un objet enveloppé dans un sac de plastique blanc.

« Oh, c'est rien. »

Il fouilla dans le sac et en sortit le petit bol de porcelaine qu'ils avaient acheté à la femme, à Denver.

« Vous l'emportez sur une autre planète ?

— Il appartenait à ma mère.

— Sans blague ?

— Je ne sais pas comment il a atterri entre les mains de Gaya. Nous avions quitté Denver en quatrième vitesse, maman avait foiré un de ses coups à la carte de crédit, et j'imagine que Gaya s'est pointée dans notre appartement avant l'arrivée des flics. Je me souviens d'avoir toujours vu ce bol quand j'étais petit. Maman l'avait sûrement chouravé. Elle n'aurait jamais acheté un truc pareil. »

Luke tenait à deux mains le bol, qui semblait émettre une faible lueur dans la pénombre croissante de la pièce.

« Il porte une inscription, non ? demanda Simon.

— Ça signifie que dalle.

— Allons donc.

— C'est le langage d'un pays foutu, gouverné par une longue lignée de malades mentaux. Un de ces bleds où le temps est pourri, et qui semble n'avoir existé que pour voir ses citoyens consacrer toute leur énergie à vouloir le quitter.
— Savez-vous ce qui est écrit ?
— Non. Pas le début d'une idée.
— Cependant vous voulez l'emporter.
— Je l'ai payé.
— Avec mon argent. »

Luke haussa les épaules et remit le bol dans le sac. On n'entendait plus que la respiration de Catareen. *Ee-um-fah-eum-so*, un son aussi ténu que le froissement d'un rideau agité par le vent.

Simon imagina le bol sur une autre planète, dans le siècle à venir, posé sur une étagère où il réfléchirait en silence une lumière extraterrestre. Ce petit objet fragile, avec son message intraduisible, avait été le seul bien d'une femme qui avait choisi de mettre au monde un enfant difforme pour l'abandonner ensuite. Le bol voyagerait vers un autre soleil, bien qu'il ne fût ni rare ni précieux.

Les biologiques étaient des êtres mystérieux.

Luke dit : « Vous êtes absolument sûr que vous ne voulez pas venir ?
— Je voudrais venir. Mais je reste ici.
— OK.
— OK. »

Luke s'approcha de Catareen. « Au revoir », dit-il doucement à la petite silhouette endormie. Elle ne répondit pas.

Luke dit : « Si j'étais meilleur, je ne partirais pas.
— Ne soyez pas ridicule. Il n'y a aucune raison que nous restions tous les deux.
— Je savais que vous diriez ça.
— Mais vous aviez malgré tout envie de l'entendre, n'est-ce pas ? »
— Ouais, c'est vrai.
— C'est ce que les chrétiens appellent l'absolution ?
— Hum. Tout le monde peut la donner. Pas besoin d'être prêtre.

— Vous ne croyez quand même pas à toutes ces sornettes ? Allez, dites-moi la vérité.

— J'y crois. J'y crois vraiment. Je n'y peux rien. »

Luke se tenait d'un air solennel à côté du lit de Catareen, serrant le bol contre sa poitrine.

« Elle a eu une longue vie, fit-il. À présent, elle va rejoindre le Seigneur.

— Franchement, j'ai la chair de poule quand je vous entends débiter des trucs pareils, dit Simon.

— Ne vous en faites pas. Si vous n'aimez pas le mot "Seigneur", on peut en choisir un autre. Elle rentre chez elle. Elle retourne dans sa famille. Ce qui vous plaira...

— Je suppose que vous avez des idées précises sur la vie après la mort.

— Bien sûr. Nous sommes réabsorbés dans le mécanisme céleste et terrestre.

— Le paradis n'existe donc pas ?

— C'est ça, le paradis.

— Et le royaume de gloire ? Et les pantoufles d'or ?

— Nous abandonnons notre conscience comme si nous sortions d'un mauvais rêve. Nous la rejetons comme des habits imparfaits. C'est une libération, une extase que nous ne pouvons pas ressentir tant que nous habitons notre corps. L'orgasme est ce qui s'en approche le plus, mais c'est une sensation mineure et grossière en comparaison.

— C'est ce que le Feu sacré vous a enseigné ?

— Non, ils étaient débiles. C'est simplement quelque chose que je sais. Comme vous connaissez vos poèmes.

— Je ne les connais pas en réalité. Je les contiens.

— C'est pareil, non ? Hé, l'heure du décollage approche.

— Je vous accompagne. J'aimerais dire au revoir aux autres.

— D'accord. »

Ils se rendirent ensemble jusqu'à la base du vaisseau. L'appareil ronronnait doucement. Il émettait une faible lueur, semblable à celle qui émanait du bol de la mère de Luke dans la pénombre de la chambre. La petite colonie était rassemblée au pied de la rampe d'accès. À son sommet, l'entrée de l'astronef était un carré de pure lumière blanche.

Emory accueillit Simon avec chaleur : « Alors, c'est le départ.

— Je suis juste venu vous dire adieu, répondit Simon.

— Comment ! Vous ne venez pas ? »
Simon s'expliqua. Emory l'écouta. À la fin, il dit : « C'est extraordinaire, vous savez.
— Qu'est-ce qui est extraordinaire ?
— Vous.
— Je ne suis pas "extraordinaire". Je vous en prie, ne prenez pas ce ton condescendant avec moi.
— Un enfant a dit…, commença Emory
— Je ne me sens pas d'humeur à réciter de la poésie en ce moment, répliqua Simon.
— Vraiment ?
— Vraiment. »
Emory sourit et hocha la tête. « Comme vous voudrez. »
Twyla se détacha de la foule, avec Luke sur ses talons. Elle dit à Simon : « Si vous restez ici, vous pourriez prendre soin d'Hesperia.
— Je le pourrais, en effet.
— Les voisins doivent venir la chercher demain. Dites-leur qu'ils ne peuvent pas l'emmener. Dites-leur que vous la gardez. Vous voulez bien ?
— Entendu. »
Luke dit : « Il est incapable de s'en occuper. Les voisins sont une meilleure solution, ils sont habitués aux chevaux, n'est-ce pas ?
— Hesperia serait un cheval parmi d'autres pour eux. Pour Simon, elle sera unique.
— À supposer que Simon ait envie, ou besoin, d'un canasson. À supposer qu'il ait la moindre idée de ce qu'il faut faire avec elle. »
Othea les interrompit : « Nous devons embarquer, à présent. » Elle tenait le bébé dans ses bras.
Emory dit à Simon : « J'ai l'impression d'avoir fait du bon travail avec vous, meilleur que je ne pensais.
— Faites un beau voyage, dit Simon.
— Vous aussi. Excusez-moi, je dois recenser mes passagers. Ne partez pas tout de suite. Je veux vous faire des adieux convenables. »
Emory se mêla à la foule. Luke et Twyla continuèrent à se chamailler à propos du cheval. Puis la dispute sembla dériver, les entraîner dans un désaccord plus général.

Simon en profita pour s'éclipser, ce dont personne ne parut s'apercevoir.

Il reprit sa place à côté de Catareen dans la pièce sombre et fraîche. Le brouhaha du départ lui parvenait de l'extérieur. Un tintement métallique, une succession de trois notes claires. Un bruit de succion difficile à identifier, qui s'interrompait puis reprenait. Et de temps en temps, le son d'une voix, l'appel d'un enfant, auquel répondait un adulte. Une rumeur indistincte, semblant venir de très loin, plus loin que l'endroit où elle prenait sa source.

Simon ne souhaitait pas voir le départ de l'astronef. Il préférait rester là, dans cette chambre paisible.

Le temps passant, il s'endormit par intermittence. Sa tête s'inclinait sur sa poitrine, puis il se réveillait en sursaut, étonné d'être là, auprès de cette forme sombre et muette sur le lit. Se souvenant alors de l'endroit où il était, il sombrait à nouveau dans le sommeil.

Il finit par s'installer sur le lit à côté de Catareen. Il était si fatigué. Il voulait seulement s'allonger. Il bougea avec précaution, s'efforçant de ne pas la déranger. Il mit son corps à côté du sien sur le matelas étroit.

Catareen battit des paupières, tourna la tête et le regarda. Elle resta silencieuse un moment, puis murmura : « Vous. »

Sa voix s'était voilée. Elle n'était plus qu'un léger sifflement, à peine perceptible.

« Oui, moi, répondit-il.

— Quand vous partez ?

— Ne vous inquiétez pas pour ça.

— Quand vous partez ?

— Je ne pars pas.

— Vous partez.

— Non. Je reste ici.

— Non.

— Je refuse de partir sans vous. » Ce n'était pas ce qu'il avait voulu dire. Ce n'était pas non plus l'exacte vérité. Et pourtant il l'avait dit.

« Vous partez, insista-t-elle.

— Chut. Ne parlez pas. » Il n'aurait jamais imaginé lui demander un jour de parler moins.

Elle dit : « Partez. »

Il répondit : « C'est ici que je veux être. »

Elle le regarda. La lueur s'éteignit dans ses yeux. Elle ouvrit la bouche, essaya en vain de s'exprimer.

« Dormez, dit-il. Dormez, c'est tout. Je suis là. »

Elle ferma les yeux. Il passa doucement un bras autour d'elle, puis craignit de lui déplaire et le retira aussitôt. Il inclina sa tête vers elle, posa sa joue contre son front, espérant qu'elle ne s'en offusquerait pas.

Il s'endormit à son tour.

Simon rêva qu'il se trouvait en altitude. L'endroit était clair et venteux. Il ne pouvait déterminer s'il se tenait en haut d'une montagne ou d'un gratte-ciel. Il savait seulement qu'il était sur une base solide et que la terre se trouvait loin en contrebas. De là, il voyait des gens marcher dans une plaine. Ils les voyait clairement, même à cette distance : des hommes, des femmes et des enfants. Ils allaient tous dans la même direction. Ils abandonnaient quelque chose derrière eux. Il distinguait mal ce dont il s'agissait. C'était une sorte de masse ténébreuse, comme un orage en formation, très loin, traversé d'éclairs verdâtres, menaçants, de fragments et d'éclats de lumière qui apparaissaient et disparaissaient dans le bouillonnement de cette nuée noire. Les gens s'en éloignaient, mais Simon ne voyait pas vers où ils se dirigeaient. Un vent impétueux l'assaillait, l'obligeant à lui faire face. Il ne pouvait voir que ce qu'ils semblaient fuir. Il espérait qu'ils se dirigeaient vers un monde meilleur. Il imaginait des montagnes et des forêts, des rivières, une clarté limpide balayée par le vent, mais elle restait invisible à ses yeux. Il ne voyait que ces gens qui marchaient dans l'herbe. Ne distinguait que leurs visages, et leurs sentiments : l'espoir, la crainte, la détermination, une ardeur farouche à laquelle il ne pouvait donner de nom. Le vent criait de plus en plus fort autour de lui. Il comprit alors que le vent de son rêve était le bruit du vaisseau spatial prenant son envol pour un autre monde.

Il se réveilla. Il faisait encore nuit. Il entendait encore le vent de son rêve.

Il sut aussitôt que Catareen était morte.

Elle reposait sans vie. Ses yeux étaient fermés. Pas une lueur ne filtrait à travers les minces membranes de ses paupières. Simon posa la main sur sa petite tête lisse, elle était froide comme la pierre.

Il s'interrogea : avait-elle hâté sa mort dans l'espoir qu'il pourrait encore monter à bord du vaisseau ? Était-ce possible de la part d'une Nadienne ? Comment le savoir ?

Le vaisseau... Il avait peut-être encore le temps d'embarquer. Il s'élança hors de la pièce, dévala l'escalier et sortit. Il le savait. Il le savait, bien sûr. Pourtant il cria : « Attendez ! »

Le vaisseau était déjà à trente mètres au-dessus du sol, secoué de vibrations sous la poussée du réacteur. Il flottait, grondait. Ses trois pattes d'araignée étaient rentrées. C'était une soucoupe d'argent parfaite, agitée de tremblements comme si elle allait se retourner, ceinturée par les lumières vertes de ses hublots. Sous l'appareil, le réacteur circulaire devenait plus sombre, passait du blanc aveuglant au rouge volcanique. Dix, neuf, huit...

Simon courut jusqu'à l'emplacement maintenant désert. Il appela : « Attendez, je vous en prie, attendez ! » Il resta à crier au milieu du cercle calciné que le vaisseau avait laissé derrière lui. Il savait qu'il était trop tard. Même s'ils avaient pu le voir (et ils ne le pouvaient pas), il n'existait aucun moyen de ramener le vaisseau au sol, aucune corde, aucune échelle que l'on pouvait dérouler.

« Non ! hurla-t-il, je vous en prie, s'il vous plaît, attendez-moi. »

Le réacteur rugit. Une onde rouge embrasa Simon, l'absorba. Ébloui, hurlant, lui-même n'était plus que lumière, proie d'un feu intense qui ne brûlait pas. Le réacteur fit entendre un léger bruit, un toussotement, puis le vaisseau s'élança en hauteur, si vite qu'il sembla disparaître. Lorsque le flamboiement se fut dissipé, lorsque Simon eut recouvré la vue, il n'était déjà plus possible de distinguer la lueur de l'astronef parmi celles des constellations les plus proches.

Simon resta à contempler le ciel, fixa son regard sur un point lumineux, imaginant qu'il s'agissait du vaisseau bien qu'il n'en fût pas sûr. Le ciel était criblé de lueurs qui palpitaient, se déplaçaient – peut-être des aéronefs venus d'Eurasie, des armes secrètes pointées vers divers ennemis, ou des engins extraterrestres transportant des pèlerins d'un monde à l'autre. Le ciel était plein de voyageurs. Simon s'attarda sous les étoiles et les lumières errantes, cria encore : « Attendez, attendez, oh ! je vous en supplie, attendez-moi. »

Quand il eut cessé d'appeler, il ne lui resta plus qu'à regagner la maison vide. Il retourna dans la chambre, s'étendit à côté de la forme de Catareen, où il ne subsistait plus aucune trace d'elle désormais. Elle était partie, sa chair avait rejoint les objets inanimés de la pièce ; maintenant elle ne comptait pas plus que la chaise ou la lampe. Il resta près de son corps jusqu'à ce que le premier rayon du matin vienne éclairer la pièce.

Il attendit que le soleil soit levé pour sortir et creuser sa tombe. Il choisit un endroit près de la ferme, à l'ombre de l'arbre qu'ils avaient tous deux contemplé par la fenêtre de la chambre. Une fois la fosse suffisamment profonde, il alla chercher le corps de Catareen. Elle ne pesait presque rien. Dans la mort, elle ressemblait à une petite ombrelle repliée. Il la porta avec précaution, tenant sa tête pressée contre sa poitrine, un geste qu'il savait vain, naturellement. Tandis qu'il traversait la cour, le cheval hennit. Il avait faim.

Avant de le nourrir, il emporta Catareen jusqu'à la tombe, s'assit maladroitement sur son rebord instable, se laissa glisser au fond du trou et la déposa sur le sol humide et frais. Il lui répugnait de jeter de la terre directement sur son visage. Il hésita un instant à retourner à la maison pour y chercher un linge, puis choisit d'ôter sa chemise et d'en draper sa tête. Ainsi aurait-elle quelque chose de lui dans sa tombe, pensa-t-il, bien que cela ne fasse aucune différence.

Lorsque les traits de Catareen furent enveloppés dans le tissu, Simon tendit la main, prit une poignée de terre et la répandit sur son visage. Il accomplissait son geste lentement, avec douceur, ajoutant une autre poignée, puis une autre. Il la recouvrit petit à petit, jusqu'à ce qu'elle disparaisse entièrement. Alors seulement il se hissa hors de la fosse et pelleta le reste de la terre à l'intérieur.

Le cheval hennissait de plus belle. Simon alla le nourrir.

Le soleil était haut dans le ciel désormais. La chaleur du jour commençait à rayonner. Simon était seul, seul avec le cheval et la tombe de Catareen. Les autres étaient en route vers un nouveau monde, une autre planète, peut-être magnifique, peut-être nue et aride.

Il se prépara un petit déjeuner, fit la vaisselle. Il était neuf heures et demie du matin, c'était un jour d'été dans une maison vide de la banlieue de Denver. Il dirigea ses pas vers la galerie et regarda autour de lui. De l'herbe et le ciel. Un unique nuage en forme de doigt se dissipait dans l'azur ardent au-dessus de la ligne des montagnes.

Il était temps de partir.

Il sella Hesperia. Il préférait aller à cheval plutôt que partir au volant de la Winnebago. La voiture pouvait rester là, dans la chaleur et le silence. Le soleil se lèverait, se coucherait et se lèverait encore sur elle et la maison, sur le cercle d'herbe calcinée à l'emplacement du vaisseau spatial. Sur la tombe anonyme de Catareen.

Il enfourcha sa monture et se mit en route. Il irait vers l'ouest, en Californie. Il chevaucherait dans cette direction. Il était possible que le cheval et lui meurent de faim ou d'insolation, qu'ils soient attaqués par des nomades ou des fanatiques religieux. Il se pouvait également qu'ils atteignent le Pacifique, aillent jusqu'aux confins du continent et s'arrêtent sur une plage devant une immensité qu'il imaginait d'un bleu ardent. En supposant bien sûr que l'océan ne soit pas pollué. Comment le savoir ?

Il se mit en route vers l'ouest. Il continua jusqu'à ce que la ferme ait disparu, jusqu'à ce que lui-même ne soit plus personne, rien qu'un homme sur un cheval dans un désert infini, un univers d'herbe et de ciel. Le cheval allait d'un pas régulier. Indifférent, il avançait. Il n'avait aucune idée sur rien.

Il leur faudrait franchir des montagnes. Comment les appelait-on déjà ? Les Rocheuses. Des gens l'avaient fait, pourtant. Des gens morts depuis longtemps avaient traversé ces montagnes à cheval et trouvé ce qui les attendait sur l'autre versant. Ils avaient enterré leurs morts, emporté des bols renfermant des messages inscrits dans des langues oubliées, les souvenirs d'un étang ou d'un arbre placé au centre d'un paysage aperçu par hasard, d'un être laissé sur la rive alors que les autres s'en étaient allés. Ils avaient entretenu des espoirs fous, bâti des cités qui s'étaient élevées puis écroulées, et s'élèveraient peut-être à nouveau.

La femme était en terre. L'enfant en route vers un nouveau monde. Simon vers un ailleurs où il n'y aurait peut-être rien. Non, il y avait partout quelque chose. Il avançait vers son futur. Il n'avait pas d'autre choix que d'y entrer.

Un changement brutal apparut. Il le sentit vibrer dans ses circuits. Il ne savait quel nom lui donner.

Il dit tout haut : « La Terre, elle me suffit, je ne veux pas voir de plus près les constellations, elles sont très bien où elles sont, je sais qu'elles suffisent à ceux qui les habitent. »

Il continua d'avancer à travers l'herbe haute en direction des montagnes.

Remerciements

Pour un romancier, je ne suis pas quelqu'un de particulièrement secret ou solitaire. Je discute volontiers de mon travail avec un petit groupe d'amis, et j'ai le bon sens de tenir compte de leurs avis. Je soumets également mes brouillons à différents lecteurs, et chacun d'entre eux m'aide à donner plus de force et de vérité à mon roman.

Je tiens donc à remercier Diane Cardwell, Judy Clain, Frances Coady, Joel Connarroe, Stacey D'Erasmo, Marie Howe, Joy Johannessen, Daniel Kaizer, James Lecesne, Michael Mayer, Adam Moss, Christopher Potter et Derrick Smit. Ainsi que Gail Hochman, mon agent, et Jonathan Galassi, mon éditeur, qui sont pour moi des lecteurs essentiels et bien davantage. Marianne Merola assure parfaitement la publication de mes livres en dehors des États-Unis. Susan Mitchell, Jeff Seroy, Timothy Mennel, Sarita Varma et Annie Wedekind ont déployé tous leurs efforts pour que ce livre soit agréable d'aspect, éliminer les erreurs et les maladresses, et le présenter au monde.

Le soutien et l'amitié de Meg Giles ont été fondamentaux dans des domaines trop variés pour les mentionner.

J'ai écrit la troisième partie lors d'un séjour à la fondation Santa Maddalena en Toscane, grâce à l'invitation de la comtesse Beatrice von Rezzori, dont la générosité envers les écrivains est extraordinaire.

Pour me documenter, j'ai puisé dans *Gotham : A History of New York City to 1898*, par Edwin G. Burrows et Mike Wallace, publié en 1999 par Oxford University Press ; *The Historical Atlas of New York City*, par Eric Homberger, publié en 1994 par Henry Holt and Company ; *Walt Whitman : The Song of Himself*, par Jerome Loving, publié en 1999 par l'University of California Press ; *Walt Whitman's America*, par David S. Reynolds, publié en 1995 par Alfred A. Knopf ; et l'édition de *Leaves of Grass*, de Walt Whitman, publiée par la Library of America en 1992. Mike Wallace, coauteur de *Gotham*, a eu l'amabilité de répondre à certaines de mes questions concernant la vie au XIXe siècle. Le lecteur ne trouvera aucune information concernant les sous-vêtements que portent mes personnages, mais Mike Wallace me les a décrits, me permettant de mieux les imaginer.

Enfin je citerai Ken Corbett, qui non seulement lit mon livre au fur et à mesure de son écriture, fait de brillantes suggestions et m'aide à surmonter les moments de découragement, mais contribue à créer autour de moi un environnement de compréhension, de générosité, d'humour, de rigueur et de foi dans l'obligation fondamentale pour chaque être humain de faire un peu plus que ce qu'il est techniquement capable de faire.

TABLE

Note de l'auteur 11

Dans la machine 13

La croisade des enfants 115

Une pareille beauté 229

Remerciements 351

Collection « Littérature étrangère »

AGUÉEV M.
  Roman avec cocaïne
ALI Monica
  Sept mers et treize rivières
ALLISON Dorothy
  Retour à Cayro
ANDERSON Scott
  Triage
ANDRIĆ Ivo
  Titanic et autres contes juifs de Bosnie
  Le Pont sur la Drina
  La Chronique de Travnik
  Mara la courtisane
BANKS Iain
  Le Business
BAXTER Charles
  Festin d'amour
BENEDETTI Mario
  La Trêve
BERENDT John
  Minuit dans le jardin du bien et du mal
BROOKNER Anita
  Hôtel du Lac
  La Vie, quelque part
  Providence
  Mésalliance
  Dolly
  États seconds
  Une chute très lente
  Une trop longue attente
  Fêlures
  Le Dernier Voyage
CONROY Pat
  Le Prince des marées
COURTENAY Bryce
  La Puissance de l'Ange
CUNNINGHAM Michael
  La Maison du bout du monde
  Les Heures
  De chair et de sang
DORRESTEIN Renate
  Vices cachés
  Un cœur de pierre
  Sans merci
EDELMAN Gwen
  Dernier refuge avant la nuit
ELTON Ben
  Nuit grave
FEUCHTWANGER Lion
  Le Diable en France
  Le Juif Süss
FITZGERALD Francis Scott
  Entre trois et quatre
  Fleurs interdites
  Fragments du paradis
  Tendre est la nuit
FREY James
  Mille morceaux
FRY Stephen
  Mensonges, mensonges
  L'Hippopotame
  L'Île du Dr Mallo
GALE Patrick
  Chronique d'un été
  Une douce obscurité
GARLAND Alex
  Le Coma
GEMMELL Nikki
  Les Noces sauvages
  Love Song
GILBERT David
  Les Normaux
GLENDINNING Victoria
  Le Don de Charlotte
HAGEN George
  La Famille Lament
HARIG Ludwig
  Malheur à qui danse hors de la ronde
  Les Hortensias de Mme von Roselius
HOLLERAN Andrew
  Le Danseur de Manhattan

HOSSEINI Khaled
   Les Cerfs-volants de Kaboul
JAMES Henry
   La Muse tragique
JERSILD P.C.
   Un amour d'autrefois
JOHNSTON Jennifer
   Ceci n'est pas un roman
JULAVITS Heidi
   Des anges et des chiens
KAMINER Wladimir
   Musique militaire
   Voyage à Trulala
KANON Joseph
   L'Ami allemand
   Alibi
KASHUA Sayed
   Les Arabes dansent aussi
KENNEDY William
   L'Herbe de fer
   Jack « Legs » Diamond
   Billy Phelan
   Le Livre de Quinn
KNEALE Matthew
   Les Passagers anglais
   Douce Tamise
   Cauchemar nippon
   Petits crimes dans un âge d'abondance
KRAUSSER Helmut
   Nouvelle de la douleur
LAMB Wally
   La Puissance des vaincus
LAMPO Hubert
   Retour en Atlantide
LAWSON Mary
   Le Choix des Morrison
LEONI Giulio
   La Conjuration du Troisième Ciel
LISCANO Carlos
   La Route d'Ithaque
   Le Fourgon des fous
LOTT Tim
   Lames de fond
   Les Secrets amoureux d'un don Juan
MADDEN Deirdre
   Rien n'est noir
   Irlande, nuit froide
   Authenticité
MASTRETTA Ángeles
   Mal d'amour
MCCANN Colum
   Les Saisons de la nuit
   La Rivière de l'exil
   Ailleurs, en ce pays
   Danseur
MCCOURT Frank
   Les Cendres d'Angela
   C'est comment l'Amérique ?
MCFARLAND Dennis
   L'École des aveugles
MCGAHERN John
   Journée d'adieu
   La Caserne
MCGARRY MORRIS Mary
   Mélodie du temps ordinaire
   Fiona Range
   Un abri en ce monde
MILLER Henry
   Moloch
MILLER Sue
   Une invitée très respectable
MORGAN Rupert
   Poulet farci
   Une étrange solitude
MORTON Brian
   Une fenêtre sur l'Hudson
MURAKAMI Haruki
   Au sud de la frontière, à l'ouest du soleil
   Les Amants du Spoutnik
   Kafka sur le rivage
O'CASEY Sean
   Une enfance irlandaise
   Les Tambours de Dublin
   Douce Irlande, adieu
   Rose et Couronne
   Coucher de soleil et étoile du soir
O'DELL Tawni
   Le Temps de la colère
   Retour à Coal Run
O'FARRELL Maggie
   Quand tu es parti
   La Maîtresse de mon amant

PAVIĆ Milorad
  Paysage peint avec du thé
  L'Envers du vent
  Le Roman de Héro et Léandre
  Le Rideau de fer
  Les Chevaux de Saint-Marc
PAYNE David
  *Le Dragon et le Tigre :
  confessions d'un taoïste
  à Wall Street*
  Le Monde perdu de Joe Madden
  Le Phare d'un monde flottant
PEARS Iain
  Le Cercle de la Croix
  Le Songe de Scipion
  Le Portrait
RAYMO Chet
  Dans les serres du faucon
  Chattanooga
  Le Nain astronome
ROSEN Jonathan
  La Pomme d'Ève
SALZMAN Mark
  Le Verdict du soliste
SANSOM C. J.
  Dissolution
  Les Larmes du diable
SAVAGE Thomas
  Le Pouvoir du chien
  La Reine de l'Idaho
  Rue du Pacifique
SCHWARTZ Leslie
  Perdu dans les bois
SHARPE Tom
  Fumiers et Cie
  Panique à Porterhouse
  *Comment échapper à sa femme
  et ses quadruplées en épousant
  une théorie marxiste – Wilt 4*
SIMPSON Thomas William
  Pleine lune sur l'Amérique
SOYINKA Wole
  Isara
STEVANOVIĆ Vidosav
  La Neige et les Chiens
  Christos et les Chiens
'T HART Maarten
  La Colère du monde entier
  Le Retardataire

TOBIN Betsy
  Dora
  Nathan et les lions
TRAPIDO Barbara
  L'Épreuve du soliste
TSUJI Hitonari
  En attendant le soleil
UNSWORTH Barry
  Le Nègre du paradis
  La Folie Nelson
USTINOV Peter
  Le Désinformateur
  Le Vieil Homme et M. Smith
  Dieu et les Chemins de fer d'État
  La Mauvaise Carte
VALLEJO Fernando
  La Vierge des tueurs
  Le Feu secret
  La Rambla paralela
VREELAND Susan
  Jeune fille en bleu jacinthe
WATSON Larry
  Sonja à la fenêtre
WEST Dorothy
  Le Mariage
WIJKMARK Carl-Henning
  Da capo
ZANIEWSKI Andrzej
  Mémoires d'un rat
ZEH Juli
  L'Aigle et l'Ange
ZHANG Xianliang
  La mort est une habitude
  La moitié de l'homme, c'est la femme
ZWEIG Stefan
  La Guérison par l'esprit
  Trois poètes de leur vie
  Le Combat avec le démon
  Ivresse de la métamorphose
  Émile Verhaeren
  Journaux 1912-1940
  Destruction d'un cœur
  Trois maîtres
  Les Très Riches Heures de l'humanité
  L'Amour d'Erika Ewald
  Amerigo, récit d'une erreur historique

Clarissa
Un mariage à Lyon
Le Monde d'hier. Souvenirs d'un Européen
Wondrak

Pays, villes, paysages. Écrits de voyages
Hommes et destins
Voyages
Romain Rolland

IMPRIMÉ AU CANADA